民國文化與文學^{研究}

十四編

李 怡 主編

第 10 冊

海派小說話語研究

劉思潔 著

國家圖書館出版品預行編目資料

海派小說話語研究／劉思潔 著 -- 初版 -- 新北市：花木蘭文化事業有限公司，2021〔民110〕
目 2+268 面；19×26 公分
（民國文化與文學研究文叢 十四編；第10冊）
ISBN 978-986-518-521-3（精裝）
1. 現代文學 2. 中國小說
820.9　　　　　　　　　　　　　　　　110011212

ISBN-978-986-518-521-3

9 789865 185213

民國文化與文學研究文叢
十四編 第十冊　　　　　　　　ISBN：978-986-518-521-3

海派小說話語研究

作　者	劉思潔
主　編	李怡
企　劃	四川大學中國詩歌研究院
總編輯	杜潔祥
副總編輯	楊嘉樂
編　輯	許郁翎、張雅淋、潘玟靜　美術編輯　陳逸婷
出　版	花木蘭文化事業有限公司
發行人	高小娟
聯絡地址	235 新北市中和區中安街七二號十三樓
	電話：02-2923-1455／傳真：02-2923-1452
網　址	http://www.huamulan.tw 信箱 service@huamulans.com
印　刷	普羅文化出版廣告事業
初　版	2021 年 9 月
全書字數	232369 字
定　價	十四編 26 冊（精裝）台幣 70,000 元

海派小說話語研究

劉思潔 著

作者簡介

劉思潔，苗栗人，中國文化大學中國文學研究所博士、北京語言大學語言學暨應用語言學專業博士，主要研究現代小說、現代漢語語言學，先後發表〈女性私人化寫作的先行者——潘柳黛《退職夫人傳》〉、〈1937～1949 海派小說中的職業女性〉、〈林譯小說中的語言接觸現象〉等數篇期刊，現為百色學院文學與傳媒學院副教授。

提　　要

　　清末民初以來，中國自物質至精神文化各個層面無不受到西方風潮所影響，社會風貌變化之遽更甚其他時期。一般來說語言、文學作品與社會文化三者關係緊密自不待言，當小說家們接觸西方思潮後所造成的變化，反映於小說作品中亦應會觸及小說語言、小說內容與小說語境三個層面，本論文即以 1912 年至 1949 年海派小說作品作為研究對象，並將其分成 1912 年至 1925 年、1925 年至 1937 年、1937 年至 1949 年三個時期，先是分別說明此三時期語言使用概況；再採用馮・戴伊克（Teun A. van Dijk）的宏觀結構理論闡釋此三個時期中小說語言、小說內容以及小說語境三者的連動變化，呈現在新舊、中西衝突之下的海派小說作品其微觀結構、超結構與宏觀結構的不同面貌；最後綜合前論闡釋此三個時期的社會文化語境，透過語言、內容、語境三者的研究、描繪出在中西文化交錯影響下，小說作品變動的軌跡和情況。

研治文學史的方法與心態——代序

李　怡

　　我曾經以「作為方法的民國」為題討論過中國現代文學研究的「方法」問題，最近幾年，「作為方法」的討論連同這樣的竹內好－溝口雄三式的表述都流行一時，這在客觀上容易讓我們誤解：莫非又是一種學術術語的時髦？屬於「各領風騷三五年」的概念遊戲？

　　但「方法」的確重要，儘管人們對它也可能誤解重重。

　　在漢語傳統中，「方」與「法」都是指行事的辦法和技術，《康熙字典》釋義：「術也，法也。《易・繫辭》：方以類聚。《疏》：方謂法術性行。《左傳・昭二十九年》：官修其方。《注》：方，法術。」「法」字在漢語中多用來表示「法律」「刑法」等義，它的含義古今變化不大。後來由「法律」義引申出「標準」「方法」等義。這與拉丁語系 method 或 way 的來源含義大同小異——據說古希臘文中有「沿著」和「道路」的意思，表示人們活動所選擇的正確途徑或道路。在我們後來熟悉的馬克思主義哲學中，「世界觀」與「方法論」的相互關係更得到了反覆的闡述：人們關於世界是什麼、怎麼樣的根本觀點是「世界觀」，而借助這種觀點作指導去認識世界和改造世界的具體理論表述，就是所謂的「方法論」。

　　在我們的傳統認知中，關於世界之「觀」是基礎，是指導，方法之「論」則是這一基本觀念的運用和落實。因而雖然它們緊密結合，但是究竟還是以「世界觀」為依託，所以在「改造世界觀」的社會主潮中，我們對於「世界觀」的闡述和強調遠遠多於對「方法」的討論，在新中國改革開放前的國家思想主流中，「方法」常常被擱置在一邊，滿眼皆是「世界觀」應當如何端正的問題。這到新時期之初，終於有了反彈，史稱「1985 方法論熱」，

一時間，文藝方法論迭出，西方文藝社會學、心理學、語言學、原型批評、接受美學、結構主義、解構主義、新批評、現象學、存在主義、解釋學、以及借鑒的自然科學方法（系統論、控制論、信息論、模糊數學、耗散結構、熵定律、測不準原理等等），這些令人眼花繚亂的「新方法」衝破了單一的庸俗社會學的「舊方法」，開闢了新的文學研究的空間。不過，在今天看來，卻又因為沒有進一步推動「世界觀」的深入變革而常常流於批評概念的僵硬引入，以致令有的理論家頗感遺憾：「僅僅強調『方法論革命』，這主要是針對『感悟式印象式批評』和過去的『庸俗社會學』而來的，主要是針對我們把握世界的『方式』而言的。『方法論革命』沒有也不能夠關注到『批評主體自身素質』的革命。」〔註1〕

平心而論，這也怪不得 1985，在那個剛剛「解凍」的年代，所有的探索都還在悄悄進行，關於世界和人的整體認知——更深的「觀念」——尚是禁區處處，一切的新論都還在小心翼翼中展開，就包括對「反映論」的質疑都還在躲躲閃閃、欲言又止中進行，遑論其他？〔註2〕

1960 年 1 月 25 日，日本的中國研究專家竹內好發表演講《作為方法的亞洲》。數十年後，他已經不在人世，但思想的影響卻日益擴大，2011 年 7 月，溝口雄三《作為方法的中國》在三聯書店出版。〔註3〕 此前，中文譯本已經在臺灣推出，題為《做為「方法」的中國》。〔註4〕而有的中國學者（如孫歌、李冬木、汪暉、陳光興、葛兆光等）也早在 1990 年代就注意到了《方法としての中國》，並陸續加以介紹和評述。最近 10 年的中國思想文化與文學批評界，則可以說出現了一股「作為方法」的表述潮流，「作為方法的日本」、「作為方法的竹內好」、「亞洲」作為方法，以及「作為方法的 80 年代」等等都在我們學術話語中流行開來，從 1985 年至 1990 年直到 2011 年，「方法」再次引人注目，進入了學界的視野。

這裡的變化當然是顯著的。

雖然名為「方法」，但是竹內好、溝口雄三思考的起點卻是研究者的立場和研究對象的特殊性。中國何以值得成為日本學者的「方法」總結？歸

〔註1〕吳炫：《批評科學化與方法論崇拜》，《文藝理論研究》，1990 年 5 期。

〔註2〕參見夏中義：《反映論與「1985」方法論年》，《社會科學輯刊》，2015 年 3 期。

〔註3〕溝口雄三：《作為方法的中國》，孫軍悅譯，北京：三聯書店，2011 年。

〔註4〕林右崇譯，國立編譯館，1999 年。

根結底，是竹內好、溝口雄三這樣的日本學者在反思他們自己的學術立場，中國恰好可以充當這種反省的參照和借鏡。日本學人通過中國這樣一個「他者」的來參照進行自我的批判，實現從「西方」話語突圍，重新確立自己的主體性。竹內好所謂中國「迴心型」近現代化歷程，迴異於日本式的近代化「轉向型」，比較中被審判的是日本文化自己。溝口雄三批評那種「沒有中國的中國學」，其實也是通過這樣一個案例來反駁歐洲中心的觀念，尋找和包括日本在內的建立非歐洲區域的學術主體性，換句話說，無論是竹內好還是溝口雄三都試圖借助「中國」獨特性這一問題突破歐洲觀念中心的束縛，重建自身的思想主體性。如果套用我們多年來習慣的說法，那就是竹內好－溝口雄三的「方法之論」既是「方法論」，又是「世界觀」，是「世界觀」與「方法論」有機結合下的對世界與人的整體認知。

事實上，這也是「作為方法」之所以成為「思潮」的重要原因。在告別了 1980 年代浮躁的「方法熱」之後，在歷經了 1990 年代波詭雲譎的「現代─後現代」翻轉之後，中國學術也步入了一個反省自我、定義自我的時期，日本學人作為先行者的反省姿態當然格外引人注目。

如果我們承認中國當代學術需要重新釐定的立場和觀念實在很多，那麼「作為方法」的思潮就還會在一定時期內延續下去，並由「方法」的檢討深入到對一系列人與世界基本問題的探索。

在中國現當代文學的領域中，我堅持認為考察具體的國家社會形態是清理文學之根的必要，在這個意義上，「民國作為方法」或「共和國作為方法」比來自日本的「中國作為方法」更為切實和有效。同時，「民國作為方法」與「共和國作為方法」本身也不是一勞永逸的學術概念，它們都只是提醒我們一種尊重歷史事實的基本學術態度，至於在這樣一個態度的前提下我們究竟可以獲得哪些主要認知，又以何種角度進入文學史的闡述，則是一些需要具體處理、不斷回答的問題，比如具體國家體制下形成的文學機制問題，國家觀念與民族意識的互動與衝突，適應於民國與共和國語境的文學闡述方法，以及具體歷史環境中現代中國作家的文學選擇等等，嚴格說來，繼續沿用過去一些大而無當的概念已經不能令人滿意了，因為它沒有辦法抵近這些具體歷史真相，撫摸這些歷史的細節。

「民國作為方法」是對陳舊的庸俗社會學理論及時髦無根的西方批評理論的整體突破，而突破之後的我們則需要更自覺更主動地沉入歷史，進

入事實，在具體的事實解讀的基礎上發現更多的「方法」，完成連續不斷的觀念與技術的突破。如此一來，「民國作為方法」就是一個需要持續展開的未竟的工程。

對文學史「方法」的追問，能夠對自己近些年來的思考有所總結，這不是為了指導別人，而是為自我反省、自我提高。自我的總結，我首先想起的也是「方法」的問題，如上所述，方法並不只是操作的技術，它同樣是對世界的一種認知，是對我們精神世界的清理。在這一意義上，所有的關於方法的概括歸根到底又可以說是一種關於自我的追問，所以又可以稱作「自我作為方法」。

那麼，在今天的自我追問當中，什麼是繞不開的話題呢？我認為是虛無。

在心理學上，「虛無」在一種無法把捉的空洞狀態，在思想史上，「虛無」卻是豐富而複雜的存在，可能是為零，也可能是無限，可能是什麼也沒有，但也可能是人類認知的至高點。是一個複雜的概念。在今天，討論思想史意義的「虛無」可能有點奢侈，至少應該同時進入古希臘哲學與中國哲學的儒道兩家，東西方思想的比較才可能幫助我們稍微一窺前往的門徑。但是，作為心理狀態的空洞感卻可能如影隨形，揮之不去，成為我們無可迴避的現實。這裡的原因比較多樣，有個人理想與社會現實感的斷裂，有學術理念與學術環境的衝突，有人生的無奈與執著夢想的矛盾……當然，這種內與外的不和諧本來就是人生的常態，對於凡俗的人生而言，也就是一種生活的調節問題，並不值得誇大其詞，也無須糾纏不休。但對於一位以實現為志業的人來說，卻恐怕是另外一種情形。既然我們選擇了將思想作為人生的第一現實，那麼關乎思想的問題就不那麼輕而易舉就被生活的煙雲所蕩滌出去，它會執拗地拽住你，纏繞你，刺激你，逼迫你作出解釋，完成回答，更要命的是，我們自己一方面企圖「逃避痛苦」，規避選擇，另一方面，卻又情不自禁地為思想本身所吸引，不斷嘗試著挑戰虛無，圓滿自我。

這或許就是每一位真誠的思想者的宿命。

在魯迅眼中，虛無是一種無所不在的「真實」，「當我沉默著的時候，我覺得充實；我將開口，同時感到空虛」（《野草》題辭）「絕望之為虛妄，正與希望相同」（《希望》）「於浩歌狂熱之際中寒；於天上看見深淵。於一

切眼中看見無所有；於無所希望中得救。」（《墓碣文》）所以，他實際上是穿透了虛無，抵達了絕望。對於魯迅而言，已經沒有必要與虛無相糾纏，他反抗的是更深刻的黑暗——絕望。

虛無與絕望還是有所不同的。在現實的世界上，盼望有所把捉又陡然失落，或自以為理所當然實際無可奈何，這才是虛無感，但虛無感的不斷浮現卻也說明在大多數的時候，我們還浸泡在現實的各自期待當中，較之於魯迅，我們都更加牢固地被焊接在這一張制度化生存的網絡上，以它為據，以它為食，以它為夢想，儘管它無情，它強硬，它狡黠。但是，只要我們還不能如魯迅一般自由撰稿，獨自謀生，那就，就注定了必須付出一生與之糾纏，與之往返。在這個時候，反抗虛無總比順從虛無更值得我們去追求。

於是，我也願意自己的每一本文集都是自己挑戰虛無、反抗虛無的一種總結和記錄。

在我的想像之中，每一個學術命題的提出就是一次祛除虛無的嘗試，而每一次探入思想荒原的嘗試都是生命的不屈的抗爭。

回首這些年來思想歷程，我發現，自己最願意分享的幾個主題包括：現代性、國與族、地方與文獻。

「現代性」是我們無法拒絕卻又並不心甘情願的現實。

「國與族」的認同與疏離可能會糾結我們一生。

「地方」是我們最可能遺忘又最不該遺忘的土地與空間。

「文獻」在事實上絕不像它看上去那麼僵硬和呆板，發現了文獻的靈性我們才真的有可能跳出「虛無」的魔障。

如果仔細勘察，以上的主題之中或許就包含著若干反抗虛無的「方法」。

2021 年 6 月於長灘一號

目
次

第一章　緒　論

第一節　研究目的

　　本論文擬以馮・戴伊克（Teun A. van Dijk，1943 年～）的宏觀結構理論闡釋 1912 年至 1949 年海派小說作品中小說、語言以及社會文化三者的連動關係。此三者可分別從小說與語言、小說與社會文化、語言與社會文化以及小說與語言、社會文化等幾個方面分別說明。

　　正如同繪畫可用水彩、油墨、畫筆等工具表現，雕刻可以使用石材、木材、金屬、雕刻刀等不同材料、工具展現其藝術之美，文學作品的唯一工具是語言文字，語言文字對文學作品的重要性不言而喻，歷來關於文學作品的語言研究主要集中在語言文字是否能完全達意、文學語言是否為一種專門的語言以及修辭學等方面的討論上。

　　如韋勒克（René Wellek）的《文學理論》論及，文學作品的語言研究包含修辭、隱喻、象徵、格律等等問題屬於文學的內部研究，文學與社會的關係則屬於文學的外部研究。從文學作品的產生階段來看，「文學的產生通常與某些特殊的社會實踐有密切的聯繫」，文學家在創作時亦有意或無意地反映特定時代氛圍下的社會情況，「具有一定的社會功能或效用」〔註 1〕；從文學作品的接受過程來看，讀者在閱讀時也會帶入自身的社會環境背景來解讀作品，無論是產生階段或接受過程文學作品與社會文化的關係密切不可分割。

〔註 1〕韋勒克：《文學理論》（北京：生活・讀書・新知三聯書店，1984 年），頁 94。

　　語言文字是人類交際、傳遞訊息的重要工具，在人類生活中無時無刻都需要使用語言文字工具交流彼此的思想，達到互相了解、協調共同生活的目的；語言文字同時也依賴著社會文化，會隨著時代變遷而變化，是一種特殊的社會現象，社會語言學家甚至主張「語言使用是在社會意義上構成的」〔註2〕，由此可知語言與社會文化的關係。

　　文學作品、語言和社會文化三者的關係亦是休戚相關，正如吳波先生所言，「文學是一種特殊的言語交流形式。這種以作者和讀者的語感、生活經驗和文化心理為基礎的言語交流正是文學活動的基本型態和存在方式，也是文學與其他藝術的根本區別之所在。由此，我們也能夠看到，文學的社會性是不容置疑的。」〔註3〕，文學作品可同時含納語言和社會文化層面，也同步反映語言與社會文化的變遷，因此本試圖透過對海派小說作品的研究，說明於此時期的小說作品、語言使用方式以及社會文化三者各自不同的風貌與彼此之間的相互影響而產生的變化。

　　至於研究範圍則選定為 1912 年至 1949 年的海派小說作品，無論由時間或地域方面而言，此時期的上海都是處於變化相對劇烈的時空，故更能夠突顯小說作品、語言和社會文化的變化軌跡。從晚清以來，由啟蒙思潮的觸發，到五四文學革命揭開新頁，在這新舊過渡、東西交融的轉型期，除了器物方面的轉變，社會文化、文學思潮和語言使用三個方面亦有翻天覆地的變化，社會文化方面的轉變很大程度上是依賴語言的轉變，語言一旦產生變化，以語言作為表述工具的文學自是與之變化，同時文學作品也反映社會文化的變化，因此這三方面的變化是相輔相成的。

　　學者高玉對於文學作品、語言和社會文化的觀點和前舉的吳波先生相類，且嘗試從此一觀點解釋現代文學產生的因由。高玉認為促使現代中國文化思想發生變化乃至完成現代化的動力是「通過語言變革而實現的，也是通過語言的定型而固定下來的」，同時「中國現代文學的現代化是通過漢語的現代化而完成的」〔註4〕，高玉主張語言「絕不單單是一種表達思想和情感的工具，它同時也是思想和情感本身，它的文學意義絕對不只是形式上的，同時也是內容上的」，

〔註2〕費爾克拉夫：《話語與社會變遷》（北京：華夏出版社，2003年），頁58。

〔註3〕吳波：《文學與語言問題研究》（北京：世界圖書出版公司北京公司，2009年）頁5～6。

〔註4〕高玉：《現代漢語與中國現代文學》（北京：中國社會科學出版社，2003年），頁13。

「只有語言真正進行了革命，思想革命才是可能的，或者說，語言革命和思想革命必須是同時發生的」〔註5〕。因之，現代漢語不僅承繼古代漢語的語言詞彙，並且大量吸收西方詞語，進而構成一種既不同於中國古代、也不同於西方的語言體系，亦即「現代漢語實際上是古代白話口語、文言文以及西方語言之漢語翻譯形態的大整合，因而兼具西方性、中國性。」〔註6〕同時，她認為語言的改變同時也是文學和文化的改變，中國現代文化的演化路徑和現代漢語是相同的：

> 中國現代文化是在西方從政治到軍事到文化的全方位的衝擊下發生的，它是中國傳統文化對西方現代文化的一種回應，它是被迫向西方學習的結果，因此它具有強烈的西化特徵。在當時，西化就是現代化，所以，又可以說，中國現代化具有強烈的現代化特徵。這一點決定了中國現代文化與中國古代文化是一種斷裂的關係，它不是從傳統文化中蛻變而來，它不是傳統文化的現代性轉化，其思想思維主體是從西方橫移過來。但是，另一方面，它究竟是中國文化，它仍然是以漢語作為母語，它處處受制於傳統，在方方面面與中國傳統文化有著千絲萬縷的聯繫，它無法割斷與傳統之間血脈關係。所以它又是一種「歸化」的西方文化，具有中國性、民族性。所以轉型之後的中國現代文化既不同於中國古代文化，又不同於西方文化，是一種新的第三種文化，即中國現代文化。〔註7〕

由上述引文可以瞭解中國現代文化的產生原因，是在新式表述工具和西方文化的衝擊下產生的，現代中國文化演化成為一既吸收西方文化又繼承中國傳統文化的新型文化，而以語言作為主要表述工具的中國現代文學亦呈現有別於傳統文學的現代性特色。

學者郜元寶則是從語言接觸的觀點來看待晚清民初的語言變化，其時語言之所以發生變化是受到來自內部言文合一的要求，和來自外部西方思維的刺激二個原因。〔註8〕晚清末年以來，一向被視為地位卑下的白話文，憑藉著

〔註5〕高玉：《現代漢語與中國現代文學》（北京：中國社會科學出版社，2003年），頁93。
〔註6〕高玉：〈文學研究中的語言問題及其思考〉，《華中師範大學學報（人文社會科學版）》第52卷第2期（2013年3月），頁71。
〔註7〕高玉：《現代漢語與中國現代文學》（北京：中國社會科學出版社，2003年），頁50。
〔註8〕邵元寶：《漢語別史》（濟南：山東教育出版社，2010年），頁1～23。

「開通民智」的功能，一時聲威大振，嚴重衝擊文言文的優勢地位。1897 年黃遵憲參照日本明治時期「國語改良」的經驗，於《日本國志‧學術志二‧文學》書中提出言文合一的主張，要求行文須「適用於今，通行於俗」，以「令天下之農工商賈、婦女幼稚皆能通文字之用」；1898 年裘廷梁在《無錫白話報》上發表《論白話為維新之本》，明確提出「崇白話而廢文言」的口號。此後維新運動、白話文運動中尊崇白話文的理論多沿此而來。

當某一新思維欲進入我們本有的思維體系時，會先在本有的語言系統中找尋適合表述其思維的辭彙，如魏晉時期佛學進入中國時，借用傳統中國語言系統中本有的「道」字並賦予其新意義，藉以表述佛學中的思維。若找不到適合表述其思維的辭彙，便會創造一個新詞彙來代表新思維，當新詞彙進入我們本有的語言系統時，也代表我們本有的文化系統接受了這個新思維，因此語言系統、思維系統和社會文化應當是同時變化的，不是只有單一層面改變。例如嚴復在翻譯《天演論》引入許多國外新詞彙；古文大家林紓翻譯外國小說時，也使用許多西方詞彙來表情達意，於此時期的語言，從語音、詞彙到語法，從口語到書面語，幾無一例外地受到外來文化的影響，「西方近代文明，只有最後觸及中國文明的『語言』，才算完成它對傳統中國最深刻的衝擊與改變，而身處這個衝擊與改變中的現代中國知識份子的思想與文學的覺醒，也只有進到語言層次，才算是最深刻的覺醒。」〔註9〕。

從時間段來看，眾所公認清末民初的中國受西方外來文化的刺激，面臨涵蓋語言、文學、思想、社會文化等各個方面前所未有的大變局，其中尤以中國文壇的變化為巨；這一個時期的語言、文學和社會文化的劇烈變化引起眾多學者的注意，當中又以歐化概念的研究最受注目，因為「白話文歐化不僅僅是文法、寫作等技巧性的東西，白話文歐化的裡層是意識、精神、思想的置換」〔註10〕，在接受西方文化思潮並逐漸成為文化內蘊後，「歐化是對現實生活的呈現，在當下的漢語詞彙中找不到恰當的語詞時，在當下的漢語句子找不到恰當的表達形式時，歐化恰恰是有利的形式」〔註11〕。關於歐化語法方面的研究如庫布勒（Kubler）《白話文歐化語法之研究》、謝耀基《現代漢

〔註 9〕邵元寶：《漢語別史》（濟南：山東教育出版社，2010 年），頁 144。

〔註10〕文貴良《話語與生存：解讀戰爭年代文學：1937～1948》（上海：上海書店出版社，2007 年），頁 204。

〔註11〕文貴良《話語與生存：解讀戰爭年代文學：1937～1948》（上海：上海書店出版社，2007 年），頁 196。

語歐化語法概論》、賀陽《現代漢語歐化語法現象研究》、崔山佳《漢語歐化
語法現象專題研究》、朱一凡《翻譯與現代漢語的變遷》、尹延安《傳教士中
文報刊譯述中的漢語變遷及影響》等書。文學、社會文化方面的研究如張星
烺《歐化東漸史》、張衛中《漢語與漢語文學》、焦潤明《中國現代文化論爭》
等書，這些研究不約而同地致力於揭示西方語言文化系統對於中國語言文化
系統的影響。

　　從研究語料來看，上所提及的研究其範圍多鎖定在五四新文學作品，未
有針對海派文學的研究，然而於其時上海此一區域接受西方文學思潮的風氣
之盛，較之其他地域可謂數一數二，況且文學作品、語言文字與社會文化的
變化並非只有單一文學陣營才會受到影響，其他文人、流派也同樣受到大小
不一的震盪，故而研究西方語言文化對於中國語言文化系統的影響實難跳過
海派文學不論。

　　新文學運動是出上層菁英知識份子提倡的文學革命，加上此一運動僅有
理論、口號，缺乏大量文學作品支撐，況且當時對於新文學陣營所提倡的歐
化文字毀譽參半，影響是否能夠擴及其他階層知識份子都是一個很大的問題，
遑論中下階層百姓；反之海派小說作品受到市場制約，根據各階層讀者的閱
讀口味即時調整、更新內容以因應市場需求，故而海派文學作品中所呈現的
語言文字和社會文化的變化或比新文學運動更貼近當時真實情況，將海派文
學作品當作研究語料也更具說服力。

　　從研究目標的文體選擇來看，中國文學的發展在此一劇烈變動的時期，
無論在內涵結構、意義功能以及話語模式上都展現獨特的、開放的、多元的
面貌。隨著社會文化、文學思潮的轉變，各類文學體裁的地位亦隨之陵替，
在此一時期受到大力推崇的文學體裁便是小說。從中國小說發展史的角度切
入觀察，學者陳平原認為這種變化是受到兩個因素的影響，「第一，西洋小說
輸入，中國小說受其影響而產生變化；第二，中國文學結構中小說由邊緣向
中心移動，在移動過程中吸取整個中國文學的養分因而發生變化。」〔註 12〕。
西洋小說的輸入和小說這一文體受到重視兩個因素使得清末民初以來的小說
呈現出與傳統小說迥異的面貌。有鑑於小說於清末民初文壇的重要性，本論
文即以小說此一文體作為研究目標。

〔註 12〕陳平原：《中國小說敘事模式的轉變》（上海：上海人民出版社，1988 年）頁
　　　　14～15。

　　能夠將文學、語言和社會文化這三個方面系統性綜合研究的理論當屬語言學中的話語分析理論。話語是一個意義相當廣泛的一個名詞，它的研究範圍涵蓋社會學、哲學、語言學、文學等等領域；而在文學領域中，對於話語的定義一般多來自福柯或巴赫金的理論，二位學者論述的重心多是放在文學與社會文化的關係上。

　　文學領域中有關文學話語的研究，多數研究者的研究範圍為五四運動、大眾語時期、文革時期、以及八〇年代新時期等語言使用方式發生急劇變化的時期，如文貴良《話語與文學》、《話語與生存》、《文學話語與現代漢語》，文學武《革命時代的文學敘事與話語》，高玉《現代漢語與中國現代文學》、《「話語」視角的文學問題研究》，劉進才《語言運動與中國現代文學》等書，甚少有研究者將研究目光投注在海派小說的文學話語上。事實上，由於海派小說商業競賣以及與市場緊密結合的兩個主要特色，使得海派小說迅速且忠實地反映出當時語言使用方式和社會文化語境兩個方面的變化。

　　由於當時上海位處於西方文化輸入的窗口，是一個高速流動的開放性都市，穆時英〈上海的狐步舞〉中以「上海，造在地獄上面的天堂」明白地揭示上海這個都市的衝突特性。從晚清時期的沒落小漁村，通過租界管理這一機緣，東方與西方、傳統與現代交織成上海半殖民半封建的都市特色，所謂商業競爭、市場效益、功利主義、消費特色、洋場風情將上海迅速地打造成一個「黑暗世界中的光艷奪目的新世界」。是以，上海的文學發展自然不能置外於這樣的潮流洗禮，完成了兩項重大的轉移：「一是由舊文學徹底移位至新文學；一是由成批生產的大眾讀物昇華到創造雅俗共賞的、中西結合的新型通俗作品。」〔註 13〕。這不僅說明上海在新文學發展中的地位，同時也指出上海成為中國近現代通俗文學發祥、繁榮的大本營，隨後展延出中國現代文學中新文學、通俗文學、現代文學三種流派。雖然海派文學並不完全代表上海文學，然而「在中國，只有海派才能用一種上海人的眼光來打量上海，用商業文化的趣味來欣賞、表現商業都市」〔註 14〕；同時，進一步觀察「海派文學」的遞嬗變化，除以時髦化、娛情化的追逐，佔據文學商品消費市場；亦借

〔註 13〕 吳福輝：《都市漩流中的海派小說》（長沙：湖南教育出版社，1997 年），頁24。
〔註 14〕 吳福輝：《都市漩流中的海派小說》（長沙：湖南教育出版社，1997 年），頁26。

鑒有西方小說的敘事手法，追奇獵新；而作家們的小說作品追求現代意識與個人意識的推進，不僅貼近世界文學的潮流，亦發展出流光溢彩的都市風景線。

　　無論是一〇、二〇年代海派作家所感受到洋場文化的異質性，三〇年代上海現代派對於社會快速變動的敏銳感受，或是四〇年代海派作家呈現出的市民生活，他們的小說創作在語言使用上反映出現代漢語轉變的過程，在社會文化語境上表現出上海特有的社會文化面貌，這是以往研究者們甚少提及的一點。這樣的關聯性實值得研究探討，因此本論文擬採用荷蘭語言學家馮‧戴伊克（Teun A. van Dijk）的話語分析理論，探討 1912 年至 1949 年之間海派小說的文學話語形式，藉由文學話語形式的研究結合語言、小說文本、社會文化三個方向，探討海派文學作品中在西方文化進入中國後所產生有別於傳統漢語語法系統的新式語法、小說文本中吸納的西方敘事技巧以及文本中所呈現東西文化劇烈衝擊下的社會文化意識等，進而說明海派小說中小說與語言使用以及小說與社會文化語境的關聯這兩個層面的問題，期望能一窺海派文學小說作品在清末民初的變局中所呈現的轉變及其新面貌。

第二節　研究範圍

　　本論文的研究範圍是 1912 年至 1949 年的海派小說作品。海派文學歷來是定義模糊的文學流派，楊義即言：「海派並不是嚴格意義上的流派。它是一種租界文學，或洋場文學，是以特定的地域文化為依託的歷史文化現象。」〔註 15〕；而研究者們歸納的海派作家群不盡相同，有些甚至得不到作家本人的贊同，如施蟄存便不承認自己是海派作家之一。

　　關於海派文學的分期，本文採用許道明《海派文學論》的主張，將分期定為 1912～1925 年、1925～1937 年、1937～1949 年三期，並據此三時期文學作品歸納出海派文學的四項特點：一是追求商業化、要求世俗化、消閒化；二是敘事場域在上海及其周邊區域，包括蘇州、杭州、揚州、南京等地；三是內容以情愛為主；四是使用西方敘事技巧。

　　按照上述四個特點和參考魏紹昌編《鴛鴦蝴蝶派研究資料》、芮和師等人

〔註 15〕楊義：《楊義文存‧第四卷：中國現代文學流派》（北京：人民出版社，1998年），頁 502。

編《鴛鴦蝴蝶派文學資料》、賈植芳與俞元桂主編《中國現代文學總書目》、
北京圖書館編《民國時期總書目》等書，勾選出海派小說作家群及其出版作
品資料，於大陸、台灣兩地各大圖書館、出版社、二手書店搜羅整理出本論
文所研究的作品書目，於此過程中亦幸運收集到一些於台灣少見甚至未曾見
過的小說作品，如喻血輪《情戰》、《生死情魔》、李定夷《千金骨》、李涵秋
《並頭蓮》、黑嬰《雪》、予且《七女書》、周楞伽《輕煙》等等。研究書目中
合集包括廖隱邨主編《鴛鴦蝴蝶派作品珍藏大系》，向燕南、匡長福主編《鴛
鴦蝴蝶派言情小說集粹》，包天笑編《小說大觀（1～5 冊）》，徐俊西主編《上
海文學百家文庫》等等；個人文集包括徐枕亞、蔣箸超、李涵秋、李定夷、天
虛我生、陳韜園、姚鵷雛、劍痕、喻血輪、許嘯天、貢少芹、包天笑、滕固、
張資平、葉靈鳳、施蟄存、秦瘦鷗、章克標、顧明道、王小逸、劉吶鷗、穆時
英、胡梯維、黑嬰、周楞伽、劉鐵冷、周天籟、丁諦、無名氏、周瘦鵑、譚惟
翰、張愛玲、潘柳黛、蘇青、予且、徐訏、東方蝃蝀等作家作品，整理篇目如
下：

作　者	書　名	篇　名	出版年
徐枕亞	玉梨魂		1912
李定夷	雪花緣		1912
蔣箸超	蝶花劫		1914
吳雙熱	孽冤鏡		1914
李定夷	霣玉怨		1914
雙熱	鴛鴦蝴蝶派言情小說集粹	險些兒打散鴛鴦	1914
枕亞	鴛鴦蝴蝶派言情小說集粹	碎畫	1914
張枕綠	鴛鴦蝴蝶派言情小說集粹	愛河障石	1914
張舍我	鴛鴦蝴蝶派言情小說集粹	我的新婚	1914
許廑父	鴛鴦蝴蝶派言情小說集粹	新婚慘史	1914
瘦菊	鴛鴦蝴蝶派言情小說集粹	柔鄉苦海錄	1914
貢少芹	鴛鴦夢		1915
貢少芹	美人劫		1915
喻血輪	悲紅悼翠錄		1915
李定夷	顧曲緣		1915
李定夷	冤禽淚		1915

李涵秋	雙鵑血		1915
李涵秋	雙花記		1915
天虛我生	玉田恨史		1915
徐枕亞	余之妻		1916
徐枕亞	雪鴻淚史		1916 再版
李定夷	伉儷福		1916
喻血輪	名花劫		1916
姚鵷雛	風颱芙蓉記		1916
姚鵷雛	燕蹴箏絃錄		1916
喻血輪	情戰		1916
劉鐵冷	求婚小史		1916
喻血輪	生死情魔		1917
陳韜園	蘭閨恨		1917
姚鵷雛	春蠶艷影		1917
劍痕	海棠箋哀史		1917
天虛我生	火中蓮		1917
王鈍根	鴛鴦蝴蝶派言情小說集粹	紅樓劫	1917
李定夷	美人福		1918
李定夷	美人福（續）		1918
喻血輪	林黛玉筆記		1918
喻血輪	惠芳日記		1918
徐枕亞	刻骨相思記		1920
包天笑	鴛鴦蝴蝶派言情小說集粹	再會	1921
吳雙熱	鴛鴦蝴蝶派言情小說集粹	婚誤	1921
胡寄塵	鴛鴦蝴蝶派言情小說集粹	抄襲的愛情	1921
江紅蕉	鴛鴦蝴蝶派言情小說集粹	不幸之郵差	1921
天笑	鴛鴦蝴蝶派言情小說集粹	愛神之模型	1922
嚴獨鶴	鴛鴦蝴蝶派言情小說集粹	紅	1922
汪仲賢	鴛鴦蝴蝶派言情小說集粹	言情小說家之奇遇	1922
吳覺迷	鴛鴦蝴蝶派言情小說集粹	將錯就錯之自由結婚	1922
包天笑	鴛鴦蝴蝶派言情小說集粹	雲霞出海記	1922
李涵秋	並頭蓮		1923

求幸福齋主	鴛鴦蝴蝶派言情小說集粹	離婚的證據	1923
何海鳴	鴛鴦蝴蝶派言情小說集粹	腳之愛情	1923
嚴獨鶴	鴛鴦蝴蝶派言情小說集粹	團圞等待中秋節	1923
嚴獨鶴	鴛鴦蝴蝶派言情小說集粹	戀愛之鏡	1923
程瞻廬	鴛鴦蝴蝶派言情小說集粹	醋與蜜	1923
滕固	壁畫	壁畫	1924
滕固	壁畫	石像的復活	1924
滕固	壁畫	鄉愁	1924
滕固	壁畫	二人之間	1924
滕固	壁畫	水汪汪的眼	1924
滕固	壁畫	少年宣教師的秘密	1924
滕固	壁畫	百足蟲	1924
滕固	壁畫	犧牲	1924
趙苕狂	鴛鴦蝴蝶派言情小說集粹	英雄事業	1924
包天笑	鴛鴦蝴蝶派言情小說集粹	倡門之病	1924
包天笑	留芳記		1925
包天笑	慧琴小傳		1925
徐枕亞	余之妻		1925 九版
江紅蕉	鴛鴦蝴蝶派言情小說集粹	惜分釵	1925
張舍我	鴛鴦蝴蝶派言情小說集粹	兩條法律	1925
范菊高	鴛鴦蝴蝶派言情小說集粹	伊的回答	1925
范菊高	鴛鴦蝴蝶派言情小說集粹	破碎的旗衫	1925
范菊高	鴛鴦蝴蝶派言情小說集粹	衝突後	1925
吳雲夢	鴛鴦蝴蝶派言情小說集粹	伴侶之嘗試	1925
滕固	銀杏之果		1925
汪放庵	鴛鴦蝴蝶派言情小說集粹	失戀後的愛	1925
滕固	迷宮	古董的自殺	1926
滕固	迷宮	摩托車的鬼	1926
滕固	迷宮	葬禮	1926
滕固	迷宮	新漆的偶像	1926
滕固	迷宮	一條狗	1926
滕固	迷宮	迷宮	1926

- 第一章 緒 論

顧明道	啼鵑續錄		1927
張資平	苔莉		1927
葉靈鳳	女媧氏之遺孽	曇花庵的春風	1927
葉靈鳳	女媧氏之遺孽	內疚	1927
葉靈鳳	女媧氏之遺孽	拿撒勒人	1927
葉靈鳳	女媧氏之遺孽	姐嫁之夜	1927
葉靈鳳	女媧氏之遺孽	女媧氏之遺孽	1927
葉靈鳳	菊子夫人	浪淘沙	1927
葉靈鳳	菊子夫人	菊子夫人	1927
葉靈鳳	菊子夫人	口紅	1927
葉靈鳳	菊子夫人	lsabella	1927
葉靈鳳	菊子夫人	奠儀	1927
嚴獨鶴	鴛鴦蝴蝶派言情小說集粹	桃花血	1927
江紅蕉	鴛鴦蝴蝶派言情小說集粹	代人受過	1927
葉靈鳳	鳩綠媚	肺病初期患者	1928
葉靈鳳	鳩綠媚	浴	1928
葉靈鳳	鳩綠媚	明天	1928
葉靈鳳	鳩綠媚	鳩綠媚	1928
葉靈鳳	鳩綠媚	愛的講座	1928
葉靈鳳	鳩綠媚	罪狀	1928
張資平	植樹節	植樹節	1928
張資平	植樹節	寒流	1928
張資平	植樹節	My Better Half	1928
張資平	植樹節	冰河時代	1928
張資平	蔻拉梭（梅嶺之春）	CuRAcAo	1928
張資平	蔻拉梭（梅嶺之春）	梅嶺之春	1928
張資平	蔻拉梭（梅嶺之春）	末日的受審判者	1928
張資平	蔻拉梭（梅嶺之春）	聖誕節前夜	1928
張資平	蔻拉梭（梅嶺之春）	密約	1928
張資平	柘榴花		1928
張資平	素描種種	鼴鼠先生	1928
張資平	素描種種	綠霉（黴）火腿	1928

張資平	素描種種	群犬	1928
滕固	平凡的死	舊筆尖與新筆尖	1928
滕固	平凡的死	平凡的死	1928
滕固	平凡的死	眼淚	1928
滕固	平凡的死	下層工作	1928
滕固	平凡的死	離家	1928
滕固	平凡的死	為小小者	1928
徐枕亞	燕雁離魂記		1929 六版
徐枕亞	讓婿記		1929 三版
施蟄存	娟子姑娘	幻月	1929
施蟄存	娟子姑娘	娟子姑娘	1929
施蟄存	娟子姑娘	花夢	1929
施蟄存	追	追	1929
施蟄存	追	新教育	1929
秦瘦鷗	孽海濤		1929
章克標	銀蛇		1929
張資平	青春		1929
張資平	長途		1929
施蟄存	上元燈及其他	牧歌	1929
施蟄存	上元燈及其他	上元燈	1929
施蟄存	上元燈及其他	周夫人	1929
施蟄存	上元燈及其他	妻之生辰	1929
施蟄存	上元燈及其他	桃園	1929
施蟄存	上元燈及其他	漁人何長慶	1929
施蟄存	上元燈及其他	栗·芋	1929
施蟄存	上元燈及其他	閔行秋日紀事	1929
施蟄存	上元燈及其他	梅雨之夕	1929
施蟄存	上元燈及其他	宏智法師的出家	1929
章克標	戀愛四象	戀愛四象	1929
章克標	戀愛四象	致某某	1929
章克標	戀愛四象	九呼	1929
章克標	戀愛四象	秋心	1929

章克標	戀愛四象	雙十節	1929
章克標	戀愛四象	結婚的當夜	1929
章克標	戀愛四象	文明結合的犧牲者	1929
章克標	戀愛四象	附錄：惡戲	1929
章克標	戀愛四象	附錄：夜半之嘆聲	1929
章克標	戀愛四象	附錄：花環	1929
章克標	戀愛四象	附錄：天報應	1929
章克標	戀愛四象	附錄：一頂帽子	1929
章克標	一個人的結婚		1929
滕固	睡蓮		1929
施蟄存		花	1929
張資平	愛力圈外		1929
顧明道	芳草天涯		1929
葉靈鳳	處女的夢	妻的恩惠	1929
葉靈鳳	處女的夢	摩伽的試探	1929
葉靈鳳	處女的夢	處女的夢	1929
葉靈鳳	處女的夢	國仇	1929
葉靈鳳	處女的夢	秋的黃昏	1929
葉靈鳳	處女的夢	落雁	1929
穆時英	集外小說	獄嘯	1929
王小逸	春水微波		1930
張資平	糜爛		1930
葉靈鳳	紅的天使		1930
張資平	跳躍著的人們		1930
章克標	蜃樓	變曲點	1930
章克標	蜃樓	渦旋	1930
章克標	蜃樓	一夜	1930
章克標	蜃樓	做不成的小說	1930
章克標	蜃樓	蜃樓	1930
劉吶鷗	都市風景線	遊戲	1930
劉吶鷗	都市風景線	風景	1930
劉吶鷗	都市風景線	流	1930

劉吶鷗	都市風景線	熱情之骨	1930
劉吶鷗	都市風景線	兩個時間的不感症者	1930
劉吶鷗	都市風景線	禮儀和衛生	1930
劉吶鷗	都市風景線	殘留	1930
劉吶鷗	都市風景線	方程式	1930
張資平	愛之渦流		1930
穆時英	交流		1930
張資平	天孫之女		1930
滕固	外遇	Post Obit	1930
滕固	外遇	逐客	1930
滕固	外遇	奇南香	1930
滕固	外遇	期待	1930
滕固	外遇	獨輪車的遭遇	1930
滕固	外遇	外遇	1930
滕固	外遇	訣別	1930
滕固	外遇	麗琳	1930
滕固	外遇	鵝蛋臉	1930
滕固	外遇	做壽	1930
顧明道	蝶魂花影		1930
顧明道	哀鵑記		1930
張資平	紅霧		1930
胡梯維	十里鶯花夢		1931
張資平	戀愛花	戀愛花	1931
張資平	戀愛花	可憐的少女	1931
張資平	群星亂飛		1931
張資平	上帝的兒女們		1931
張資平	脫了軌道的星球		1931
葉靈鳳	葉靈鳳小說集	神蹟	1931
葉靈鳳	葉靈鳳小說集	愛的戰士	1931
葉靈鳳	葉靈鳳小說集	禁地（斷片）	1931
穆時英	被當作消遣品的男子		1931
施蟄存	李師師	李師師	1931

施蟄存	李師師	旅舍	1931
施蟄存	李師師	夜行	1931
李定夷	紅顏薄命記		1931
穆時英	中國行進	中國一九三一	1932
胡梯維	黃熟梅子		1932
施蟄存	上元燈	舊夢	1932
施蟄存	上元燈	桃園	1932
施蟄存	上元燈	詩人	1932
施蟄存	將軍底頭	鳩摩羅什	1932
施蟄存	將軍底頭	將軍底頭	1932
施蟄存	將軍底頭	石秀	1932
施蟄存	將軍底頭	阿襤公主	1932
張資平	黑戀		1932
穆時英	南北極	黑旋風	1932
穆時英	南北極	咱們的世界	1932
穆時英	南北極	手指	1932
穆時英	南北極	南北極	1932
穆時英	南北極	生活在海上的人們	1932
穆時英	南北極	偷麵包的麵包師	1932
穆時英	南北極	斷了條胳膊的人	1932
穆時英	南北極	油布	1932
劉吶鷗		赤道下	1932
穆時英	空閑少佐		1932
穆時英	集外小說	謝醫師的瘋症	1933
葉靈鳳	紫丁香		1933
施蟄存	梅雨之夕	在巴黎大戲院	1933
施蟄存	梅雨之夕	魔道	1933
施蟄存	梅雨之夕	宵行	1933
施蟄存	梅雨之夕	薄暮的舞女	1933
施蟄存	梅雨之夕	夜叉	1933
施蟄存	梅雨之夕	四喜子的生意	1933
施蟄存	梅雨之夕	凶宅	1933

穆時英	公墓	蓮花落	1933
穆時英	公墓	夜總會裡的五個人	1933
穆時英	公墓	CRAVEN「A」	1933
穆時英	公墓	公墓	1933
穆時英	公墓	夜	1933
穆時英	公墓	上海的狐步舞	1933
穆時英	公墓	黑牡丹	1933
葉靈鳳	時代姑娘		1933
施蟄存	善女人行品	獅子座流星	1933
施蟄存	善女人行品	霧	1933
施蟄存	善女人行品	港內小景	1933
施蟄存	善女人行品	殘秋的下弦月	1933
施蟄存	善女人行品	蒓羹	1933
施蟄存	善女人行品	春陽	1933
施蟄存	善女人行品	蝴蝶夫人	1933
施蟄存	善女人行品	雄雞	1933
施蟄存	善女人行品	阿秀	1933
施蟄存	善女人行品	特呂姑娘	1933
施蟄存	善女人行品	散步	1933
張資平	時代與愛的歧路		1933
李涵秋	還嬌記		1934
施蟄存		聖誕艷遇	1934
黑嬰	漂流異國的女性		1934
黑嬰	帝國的女兒	牢獄外	1934
黑嬰	帝國的女兒	五月的支那	1934
黑嬰	帝國的女兒	南島懷戀曲	1934
黑嬰	帝國的女兒	沉沒的船	1934
黑嬰	帝國的女兒	帝國的女兒	1934
黑嬰	帝國的女兒	春光曲	1934
黑嬰	帝國的女兒	新加坡之夜	1934
黑嬰	帝國的女兒	不屬於一個男子的女人	1934
黑嬰	帝國的女兒	上海的 Sonata	1934

黑嬰	帝國的女兒	沒有爸爸	1934
黑嬰	帝國的女兒	深秋	1934
黑嬰	帝國的女兒	破滅	1934
黑嬰	帝國的女兒	爸爸上園口去	1934
穆時英	白金女體的塑像	白金女體的塑像	1934
穆時英	白金女體的塑像	父親	1934
穆時英	白金女體的塑像	舊宅	1934
穆時英	白金女體的塑像	百日	1934
穆時英	白金女體的塑像	本埠新聞欄編輯室裡一札廢稿上的故事	1934
穆時英	白金女體的塑像	街景	1934
穆時英	白金女體的塑像	PIERROT	1934
張資平	愛的交流		1934
劉吶鷗		棉被	1934
劉吶鷗		殺人未遂	1934
予且	小菊（上下）		1934
予且	如意珠		1934
穆時英	中國行進	上海的季節夢	1935
穆時英	中國行進	田舍風景	1935
周楞伽	旱災		1935
穆時英	聖處女的感情	聖處女的感情	1935
穆時英	聖處女的感情	某夫人	1935
穆時英	聖處女的感情	玲子	1935
穆時英	聖處女的感情	墨綠衫的小姐	1935
穆時英	聖處女的感情	駱駝・尼采主義者與女人	1935
穆時英	聖處女的感情	煙	1935
穆時英	聖處女的感情	貧士日記	1935
穆時英	聖處女的感情	五月	1935
穆時英	聖處女的感情	紅色的女獵神	1935
天虛我生	黃金崇		1935
李定夷	神秘寫真		1935
穆時英	集外小說	G No.VIII	1936
穆時英	集外小說	一個小人物的命運	1936

穆時英	上海行進	我們這一代	1936
周楞伽	煉獄		1936
周楞伽	風風雨雨		1936
周楞伽	田園集	源泰米行	1936
周楞伽	田園集	夜渡	1936
周楞伽	田園集	私鹽船	1936
周楞伽	田園集	木匠	1936
周楞伽	田園集	招兵	1936
周楞伽	田園集	村居日記	1936
葉靈鳳	未完成的懺悔錄		1936
葉靈鳳	永久的女性		1936
黑嬰	雪	雪	1936
黑嬰	雪	流行時疫患者	1936
施蟄存	小珍集	名片	1936
施蟄存	小珍集	牛奶	1936
施蟄存	小珍集	汽車路	1936
施蟄存	小珍集	失業	1936
施蟄存	小珍集	鷗	1936
施蟄存	小珍集	獵虎記	1936
施蟄存	小珍集	塔的靈應	1936
施蟄存	小珍集	嫡裔	1936
張資平	青年的愛		1936
李定夷	千金骨		1936
李定夷	鴛湖潮		1936
陳韜園	蘭閨恨		1936
穆時英	集外小說	第二戀	1937
施蟄存		黃心大師	1937
予且	兩間房	兩間房	1937
予且	兩間房	辭職	1937
予且	兩間房	竹如小姐	1937
予且	兩間房	脂粉	1937
予且	兩間房	案壁之間	1937

予且	兩間房	秋	1937
予且	兩間房	信	1937
予且	兩間房	誘惑	1937
予且	兩間房	被頭	1937
予且	兩間房	熱水袋	1937
予且	鳳		1937
予且	淺水姑娘	淺水姑娘	1937
徐訏	吉布賽的誘惑		1938
關露	仲夏夜之夢		1939
周楞伽		殘渣	1940
徐訏	成人的童話	駱駝與蠢馬	1940
徐訏	成人的童話	野熊與家熊	1940
徐訏	成人的童話	一隻美麗鳥兒的故事	1940
徐訏	成人的童話	鬍髭	1940
徐訏	成人的童話	畫眉的故事	1940
徐訏	成人的童話	鏡子的瘋	1940
徐訏	成人的童話	「專一」與「永久」	1940
徐訏	成人的童話	光榮與死	1940
徐訏	成人的童話	豬肉的價值	1940
徐訏	成人的童話	阿大阿二與阿三	1940
徐訏	成人的童話	無刀之鄉的「蛙刀」	1940
徐訏	成人的童話	帽子的哀榮	1940
徐訏	成人的童話	老虎的「黑手」	1940
徐訏	成人的童話	文學家的臉孔	1940
徐訏	荒誕的英法海峽		1940
丁諦	海市集	失去了陽光的孩子	1941
丁諦	海市集	職業	1941
丁諦	海市集	別莊的主人	1941
丁諦	海市集	米	1941
丁諦	海市集	三遷	1941
丁諦	海市集	懺	1941
丁諦	海市集	突圍	1941

周楞伽	輕煙		1941
徐訏	海外的情調	魯森堡的一宿	1941
徐訏	海外的情調	蒙擺拿斯的畫室	1941
徐訏	海外的情調	決鬥	1941
徐訏	海外的情調	軍事利器	1941
徐訏	海外的情調	結婚的理由	1941
徐訏	海外的情調	英倫的霧	1941
徐訏	精神病患者的悲歌		1941
徐訏	一家		1941
顧明道	奈何天		1941
顧明道	花萼恨		1941
秦瘦鷗	秋海棠		1942
周天籟	亭子間嫂嫂		1942
丁諦	長江的夜潮		1942
無名氏	露西亞之戀	海邊的故事	1942
無名氏	露西亞之戀	日爾曼的憂鬱	1942
無名氏	露西亞之戀	鞭屍	1942
無名氏	露西亞之戀	露西亞之戀	1942
無名氏	露西亞之戀	騎士的哀怨	1942
予且	淺水姑娘	七擒	1942
王小逸	石榴紅		1943
張愛玲	傳奇	第一爐香	1943
張愛玲	傳奇	第二爐香	1943
張愛玲	傳奇	茉莉香片	1943
張愛玲	傳奇	心經	1943
張愛玲	傳奇	傾城之戀	1943
張愛玲	傳奇	琉璃瓦	1943
張愛玲	傳奇	封鎖	1943
張愛玲	傳奇	金鎖記	1943
蘇青	結婚十年		1943
徐訏	鬼戀		1943
予且	予且短篇小說集	雪茄	1943

予且	予且短篇小說集	君子契約	1943
予且	予且短篇小說集	傘	1943
予且	予且短篇小說集	酒	1943
予且	予且短篇小說集	考慮	1943
予且	予且短篇小說集	微波	1943
予且	予且短篇小說集	照像	1943
予且	予且短篇小說集	求婚	1943
予且	淺水姑娘	留香記	1943
顧明道	紅粉金戈		1943
丁諦	人生悲喜劇	人生悲喜劇	1944
丁諦	人生悲喜劇	兩種人	1944
丁諦	人生悲喜劇	某校紀事	1944
丁諦	人生悲喜劇	沉澱	1944
丁諦	人生悲喜劇	蠢動	1944
丁諦	人生悲喜劇	浮屍	1944
丁諦	人生悲喜劇	他們是有孩子的	1944
丁諦	人生悲喜劇	別離的今昔	1944
丁諦	人生悲喜劇	溫夢紀	1944
丁諦	人生悲喜劇	藍森林	1944
張愛玲	張看	連環套	1944
張愛玲		散戲	1944
張愛玲	傳奇	年輕的時候	1944
張愛玲	傳奇	花凋	1944
張愛玲	傳奇	紅玫瑰與白玫瑰	1944
張愛玲	惘然記	殷寶灩送花樓會	1944
張愛玲	傳奇	等	1944
張愛玲	傳奇	桂花蒸　阿小悲秋	1944
徐訏	盲戀		1944
無名氏	塔裡的女人		1944
周瘦鵑	新秋海棠		1944
譚惟翰	海市吟	秋之歌	1944
譚惟翰	海市吟	頑童	1944

譚惟翰	海市吟	無法投遞	1944
譚惟翰	海市吟	大廈	1944
譚惟翰	海市吟	失音的唱片	1944
譚惟翰	海市吟	榮歸	1944
譚惟翰	海市吟	雨巷	1944
譚惟翰	海市吟	鏡	1944
譚惟翰	海市吟	海市吟	1944
譚惟翰	海市吟	默念	1944
譚惟翰	海市吟	鬼	1944
譚惟翰	海市吟	交流	1944
譚惟翰	海市吟	雨後的山岡	1944
譚惟翰	海市吟	舞台以外的戲	1944
譚惟翰	海市吟	琲琲	1944
秦瘦鷗	二舅	給他母親殺死的？ ——獻給全世界的母親	1944
秦瘦鷗	二舅	二舅	1944
秦瘦鷗	二舅	小店主	1944
秦瘦鷗	二舅	一個洋囡囡	1944
秦瘦鷗	二舅	同學少年	1944
秦瘦鷗	二舅	風雨故人來	1944
秦瘦鷗	二舅	第三者	1944
秦瘦鷗	二舅	戀之夢	1944
予且	淺水姑娘	懷母記	1944
予且	淺水姑娘	尋夫記	1944
予且	淺水姑娘	一吻記	1944
予且	淺水姑娘	養僕記	1944
予且	淺水姑娘	換鼻記	1944
予且	淺水姑娘	辭世記	1944
予且	淺水姑娘	合巹記	1944
無名氏	北極風情畫		1944
徐訏	風蕭蕭		1944
徐訏	鳥語		1945
丁諦	前程		1945

予且	七女書	解凌寒	1945
予且	七女書	夏丹華	1945
予且	七女書	黃心織	1945
予且	七女書	向曲眉	1945
予且	七女書	過彩貞	1945
予且	七女書	郭雪香	1945
予且	七女書	鐘含秀	1945
張愛玲	傳奇	留情	1945
張愛玲	張看	創世紀	1945
張愛玲	傳奇	鴻鸞禧	1945
徐訏	煙圈	猶太的彗星	1946
徐訏	煙圈	賭窟裡的花魂	1946
徐訏	煙圈	氣氛藝術的天才	1946
徐訏	煙圈	煙圈	1946
徐訏	舊神		1946
徐訏	阿剌伯海的女神	內外	1946
徐訏	阿剌伯海的女神	本質	1946
徐訏	阿剌伯海的女神	小刺兒們	1946
徐訏	阿剌伯海的女神	助產士	1946
徐訏	阿剌伯海的女神	郭慶記	1946
徐訏	阿剌伯海的女神	阿剌伯海的女神	1946
予且	心底曲		1947
無名氏	龍窟	伽倻	1947
無名氏	龍窟	狩	1947
無名氏	龍窟	敬禮！	1947
無名氏	龍窟	奔流	1947
無名氏	龍窟	抒情	1947
無名氏	龍窟	紅魔	1947
無名氏	龍窟	龍窟	1947
張愛玲	惘然記	多少恨	1947
蘇青	續結婚十年		1947
蘇青	歧路佳人		1947

徐訏	爐火		1948
徐訏	幻覺	滔滔	1948
徐訏	幻覺	屬於夜	1948
徐訏	幻覺	春	1948
徐訏	幻覺	舊地	1948
徐訏	幻覺	幻覺	1948
東方蝃蝀	紳士淑女圖	春愁	1948
東方蝃蝀	紳士淑女圖	河傳	1948
東方蝃蝀	紳士淑女圖	惜余春賦	1948
東方蝃蝀	紳士淑女圖	紳士淑女	1948
東方蝃蝀	紳士淑女圖	懺情	1948
東方蝃蝀	紳士淑女圖	驛車上的少年	1948
東方蝃蝀	紳士淑女圖	牡丹花與蒲公英	1948
東方蝃蝀	紳士淑女圖	錢素娥泣血殘紅錄	1948
東方蝃蝀	紳士淑女圖	人之一生	1948
東方蝃蝀	紳士淑女圖	謊	1948
東方蝃蝀	紳士淑女圖	花卉淑女圖	1948
東方蝃蝀	紳士淑女圖	照相館裡婚禮	1948
周天籟	夜夜春宵		1949
潘柳黛	退職夫人傳		1949

第三節　研究方法

　　本論文擬採用馮‧戴伊克（Teun A. van Dijk）的話語理論作為研究方法，此理論的優點乃是能夠兼及語言學與文學兩種領域研究方法的優點，以下便先敘語言學與文學領域研究方法的差異，再說明馮‧戴伊克的話語理論。

一、語言學和文學領域研究方法的差異

　　語言學和文學二個領域研究方法的不同。文學的研究方法是先有總體的印象後再尋找語言證據，是由整體而至細微；語言學的研究方法是先有語言事實後再描寫解釋事實，是從細微而至整體。抽樣舉以 2011 年文學和語言學的碩士論文為例，如吉林大學中國現當代文學專業的碩士論文，曾慶娜《論

汪曾祺小說的語言藝術》將汪曾祺語言特色分成三個部份；第一部份，素樸雅致、自然天成。汪曾祺的小說既讓人一看就懂，又經得起咀嚼，這就源自於其素樸與雅致的語言。他的語言是質樸的，平淡的，但卻淡而有味，別有情致，在詞、句式、修辭運用上都少事雕琢，追求的是文章的素淡，其敘述方式也很獨特，是「藝術化了的老百姓化」，即使用百姓的語言來敘述。他小說的開頭多娓娓道來，不故弄玄虛，但卻耐人尋味，小說當中還多處運用括弧注釋，對語義進行補充；其使用的疑問句多為設問，這些都非常符合老百姓的敘述習慣。

第二部份，含蓄雋永、耐人尋味。汪曾祺小說語言所蘊含的思想內容往往超過語言表面上的意思，具有暗示性，需要讀者發揮想像力來閱讀，實踐一篇好的小說是由作者和讀者共同完成的理想。汪曾祺的小說運用相當大的篇幅細緻描寫風物、風俗、環境，事實上這些段落都是為了說明人物而存在的，環境的烘托可以幫助讀者更加深入地理解人物。其次是詩化的小說語言，營造出一種意境美。最後是「留白」的運用，在語言上往往蘊含著「語句下的意味」，讓讀者去思索、補充，在內容上小說結尾大多不直書明確結局，引發讀者們無盡的思考。

第三部份，生動流暢、揮灑自如。汪曾祺的語言使用技巧有下列幾種：一是句式的參差錯落，也就是長句子與短句子的搭配，使之讀來抑揚頓挫，回味綿長。二是韻腳暗含，使用疊言，增強語言的音樂美。三是巧用反復，善用「四字片語」，反復手法的運用，使小說語言前後和諧一致，形成回環往復的美感；汪曾祺還善用「四字片語」，形成整齊的句式，看來頗有氣勢，且蘊含著一種明快流暢的節奏，極富音樂感。

由上例可知，文學領域中研究語言的論文，一般是先有一個整體的、較為抽象的概念後，再尋找支持此概念的證據，如曾慶娜的論文摘要所言，汪曾祺小說的語言特色之一是素樸雅致、自然天成，雖然每個人對於美感的標準不一，但大體上能夠歸結出一個獲得多數人認同的意見，所以汪曾祺小說的語言特色是素樸雅致，這一點並未引起太多疑義，然而「素樸雅致、自然天成」是一個抽象的概念，什麼樣的語言能夠達到這個境界，沒有一個客觀的數據標準，很難說清道明，全憑讀者或評論者的主觀感受言之。

另以廣西民族大學語言學及應用語言學專業的碩士論文為例，如曹思海《〈醒世姻緣傳〉「被」字句研究》的綱要，第一章緒論介紹《醒世姻緣傳》流

傳和研究概況，以及論文所選用的版本。第二章為《醒世姻緣傳》中「被」字句的句法研究。首先，依據其主語狀況進行分類，後對「被」字句的主動者、「被」字句的謂語特徵進行分析。第三章為「被」字句的語義、語用研究。《醒世姻緣傳》中「被」字句主語語義類型多樣，其中受事占比例最大；「被」字後接的賓語語義上多為有生命的人。在語用方面，「被」字句多為敘述句，主語多為話題，在主語前有名詞性短語作狀語時句子表現為多主題。第四章是《醒世姻緣傳》中被字結構的句法、語義、語用分析。句法上被字結構可作賓語、定語、狀語、補語等句成分；「被」字結構的語義地位發生變化，大多已經降級；語用上被字結構具有濃縮句式、增強有定性，擴充句子容量、增強句子表現力的作用。第六章是《醒世姻緣傳》中「被」字的多功能考察。共時平面的語言富含歷史的積澱，此部份討論《醒世姻緣傳》中「被」字的多功能表現並從歷時上探求「被」的發展演變軌跡。第七章是結語。

　　由綱要所述可知，語言學研究的是語法結構的各項問題，包含在句子裡能夠放在什麼位置，如賓語、定語、狀語、補語等，在這些位置上能夠產生什麼語義或語法作用，在語用上具有什麼限制或功用，基本上來說語法研究的最大單位只到句子，除非是語用或語篇研究才會擴大到句子以上的單位，如句群、段落、篇章等等，因此和語料的主題內容沒有太大的關聯性。例如此篇論文中，研究的要點在出現「被」字的句子上，先是歸納「被」字句的使用規律，再解釋形成這些規律的原因，《醒世姻緣傳》的修辭技巧、語言特色、謀篇佈局這類超過句子範圍的研究幾乎不會出現在語言學論文中。

　　此二類研究方法的缺點在於語言學領域的研究方法注重單個語法現象忽略整體的語言情況，且一般只區分口語和書面語，直至近年才開始重視語體差異對語言使用所造成的影響，如學者李熙宗〈關於語體的定義問題〉、張伯江〈語體差異和語法規律〉、郭其智〈公文語體中的詞語新義〉等等研究；文學領域的研究方法強調能概括整體的概念，缺乏相對客觀的證據容易造成印象式批評。馮・戴伊克早年研究法國超現代詩歌，後轉為研究語篇的認知、意識形態問題，因此他的話語理論恰巧能避免二個學界上述的缺點。

　　如前所述，話語是一個意義涵蓋相當廣泛的名詞，在文學領域中較常見的是採用福柯或巴赫金的話語理論作為研究方法，但這類研究將研究的重心擺在文學與文本結構、社會文化之間的關係，較少關注文本中語言使用的方式或統攝語言、社會文化二方面的問題，而馮・戴伊克的話語分析理論則能

夠緊密結合語言、文學和社會文化三個方面的研究，既能探討語言方面的問題又能兼及社會文化研究，不致成為單一面向的研究，故本論文採用馮・戴伊克的話語分析理論作為研究方法，嘗試說明文學與語言使用、文學與社會文化語境兩個層面的問題，試圖結合文學的內部和外部兩個方向做一較為完整的闡釋。

二、馮・戴伊克與話語分析理論

　　馮・戴伊克是語言學出身、活躍於話語研究領域的學者。馮・戴伊克在荷蘭阿姆斯特丹大學取得碩士學位和博士學位，1965 年和 1969 年曾兩次到法國進修，1973 年在美國加州大學 Berkeley 分校進修。馮・戴伊克曾擔任過《詩學》（Poetics）、《篇章》（Text）主編，現任《話語與社會》（Discourse and Society）、《話語研究》（Discourse Studies）、《話語和交際》（Discourse & Communication）主編，共出版 30 餘種專著和主編的著作，發表近 200 篇論文。〔註 16〕學者徐赳赳將馮・戴伊克的話語篇章研究分為三個階段：第一階段（1968～1972）主要研究文學理論，特別是法國超現代詩歌中的語義問題；第二階段（1970～1974）研究篇章語法，重點放在局部和全局的語義聯繫，提出「宏觀結構」（macrostructure）的概念；第三階段（1980～現今）研究話語理解的認知模式，包含話語中的種族歧視現象、意識形態等等，研究目標也從文學話語轉至新聞話語。〔註 17〕由馮・戴伊克的學術歷程可知，其學術研究跨越文學和語言學兩門學科，此亦是本論文選擇其理論作為研究方法的原因之一。

　　在語言學領域中，學者朱永生認為：「話語分析的任務主要包括以下幾種：（1）句子之間的語義聯繫；（2）語篇的銜接與連貫；（3）會話原則；（4）話語與語境之間的關係；（5）話語的語義結構與意識形態之間的關係；（6）話語的體裁結構與社會文化傳統之間的關係；（7）話語活動與思維模式之間的關係。」〔註 18〕。馮・戴伊克的話語分析範圍包含朱永生所說的（4）、（5）、

〔註 16〕Discourse in Society: Research in Critical Discourse Studies - Website Teun A. van Dijk。上網日期：2017.05.13 網址：http://www.discourses.org/。

〔註 17〕徐赳赳〈van Dijk 的話語觀〉，《外語教育與研究》第 5 期（2005 年 9 月），頁 358。

〔註 18〕朱永生：〈話語分析五十年：回顧與展望〉，《外國語》第 3 期（2003 年 5 月），頁 45。

（6）、（7）項，即研究話語和話語結構二者與社會文化語境之間的聯繫、話語中隱含的思維模式、社會認知和意識形態等等。

　　馮·戴伊克的話語分析理論中有幾個重要概念，話語、宏觀結構、語境等等，話語包含宏觀結構，而話語的形成又和語境有關，語境提供話語的社會背景和影響話語的條件。在分析話語時，馮·戴伊克還是希望能夠兼顧宏觀結構和語境兩方面。然而在語言學界中有關話語分析的研究多將重心放在上下文語境，如語言的銜接與連貫，馮·戴伊克認為：「話語首先是語言使用的形式。因而語言學方法在篇章談話研究中起主導作用也就絲毫不奇怪。」〔註 19〕。後來的一些學者「將話語看作社會文化情景中的一種交往形式」、「話語分析是一門研究語言『使用』（Language「in use」）的學問」〔註 20〕，但是「將話語界定為一種社會交往形式，仍然不能超脫孤立的分析單位。也就是說，結構分析忽視了話語與語境（context）有功能關係：話語只是語境的組成部份。」〔註 21〕。因此在分析話語時，除有語法結構的描寫外，應該還有「言語行為、文體、修辭、非言語交往、詩韻格式、敘事格局、對話交往單位等內容。」〔註 22〕、「實驗研究話語結構在記憶中生成和理解」，以及「話語的社會、文化、政治功能（即語境）」〔註 23〕等等層面。從上述馮·戴伊克對話語分析的界定可以看出，他對於話語的定義應當涵蓋語言使用形式、社會文化情景的交往形式和屬於語境的組成部份三個方面。

　　大多數學者咸認為宏觀結構是馮·戴伊克的重要學術貢獻之一，馮·戴伊克的宏觀結構理論主要見於其〈 A Note on Linguistic Macro-structures 〉、〈 Narrative macrostructures 〉、〈 Pragmatic macrostructures in discourse and cognition 〉、〈 Semantic Macro-Structures and Knowledge Frames in Discourse 〉、《 Macrostructures—An Interdisciplinary Study of Global Structures in Discourse Interaction and Cognition 》等文章，內容探討語篇中的微觀結構、宏觀結構與超結構等概念的定義、操作方式與彼此之間的關聯。馮·戴伊克認為一般語

〔註 19〕馮·戴伊克《話語·心理·社會》（北京：中華書局，1993 年），頁 1。
〔註 20〕馮·戴伊克《話語·心理·社會》（北京：中華書局，1993 年），頁 13。
〔註 21〕吳福輝：《都市漩流中的海派小說》（長沙：湖南教育出版社，1997 年），頁 4。
〔註 22〕吳福輝：《都市漩流中的海派小說》（長沙：湖南教育出版社，1997 年），頁 2。
〔註 23〕吳福輝：《都市漩流中的海派小說》（長沙：湖南教育出版社，1997 年），頁 3。

言學以句子為單位的研究方式無法充分說明故事的結構，如情節、題材、主題等較大的單元，此亦非語言學研究重點。宏觀結構除能以微觀結構說明句子結構外，亦能闡述更多整體敘事結構，歸納成如前言、背景、小說情節發展中出現的錯綜複雜的糾葛、結局等超結構模式，以及從微觀結構歸結出語義綱要的宏觀結構。本論文即以上述馮‧戴伊克的專論文章和參考徐赳赳、王梅、王曉軍、倪炎元、陳春燕等學者的論著，依序說明微觀結構（microstructure）、超結構（superstructure）、宏觀結構（macrostructure）、語境（context）等概念。

（一）微觀結構

在話語和篇章中，線性展現的句子和句子之間存在著各種連結關係，這些連結關係可以是語用接應，也可以是語義接應，馮‧戴伊克把語篇中按順序排列的句子結構定義為語篇微觀結構。微觀結構與語法如單詞、短語、子句、句子等等有關，是表達意義的表層結構，句子與句子之間按照語義組織而成，也就是按語義宏觀結構組成，並非隨意地羅列而是相互關聯的，後面句子的信息可用來解釋、補充、糾正或對比前面的句子，也可以為前面句子提供可能的選擇，此即微觀結構的「局部一致性」特徵。微觀結構的研究方式可參考語言學中的篇章語法或稱語篇語法、話語分析等研究範疇。

（二）超結構

馮‧戴伊克發展宏觀結構時有著前後不同的變化：

> 語篇中不僅僅在連續的句子之間存在局部的或微觀的關係，而且在整體和全局上也有宏觀結構決定著語篇的整體連貫和組織。……這樣的宏觀結構有兩種：即意義的整體結構和形式的整體結構，為了避免兩種整體結構之間出現混淆，我後來引入「超結構」來指後者，及管理語篇整體形式或格局的摘要或圖式結構。〔註24〕

他先是提出宏觀結構這個概念，此中包含兩種意義，一是「意義」宏觀結構，二是「形式」宏觀結構，後來為了避免混淆，他把「形式」宏觀結構稱為「超結構」（superstructure），意指管理話語篇章的整體形式或格局的摘要或圖式結

〔註24〕 **Van Dijk** 著；高彥梅譯：〈學術自傳〉。上網日期：2013.06.30　網址：http://www.discourses.org/Academic%20biography%20Teun%20A%20van%20Dijk%20in%20Chinese.html。

構，宏觀結構（macrostructure）則指稱話語篇章語義部份的結構。

「超結構」是一種模式，能決定一個話語各個部份的編排順序，因而「超結構」具有一定的常規性質，至少有一部份「超結構」在某些自然語言中有較固定的形式。超結構與宏觀結構都是與語篇語義有關的結構，但它並不適用於語言學本體研究，不屬於語法領域，其所涉及的類別和規則不能在一般的語法分析下進行，實際上它更接近於敘事學理論。

超結構可按語義將話語切分成幾個不同的部份，例如「介紹」部份，說明故事發生的時空背景、個人或社會狀態、或是主角的外表、身份等具體背景信息等等；「糾葛」部份，在確定環境後故事通常會記錄在這個環境中「發生了什麼」，此即糾葛，包含事件或行動，糾葛的產生多與社會文化背景的衝突有關，內容可以是敘述違反既定規範、慣例、期望、打破平衡狀況或參與者的計劃等等，而社會文化背景有其特定性，在其他時期不見得會產生同樣的糾葛；「評價」部份是敘述參與者對敘述情節的整體精神或情感反應，在糾葛之後作者會給一個無論好或壞的結果，結果會影響之後事件的發生或進行，同時作者也會給結果一個評價，這個評價反應出作者的想法、道德觀，即作者跳出，也就是學者韓南所說的說書模式，除了在文學話語中可能出現「評價」部份，在新聞話語中也有可能在文末出現「評價」部份。

超結構與微觀結構的關係是透過語義宏觀結構相互連結的，超結構的類別和模式可以約束微觀結構，二者以功能關係為基礎，與整個話語的組織有關，但是馮·戴伊克認為超結構與語法結構之間的確切聯繫是未知的，他並沒有制定出精確的映射規則或約束條件。

（三）宏觀結構

關於宏觀結構及其形式的概念主要來自文學理論、敘事結構分析和認知心理學。宏觀結構與超結構相同，是與語篇語義有關的結構，具有重要的語義功能，它可從較低層次意義導出的更高層次或整體意義，用於說明整體意義的各種概念，如主題，主題或要點等等。

馮·戴伊克從話語的整體和全局提出建立在語篇更高層次上的宏觀結構的概念，將宏觀結構視為文本的「整體意義」，它可以「解釋話語的話題（topic）、主題（theme）或者說概要的（gist）」〔註25〕，亦決定著話語或篇章

〔註25〕馮·戴伊克《話語·心理·社會》（北京：中華書局，1993 年），頁 68。

的整體連貫和組織，這是一種層次結構，上層結構的語義是抽取下層結構的內容而來，最上一層結構有一個或一組主題能夠包容整個篇章的語義內容，而局部與整體結構、上層與下層的概念是相對的，例如以長篇小說的段落和章節來看，二「段」的以上的文字可組成一「節」，二「節」以上的文字可組成一「章」，二「章」以上的文字可組成一篇長篇小說，而短篇小說篇幅較短，最大的單位可能只到「節」；因此，相對於「節」來說，「段」屬於篇幅較小的下層結構，「節」則是篇幅較大的上層結構，以此類推，在小說中的最上層結構即是指整個文本的語義總結。微觀結構與宏觀結構二者是相互依存的關係，微觀結構中每個句子的局部意義取決於這個整體意義的宏觀結構，反之宏觀結構亦可從微觀結構中摘要或推論出來。

　　馮‧戴伊克並未明確說明宏觀結構與超結構是上下層級的關係還是平行的關係，但二者是相輔相成的，宏觀結構可能源自於超結構，超結構被定義為常規化的模式，為文本的宏觀結構內容提供整體序列形式，宏觀結構可按照超結構模式的序列組織安排，定義哪些信息對整個文本是重要的或相關的，因此超結構對宏觀結構的形成具有約束力。

　　同時馮‧戴伊克認為語篇連貫關係不僅由命題的序列關係決定，而且是由語篇的主題決定，主題是語篇中各部份所蘊含的命題，與主題相關的框架即宏觀結構，宏觀命題必須為初始的簡單命題所蘊含。宏觀結構具體地展現出語篇整體意義的結構，決定句子連接與語義連貫的限制，對語篇理解的過程具有很強的解釋力。

　　由於宏觀結構是話語的深層語義結構，它可以表達為一個複雜的命題，通過一些規則從話語句子表達的微觀結構中衍生出來。因此它是話語的底層語義表現，在具體句子意義的基礎上定義話語的局部和總體語義連貫。馮‧戴伊克提出這一語法模式的道理很簡單：話語生成必須先有一個主題或話題，而後話題演化成具體的意義，這些意義再發展成實際的句子，此為宏觀結構的第一個功能，組織複雜（微）信息，即組織文本中的微觀結構。反之，馮‧戴伊克認為人類的語言能力本身就具有把意義歸納成更大意義單位的能力，當我們想要總結一個話語或給出一些複雜的事件或行動的描述時，只需要給出最重要的信息，以減省時間和使聽者更加容易、明確地掌握說話者所傳達的信息，因此話語生成後，人們經由一些程序（如刪除、概括和構建命題）將話語的話題或主題重新整理出來，此為宏觀結構的第二個功能，減少複雜的

信息，即減少文本中的微觀結構。

宏觀結構中使用各種宏觀規則（macrorule）減少信息，並定義微觀層級（microlevel）和宏觀層級（macrolevel）之間的關係，縮減語義信息的手段共有四種：一是偶然信息刪除，即去掉不重要或次要信息；二是可恢復信息刪除，即選出基本信息；三是概括規則，即把信息加以概括；四是建構規則，即選出主題或主題句。

也就是說，微觀結構是語篇的語法系統，主要研究句子與句子之間的各種關係，如連接詞的使用、篇章回指、推進模式等等；宏觀結構則是語篇的語義系統，每一個篇章都有其篇章主旨，而篇章中的每一個段落又有其段落主旨，段落主旨和篇章主旨在語義上密切相關；超結構類同於對於小說情節單元的安排，如小說的情節可劃分為介紹、糾葛和評價幾個部份，或如寫作論說文時，會使用一開始先破題，接著正面例說、反面例說，最後做一結論這類敘事方法，這種敘事方法可應用於其他類似的篇章中，但是不是每種文體的超結構模式都會相同，它與語篇的主題、微觀結構、宏觀結構和語境有關。

（四）語境

馮‧戴伊克在多年的話語研究中，一直很重視話語和社會的關係，並提出一系列有關話語和社會關係的觀點。他認為人們在研究話語時，通常關注形式、意義、互動和認知，但經常忽視語境，即局部語境和全局語境的重要性，語境與社會密切相關，事實上話語的社會性是通過社會性別、種族、文化、社會話語分析和批評話語分析等方面表現出來的。因此在他的研究中十分重視社會文化語境對話語的影響。

語境有兩種涵義，一是指位於某個詞、短語甚至長至話語或文本前後的語言，常有助於理解詞或短語等的具體意義；二是指語言單位使用的社會場景。〔註26〕從第二個涵義來看，語境是文本以外與文本有關的事物，是對交際情景的反映，並包括那些決定語篇是否得體、合宜的條件。這些條件可以是交際者以及他們的內在結構，如知識、信念、目的，話語行為本身它們的結構以及語境的時空特徵等等。同時語境並不是一成不變的，它是動態的、變化的、有條件限制的，亦是事件的過程（course of events），包括起始狀態

〔註26〕里查茲（Richards, J. C.）、史密特（Schmidt, R.）編；管燕紅、唐玉柱譯：《朗文語言教學與應用語言學詞典》（北京：外語教學與研究出版社，2005年），頁149。

（initial state）、中間狀態（intermediary state）、結尾狀態（final state）。

　　語境也反映某個社會環境中的所有結構性特徵，這些特徵可能跟篇章話語的產生過程、結構、解釋和功能有關。馮·戴伊克認為範圍、整體互動和言語事件類型、功能、動機、目的、日期/時間、環境、小道具和有關物體、參與角色、社會角色、機構、社會成員、社會他人、社會再現等方面都會影響話語的語境。

　　語境可分為局部語境和全局語境二種，局部語境結構指的是場景、參與者以及參與者的各種交際的和社會的角色、意圖、目的等等。全局語境結構指的是某個機構的行為和過程、參與者作為不同的社會群體成員和成員之間的一種互動等等。馮·戴伊克所指的兩種語境，都與社會有關，相對來說，全局語境更能展現社會和話語之間的關係，或者說更能展現出話語的社會性。

　　徐赳赳指出，馮·戴伊克在談到話語這個概念可分成兩種：一是交際事件和「言語成品」，亦即局部語境。廣義的「話語」指的是某個交際事件，包括交際行為的參與者或者特定的場景，交際事件可能是口語、書面語、言語形式或非言語形式的；狹義的「話語」指的是「談話」（talk）或「篇章」（text），是完成的或正在進行的交際事件的「成品」。〔註27〕以談話來說，如顧客向超市店員詢問某項產品的價格屬於一個談話事件，兩人的對話可包括店員招呼語、客人問價的疑問句、店員的答句，到結束語等等，在這一個談話事件中，談話場景是商店，行為參與人是店員和客人，事件以口語方式進行，由於場景和行為參與者身份因素影響，因此在商店裡店員和客人的談話不會出現在辦公室或其他地方。

　　二是社會範圍內的篇章和談話，亦即全局語境。在這個範圍內的篇章和談話包含兩個意義，首先，話語是社會建構的產物，即話語具有社會範圍的性質，如政治話語、學術話語、醫學話語等等，人們會在不同的情境中自覺或不自覺使用不同的話語方式來表達意義；其次，話語有時效性、區域性和文化性，不同的時代、群體和文化背景，都可能使說話者使用不同的話語方式。此一意義的話語相較於前一項涵蓋的範圍更廣，牽涉到社會文化的問題，如以同樣的顧客向超市店員詢問某項產品價格的談話事件來說，假設超市是在以白人為主流地位的國家裡，參與人員變成白人顧客向黑人店員問價，在

〔註27〕徐赳赳〈van Dijk 的話語觀〉，《外語教育與研究》第 5 期（2005 年 9 月），頁358。

對話的過程中白人顧客使用有關於種族歧視的言詞而非一般的中性詞，這便涉及到群體之間意識形態的問題，因此這一談話事件牽涉的變項較前一定義多也更為複雜。

英國語言學家韓禮德（Halliday）則是將語境分為三種，一是上下文語境，意指與事件相關、前後相連的語句；二是情景語境，包括整段話的主題、目的、當時當地的情景、對話雙方的關係等等；三是社會文化語境，指的是範圍更為廣泛的社會和文化背景。將馮・戴伊克的話語概念和韓禮德的語境概念作一對比，可以看出馮・戴伊克將話語分為宏觀結構和語境兩個概念，宏觀結構涵蓋韓禮德所說的上下文語境和情景語境，語境則類同於韓禮德所言的社會文化語境；但是韓禮德專力於上下文語境的研究，較少關注情景語境和社會文化語境，馮・戴伊克正巧相反，尤其是近年來他的研究幾乎集中於社會文化語境的研究。

馮・戴伊克綜合分析語境的社會文化研究和認知心理研究，從社會認知角度討論在語境中影響話語的因素，他指出影響話語結構的不光是社會語境，還有主體對交際情境相關特點的主觀定義。〔註 28〕馮・戴伊克進而提出語境模型（context models）的概念，語境是動態的而非靜態的，它是客觀社會情景的反映也是情景的主觀心理模型，在話語的產生和接收的心理過程中扮演中心角色。語境模型受主觀的個人經驗，特別是和當前交際事件相關的經驗影響，由時空、社會行為、目標、意圖、知識、以及參與者的角色和相互關係等因素組成。

總結而言，本論文運用馮・戴伊克的話語理論分析 1912 年至 1949 年海派小說，以微觀結構展示小說中語言使用的方式、超結構表現小說的寫作技巧，同時為能完整而深入地說明 1912 年至 1949 年海派文學作品的敘事技巧，因此增補文學領域的研究方法試圖能更清楚地呈現海派文學作品在敘事技巧上的變化，如在西方寫作技巧的影響下，小說中寫作體裁的多樣化、敘事焦點的切換等等；復從宏觀結構說明小說的主題意識，社會文化語境則說明影響小說的社會文化因素，期能藉此深入探討小說的語言使用方式與作家主觀認知、社會文化因素的關係，小說的主題內容、形式結構，以及小說內所呈現的隱性或顯性的社會文化語境等等方面的問題。

〔註 28〕 Teun A. van Dijk：《Society and Discourse》（New York：Cambridge University，2009），頁 6～10。

第二章　前賢研究

　　由於本文跨越文學、語言、社會文化等等領域的研究，研究資料數量龐大繁雜，為清楚釐清本文的研究方向及範圍，故於本章節中簡要介紹前賢學者對此一命題的論述，從而說明本文所欲研究的問題。本章先敘海派文學的定義，藉以開展海派文學的相關研究；再述語言學領域中關於話語的研究，延伸至學界對於馮‧戴伊克話語理論的譯介；後寫文學領域中對於文學語言和文學話語的論述。

第一節　海派文學相關研究

一、海派文學定義

　　「海派」一詞意義源自於西方外來文化對中國傳統文化的反饋，意即西方文化進入中國並對中國文化造成影響、進而發展出融合中西方文化且異於中國傳統文化的藝術創作成果，此藝術創作成果發端於繪畫界，流風所及於戲劇界而至文學界。也就是說，海派文學中很重要的一個組成成分即是西方外來文化。

　　關於海派文學的定義，歷來學者說法不一。由沈從文無意挑起的京海派論爭中，京派文學與海派文學之名浮現文壇，在你來我往的一系列論戰文章裡，曹聚仁於〈京派與海派〉一文中率先使用「京派」來概括沈從文一方，以「裹著小腳，躲在深閨裡的小姐」形容獨攬風雅的京派，以「穿高跟鞋的摩登女郎」形容冒充風雅的海派，並就京派、海派內涵加以闡述，指出「京派不

妨說是古典的，海派也不妨說是浪漫的；京派如大家閨秀，海派則如摩登女郎」。〔註1〕

　　徐懋庸於〈「商業競賣」與「名士才情」〉文中則將京海二派的特徵歸納為「名士才情」與「商業競賣」。魯迅以欒廷石為筆名寫就的〈「京派」與「海派」〉、〈北人與南人〉兩篇文章裡，認為兩派所指涉的地域應是指文人匯集的地域而非作家的籍貫，後又以地域因素解釋京海派之爭發生緣由、二地作家呈現出的性格差異以及缺點。這場論爭起因於京海兩地學者因社會環境差異造成兩地作家作風和寫作風格的不同，而使得兩方學者相互攻訐，事實上沈從文的文章裡，只是單純感慨部份作家寫作態度不嚴謹，並無貶抑在上海活動的作家，亦無將任何作家歸入海派作家群。

　　對於「海派」此一文學流派的定義，每位學者都有其不同的見解及立論根據，在「海派」定義的討論之外，海派能否看做是文學流派卻受到部份學者的質疑。學者王葆心認為所謂的文學流派必須「先有並時之羽翼，後有振起之魁傑，而後始克成流別，於以永傳」〔註2〕，意即一個文學流派須具備相同或相似文學主張的作家群、一定數量且優秀的作品，傑出的後起之秀等條件，才能支持文學流派的產生及延續。依王葆心的論點而言，文學流派的形成應當是文人群體自發聚集、組織成一流派，非由後世論者歸結，然被公認是海派大家的作家施蟄存，卻不承認自己是海派的一份子，正如同包天笑也不承認自己是鴛鴦蝴蝶派的一員，故而近世評論出現「海派無派」的看法，如黃修己《中國現代文學發展史》中言「因為這場論爭，沈從文曾被認為是京派作家的中堅。實際上當時並不存在作為文學流派的京派或海派」〔註3〕；學者楊義直言「海派並不是嚴格意義上的流派。它是一種租界文學，或洋場文學，是以特定的地域文化為依託的歷史文化現象」〔註4〕，「其流派特徵主要表現在文體特徵，以及在以文會友過程中因趣味相投而形成的群體意識上，它們都沒有成立一個穩固的社團」〔註5〕。本文即承續楊義的看法，從海派文

〔註1〕曹聚仁：〈京派與海派〉，上海《申報》第4張（15）〈自由談〉，1934年1月17日。

〔註2〕王葆心《古文詞通義‧卷六‧識塗篇二》。收錄於王水照編《歷代文話‧第八冊》（上海：復旦大學出版社，2007年），頁7322。

〔註3〕黃修己：《中國現代文學發展史》（北京：中國青年出版社，2005年），頁414。

〔註4〕楊義：《楊義文存‧第四卷：中國現代文學流派》（北京：人民文學出版社，1998年），頁502。

〔註5〕楊義：《京派海派綜論》（北京：中國社會科學出版社，2003年），頁27。

學的地域性、文體特徵劃定海派文學的定義。

　　海派文學最重要的一個特點是吸納西方文化和寫作技巧。學者陳思和指出海派文學是「開埠以來的洋場生活逐漸對文學創作發生影響的長期結果」，其特色為：

　　繁華與糜爛的同體文化模式：強勢文化以充滿陽剛的侵犯性侵入柔軟糜爛的弱勢文化，在毀滅中迸發出新的生命的再生殖，燦爛與罪惡交織成不解的孽緣。當我們在討論海派文學的淵源時，似乎很難擺脫這樣兩種文化的同體現象，也可以說是『惡之花』的現象。但上海與波特萊爾比下的巴黎不一樣，巴黎從來就是世界文明的發射地，它的罪惡與燦爛之花產生在自己體腔內部，具有資本主義文化與生俱來的強勢特性，它既主動又單一，構成對他者侵犯的發射性行為，而在上海這塊東方的土地上，它的『惡之花』是發酵於本土與外來異質文化摻雜在一起的文化場上，接受與迎合、屈辱與歡悅、燦爛與糜爛同時發生在同體的文化模式中。本土文化突然衝破傳統的壓抑爆發出追求生命享受的慾望，外來文化也同樣在異質環境的強刺激下爆發了放縱自我的慾望，所謂的海派都市文學就是在這樣兩種慾望的結合下創造了獨特的文化個性。〔註6〕

在西方文化強勢入侵上海文壇的情況下，文學或被動或被迫接受，並於此刺激下迸發出不同於傳統文學的風貌，西方外來文化是催化海派文學發展的推手之一，中西交融成為海派文學的重要特色。

　　除西方文化影響外，文學商品化是海派文學的另一項特色。海派小說受到市民讀者閱讀喜好的影響，採用多種西方敘事技巧，著力表現市民在上海這一都市裡衣食住行、人情世態等等生活面貌，錢理群等學者由此歸納出海派小說的四個特點：第一，是新文學的世俗化和商業化。第二，過渡性地描寫都市；第三，首次提出「都市男女」這一海派常寫常新的主題；第四，重視小說形式的創新。〔註7〕

　　學者吳福輝亦認為海派小說長於現代消費文化的環境，在商業文明的吹

〔註 6〕陳思和：〈論海派文學的傳統〉，《杭州師範學院學報》（第 1 期 2002 年），頁 2。

〔註 7〕錢理群、溫儒敏、吳福輝：《中國現代文學三十年》（北京：北京大學出版社，1998 年），頁 321。

拂下迅速壯大，其有如下特點：第一，題材主旨的非重大性、非崇高性。它不寫政治革命、社會重大事件，也不揭示某種歷史規律或以闡述人生道理為己任，文中只餘「食色」二字。第二，盡量地世俗化。海派小說表現市民的世態，相當地生活化，讀海派的小說等於是讀日常的自己。第三，要有可讀性。也就是要有故事，海派小說以出色的故事吸引大眾，這也是它們能夠受到讀者青睞歷久不衰的主因之一。第四，講究趣味。海派小說是不講道說理的「輕文學」，既能迎合大眾口味，必要時也要吊吊大眾的口味，以增加閱讀趣味。〔註8〕

　　學者王愛松總結海派文學的四大特徵為：一是追求商業化、要求世俗化、消閒化；二是敘事地點在上海；三是內容以情愛為主；四是受到日本新感覺的影響。〔註9〕王愛松將海派文學限定在以新感覺派為主的「新海派」，而得此四項特徵，然以此為基礎觀 1912 年至 1949 年的海派文學，並據文學現實情況以及上述前賢學者們的看法綜合並修正後可得四項特徵：一是追求商業化、要求世俗化、消閒化；二是敘事場域在上海及其周邊區域，包括蘇州、杭州、揚州、南京等地，這些區域展現出敘事場域轉移的軌跡，1912～1925 年時期敘事場域由蘇州、杭州、揚州一帶轉至上海，1925～1937 年敘事場域以上海為主，1937～1949 年受到對日抗戰的影響，敘事場域雖以上海為主，但有少部份轉移至南京，如無名氏的作品；三是內容以情愛為主；四是使用西方敘事技巧。

　　至於海派文學的發展和分期，學者楊義認為海派文學的發展共經歷三個階段，第一個階段是民國初年海派風氣形成，即鴛鴦蝴蝶派階段；第二個階段是三十年代現代主義流派出現，即上海現代派階段；第三個階段是四十年代上承言情傳統和現代主義探索，卻在藝術上更舒展、行情上更暢銷的新海派階段。〔註10〕楊義的文章點出兩個重點，一是海派文學的範圍，二是海派文學的分期，海派文學的範圍涵蓋民初的鴛鴦蝴蝶派，三十年代的新感覺派及當時難以歸類的作家，和四十年代的通俗作家或稱市民作家

〔註 8〕吳福輝：《都市漩流中的海派小說》（長沙：湖南教育出版社，1995 年），頁 30 ～34。

〔註 9〕王愛松：《京海派論爭前後的文學空間》（上海：上海人民出版社，2015 年），頁 72～73。

〔註10〕楊義：《楊義文存‧第四卷：中國現代文學流派》（北京：人民文學出版社，1998 年），頁 170。

等等，但楊義於此只談到海派分期的三個概略輪廓，並未說明海派文學分期的明確年代。

　　狹義的海派小說家單指二三十年代專擅都市敘事的新感覺派小說家。廣義的海派小說家從民國初年滬上的鴛鴦蝴蝶派（禮拜六派）小說家；「三角戀愛」作家張資平；唯美派邵洵美、章克標、滕固等人；新感覺派葉靈鳳、杜衡、施蟄存、劉吶鷗、穆時英等人；四十年代上海市民作家予且、蘇青、張愛玲、施濟美、譚惟翰等人；活躍於四十年代的曾今可、黑嬰、禾金、丁諦、黃震遐、徐訏、無名氏、東方蝃蝀等人；乃至八○年代小說家王安憶亦被稱作海派傳人，不同名目的若干作家群都概括於海派之內，可見海派小說範疇之廣，可說是族繁不及備載。為求研究的總體性和一貫性，本文依據楊義歸結出的海派文學發展階段，即 1912 年至 1949 年作為主要研究範圍。

　　海派是一個面目模糊的流派，它的發展分期也未有一定論。關於海派文學的發端，目前學界主要有三種說法，一是從文學載體來看，1892 年韓邦慶的《海上花列傳》是最早刊登在報刊此一載體上流傳散佈的小說，載於由韓邦慶創辦的小說刊物《海上奇書》上，學者葛永海認為《海上花列傳》及其當時代的小說「在敘述視角、思想旨趣等方面未能完全為海派小說傳統的確立奠定基礎（這個奠基工作要到 20 世紀新感覺派、鴛鴦蝴蝶派的盛行才算完成）」〔註 11〕；《海上花列傳》不僅是敘述視角和思想旨趣與後來的海派小說有所差異，在當時，此書銷路平平流傳不廣，對閱讀市場的影響力也不大。

　　二是從寫作目的來看，1906 年吳趼人的《恨海》是第一部自覺寫情的小說，然此書創作旨趣與後來的海派文學相去甚遠，能否併入海派文學範疇仍是一個有待考究的問題。三是 1912 年徐枕亞的《玉梨魂》，此書先是在《民權報》上連載，廣受當時讀者歡迎後，以單行本方式出版，再版多次歷時十年聲名不墜，在傳播媒介、寫作旨趣上亦符合本文對海派文學的定義，故以 1912 年徐枕亞的《玉梨魂》作為海派小說的起點。

　　第二期 1925 年至 1937 年的確立源自於學者許道明的說法。一般現代文學史各時期劃分多以社會或政治事件為主，如《中國現代文學三十年》一書，將中國現代文學劃分為 1912 年至 1927 年、1927 年至 1937 年 1937 年至 1949

〔註11〕葛永海：《古代小說與城市文化研究》（上海：復旦大學出版社，2004 年），頁348。

年三個時期。許道明認為以社會或政治事件作為海派文學起點和海派文學發展歷程不盡相符，1925 年前後是葉靈鳳、滕固、倪貽德等人與創造社等左翼文人分道揚鑣、別創蹊徑的年代，加上先前的張資平，以及劉吶鷗、施蟄存、穆時英等作家，這些作家的文學風格多著重表現男女情感、為藝術而藝術，在敘述形式上追求新穎的技巧，在市場操作上具有商業性運作的氣息，以趨新唯美為尚的文學特色與當時的左翼文人大相逕庭，故而主張以 1925 年作為海派文學的起點。〔註 12〕然因許道明對於海派文學的定義與本文不盡相似，其文中未將 1912 至 1925 時期的文學作品看作海派文學，此是與本文不同之處。

第三時期 1937 年至 1949 年則是以當時的社會重大事件作為分期依據，雖說社會事件不見得都能對文壇造成影響進而改變文風，但 1937 年抗日戰爭爆發，確實大大影響當時文學的發展，許多作家為避戰亂退守大後方，海派文學一改前期都市紙醉金迷的風氣，轉而關注世俗日常生活和探討生命本質、宗教與愛等哲學命題。本文的文學分期便是依據上述學者的主張，分為 1912 年至 1925 年、1925 年至 1937 年、1937 年至 1949 年三個時期，並依序探析此三個時期的文學話語模式。

二、海派文學相關研究

區域文化是近年來受到學界多所關注的研究題目，與海派文學有關的研究資料亦是多不勝數，這些研究資料主要可以分做以下六個方面：

（一）社會文化史料

這類研究多將研究重心放在某一時期、某一地域的社會、文化、經濟等方面的現象，如黃葦、夏林根編《近代上海地區方志經濟史料選輯》（上海：上海人民出版社，1984 年）和忻平《從上海發現歷史》（上海：上海人民出版社，1996 年）二書藉由精確詳實的數字紀錄中國第一次現代化運動對上海城市文明造成的變化，這個變化重新建構上海市民們的生活內容與生活方式，涵蓋諸如人口、收入、消費、建築、民俗、語言、衣食住行等等層面。

熊月之主編《上海通史》（上海：上海人民出版社，1999 年）共 15 卷、陳伯海主編《上海文化通史》（上海：上海文藝出版社，2001 年）共 2 冊、《上

〔註 12〕許道明：《海派文學論》（上海：復旦大學出版社，1999 年），頁 72～81。

海百年文化史》編纂委員會編《上海百年文化史》（上海：上海科學技術文獻出版社，2002 年）共 5 冊，三套叢書紀錄上海自古至今在城市建築、飲食器用、語言、禮儀風俗、傳播媒介、教育學術、宗教藝術、市場文化等等方面的變化，三套叢書皆附有插圖，使讀者能夠更加全面地了解當時的社會風貌，並為讀者提供豐富史料。

關於晚清民初市民娛樂文化與市民生活的研究如賀蕭《危險的愉悅：20 世紀上海的娼妓問題與現代性》（南京：江蘇人民出版社，2003 年）、安克強《上海妓女——19～20 世紀中國的賣淫與性》（上海：上海古籍出版社，2004 年）、盧漢超《霓虹燈外——20 世紀初日常生活中的上海》（上海：上海古籍出版社，2004 年）等書以豐富史料展現上海娼妓的賣淫場所、營生方式以及青樓文化與文人群體的密切關係。黃曉艷編《往昔玲瓏》（北京：北京圖書館出版社，2004 年）、卓影《麗人行——民國上海婦女之生活》（台北：柏室科技藝術股份有限公司，2006 年）則將視野擴大至當時上海的女性生活，如女學生、女職員和女事業家等等。

（二）文學史料

這類研究主要以文學方面的史料蒐集為主，如魏紹昌、吳承惠編《鴛鴦蝴蝶派研究資料》（上海：上海文藝出版社，1984 年）2 冊、陳平原、夏曉虹《二十世紀中國小說理論資料・第一卷》（北京：北京大學出版社，1989 年）、芮和師、范伯群編《鴛鴦蝴蝶派文學資料》（北京：知識產權出版社，2010 年）2 冊等書，收羅許多其時作家發表於報刊雜誌上的文學評論文章或是書前序文；而當時作家、報人所著的散文、筆記如包天笑《釧影樓回憶錄》、《釧影樓回憶錄續編》（香港：大華出版社，1971 年）、鄭逸梅《清末民初文壇故事》（上海：學林出版社，1987 年）、曹聚仁《上海春秋》（北京：三聯書店，2007 年）等書也提供許多當時文壇逸聞、文人之間的交遊通信情形、日常生活記實等方面的史料。

（三）文學作品

近年來大陸學界開始持續搜羅散佚的文本或挖掘湮沒不傳的作家，在海派文學方面如學林出版社在 1997 年出版的一套《海派文化長廊小說卷》叢書，其中包含《滕固小說全編》、《葉靈鳳小說全編》、《穆時英小說全編》、《劉吶鷗小說全編》、周天籟《亭子間嫂嫂》等書。北京地區的中國現代文學館編

《中國現代文學百家》叢書中則收有《穆時英代表作》、《包天笑代表作》、《予且代表作》、《葉靈鳳代表作》、《張資平代表作》、《無名氏代表作》（北京：華夏出版社，2010 年），但書中多只收錄作家的部份作品或是作品節錄。最新出版的一套叢書是上海市作家協會和上海文學發展基金會主持的《海上文學百家文庫》（上海：上海文藝出版社，2010 年），共 130 多卷，收錄 19 世紀初到 20 世紀中葉曾經在上海活躍過的作家，包含魯迅在內共 267 位作家，作家群甚為廣雜，並非針對海派作家，且所收長篇作品多是節錄非全本。

（四）文學史

這類資料多按時代或是主題、文體作為敘述經緯，如邱明正主編《上海文學通史》（上海：復旦大學出版社，2005 年）上下二冊從古至民初按時代先後順序說明上海一地的文學發展流變；范伯群主編《中國近現代通俗文學史》（南京：江蘇教育出版社，2010 年）2 冊按照小說內容和形式分做社會言情、武俠會黨、偵探推理、歷史演義、滑稽幽默、通俗戲劇、通俗期刊等主題，分述上海近現代小說的發展。陳伯海、袁進《上海近代文學史》（上海：上海人民出版社，1993 年）一書則是按文體如詩文、小說、戲劇分門別類地敘述各文體在近代上海發展的興衰及侷限。

以海派文學作為研究焦點的，如吳福輝《都市漩流中的海派小說》（長沙：湖南教育出版社，1997 年）、許道明《海派文學論》（上海：復旦大學出版社，1999 年）、李今《海派小說與都市文化》（合肥：安徽教育出版社，2000 年）、李俊國《中國現代都市小說研究》（北京：中國社會科學出版社，2004 年）等書以海派文學為主要研究範圍，深入探討海派文學的定義、範圍，以及與都市文明、商業文化、大眾傳播之間的關聯性。楊義《京派海派綜論》（北京：中國社會科學出版社，2003 年）透過京派文學和海派文學二者的比較，釐清海派文學的界限、作家群體、文學作品的風格特色等等方面的問題。陳平原《中國現代小說的起點：清末民初小說研究》（北京：北京大學出版社，2010 年）將 1898 年看作是新小說誕生的起點，從域外小說的影響、小說的敘事模式、主題詮釋等方向切入，研究範圍兼及包天笑、徐枕亞等作家，可作為研究海派小說的有力參照證據。

（五）專題研究

這類文獻多以某一特定主題諸如都市空間、性別意識、大眾傳播等方向

深入挖掘海派文學在特定主題下所展現的特色。李歐梵《上海摩登》（北京，北京大學出版社，2001 年）、劉軼《現代都市與日常生活的再發現——1942 年～1945 年上海新市民小說研究》（昆明：雲南大學出版社，2011 年）二書，和程光煒主編《都市文化與中國現當代文學》（北京：人民文學出版社，2005年）、熊月之主編《都市空間、社群與市民生活》（上海：上海社會科學院出版社，2008 年）二本會議論文集，張林杰〈文化中心的遷移與 30 年代文學的都市生存空間〉（《北京大學學報》第六期，2000 年）、郭晶、溫兆海〈海派小說的上海空間解讀〉（《吉林省教育學院學報》第 8 期，2012 年）等文章，都試圖連結都市文化與現代性、市民生活、文學文本、大眾傳播四個層面，說明上海一地的文學特色。

姚玳玫《想像女性》（北京：中國社會科學出版社，2004 年）、徐仲佳《性愛問題——1920 年代中國小說的現代性闡釋》（北京：社會科學文獻出版社，2005 年）、韓冷《現代性內涵的衝突——海派小說性愛敘事》（哈爾濱：黑龍江人民出版社，2008 年）等書，和任靜〈海派女作家的流變軌跡與內在差異〉（《南京工業職業技術學院學報》第 1 期，2006 年）、劉傳霞〈時代女性的敘事與性別——20 世紀二三十年代文學中的新女性敘事〉（《安徽師範大學學報》第 4 期，2007 年）等文章從性別意識的角度來探討海派文學，「人」的覺醒是五四文學的重要主張之一，二至四○年代的海派文學中，其所追求的不僅僅是展示「個人」的存在與價值，更多的是突顯「女人」的存在與價值，從男性作家對於性愛經驗、女性主體的虛構想像，到女性作家對於自我的剖析陳述，小說作品從主題闡述到敘事方式、敘事視角等都帶來嶄新的變化。

傳播媒體在以商業作為導向的文化市場上佔有重要的一席之地，媒體走向、媒介形式都會影響文學作品的產生和傳播，如因小報、文藝雜誌等傳播媒介的不同，其所刊載的文學作品也有所不同，這些作品同時也能迅速即時地反映出讀者的閱讀需求，透過對大眾傳播的研究，可以了解大眾傳播產權經營發行銷售狀態，從事該報業的文人群體特徵，讀者的各類品味及其所反映的社會文化內涵等等。以大眾傳播作為研究重點的諸如周海波、楊慶東《傳媒與現代文學之間》（北京：中國社會科學出版社，2004 年）、程光煒主編的論文集《大眾媒介與中國現當代文學》（北京：人民文學出版社，2005 年）、蔣曉麗《中國近代大眾傳媒與中國近代文學》（成都：四川出版集團巴蜀書社，2005 年）、李楠《晚清、民國時期上海小報研究——一種綜合的文化、文學考

察》（北京：人民文學出版社，2006 年）、洪煜《近代上海小報與市民文化研究》（上海：上海書店出版社，2007 年）、李相銀《上海淪陷時期文學期刊研究》（上海：三聯書店，2009 年）寫萬象雜誌、蔡登山《洋場才子與小報文人》（北京：金城出版社，2012 年）等書，和王利濤〈從場域理論看民初通俗文學期刊——以《小說大觀》為例〉（《重慶師範大學學報》第 4 期，2009 年）、陰艷〈論「海派方型周報」市民話的話語方式〉（《寧夏社會科學》第 1 期，2012 年）、楊蔚〈近百年來社會文化影響下的報刊語言變遷〉（《學術研究》第 1 期，2012 年）等文章說明傳播媒介和當時文人、文學作品之間的關聯。

（六）流派、社團、作家專論

1912 至 1949 年上海一地的社團、流派蔚然成眾，海派文學作家群數量甚廣，專論其時流派、社團、作家的論著多不勝數，諸如論述鴛鴦蝴蝶派的有范伯群《禮拜六的蝴蝶夢》（北京：人民文學出版社，1989 年）、袁進《鴛鴦蝴蝶派》（上海：上海書店，1994 年）、魏紹昌《我看鴛鴦蝴蝶派》（台北：台灣商務印書館股份有限公司，1995 年）、劉揚體《流變中的流派——「鴛鴦蝴蝶派」新論》（北京：中國文聯出版公司，1997 年）、趙孝萱《「鴛鴦蝴蝶派」新論》（蘭州：蘭州大學出版社，2004 年）等書，論述鴛鴦蝴蝶派一名的由來、鴛鴦蝴蝶派的作家群、鴛鴦蝴蝶派的文學特色以及各個作家著名作品分析等等。

論述新感覺派及與其同時代文人的有周敬魯陽《現代派文學在中國》（瀋陽：遼寧大學出版社，1986 年）、賈植芳主編《中國現代文學的思潮》（上海：復旦大學出版社，1990 年）、彭小妍《海上說情慾：從張資平到劉吶鷗》（台北，中央研究院中國文哲研究所，1991 年）、朱曦、陳興蕪《中國現代浪漫主義小說模式》（重慶：重慶出版社，2002 年）、張新穎《20 世紀上半期中國文學的現代意識》（北京：三聯書店，2002 年）、邱孟婷《「新感覺」的追尋——劉吶鷗、穆時英、施蟄存小說研究》（東海大學中國文學研究所碩士學位論文，2002 年）、李黛顰《十里洋場的漫遊者——上海新感覺派的都市書寫》（輔仁大學中國文學研究所碩士學位論文，2004 年）、靳明全《中國現代文學興起發展中的日本影響因素》（北京：中國社會科學出版社，2004 年）、金理《從蘭社到《現代》——以施蟄存、戴望舒、杜衡及劉吶鷗為核心的社團研究》（上海：東方出版中心，2006 年）、彭小妍《浪蕩子美學與跨文化現代性》（台北：聯經出版事業股份有限公司，2012 年）等書，詳細介紹新感覺派三家在文壇

活動的軌跡，都市文化對他們創作的影響和作品中的都市風貌，與他們的著名篇章的解析。

　　由於劉吶鷗是臺南新營人，因此在新感覺派三家中臺灣對於他的研究是相對較多的，如中央大學文學院自 2001 年起，便開始以「重讀」的觀點締寫以劉吶鷗為名的學術史頁，如於 2001 年彙編全集五冊六種，由臺南縣文化局於 2001 年出版《劉吶鷗全集》，且於 2010 年再出版《劉吶鷗全集・增補集》，並於 2005 年、2011 年舉辦「劉吶鷗國際研討會」，會議論文集由中央大學出版。對劉吶鷗的研究亦有許秦蓁《摩登・上海・新感覺——劉吶鷗（1905～1940）》清晰勾勒出劉吶鷗的求學經歷、交遊版圖、文學創作等等，並試圖重新審視劉吶鷗在文壇上的定位。

　　專論特定作家的論述如范伯群編《文壇盟主——包天笑》（台北：業強出版社，1993 年）、范伯群編《言情聖手、武俠大家——王度廬，附李定夷、葉小鳳、嚴獨鶴評傳及代表作》（南京：南京出版社，1994 年）、吳培華編校《四十年代方型刊物代表作家——王小逸》（南京：南京出版社，1994 年）、顏敏《在金錢與政治的漩渦中——張資平評傳》（南昌：百花州文藝出版社，1999 年）、李廣宇《葉靈鳳傳》（石家莊：河北教育出版社，2003 年）、陳旋波《時與光——20 世紀中國文學史格局中的徐訏》（南昌：百花洲文藝出版社，2004 年）、趙江濱《從邊緣到超越——現代文學史「零餘者」無名氏學術肖像》（上海：學林出版社，2005 年）、關杰《上海四才女的冷暖人生》（哈爾濱：黑龍江人民出版社，2005 年）等書，追尋這些作家的生平事跡和寫作當下的心理狀態，使後世讀者能夠更深入了解他們。

第二節　話語研究

　　「話語」（discourse）是一個意義相當廣泛的概念，許多研究領域如社會學、傳播學、文學、語言學等等都有其相關的話語研究，依照傳遞方式、語境等因素，話語可分為新聞話語、科技話語、醫療話語、法律話語、文學話語等方面。新聞話語如胡雯《新聞話語與意識形態》（福建師範大學英語語言文學專業碩士學位論文，2005 年）透過對「話語」和「意識形態」兩個概念的相關理論研究，分析「新聞話語」與「意識形態」之間的關聯性。科技話語如陳倩、劉明東〈科技話語文化圖式及其翻譯策略〉（《湘潭大學學報（哲學社會

科學版)》第 37 卷第 2 期，2013 年 3 月）分析其文化圖式類型，並探析源語與目的語文化圖式對應程度所採取的不同翻譯策略。醫療話語如劉璐璐《醫療話語中醫生身分購艦的語用學研究》（山東師範大學英語語言文學專業碩士論文，2015 年）在特定醫療背景下，研究醫生特定的話語身分及其運行機制。法律話語如解杰《法律話語的法律語用學分析》（蘭州大學法理學——法律語言學專業碩士論文，2009 年）在法律語境中研究法律語言使用者運用法律語言表達的話語意義，和特定語境場合下的法律話語。與本文有較密切關係的是語言學領域和文學領域的話語研究。

在語言學領域中，話語分析（Discourse Analysis）也譯做語篇分析或篇章分析，〔註 13〕包含口語和書面語二種。「話語分析」這一術語源自於美國結構主義學家哈里斯（Z. S. Harris），他將「話語」定義為「由連續的句子排列而成的語言形式的段落組成的特殊整體」，〔註 14〕也就是說傳統語言學將句子或更小的語法單位作為語言分析的基本單位，但是「話語」應當是大於句子的語法單位，話語分析就是分析大於句子的語法單位的研究。費爾克拉夫盡一步擴大說明「話語分析」的研究範圍：

> 側重於對話的高級結構屬性（例如，輪流說話（turn-taking），或談話的開始語和結束語的結構），或書寫文本的高級結構屬性（例如，某份報紙上的一篇犯罪報導的結構）。不過，更加常見的是，「話語」之被用在語言學中，要麼是涉及口頭語言的延伸部份，要麼是涉及書寫語言的延伸部份。除了保持對高級結構屬性的強調以外，這種意義上的「話語」還重視言語者與被言語者之間的相互作用，或作者和讀者之間的相互作用，因此也重視話語和書寫的生產過程與解釋過程，就像它也重視語言使用的情景背景一樣。〔註 15〕

話語分析的研究範圍涵蓋口語和書面語，除了研究語篇結構的銜接與連貫、信息結構、主謂結構等等方面外，應還包含情景語境和社會文化語境等方面。從費爾克拉夫這段話同時可看出，目前的話語分析研究的幾個派別，由於研究角度的不同，有些學者們側重話語的社會文化層面，如韓禮德（Halliday）、

〔註 13〕 在語言學領域中 Discourse Analysis 和 Text Analysis 都有被譯做語篇分析或篇章分析的例子，二者之間的差異非本文討論的重點，故不多述。

〔註 14〕 埃利亞、薩爾法蒂著；曲辰譯：《話語分析基礎知識》（天津：天津人民出版社，2006 年），頁 5。

〔註 15〕 費爾克拉夫：《話語與社會變遷》（北京：華夏出版社，2003 年），頁 3。

哈桑（Hasan）、馬丁（Martin）等強調社會文化語境對話語結構的影響；有些學者們側重行為交際功能層面，如莫曲（Motsch）強調話語交際的行為特徵和功能；有些學者們側重話語的社會實踐性，如馮‧戴伊克（Teun A. van Dijk）關注話語中所隱含的權利和意識形態；有些學者們則側重語篇的生產和理解，如韋斯（Werth）強調語篇參與者的認知過程、認知表徵和認知模型等等。本文所採用的研究方法即是語言學家馮‧戴伊克（Teun A. van Dijk）的話語理論。

　　馮‧戴伊克的話語理論在語言學界多是關於戴伊克專著及其理論的介紹，少有將理論作為研究方法分析篇章的論文，介紹其專著的論文如姜望琪《篇章語言學研究》（北京：北京大學出版社，2011 年），羅錢軍〈語篇宏觀結構分析在閱讀理解中的作用〉（《忻州師範學院學報》第 21 卷第 2 期，2005 年 4 月），徐赳赳〈van Dijk 的話語觀〉（《外語教學與研究》第 37 卷第 5 期，2005 年 9 月），王曉軍〈范代克的話語科學觀研究〉（《外語學刊》第 1 期，2009 年），毛浩然、徐赳赳〈話語、權力及其操縱──《話語與權力》評述〉（《外國語》第 32 卷第 5 期，2009 年），王梅〈范戴克的語境思想〉（《華北電力大學學報》第 6 期，2010 年 12 月）等等。這些文章主要說明馮‧戴伊克話語理論中宏觀結構、話語、語境等等概念。

　　馮‧戴伊克後期研究重心轉向新聞、認知、種族歧視、意識形態等等方面，其理論多應用在新聞傳播學界，他出的兩本專著《新聞作為論述》（*News as Discourse*）、《新聞分析：報紙國際新聞與國內新聞的個案研究》（*News Analysis: Case Studies of International and National News in the Press*），在新聞學界獲得廣泛應用，如翁秀琪〈批判語言學，在地權力觀和新聞文本分析：宋楚瑜辭官事件中宋李會的新聞分析〉（《新聞「學」與「術」的對話》，1998 年）。倪炎元〈從語言中搜尋意識形態：van Dijk 的分析策略及其在傳播研究上的定位〉主要介紹《意識型態：一個跨學科的途徑》（*Ideology: A Multidisciplinary Approach*）一書的理論，及在新聞語篇中呈現的意識型態和種族主義。

　　馮‧戴伊克翻譯成中文的專著有《話語‧心理‧社會》（北京：中華書局，1993 年）和《作為話語的新聞》（*News as Discourse*）（北京：華夏出版社，2003 年）二本。《話語‧心理‧社會》是單篇論文集，與本文略為相關的論文有〈話語處理中的情節模型〉、〈新聞格局〉、〈報紙新聞的結構〉等篇。〈話語

處理中的情節模型〉一文乃運用模型理論說明話語處理的認知研究。馮・戴伊克先闡釋情節模型（episodic models）這個概念，後展示情節模型在新聞語篇上的應用。情節模型有時也稱為情景模型（situational models），是用來解釋人們關於真實的或想像的情景的個人知識在話語產生和理解過程中所起的作用；模型是人類對於情景（situation）的認知的對應物，可根據情景的新信息擴大或更新，人們在聽、說、讀、寫的過程中都必須應用情景模型理解或產生話語。馮・戴伊克從荷蘭報紙上摘取一則有關祕魯發生攻擊戰的新聞，在閱讀此一新聞話語時，必須動用記憶裡有關祕魯、攻擊等相關模型的信息，透過已知信息的幫助理解新話語，並從新話語中的新信息更新或擴大舊有模型。

〈新聞格局〉一文假設報界的新聞報導是由約定俗成的新聞格局（news schemata）構造組成的。新聞格局指語篇上層結構（textual superstructures），上層結構也翻譯成超結構，即話語（discourse）常規的整體形式（global form），透過一組形式範疇和一套形成規則來描寫，可組織成情節（episodes）；宏觀結構（macrostrucutes）是語篇的語義部份，如話語的話題（topic）、主題（theme）或概要（gist）等。在新聞報導中，文章開頭有標題（headline）和導語（lead）這類格局範疇，正文裡應該也有這樣的格局組織，馮・戴伊克歸納出新聞話語包含總結、主要事件、背景、後果、評論等範疇以及隱含其中的意識形態，並透過新聞實例的分析說明這些範疇在新聞中產生的作用。〈報紙新聞的結構〉一文亦是分析新聞話語的超結構和宏觀結構。

其他如〈名流話語與種族主義〉、〈話語結構與權勢結構〉、〈社會認知與社會話語〉等篇則說明話語與社會文化、意識型態之間的關係。《作為話語的新聞》一書說明新聞結構、新聞製作、新聞理解三個部份，雖是以新聞作為分析語篇，但其對於主題結構、新聞圖式、微觀結構等等的分析仍可作為本文的借鑑。

戴伊克本人架設的網站上提供他大部份的英文專著與期刊論文免費下載，與本文有關的文章如：《*Text and Context: Exploration in the semantics and pragmatics of discourse*》（1977）、《*Macrostructures: An Interdisciplinary Study of Global Structures in Discourse, Interaction, and Cognition*》（1980）、〈*A Note on Linguistic Macro-structures*〉（1972）、〈*Discourse, Ideology and Context*〉（2001）等。

第三節　文學語言

俄國形式主義和布拉格學派學者主張文學語言有別於日常語言，是日常語言的一種偏離使用方式，它刻意地逸離日常語言，轉化或強化日常語言，進而達到美學效果。泰瑞‧伊格頓（Terry Eagleton）論及如何詮釋文學作品時亦言：「我們不會將文學作品的語言視為實用性的，我們反而認為文學作品的語言本身具有某種價值。」〔註16〕，上述所言說明文學語言是一種和日常語言不同、具有美學效果的特殊語言形式，此亦是文學語言研究的關鍵之處。俄國形式主義和布拉格學派乃至符號學學派學者將文學作品的語言和內容分開，主張專力研究文學作品的語言層面，然文學作品由語言組成雖無庸置疑，但亦不可忽略文學作品的內容層面，文學作品的內容包含社會文化環境，文學作品的語言、內容及其相關社會文化環境三者缺一不可，然學界多將三者分開，文學作品的語言研究稱為文學語言研究，與文學作品相關的社會文化研究稱為文學話語研究。

關於語言是一個涵蓋範圍相當廣泛的問題，文學、哲學、語言學、社會學等領域都涉及討論語言的相關問題。哲學領域如海德格（Martin Heidegger）強調語言和思維的關係，深入探討語言的本質，力圖說明語言究竟是傳達思維的工具或是語言即是本體；語言學領域如功能語言學派，專注於研究語言使用的規則，即什麼身分地位的人在什麼場合怎麼使用語言的規則；社會學領域如福柯（Michel Foucault）則偏向關注語言所呈現出的權力、意識形態等。

歷來文學作品的語言研究在文學理論研究中是相對薄弱的一環，且研究焦點多集中在修辭所產生的美學效果和藝術價值，少有專門針對文學語言使用技巧的研究，現代文學領域吸收來自哲學、語言學、社會學等領域的部份學說，對於文本中的語言的態度較之傳統文學也有所轉變，以下分別介紹語言的本質、文學語言的特性、以及現代文學領域中的學者、作家對於文學語言的看法。

一、語言的本質

中國現代文學領域受到哲學領域的影響，於八十年代開始探討語言本質的問題，語言究竟是思維的工具或是語言即是思維本體的討論，持工具論的

〔註16〕泰瑞‧伊格頓（Terry Eagleton）著、黃煜文譯：《如何閱讀文學》（台北：城邦文化事業股份有限公司，2014年），頁189。

學者認為語言是思維的外衣；持本體論的學者則有二種說法，一是語言和思維密切相關，如學者洪堡特、薩匹爾等人；二是語言先於思維存在，如學者海德格爾。

從希臘羅馬時期以來，西方學者多數如十八世紀英語辭典編纂大家薩繆爾‧約翰遜（Samuel Johnson），認為「語言是思維的外衣」（Language is the dress of thought），直至近世學者們則開始探討語言與思維的關係，主張語言也是文本的一部份。學者高玉認為「語言學基本上持語言工具觀，所以主要是在形而下的層面上研究語言，而語言哲學則基本上持語言思想本體觀，所以主要是在形而上的層面上研究語言。」〔註17〕，從工具論的論點來看，「語言是表達情感和交流思想的工具」〔註18〕；從思維本體論的論點來看，思維存在於語言之中，思維就是語言，語言的意義就是語言自己本身。

思維本體論可以上溯到洪堡特、索緒爾等學者，在語言學領域接續此理論的是薩丕爾、渥爾夫等學者；在哲學領域中闡述發揚此理論的有羅素、維特根斯坦、海德格爾、伽達默爾、福柯等學者。

洪堡特、薩丕爾、渥爾夫等學者受到當時盛行的人類語言學、地理語言學的影響，認為語言、思維和民族精神脫離不了關係。十八世紀德國學者洪堡特（Wilhelm von Humboldt）將人文思想帶入語言學研究，他於1975年寫下的《論思維和講話》紀錄他早期有關語言本質的一些看法。洪堡特認為語言充分展現一個民族的思維和精神，而語言和思維則相互依存、密不可分：

> 語言本身便構成了一種獨特的實存，這一實存雖然始終只能在每一次具體的思維行為中得到實現，但整體上並不依賴於思維。這裡提出的兩種對立的觀點，即語言有異於、獨立於心靈和語言隸屬於、依賴於心靈，實際上可以統一起來，說明語言的本質特性。……事實是，語言客觀地、獨立自主地發揮作用，另一方面它恰恰在同一程度上受到主觀的影響和制約。〔註19〕

任何思維都離不開某些普遍的形式，而語言正是這樣的形式之一，人的思考

〔註17〕高玉：《「話語」視角的文學問題研究》（北京：中國社會科學出版社，2009年），頁3。

〔註18〕高玉：《「話語」視角的文學問題研究》（北京：中國社會科學出版社，2009年），頁14。

〔註19〕威廉‧馮‧洪堡特（Wilhelm von Humboldt）著，姚小平譯：《論人類語言結構的差異及其對人類精神發展的影響》（北京：商務印書館，1999年），頁75。

行為無法與語言切割，語言和思維二者是不可分開、同時並行的，思維存在於語言之中，「語言的內部規律實際上正是語言創造過程中精神活動所循的軌跡」，「人的內心世界中再精深廣博的東西，也都可以轉化為語言，在語言中得到表現」。〔註20〕也就是說，人的所思所想無論再精深高妙都必須藉由語言這一表達方式來傳遞，反之便流於無形，無法溝通交流思維也無任何作用；而每一個民族都有自己的語言系統，這個語言系統也制約了這個民族的思維模式，因此語言能夠反映一個民族的民族精神，這種說法展現出洪堡特的民族主義思想。

二十世紀語言學者愛德華・薩丕爾（Edward Sapir）在其著作《語言論》中闡述思維的定義以及思維和語言之間的關係。愛德華・薩丕爾認為思維是「言語的最高級的潛在的（或可能的）內容，要達到這內容，連串的言語中的各個成分必須具有最完滿的概念價值。」〔註21〕，意即語言符號必須有相應的內容意義，這個內容意義約定俗成眾人皆知，能夠讓人們互相溝通交流。至於思維和語言的關係，薩丕爾認為語言和思維密切相關，他指出語言非但不是「貼在完成了的思維上的標籤」，而且「言語似乎是通向思維的唯一途徑」，〔註22〕雖說「思維只不過是脫去了外衣的語言」〔註23〕，但二者在嚴格意義上並不是等同的事物，語言只能是最大限度地接近思維，「思維先只是潛伏在語言的分類法中和形式中，而最終才可以從語言中看出思維」。

薩丕爾的學生本杰明・李・渥爾夫（Benjamin Lee Whorf）繼續發展其師「語言不僅指示經驗，而且規定經驗」的概念，衍伸為「薩丕爾——渥爾夫假說」。「薩丕爾——渥爾夫假說」主要可分做兩個部份，一是語言決定論，二是語言相對論。語言決定論主張語言決定思維，人的思維受到自己母語的影響，人只能透過自身使用的語言、或是身處的社會環境裡當作表達媒介的特定語言中的範疇和區別特徵來認識世界。語言相對論則認為一種語言系統裡的範疇和區別特徵與其他系統不盡相容，人依照母語所提供的概念框架來

〔註20〕威廉・馮・洪堡特（Wilhelm von Humboldt）著，姚小平譯：《論人類語言結構的差異及其對人類精神發展的影響》（北京：商務印書館，1999年），頁102。

〔註21〕愛德華・薩丕爾（Edward Sapir）著，陸卓元譯：《語言論》（北京：商務印書館，1985年），頁13。

〔註22〕愛德華・薩丕爾（Edward Sapir）著，陸卓元譯：《語言論》（北京：商務印書館，1985年），頁14。

〔註23〕威廉・馮・洪堡特（Wilhelm von Humboldt）著，姚小平譯：《論人類語言結構的差異及其對人類精神發展的影響》（北京：商務印書館，1999年），頁200。

認知世界的一切，而語言的結構可以按照語言系統裡的範疇和區別特徵無止盡地延伸變化。

德國學者海德格主張語言本體論，在其《在通向語言的途中》一書中提出「經驗語言」一詞，意即要讓語言自己說話，語言不能只被看作是人的能力之一，語言應該是人的天性，而提及存在，就離不開語言。他引用詩句「詞語破碎處，無物可存在」點出詞與物的關係，明言「詞語本身就是關係，因為詞語把一切物保持並且留存於存在之中」〔註24〕，「詞語才把作為存在著的存在者的當下之物帶入這個『存在』（ist）之中，把物保持這個『存在』之中，與物發生關係，可以說供養著物而使物成其為一物。因之，我們曾說，詞與不光處於一種與物的關係之中，而且詞語本身就可以是那個保持物之為物、並且與物之為物發生關係的東西；作為這樣一個發生關係的東西，詞語就可以是：關係本身。」〔註25〕，也就是說只有一個適當的詞把事物命名為存在者，這樣事物才會存在，所有存在者的存在都會居留在言詞裡，故而言「語言是存在的家」。

本文對於語言所持的態度傾向於洪堡特、薩匹爾和渥爾夫等學者的主張，認為語言與思維相互依存、彼此密切相關，從語言系統中可看出思維系統，然語言是工具或是本體這一命題與本文關聯性不大故未深入求索。語言系統和思維系統的轉變可以來自於內部要求或外部刺激，如在中國哲學領域中「天」、「道」、「心」、「性」等名詞，其意義會隨著不同時代、不同派別的闡釋而有所增刪改變，這是來自文化系統內部的要求，語言系統因應思維系統的變化而產生的轉變。又如唐代中西交流頻繁，西域曲牌名「菩薩蠻」一詞進入中文系統；元代受異族統治，元曲中亦保留不少外族語，此二例是語言系統受到外部刺激而發生變化。無論是受內部要求或外部刺激而產生的變化，雖無法說明變化的先後順序或是誰影響了誰，但語言、思維、社會文化是變化的一體三面，當其中一項發生變化，其他兩項亦會隨之變化。

二、文學語言的特性

學者徐豔認為所謂的文學語言應當是：

〔註24〕馬丁‧海德格爾（Martin Heidergger）著，孫周興譯：《在通向語言的途中》（北京：商務印書館，2005 年），頁 167。

〔註25〕馬丁‧海德格爾（Martin Heidergger）著，孫周興譯：《在通向語言的途中》（北京：商務印書館，2005 年），頁 179。

表現情感的語言，這與作為工具、符號的語言有著較大的區別，後
者是紀錄某種事實，前者是表現某種情感。符號語言由於是為了傳
達事實，人們完全可以越過語詞，而關注於其描寫的對象；而在感
情語言中，所表達的內容是由語詞建構的，這種內容是超越於具體
描寫對象（既包含客觀的外部世界，也包含作者的主觀現實情感及
世界觀）的。也可以說，這是一種具有虛構性質的語言。〔註26〕

文學語言即在文學作品中的語言使用方式，因為使用場域的不同，語言的使
用方式也會有所不同，在文學作品這一場域中，語言使用的主要目的在於表
現情感與藝術；從與其他場域的語言使用方式比較中如與日常語言的比較可
以得知，在形式上文學語言的最大特色在於其使用方式不見得完全符合語法
規則，有時甚至刻意違反、扭曲語法規則以求達到美學效果和藝術價值，這
亦是有別於其他場域語言使用方式的特色之一。

　　韋勒克在《文學理論》一書中曾提及「語言是文學的材料」，而文學語言
究竟具備什麼樣的特性，韋勒克並沒有詳細解說，但他明確點明「在闡釋文
學語言與日常語言的區別上還有不足之處」〔註27〕。文學領域的學者初始研
究的是語言中修辭和結構等方面的美學效果，而後文學領域學者受到語言學
領域的影響，或由語言學家跨界研究文學作品的語言問題時，意識到文學作
品的語言使用方式和其他語境下的語言使用方式不同，因此將語言區分成日
常語言與文學語言，主張文學語言是日常語言的變形，藉由文學語言和日常
語言的對比突顯文學語言的特性，如俄國形式主義學者什克洛夫斯基（Victor
Shklovskij）的「陌生化」（defamiliarization or making strange）理論，布拉格
學派學者穆卡洛夫斯基（Jan Mukarovsky）的「前景化」（foregrounding）理論，
利奇（Geoffrey N. Leech）和肖特（Michael H. Short）的「偏離」（deviation）
理論，和韓禮德（M. A. K. Halliday）的「突出」（motivated prominence）理論
等等。

　　俄國形式主義者什克洛夫斯基認為文學研究的對象是文學性（literariness），
而文學性存在於作品對日常生活語言的特殊運用中。文學語言偏離和扭曲日

〔註26〕徐豔：《中國中世文學思想史：以文學語言觀念的發展為中心》（上海：上海
　　　　古籍出版社，2012年），頁2。

〔註27〕雷·韋勒克（Rene Wellek）、奧·沃倫（Austia Warren）著，劉象愚等譯：《文
　　　　學理論》（北京：生活·讀書·新知三聯書店，1984年），頁7。

常生活語言的使用方式,使其不再具有日常生活語言的交流實用性。他認為「陌生化」(defamiliarization or making strange)就是使文學性語言與日常生活語言產生不同的特殊運用手段。透過「陌生化」讓人們帶著一種新的眼光去看事物,可以使人們感到新鮮、陌生,從而感受到強烈的美感。

布拉格學派的穆卡洛夫斯繼承「陌生化」理論,發展成「前景化」(foregrounding)理論。「前景化」也被翻譯作「突出」,「前景化」的反面就是「自動化」,「自動化」指的是機械地使用語言的方式,使事件「程式化」,一個語言行為越是自動化,有意識地運作的程度就越低,「前景化」就是對程式的違背,在語言運用上使用偏離常規的表達方式,使得某些東西能夠突顯出來,進而引起讀者的注意。

英國學者利奇和肖特提出「偏離」(deviation)理論,「偏離」也翻譯作「變異」,他們認為語言特徵的正常出現頻率是「常規」(norm),「常規」的選擇沒有固定標準,完全是依照語篇的實際情況而定。「常規」的主要作用是作為「偏離」的參照,偏離的方式有二種,一是語言現象出現的頻率超乎尋常地高或超乎尋常地低,二是有意違背語法規則,前者是數量上的偏離,後者是質量上的偏離,但是只有出於美學目的的偏離才具有文體意義,利奇和肖特詳細區分出偏離的種類,將偏離區分成辭彙偏離、語法偏離、語音偏離、字音偏離、語義偏離、方言偏離、語域偏離、歷史時代的偏離、外來語的摻雜等八類。

韓禮德(M. A. K. Halliday)的「突出」(motivated prominence)理論,「突出」(motivated prominence)也翻譯作「顯著」,「突出」指的是「具有顯著效果的語言現象」,而且是「有動因的突出」(motivated prominence),它們只有與語言的情景語境產生關係,在情景語境中發生作用,達到某種的文學意義和美學價值,才可以稱為文體特徵。從質的觀點來看,韓禮德認為把「突出」視為偏離的觀點過於強調「突出」的特異性,使得文體研究成為一種反語法研究,容易讓研究者把注意力集中在對語言常規的歪曲上;從量的觀點來看,韓禮德區分「突出」和統計學上的「顯著性」(prominence)這兩個概念,他指出不是頻率出現的過高過過低都能算作是「突出」,這只能看作是「顯著性」,「顯著性」只是一種統計的數字,對於文體研究沒有任何的幫助。韓禮德認為「突出」是作者用來表達某種文學意義和美學價值的一種手段,應該與文學意義相結合,進而展現出美學的價值。他接受利奇的觀點並加以闡發,把

「突出」分成兩類，一類是否定突出（negative prominence），指與其他語言或社會接受的常規相違背的突出，他稱之為「失協」（incongruity）；另一類是肯定突出（positive prominence），指那些在統計頻率上與人們的預期有出入的現象，他稱之為「失衡」（deflection）；前者強調的是質的偏離，後者強調的是量的偏離，研究的重點即是將此二者應用於研究語言各個層次上的「突出」現象。

語言學家韓禮德將文學語言的特色數據化，使後來的研究者能夠更深切地體會文學語言在小說作品的實際應用上與日常語言的差異，以及文學語言在推動小說情節上的作用。如其於 1971 年發表的〈 Linguistic function and literary style: an inquiry into the language of Willian Golding's *The Inheritors*〉文章中分析英國作家威廉‧戈爾丁（William Golding）小說《繼承者》（《*The Inheritors*》）的及物性結構。這篇小說中高頻出現的及物性結構是一種「失衡突出」。在入侵者到達之前，原住民基本上都使用不及物結構或每個小句只有一個參與者的中動語態，被入侵者征服之後，及物結構或非中動語態出現的使用比例變高，從及物性結構的可以看出，威廉‧戈爾丁借助及物性結構的使用比例來表現出小說情節的推進和轉換。

著名語言學家王力從有關語言裝飾的角度探討文學語言的問題，他承襲高爾基「語言是文學的第一要素」的看法，認為「沒有語言就沒有文學。最好的文學作品是最優美的語言寫成的。語言修養是文學家的起碼條件」[註28]。他更進一步說明日常語言和文學語言的差異，「普通的語言的作用在乎達意，但是文學的語言應該更進一步，它應該能使作者和讀者新的心靈交感」[註29]，文學語言相較於一般日常語言來說，可以讓讀者產生某種形象思維，意即文學的意境，這種形象思維是用具體形象來構思，具體形象則多用具體名詞較少使用抽象名詞來描述。

日常語言和文學語言最大的差異在於二者的功能不同，日常語言重社交性、是實用性為主的語言；文學語言則重視審美性、講求語言的美學價值。學者趙炎秋[註30]將文學語言的特性總結為四點，一是從表達角度來看，文

[註28] 王力：《王力全集‧第十九卷》（濟南：山東教育出版社，1984 年），頁 331。
[註29] 王力：《王力全集‧第十九卷》（濟南：山東教育出版社，1984 年），頁 239。
[註30] 趙炎秋：〈不結果的無花樹——論西方語言論文論對文學語言特性的探尋〉，《湖南師範大學社會科學學報》第 5 期（1996 年），頁 50～55。

學語言是「陌生化」的語言；二是從目的或功能來看，文學語言是以自身為目的的語言；三是從信息傳達的角度來看，文學語言中能只往往指向自身，符指過程被無限期推遲，甚至根本沒有必要完成；四是從上下文的角度看，文學語言是多義性的，這種多義性又是由語境決定的。作者認為文學語言的特性在於其構象性，它不是一個獨立的自足體，而是為了表現出生活的某些內容，塑造出某種形象，文學語言以構成某種形象作為自己的根本目的。

三、小說語言觀

　　中國傳統文學裡最早提出與語言有關的概念的是荀子。《荀子・正名篇》中提到：「名無固宜，約之以命。約定俗成謂之宜，異於約則謂之不宜。名無固實，約之以命實，約定俗成謂之實名。名有固善，俓易而不拂，謂之善名。」〔註31〕，荀子將語言看作是一種工具，認為名與實的關係是約定俗成的，直接平易、不違背事理的就是好的名稱。

　　中國第一部文學理論著作《文心雕龍》中，〈練字〉、〈章句〉、〈麗詞〉、〈比興〉、〈誇飾〉、〈物色〉、〈聲律〉等篇目專力討論文學語言的問題，將語言當作是文學的華麗外衣，正如同薩丕爾所言，「語言是文學的媒介，正向大理石、青銅、黏土是雕塑家的材料」〔註32〕；至六〇年代的文學理論家鐵馬亦是持此看法，認為「文學是語言的藝術」，「語言對於文學，就像音響和旋律對於音樂；線條、明暗和色彩對於繪畫；動作和姿勢對於舞蹈一樣，有一種不能分離的關係。」。〔註33〕

　　小說語言觀念從工具論轉變成本體論，最初是在 1981 年出版的高行健的《現代小說技巧》中露出端倪的。於此書中小說語言的問題開始受到重視，是現當代小說理論史上第一次從小說語言入手探討現代小說的藝術特質與獨特形態。高行健傾向語言本體論，強調「語言是思維的工具和實現」〔註34〕；在小說語言的使用上，他認為「作家是通過藝術的語言將自己的思想感情、對生活的理解和感受傳達給讀者的」〔註35〕，這裡所說的「藝術的語言」也

〔註31〕王先謙：《荀子集解》（北京：中華書局，1988 年），頁 420。

〔註32〕威廉・馮・洪堡特（Wilhelm von Humboldt）著，姚小平譯：《論人類語言結構的差異及其對人類精神發展的影響》（北京：商務印書館，1999 年），頁 199。

〔註33〕鐵馬：《論文學語言》（北京：中國圖書出版社，1952 年），頁 1。

〔註34〕高行健：《現代小說技巧初探》（廣州：花城出版社，1981 年），頁 15。

〔註35〕高行健：《現代小說技巧初探》（廣州：花城出版社，1981 年），頁 4。

就是所謂的變形的日常語言，透過對日常語言的加工，提煉出語言藝術之美，因此「現代作家創造文學形象，用的往往是最常見的語彙」〔註 36〕，小說中所使用的語言應使讀者不需要費心思索字句的意思，閱讀的同時心中便能浮現出所描述的形象，意即「語言藝術的功力與其說在詞句的考究，不如說在於遣詞造句的自然」〔註 37〕。

　　文學理論家黃子平認為，一般的文學研究多是在文末才以寥寥數語論及文學的語言問題，將語言當成文學以外的體系來看待，這是當時學術界的通病，黃子平主張對於文學作品的鑑賞批評，應該持有「得意莫忘言」的態度，而「得意莫忘言」的依據即是所謂的「透過現象看本質」，黃子平與高行健的主張相類，同樣支持語言本體論，他告誡讀者「文學作品以其獨特的語言結構提醒我們，它自身的價值。不要到語言的『後面』去尋找本來就存在於語言之中的線索」〔註 38〕。

　　黃子平指出自從現代語言學進入文學領域後，文學評論將「詩（文學作品）看作自足的符號體系。詩的審美價值是以其自身的語言結構來實現的。語言，在這裡絕不是透明的。」，文學語言學的研究領域，應當遠遠超出作品分析的範圍，黃子平列舉了幾個研究方向說明這個範圍的內涵，如日常語言與文學語言、文學作為一種語言行為、文學語言的信息交換、語言史和文學史以及文學理論的語言分析等等。

　　文學家王安憶的主張與上述學者相仿，將語言分成日常語言和小說語言兩種，承認二者存在相當程度上的差異。她將日常語言稱為「具體化語言」，小說語言則稱為「抽象化語言」。〔註 39〕她進一步解釋這兩種語言的差異，「『抽象化語言』其實是以一些最為具體的辭彙組成，而『具體化語言』則是以一些抽象的辭彙組成，這是一件有趣的事情。也正是如此，『『抽象化語言』的接受是不需要經驗準備的，它是語言裡的常識。」〔註 40〕，小說語言是我們日常生活當中所使用的語言，它的抽象性來自於這種語言蘊含的某種文學意境，也是這種文學意境使它和日常語言有所區別。

〔註 36〕高行健：《現代小說技巧初探》（廣州：花城出版社，1981 年），頁 61。
〔註 37〕高行健：《現代小說技巧初探》（廣州：花城出版社，1981 年），頁 60。
〔註 38〕黃子平：《沉思的老樹的精靈》（杭州：浙江文藝出版社，1986 年），頁 41～44。
〔註 39〕王安憶《小說家的十三堂課》（上海：上海文藝出版社，2005 年），頁 230。
〔註 40〕王安憶《小說家的十三堂課》（上海：上海文藝出版社，2005 年），頁 251。

　　同時，她藉阿城的作品印證張煒的說法，透過例子解釋所謂的「抽象化語言」，王安憶認為阿城小說作品中的語言使用技巧相當優秀，其中莫過於動詞的使用方式，「動詞是語言的骨骼，是最主要的建築材料。阿城的敘述是以動詞為基礎建設的，動詞是語言中最沒有個性特徵，最沒有感情色彩，最沒有表情的，而正是這樣，它才可能被最大限度地使用」〔註41〕等義。阿城在《棋王》中所用的語言都是語言中最基本的成分，尤其是以動詞為多，形容詞用的也是最基本的形容詞，他將對話作為敘述來處理，通篇小說就是敘述的整體，阿城用人物實際的動作行為來表達難以言傳的氣氛，使這氣氛變得可視可聞，也因為描寫任何狀態都是用動詞，直接描寫狀態，減少主觀性的敘述，使得意在言外的想像空間更大。王安憶此一論述是少數舉出實例說明文學語言運用方式的學者，王安憶同時也是寫作經驗豐富的知名作家，這使得她的說法更具有可信度。

　　近年來文學界興起從語言的角度研究中國近現代文學的熱潮，如王一川《漢語形象美學引論——20 世紀 80〜90 年代中國文學新潮語言闡釋》（昆明：雲南人民出版社，1994 年）、曹而云《白話文體與現代性——以胡適的白話文理論為個案》（上海：上海三聯書店，2006 年）、劉進才《語言運動與中國現代文學》（北京：中華書局，2007 年）、吳曉峰《國語運動與文學革命》（北京：中央編譯出版社，2008 年）、鄧偉《分裂與建構：清末民初文學語言新變研究（1898〜1917）》（北京：中國社會科學出版社，2009 年）、郜元寶《漢語別史——現代中國的語言體驗》（濟南：山東教育出版社，2010 年）、張新穎、阪井洋史的《現代困境中的文學語言與文化形式》（濟南：山東教育出版社，2010 年）、張向東《語言變革與現代文學的發生》（北京：人民文學出版社，2010 年）、劉琴《現代漢語與現代文學的關聯性研究》（北京：中國社會科學出版社，2010 年）等。從理論角度探討文學與語言關係的研究如王一川《語言烏托邦——20 世紀西方語言論美學探究》（昆明：雲南人民出版社，1994 年）、南帆《文學的維度》（上海：上海三聯書店，1998 年）、王汶成《文學語言仲介論》（濟南：山東大學出版社，2002 年）、李榮啟《文學語言學》（北京：人民出版社，2005 年）、吳波《文學與語言問題研究》（世界圖書北京出版公司，2009 年）、李龍《「文學性「問題研究——以語言學轉向為參照》（北京：人民出版社，2011 年）、肖莉《小說敘述語言變異研究》（北京：中

〔註41〕黃子平：《沉思的老樹的精靈》（杭州：浙江文藝出版社，1986 年），頁 251。

國社會科學出版社，2011 年）、魯樞元《文學的跨界研究：文學與語言學》（上海：學林出版社，2011 年）等書，這些研究大大擴展了文學語言研究的範圍。

第四節　文學話語研究

　　各家各派學者對於「話語」的定義莫衷一是，但共同點在於：話語包含事件的發生情景、參與人員或社會文化背景因素，非單純就事件本身言之；文學話語相較於文學語言而言，文學話語牽涉的層面更廣也更加複雜，學者段平山認為文學語言既涉及語言、又涉及到非語言的部份，它「是一種社會現象，社會現象的複雜性（如社會心理、文化習俗、民族意識等）決定著文學語言產生與發展的複雜性」，文學語言研究無法全面性地涵蓋文學語言及其衍伸出的問題，故由此推演出文學話語研究。所謂的文學話語是將「『文學語言』這一概念從具體的語言環境（即社會語言環境）獨立、抽象出來」，也就是說文學話語研究應當包含文學作品及其發生情景、參與人員或社會文化背景因素。〔註 42〕承上節對文學語言相關論述的介紹後，本節重點主要放在學者們對於文學話語的界定和目前文學話語研究成果等等方面的梳理。

一、文學領域中的話語理論

　　「話語」是一個意義相當廣泛的概念，在文學領域中，對於話語的研究多採用福柯（Michel Foucault）和巴赫金（M. M. Baxtnh）二位學者的理論。福柯的話語理論主要出現在其著作《知識考古學》中，他將話語看作是一種具有獨立性的意義單位、是一種動態的活動，並認為歷史文化是由各式各樣的話語組成的，每個話語的特徵和運動規律各不相同，但具有共同的基本結構，福柯把這種結構稱為「話語結構」（discourse formation），而話語結構的基本構成因素是「陳述」（statement），意即「陳述是話語的原子」。〔註 43〕福柯強調陳述不能被定義、言說，「對於語法分析來說，陳述是一個語言成份的序列，在這個序列中，我們或者能夠，或者不能夠識別某一句子的形式；對語言行為的分析來說，陳述是作為可見的物體出現的，在這個物體中，它們也

〔註 42〕段平山：〈從「文學語言」到「文學話語」〉，《韓山師範學院學報》第 26 卷第
　　　　 1 期（2005 年 2 月），頁 45～49。
〔註 43〕福柯（Michel Foucault）著，謝強、馬月譯：《知識考古學》（北京：生活・讀
　　　　 書・新知三聯書店，1998 年），頁 85。

被表現出來。」，陳述和符號密切相關，「一旦有一個或者惟一的並列符號，就有陳述存在。陳述的界限可能就是符號存在的界限。」。〔註44〕

話語由陳述組成，陳述的界限就是符號存在的界限，由話語、陳述和符號的關係可知，「話語是由符號構成的，但是，話語所做的，不止是使用這些符號以確指事物。正是這個『不止』使話語成為語言和話語所不可減縮的東西，正是這個『不止』才是我們應該加以顯示和描述的。」〔註45〕，也就是說話語雖由符號構成，但話話語所做的事卻遠比運用符號指稱事物要多得多，更重要的是，這些多出來的東西是無法還原為語言的。

俄國著名學者巴赫金的話語理論多集中在〈生活話語與藝術話語〉和《小說理論》等文章中。他從文學的觀點出發研究話語理論，關注的焦點多集中在長篇小說的話語，他認為所謂的話語應當是「任何現實的已說出的話語（或者有意寫就的詞語）而不是在辭典中沉睡的辭彙，都是說者（作者）、聽眾（讀者）和被議論者或事件（主角）這三者社會的相互作用的表現和產物。話語是一種社會事件，它不滿足於充當某個抽象的語言學的因素，也不可能是孤立地從說話者的主觀意識中引出的心理因素。」〔註46〕。

在《小說理論》中巴赫金進一步分析長篇小說話語的內涵，他指出「長篇小說作為一個整體，是一個多語體、雜語類和多聲部的現象。研究者在其中常常遇到幾種性質不同的修辭統一體，後者有時分屬不同的語言層次，各自服從不同的修辭規律」〔註47〕。這段話中的「多語體」、「雜語類」、「多聲部」分別來自不同的概念，「多語體」指的是在小說中可以出現各種不同的民族語、方言或標準語；「雜語類」指的是作者所處的社會中各種階級、社會群體或不同性別的人所使用的語言，巴赫金舉例如「各種社會方言、各類集團的表達習慣、職業行話、各種文體的語言、各代人各種年齡的語言、各種流派的語言、權威人物的語言、各種團體的語言和一時摩登的語言、一日甚至

〔註44〕福柯（Michel Foucault）著，謝強、馬月譯：《知識考古學》（北京：生活・讀書・新知三聯書店，1998年），頁90。
〔註45〕福柯（Michel Foucault）著，謝強、馬月譯：《知識考古學》（北京：生活・讀書・新知三聯書店，1998年），頁53。
〔註46〕錢中文編：《巴赫金全集・第二集・週邊集》（石家莊市：河北教育出版社，1998年），頁92。
〔註47〕錢中文編：《巴赫金全集・第三集・小說理論》（石家莊市：河北教育出版社，1998年），頁39。

一時的社會政治語言」〔註48〕等等;「多聲部」則是指小說中人物會受作者設定的性格、生長背景以及情景環境等因素影響,使得其使用的語言具有自己的特色,每個人物所使用的語言不會完全相同,呈現出一種多聲現象。

　　因此,巴赫金說:「長篇小說是用藝術方法組織起來的社會性的雜語現象,偶爾還是多語種現象,又是個人獨特的多聲現象。」,「小說正是通過社會性雜語現象以及以此為基礎的個人獨特的多聲現象,來駕馭自己所有的題材、自己所描繪和表現的整個實物的世界和文意世界。作者語言、敘述人語言、穿插的文體、人物語言──這都只不過是雜語藉以進入小說的一些基本的佈局結構統一體。」。〔註49〕

　　福柯的話語理論研究目標並不限於文學文本,對於文學文本研究的重心則在於話語內含的社會文化的特殊性和對話語的影響力,以及話語所呈現的權力、意識形態等的推移變化。巴赫金的話語理論研究目標雖是小說,但其研究重心更多是放在小說文本中的敘事方式及其所體現的社會文化內涵,對於小說的語言層面著墨不多。二位學者的話語理論見識卓著、影響深遠,相關應用研究多不勝數,然而二位學者的話語理論頗有獨到之處,但卻無法完整概括語言、小說文本、社會文化三個層面的研究,與本文無密切關聯,所以本文未採用二位學者的話語理論作為研究方法。

二、文學話語定義

　　伊格爾頓在《二十世紀文學理論》一書中說明「話語」這個概念進入文學領域的來由。他指出自結構主義轉移到文學的陣地後,文學研究也「部份地是從『語言』(Language)轉向『話語』(discourse)。『語言』是從客觀角度觀察的言語或書寫,它被看作沒有主體的一條符號鏈。『話語』意味著把語言理解為個人的話語,即理解為包括說寫的主體,因而至少也潛在地包括讀者和聽者的事物。」〔註50〕;而直至米歇爾·拉法特里評論羅曼·雅各布遜和克勞德·列維斯特勞斯分析夏爾·波特萊爾的詩《貓》的論文出現時,才真正

〔註48〕錢中文編:《巴赫金全集·第三集·小說理論》(石家莊市:河北教育出版社,1998年),頁40。
〔註49〕錢中文編:《巴赫金全集·第三集·小說理論》(石家莊市:河北教育出版社,1998年),頁40。
〔註50〕特雷·伊格爾頓(Terry Eagleton)著,伍曉明譯:《二十世紀西方文學理論》(西安:陝西師範大學出版社,1987年),頁126。

將文學作品當作話語看待。

學者童慶炳於《文學理論教程》一書中先是解釋話語的定義，後再說明什麼是文學話語。他指出「話語是特定社會語境中人與人之間從事溝通的具體言語行為，即一定的說話人與受話人之間在特定社會語境中通過文本而展開的溝通活動，包含說話人、受話人、文本、溝通、語境等要素。」，也就是說話語「把講述內容作為信息由說話人傳遞給受話人的溝通過程；而傳遞這個信息的媒介具有言語特性；同時，這種溝通過程發生在特定社會語境中，即與其他相關性言語過程、與說話人和受話人的具體生存境遇具有聯繫。」。〔註51〕

文學也是話語的一種，相較於其他話語，文學話語有其特殊性，它是「特定社會語境中人與人之間從事溝通的話語行為或話語實踐」，文學話語不僅「突出文學的語言形式」，更強調「這種語言形式本身正處在完整的社會生活過程的相互作用中」。〔註52〕童慶炳歸納出文學話語必須具備的五個要素：一是說話人；二是受話人；三是文本是供閱讀以便達到溝通的特定語言系統（有時也稱話語系統），這是話語活動的符號形式；四是溝通，是說話人與受話人之間通過文本閱讀而達到的相互了解或融洽狀態，這是話語活動的目的；五是語境，是說話人和受話人的話語行為所發生於其中的特定社會關聯域，包括具體語言環境和更廣泛而根本的社會生存環境。然因此書屬概論性質，童慶炳詳細解釋話語和文學話語的定義後，並未舉出實例加以說明。

學者文貴良則是將「話語」看作是一種「話語範式」，所謂的「話語範式」概括了「特定歷史時期內某種話語的整體特徵」，它「既是一種言說方式，又是一種生存方式。它是言說者採用一定的言語方式觀照世界和表達自我的方式。人一旦言說，他的生存狀態就被定格。筆者意在把描述語言的變化轉化為闡釋話語範式嬗變的過程。但是，話語範式的嬗變是隨著語言轉向完成的」〔註53〕，意即將蘊含社會文化意義的話語範式和語言形式的轉變二者緊密結合，語言形式改變，話語範式也會隨之變化。

文學話語即是文學的話語範式。文貴良在《文學話語與現代漢語》一書

〔註51〕童慶炳：《文學理論教程》（北京：高等教育出版社，2005年），頁68。
〔註52〕童慶炳：《文學理論教程》（北京：高等教育出版社，2005年），頁70。
〔註53〕文貴良：《文學話語與現代漢語》（上海：華東師範大學出版社，2009年），頁2。

中闡釋晚清以來中國的文學話語時指出，其時的文學話語是「文學通過西語（包括日本語）、漢語文言和漢語白話的多重格擊而形成的。因此，描述文學話語的嬗變必然涉及漢語的現代轉型」，「在文學的層面上，漢語的現代轉型表現為從中國傳統文言向現代白話的轉化」。〔註54〕於書中文貴良提出這一概念，且進一步指出「文學話語的陳述必須落實在語言層面」，但此書的論述重心仍是放在文學與社會文化的關係上，對於現代漢語的描述與解釋並未多加著墨。

三、文學話語相關研究

在文學領域中，對於文學話語的研究屬於新興研究，這些文章的研究焦點多集中在語言使用方式改變與社會文化變遷二個因素的關係上，深入探討社會文化變遷對於語言使用方式所造成的影響，大致有以下幾個方向：一是從通史角度研究語言嬗變的如文貴良《文學話語與現代漢語》、《話語與文學》，高玉《「話語」視角的文學問題研究》等書；二是從斷代史角度研究某一個時期語言使用的變化，如文學武《革命時代的文學敘事和話語——以1937～1949年的中國文學為中心》、文貴良《話語與生存：解讀戰爭時代文學（1937～1948）》、武善增《文學話語的畸變與覆滅——「文革」主流文學話語研究》、劉禾《跨語際實踐：文學、民族文化與被譯介的現代性（中國，1900～1937）》等書；三是從地域文化的角度研究某一個地區語言使用的變化，如王嘉良《地域視閾的文學話語》闡釋民國初年浙江一帶文人、作家對於新文學的參與與影響，張繼華《北京地域文學語言研究》說明從明代到二十世紀五十年代左右，北京一地文學語言的使用特徵與變化。以下便簡要介紹各書以明目前學界對於文學話語此一範疇的研究狀況。

學者文貴良《文學話語與現代漢語》一書從文學話語範式的角度，闡述晚清至二十一世紀的六種話語範式，即晚清的文言話語、五四白話話語、1930年代前後的隱形大眾話語、抗戰開始後行程的顯形大眾話語、文革話語和文革之後的多元話語等六種。書中詳細描述各個話語範式之間話語權遞嬗承接的狀態，力圖說明語言形式的轉變和社會文化息息相關，舉如從晚清文言話語過渡到五四白話話語，造成這個轉變的主因乃受白話文興起和異域語碼的

〔註54〕文貴良：《文學話語與現代漢語》（上海：華東師範大學出版社，2009年），頁3。

影響。

　　自甲午戰敗後，一批晚清知識份子轉而向日本學習，如黃遵憲感悟到日本明治維新中語言改革的益處，從文學的角度提出言文一致的主張。十年後，裘廷梁高舉「崇白話廢文言」的大旗，此主張獲得許多學者響應，如林白水、陳獨秀、胡適等人都開始興辦白話報刊。與此同時，由於報刊事業和翻譯事業的發展，加上西方從器物至文化的影響日深，異域語碼和編碼規則不可避免地進入漢語圈，衝擊著文言和白話，即使如著名翻譯大家林紓極力嚴守桐城義法，仍不免在無意間受到西方語言的影響，展示出話語權從文言話語轉交給白話話語的過程。

　　晚清的中心話語是文言話語，五四時的文白之爭「表層是文化範型的衝突，它的內層是話語方式的交鋒」〔註55〕，文言話語過渡到白話話語最關鍵的一點，誠如胡適的白話文學觀所言，其點出語言的使用方式，而不限定使用語言的對象，這使得白話文學具有多方吞吐的功能結構，個人話語的多樣化成為可能。

　　學者文學武《革命時代的文學敘事和話語──以 1937～1949 年的中國文學為中心》一書從斷代史的角度研究抗日戰爭時期解放區、國統區和上海「孤島」以及淪陷區三個地區的文學話語，這一個時期「文學的價值尺度和工具性得到空前強化，審美性則不同程度地遭到冷落」〔註56〕，這一獨特的文學特色是作者選擇研究此一時期文學話語的主因。如國統區文學敘事和話語裡關於自由主義的部份，說明於此時期主張文學自由主義的作家們所遭遇到的困境。在抗日戰爭時期大部份的作家下筆不忘抗日，作品一面倒地反日、抗日，但作家如梁實秋、沈從文、施蟄存、朱光潛等人認為，文學作品應當保有其藝術價值，強調文學自身的獨立性，不應依附於政治，雖抗日十分重要，但有些無關乎抗日的文章仍是好的，不必一昧地偏向某一主題，此一意見自然受到解放區作家的嚴厲批評，紛紛指責這些作家不愛國、不團結。

　　學者王嘉良《地域視閾的文學話語》從地域文化的角度探討晚清民初時期，浙江作家對於新文學的參與和影響。民初的新文學家隸屬浙江籍者甚眾，

〔註55〕文貴良：《文學話語與現代漢語》（上海：華東師範大學出版社，2009 年），頁 18。

〔註56〕文學武：《革命時代的文學敘事和話語──以 1937～1949 年的中國文學為中心》（上海：上海交通大學，2012 年），頁 1。

小說家如魯迅、郁達夫等人；白話詩人如周作人、沈尹默、劉大白、徐志摩等人；散文作家如語絲派的周氏兄弟、《新青年》作家群亦屬浙江籍為多，話劇創作者如宋春舫、陳大悲、李叔同等人。這些浙江新文學作家的文風明白烙印著地域文化的鈐記，而浙江又可細分作浙東和浙西兩個區塊，二地文風明顯不同，王嘉良舉例說明二者的差異，「浙西『水性』文化特色的作家的文風大都偏於秀婉，可以說屬『飄逸』一路」〔註57〕，典型作家如郁達夫、徐志摩、戴望舒、施蟄存等人；「浙東新文學作家文風的剛韌、勁直恰恰印證了素有『浙東硬氣』之稱的傳統文化品格」〔註58〕，浙東作家數量較浙西作家更多，如周氏兄弟、馮雪峰、艾青、柔石等人，而浙東作家又可再分為兩個群體，一是浙東鄉土作家，包括許杰、許欽文、王魯彥等作家，二是浙東左翼作家群，如柔石、殷夫、應修人、潘漠華等人。

　　浙江作家對於新文學的創新之功，王嘉良認為主要是受浙江一地文化風氣所致，他指出，「從深處看，浙江文化精神的一個重要特質是流動性與開放性」〔註59〕，浙江作家能夠從容不迫地出國留學吸納新知，也能迅捷地接納來自西方的新事物、新思想，這種特質表現在對於文學體裁的創新，如魯迅打破傳統文學概念，將雜文列入文學的正宗，以及創白話小說於前，為中國小說修史於後，使從來都被視為「小道」小說坐穩文學「正宗」的地位。詩人徐志摩則與其同道聞一多等人執著於「新格律詩」體制的創造，其不窮究韻律與節奏的散文化傾向拉大新詩與傳統詩歌的距離。

　　文學話語是大範圍的共時考察，呈現出某一時段或地域語言的社會文化面貌，關鍵詞研究則是透過某一個或一組意義相似的詞彙意義變遷的歷時考察，證實社會文化的變遷直接或間接導致詞彙意義的改變，是驗證語言與社會文化密切相關的最佳例證，相關研究如陳建華《「革命」的現代性：中國革命話語考論》（上海：上海古籍出版社，2000年）、馮天瑜《「封建」考論》（北京：中國社會科學出版社，2010年）研究某些詞彙在特定的時空背景下的特殊意義；馮天瑜《新語探源——中西日文化互動與近代漢字術語生成》（北京：

〔註57〕王嘉良：《王嘉良學術文集：地域視閾的文學話語》（上海：上海文藝出版社，2011年），頁28。

〔註58〕王嘉良：《王嘉良學術文集：地域視閾的文學話語》（上海：上海文藝出版社，2011年），頁29。

〔註59〕王嘉良：《王嘉良學術文集：地域視閾的文學話語》（上海：上海文藝出版社，2011年），頁57。

中華書局，2004 年）考證「封建」一詞的本義和受西方思潮影響後形成的新義，從詞彙意義的歷時演變和中西語言接觸的過程中展現「封建」一詞所蘊含的社會文化風貌；政治大學主編的《東亞觀念史集刊》以專刊形式收錄許多關鍵詞相關文章，包含理論方法的探討、從新名詞到關鍵詞的演變歷程、近代各類關鍵詞考源舉如「傳統、近代、現代」、「保守、進步、進化、退步、退化」幾組詞彙；金觀濤、劉青峰的《觀念史研究：中國現代重要政治術語的形成》（香港：香港中文大學當代中國文化研究中心，2008 年）和黃興濤研究近代新名詞的系列文章如「保險」、「支那」、「美學」等亦是研究近代西方引入新名詞的中國傳統本義與其後賦予的西方新義，以及演變至今的意義轉變和相應的社會文化面貌；李奭學〈西秦飲渭水，東洛薦河圖——我所知道的「龍」字歐譯始末〉（彭小妍編《文化翻譯與文本脈絡》（台北：中央研究院中國文哲研究所，2013 年）一文先說明「龍」字在中西方詞彙系統中的意義，透過翻譯手段，使中國代表祥瑞的「龍」字傳遞到西方，影響西方翻譯書籍中罪惡化身的「龍」字的意義。

　　二十世紀以來文學語言研究受到來自哲學領域和語言學領域的影響，對於文學語言的態度也有所轉變，將語言視作本體，從研究語言本身，進而意識到文學語言和日常語言的差異，從而發展出獨特的文學語言研究。同時結合作品中的社會文化語境，說明文學語言使用方式轉變的原因，不再將形式與內容看作是兩個不相關的個體，反倒是緊密聯結形式與內容，使作品得到更深入細緻的闡述和解釋。然此類論述方式較少言及文學中語言使用方式隨著文學與社會文化而轉變的情況，為此類論述方式的遺憾之處，故本文嘗試結合語言、文學與社會文化三個方面做一綜合研究，以說明 1912～1949 年期間海派小說中語言、文學與社會文化三個方面的變化。

第三章　1912年至1925年海派小說的文學話語

第一節　1912年至1925年的語言情況

　　1912年至1925年的語言使用情況較於之後兩個時期來得相對複雜，除西方文化思潮大舉進入的因素外，與當時風起雲湧的白話文運動和文學革命風潮亦有極大的關聯，故於下文中先說明相應的語言背景，再述當時的語言使用情況。

一、語言使用的相關討論

　　1912年至1925時期有關語言使用的相關情況大致延續清朝末年拼音化運動和白話文運動的風潮展開，此二系列的運動皆為因應「言文一致」的要求而生，於此時期的上海文壇語言的使用呈現文言白話交錯、漢文歐語交融的多元局面。

　　清朝末年的白話文運動興起於1894年甲午戰爭失敗後。甲午戰敗的最大意義不僅僅是割地賠款，而是對於整個民族自信心的打擊。十九世紀六、七〇年代清廷中的洋務派主導一系列以「自強、求富」為目標的改革運動，這場洋務運動特別注重學習西方的軍事技術，曾一度出現「同治中興」的局面。清廷於1888年建立北洋水師，企圖成為亞洲最強大的海軍，但一支為清廷寄予厚望的海軍卻在甲午戰爭時與日軍幾次交手後幾近覆滅。此次戰役的失敗

對中國知識份子的精神衝擊和恥辱感是中國近代史上多次外國侵略戰爭中最為強烈的，這也是促成康梁變法的直接原因。

康有為建議清廷參考日本明治維新的成功模式進行改革，而上位者改革的種種舉措必須得到下層百姓的支持，教育百姓成為首要工作之一；與此同時一些有識之士鑒於明治維新的成功，得力於該國在教育、文化、衛生等方面提高國民素質，因此主張中國想要富強的第一要件就是要開啟民智，而此一思路恰與康有為等人的維新運動理念不謀而合。

開啟民智這一舉措首先遇到的困難便是語言文字的問題，這一問題可分做兩個層次來看，一是書寫符號學習困難。與其他國家語言相較，文言文顯然不是一門易於學習的學問，且與日常使用的口語有相當大的差距，一個中國兒童可能需花費十數年的時間學習文言文，而當時識字人口不到十分之一，這十分之一中能粗通文墨並接觸西學者人數稀少，這情況對於推行教育相當不利；二是此一書寫系統所傳達的思想不符現實需要。清末國勢衰頹，急需引入能迅速改變頹勢的西方學說、技術，但文言文這一書寫系統所承載的傳統中國思想對於當時社會無任何實質裨益，更與當時傳入中國的西方學說、技術有一段落差，這使得文人們要在短時間內閱讀、掌握並接受新知識變得十分困難。反觀日本在明治維新時將傳統文字改革成為表音文字，完成言文合一的目標，這麼一來，改革後的文字有利於國民學習，新的書寫系統能夠有效傳遞西方新知，使民眾擁有獲取知識的能力，進而達到啟蒙的效果。

在提倡言文合一這一問題上可依實行方法分為兩派，一派以學者盧戇章為代表，他們吸收傳教士以拼音化字母推廣基督教經典和教義的方式開展拼音化運動，試圖創造出一種新的、更為便利的表音文字，讓不識字的百姓能夠快速掌握文字系統，這一思路開啟之後的國語運動、世界新語運動；另一派以學者裘廷梁等人為代表，致力於將文言變成白話，成為五四白話文運動的先聲。二方人士雖然方法不同，但最終都是為了達到言文合一的目的，以收開啟民智之功效。

一般來說，切音方案集中產生於傳教士活動活躍的地區，「最早創造中國拼音字母的人大都是沿海各省和西洋傳教士接觸最早的人」〔註1〕。鴉片戰爭

〔註 1〕胡適編選：〈導言〉，《中國新文學大系·建設理論集》（上海：上海良友圖書印刷公司，1935 年），頁 6。

之後，清廷對於傳教士的活動管束日鬆，傳教士足跡從沿海地區深入到內陸地區，此時的傳教士所面對的宣教對象，不再是如先前的具有高深文化修養的士大夫群體，而是文化程度較為落後的一般平民百姓，其中大部份是半文盲或文盲。為了更有效率地達到傳播福音的效果，從十九世紀後半葉開始，《聖經》和其他基督教或天主教讀物被翻譯成各個所屬教區的方言，有的用漢字書寫，有的用羅馬字拼音，如 1850 年最早的教會羅馬字切音方案於廈門出現，許多平民百姓便經由這一途徑獲得粗淺的讀寫能力。借鏡傳教士透過羅馬拼音宣教的方式，1892 年盧戇章在廈門編出中國第一份切音方案——《一目了然初階》；1896 至 1897 兩年間，湧現蔡錫勇《傳音快字》、沈學《拼音新字》、力捷三《閩腔快字》、王炳耀《拼音字譜》四套切音方案，其字母形體亦不約而同地採取速記符號形式。

　　雖然拼音文字簡單易學，但最大的問題在於，切音方案是按照各地方言拼寫而成，一旦超出當地方言區域便難以推及遠地傳播久遠，加上中國地廣方言殊異，若每個方言區都有自己的切音方案，將造成既多且雜交流不便的局面，有鑑於此，一些從事拼音化運動的學者們致力於推動統一國語運動，如 1901 年王照在日本出版的《官話合聲字母》言道：

> 語言必歸劃一，宜取京話。因北至黑龍江，西逾太行宛洛，南距揚子江，東傳於海；縱橫數千里之土語，與京語略通；外此諸省之語，則各不相通。是以京話推廣最便，故曰「官話」。余謂官者公也，官話者共用之話，自宜擇其占幅員人數多者。〔註2〕

王照認為京話流傳幅員相對遼闊、便於推廣，語言若求劃一、拼音應以官話為準、以官話統一全國語言。時任京師大學堂總教習的吳汝綸偶讀此書後深有感觸，1902 年奉命赴日本考察學制之際，與當時日本時彥交流關於此書的意見，在與學者伊澤修二的對談中習得「國語」此一新名詞，同時體認到統一國語的重要性：

> 欲養成國民愛國心，須有以統一之。統一維何？語言是也。語言之不一，公同之不便，團體之多礙，種種為害，不可悉數。察貴國今日之時勢，統一語言，尤其亟亟者。……前世紀人猶不知國語之為重，知其為重者，由今世紀之新發明，為其足以助團體之凝結，增

〔註2〕文字改革出版社：《清末文字改革文集》（北京：文字改革出版社，1958 年），頁 43。

長愛國心也。〔註3〕

伊澤修二強調統一國語的最大功效是能夠凝聚國民的愛國心，他舉德國為例，昔時德意志分為眾多小國，語言各不相同，國勢零落，後德王威廉起，認為欲振國勢，必先統一聯邦，欲統一聯邦，必先統一語言，治國方針既定，語言一致，國勢亦日臻強盛。由此國語運動在言文一致、開啟民智的基礎上增添「語言統一」的新要求。1903 年，直隸大學堂學生上書直隸總督袁世凱，要求奏明公佈官話字母，推廣國語教育，袁世凱批准此一方案，次年於軍營推行試教，是官方推行國語運動之始。

1925 年於錢玄同於《國語周刊》發刊詞中說明為何推行國語以及國語的定義和功用。〔註4〕錢玄同指出在國家多難之際，中華民族的存亡端賴民眾覺醒與否，喚醒民眾是知識階級的唯一使命，而喚醒民眾必須用民眾的活語言和文藝，才能使他們真正地醒悟，這個活語言指的就是國語；他主張國語應該以民眾的語言為基礎，而不能滿足於由古文蛻化的國語。錢玄同將國語的地位抬得相當高，他認為國語運動是中華民族起死回生的一味聖藥，因為有了國語，全國國民才能彼此互通有無，教育才能普及，人們的感情思想才能自由表達。

「書同文」幾乎是每個新取得政權的掌權者的理想，國語運動得以順利推動最主要是靠政府機構的大力支持，在眾多拼音方案其中以王照和勞乃宣二位學者創制的拼音方案影響最大，有「北王南勞」之稱。學者王風認為二位學者「影響大的原因是他們都走上層路線，而且走得成功。王照依靠的是袁世凱，勞乃宣則依賴端方。其實其他人也多多少少都在試圖借助權力機構的力量，只是不一定有這個能力而已。」〔註5〕。之所以需要依賴權力機構乃因切音方案有別於表意的傳統漢字書寫系統，是新創造出來的表音符號，若要推廣至全民使用，非得依靠行政力量推行不可。在經歷清朝覆滅、民國建立後，主事部會幾經更迭，最終於民國 2 年通過章太炎的「記音字母」後更名為「注音字母」成為第一套官方公佈的拼音方案。

〔註 3〕吳汝綸著；施培毅、徐壽凱校點：《吳汝綸全集·三·東游叢錄》（合肥：黃山書社，2002 年），頁 797〜798。

〔註 4〕錢玄同：《錢玄同文集·漢字改革與國語運動》（北京：中國人民大學出版社，1999 年），頁 156〜157。

〔註 5〕王風：〈晚清拼音化與白話文催發的國語思潮〉，《文學語言與文章體式：從晚清到五四》（合肥：安徽教育出版社，2005 年），頁 32。

在國內如火如荼地推展國語運動的同時，1907 年吳稚暉、李石曾、褚民誼等人於巴黎的《新世紀》中文週刊上開始發表系列文章，提出廢棄漢字，直接使用「萬國新語」的主張，其時「漢字不滅，中國必亡」口號盛行學界。所謂「萬國新語」是當時世界語（Esperanto）的別稱，由波蘭語言學家柴門霍夫（Zamenhof）以印歐語系的日爾曼語族和拉丁語族為基礎，吸收歐洲各主要語言的優點創制而成。柴門霍夫出生的小鎮裡住有波蘭、猶太人和俄羅斯人三個民族的人，彼此常因語言、宗教的不同產生偏見和仇恨，他認為語言不同不能互相交流是產生偏見的主要原因，因此柴門霍夫試圖創造一種人類共同的語言，讓不同民族的人可以互相交流、實現人類一家的理想。

與柴門霍夫想法相似的還有康有為。康有為在《大同書》中也曾提出世界語文大同的理想：

> 各國語言文字，當力求新法，務令劃一，以便交通，以免全世界無量學者兼學無用之各國語言文字，費歲月而損腦筋。若定為一，增人有用之年歲，公益之學問，其益無窮。〔註6〕

康有為認為如果能夠統一世界上的文字，那麼有智學者無須再耗費精神學習各國文字，能將精力應用於其他方面的學問，便可得到無限的功用。由康有為的思路延伸下來，柴門霍夫世界語的美好理想自然能夠吸引中國士人，圍繞週刊《新世紀》為發表園地的同人學者們把「萬國新語」看作是世界上最為優良的語言文字系統，並以此為摹本改造中國舊有的語言文字似乎順理成章，既能跳脫在幾套拼音方案中東挑西揀的處境，又可直接與世界接軌。然廢除漢字、使用「萬國新語」的主張最終未能實現，最主要的關鍵在於他們未能正視現實情況，即使時至今日，「民族」、「國界」的界限依然存在，世界同一的「萬國新語」也只能是一種無法企及的想像。

從白話文運動來看，以白話文作為教育工具這一想法最早是於 1887 年由黃遵憲提出的。黃遵憲出使日本五年，深刻體會日本明治維新的成效，並認為明治維新成功的部份原因來自改革文字促使教育普及，有感於中國文言不相合的情況，黃遵憲於其書《日本國志‧學術志‧文學》一卷說明言文相異的原因以及言文合一的優點：

> 文字者語言之所從出也。雖然語言有隨地而異者焉，有隨時而異者焉，而文字不能因時而增益，畫地而施行，言有萬變，而文止一種，

〔註 6〕康有為：《大同書》（瀋陽：遼寧人民出版社，1994 年），頁 96。

則語言與文字離矣。〔註7〕

文字本是從語言系統延伸而來，是紀錄語言的符號，但因為人們使用語言的方式會隨著地域不同和時間移異而有所增刪演變，如果文字沒有跟著語言一同變化，便會產生文字與語言不相符合的情形。然而，文字語言不相合的情形非中國所獨有，歐洲早期亦是如此。

余聞羅馬古時僅用臘丁語，各國以語言殊異病其難用，自法國易以法音，英國易以英音，而英法諸國文學始盛耶。耶穌教之盛亦在舉舊約、新約就各國文辭普譯其書，故行之彌廣。蓋語言與文字，離則通文者少；語言與文字，合則通文者多，其勢然也。〔註8〕

早期歐洲以拉丁語作為通行語，後東羅馬帝國崩解、民族國家漸次興起，拉丁語與各國實際使用的語言落差甚大，因此各國紛紛採用本國民族語言，如法國使用法語、英國使用英語。文字和語言合一，不僅利於民眾閱讀，推行新知亦更形便利，如基督教的推廣即循此道，傳教士們將難以閱讀的拉丁語《舊約》、《新約》翻譯成各國通行文字後，但凡識字的百姓能夠自行閱讀《舊約》、《新約》，在宣揚教義方面獲得相當大的便利性，這也是當時基督教能夠大行其道的主因之一。黃遵憲以此例來證明言文合一的重要性，言文合一的國家學習語言文字較為便易，識文的百姓相對較多，百姓能較快速地接受新知識、新思想，如果中國能夠改變言文不相合的情形，對於啟迪民智將有莫大的助益。

梁啟超與黃遵憲的觀點相類似，其於1896年為提倡國語的語言學家沈學新著《拼音新字》所作的〈沈氏音書序〉中道：「抑今之文字沿自數千年以前未嘗一變，而今之語言，則自數千年以來，不啻萬百千變而不可以數計。以多變者與不變者背景，此文言相離之所由起也。」，文言相離的主要原因乃是文字未隨著語言變化，不過於此序中梁啟超提出的解決之道是切音之法，即是如劉繼莊、龔自珍、康有為、崔毅若、盧戇章、沈學等人所提出的切音方案。

1898年裘廷梁於白話報《蘇報》發表《論白話為維新之本》一文，此文為維新運動中重要的白話文理論文章，其於文中先敘文言之害：

有文字為智國，無文字為愚國；識字為智民，不識字為愚民：地球

〔註7〕黃遵憲：《日本國志・卷三十三》（杭州：浙江書局，1898年重刊），頁5。

〔註8〕黃遵憲：《日本國志・卷三十三》（杭州：浙江書局，1898年重刊），頁6。

萬國之所同也。獨吾中國有文字而不得為智國，民識字而不得為智民，何哉？裴廷梁曰：此文言之為害矣。……朝廷不以實學取士，父師不以實學教弟子，普天下無實學，無吾怪焉矣。乃至日操筆言文，而示以文義之稍古者，輒驚愕或笑置之，託他辭自解，終不一寓目。嗚呼！文言之害靡獨商受之，農受之，工受之，童子受之，今之服方領習矩步者，皆受之矣；不事惟是，愈工於文言者，其受困愈甚。〔註9〕

清代盛行考據詞章之學，文人學子難以於文言文的學術系統中獲得對社會發展有所助益、經世致用的新知、實學，這使識得文言文的民眾目光日狹、無法成為促進社會進步的智識之士，文言文不僅有害於平民百姓，越是深研文言文的人思想受到的鉗制越緊窒，其受害程度也就越深。

裴廷梁接著說明理想的文字應是白話文。他認為所謂「文字者，天下人公用之留聲器也。文字之始，白話而已矣」，而中國「文與言判然為二，一人之身，而手口異國，實為二千年來文字一大厄」，倘若「古之君天下者，崇白話而廢文言，則無黃人聰明才力無他途以奪之，必且務為有用之學，何至闇沒如斯矣？」〔註10〕。同時文中列舉白話文的八大益處，「省日力」、「除憍氣」、「免枉讀」、「保聖教」、「便幼學」、「鍊心力」、「少棄才」、「便貧民」，並舉出古代成周時期、泰西和日本推行白話文後獲得的具體成效，歸結出「智天下之具，莫白話若」、「白話行而後實學興」的結論。

1900 年康有為的弟子陳榮袞於澳門《知新報》發表〈論報章宜改用淺說〉一文，文中指出報章此一文體應當採用接近口語的淺說，才能達到「開國民之智，培國民之氣」的作用；並痛斥文言實為禍亡中國的原因之一，中國每五萬人中能識、能寫文字的只有百人，而任由其他眾多百姓「廢聰塞明，啞口瞪目，遂養成不痛不癢之世界」〔註11〕。陳榮袞的這篇文章強調兩個重點，一是重視接近口語的淺說，二是重視報章這一傳播媒介，此文也可作為維新人士開始重視白話報刊此一文體的佐證。而梁啟超早在 1897 年的文章〈《蒙學報》、《演義報》合敘〉中便指出報刊對於開啟民智的重要性，他認為「日本

〔註 9〕郭紹虞編：《中國歷代文論選》（上海：上海古籍出版社，2001 年），頁 169。
〔註 10〕郭紹虞編：《中國歷代文論選》（上海：上海古籍出版社，2001 年），頁 169～170。
〔註 11〕郭紹虞編：《中國歷代文論選》（上海：上海古籍出版社，2001 年），頁 177。

之變法，賴俚歌與小說之力。蓋以悅童子，以導愚氓，未有善於是者也。他國且然，況我支那之民不識字者，十人而六，其僅識字而未解文法者，又四人而三乎。故教小學教愚民，實為今日就中國第一義。」〔註 12〕。

近代中國人創辦最早的白話報是 1876 年《申報》發行的附刊《民報》，但壽命不長。1897 年《蒙學報》、《演義白話報》於上海問世，此後白話報發行日多，出版地遍及各地，以長江流域的江蘇、浙江、安徽三省為最多，如裘廷梁在江蘇省創辦的《無錫白話報》以白話宣傳維新思想，提倡報刊開啟民智的作用。這些白話報不僅刊載的內容廣泛，發行量也不容小覷，如 1904 年 8 月於北京創刊的《京話日報》發行量最多時超過萬份，是北京地區第一份銷售過萬的報紙。

1904 年劉師培於《警鐘日報》發表《論白話報與中國前途之關係》一文提及：

> 中國自古代以來，言文不能合一，與歐洲十六世紀以前同，欲救
> 其弊非用白話未由，故白話報之創新，乃中國言文合一之漸也。
> 吾非謂中國之文之可廢，特以西人之教科，國文、古文，區分為
> 二種，而中國通行之文字，則偏重古文，此識字者所由日少也。
> 吾試即白話報之善言之：一曰救文字之窮也。二曰救演說之窮也。
> 〔註 13〕

劉師培認為能夠改變中國言文不合一這一局面的非白話不可，創辦白話報即是促使言文合一的開端。白話報的好處有二，一是救文字之窮。近代以來中國創辦的報紙皆用文言，國民縱有心閱讀卻無此能力，若報刊使用與白話小說相符的白話文寫作，按照白話小說受歡迎的程度來看，亦可推之白話報刊能普受國民歡迎。二是救演說之窮。中國近世以來演說之風日漸發達，然各省方言不一，演說之效可收於一鄉，卻難以推行極遠，功效受限；若能以通俗之文，助覺民之用，上至公卿下至百姓，凡稍識字者皆可閱讀，則覺民之力愈廣，教育普及愈速。

清末拼音化運動、國語運動和白話文運動至民初五四文學革命時集大成。胡適將文學分成士大夫階級的古文學和下層百姓的白話文學二種，「白話

〔註 12〕梁啟超：《梁啟超全集・第一卷》（北京，北京出版社，1997 年），頁 131。
〔註 13〕劉師培著；汪宇編：《劉師培學術文化隨筆》（北京：中國青年出版社，1999
　　　　年），頁 241～245。

是活文字，古文是半死的文字」〔註14〕，在總結歷時三十多年的拼音化運動時指出，當時提倡拼音字母的學者們仍然對傳統漢字抱持系統崇敬感，不敢大膽地主張以拼音字母取代傳統漢字系統，只是將拼音字母定位成教育下層百姓的工具，「他們提倡拼音文字只是要為漢字增添一種輔助工具，不是要革漢字的命」〔註15〕，但是「音標文字只可以用來寫老百姓的活語言，而不能用來寫士大夫的死文字。換句話說，拼音文字必須用『白話』做底子，拼音文字運動必須同時是白話文運動。提倡拼音文字而不同時提倡白話文，是單有符號而無內容，那是必定失敗的。」〔註16〕。

　　學者王風認為胡適 1918 年所寫的〈建設的文學革命論：國語的文學——文學的國語〉標誌著文學革命和國語運動的合流。〔註17〕在胡適回國後，蔡元培先生居中介紹北京國語研究會的學者與胡適等幾個北大的文學革命論者會談，國語研究會的學者們主張要先建立一種「標準國語」，但胡適認為：

> 標準國語不是靠國音字母或國音字典定出來的。凡標準國語必須是「文學的國語」，就是那有文學價值的國語。國語的標準是偉大的文學家走出來的，絕不是教育部的公告定得出來的。國語有了文學價值，自然受文人學士的欣賞使用，然後可以用來做教育的工具，然後可以用來做統一全國語言的工具。所以我主張，不要管標準的有無，先從白話文學下手，先用白話來努力創造有價值有生命的文學。
> 〔註18〕

某個部會或某部字典制定出來的「國語」，沒有使用、流傳的基礎，無法成為普及於民眾的語言文字系統，「標準國語」應該建立在文學的國語上，具備文學價值的「國語」才能成為通行的「國語」，因此「中國若想有活文學，必須

〔註14〕胡適著；歐陽哲生編：《胡適全集‧一》（北京：北京大學出版社，1998 年），頁 143。
〔註15〕胡適編選：〈導言〉，《中國新文學大系‧建設理論集》（上海：上海良友圖書印刷公司，1935 年），頁 11。
〔註16〕胡適編選：〈導言〉，《中國新文學大系‧建設理論集》（上海：上海良友圖書印刷公司，1935 年），頁 12。
〔註17〕王風：〈晚清拼音化與白話文催發的國語思潮〉，《文學語言與文章體式：從晚清到五四》（合肥：安徽教育出版社，2005 年），頁 64。
〔註18〕胡適編選：〈導言〉，《中國新文學大系‧建設理論集》（上海：上海良友圖書印刷公司，1935 年），頁 22。

用白話，必須用國語，必須做國語的文學」〔註 19〕，胡適理想中的國語以古代白話小說為主，輔以今日的白話文和文言文，如《水滸傳》、《西遊記》、《儒林外史》、《紅樓夢》幾部書才能稱做活文學，以這幾部書中的白話為基礎，「有不合今日用的，便不用他；有不夠用的便用今日的白話來補助；有不得不用文言的，便用文言來補助」〔註 20〕。

與胡適意見相仿的還有早胡適一年發表文章的劉半農。1917 年劉半農在《新青年》發表的《我之文學改良觀》中主張文言白話可以暫時處於對等的地位。他認為「言文合一」、「廢文言而用白話」的局面非能一蹴可幾，在白話文成為正宗之前，仍須文言文的輔助。

> 惟有列文言與白話於對待之地，而同時於兩方面力求進行之策。進行之策如何？曰：於文言一方面，則力求其淺顯使與白話相近；於白話一方面，除竭力發達其固有之優點外，更當使其吸收文言所具之優點，至文言之優點盡為白話所具，則文言必歸於淘汰，而文學之名詞，遂為白話所獨據，固不僅正宗而已也。〔註 21〕

劉半農認為在當時文言、白話各有其優缺點，同一個意涵，文言文用一句話即能說得明白，兩三句以上的白話文還不見得能說清楚；又或者同一意涵，用文言文表述顯得呆板無趣，改用白話文則有「呼之欲出」之妙，因此白話文的建構需要吸收文言文的優點，二者不可偏廢。

1919 年傅斯年在《新潮》上發表《怎樣做白話文》一文為建設白話文提供另外兩條路徑，一是「乞靈說話」，二是「直用西洋文的款式」，成就一種「歐化國語的文學」。〔註 22〕「乞靈說話」指的是「留心自己的說話，留心聽別人的說話語言和文章」，文章與語言本是事物的一體兩面，周秦時代言文一致，一位好的演說家，他的演說詞就是好文章，如墨翟、孟軻、荀卿等人，個個都善於說話也寫得好文章，唯有憑藉說話裡自然簡潔活潑的手段，文學才能深入人心。除了留心說話外，做白話文的另一途徑便是借用西洋語法，如

〔註 19〕 胡適編選：〈導言〉，《中國新文學大系‧建設理論集》（上海：上海良友圖書印刷公司，1935 年），頁 130。

〔註 20〕 胡適編選：〈導言〉，《中國新文學大系‧建設理論集》（上海：上海良友圖書印刷公司，1935 年），頁 131。

〔註 21〕 胡適編選：〈導言〉，《中國新文學大系‧建設理論集》（上海：上海良友圖書印刷公司，1935 年），頁 67。

〔註 22〕 胡適編選：〈導言〉，《中國新文學大系‧建設理論集》（上海：上海良友圖書印刷公司，1935 年），頁 217～227。

文法、詞法、句法、章法等等，吸取西洋文中邏輯縝密的優點，截長補短創造出有文法的歐化白話文。

　　從清末延續到民初一連串的語言文字改革運動，可以分成兩個方向來看，切音運動、國語運動、萬國新語運動這一系列的舉措，是效法日本明治維新運動，針對中國書寫符號的改革與顛覆，將傳統漢字從表意符號改成表音符號，主要目的側重於普通百姓識字的需要，試圖讓百姓快速掌握書寫工具；清末白話文運動、民初文學革命則是語言使用方式的改革，表述方式的重心從書面文言系統轉移至口語白話系統，如在詞彙的選擇上，使用口語詞、引入翻譯詞等等，但與拼音化運動不同的是，白話文運動仍然沿用舊時的漢字符號系統並未加以更動，同時輸入東瀛和歐化新詞語，使書面文章符合日常生活口語以及如實傳播新知識，將白話文視為獲得具體新知的工具。二者策略不同，目標一致，都是為求達到當時社會對於「言文一致」的要求。

二、語言文字系統使用情況

　　二、三〇年代著名文人瞿秋白將此時期的語言形式分為古代文言、現代文言、舊式白話、新式白話四種；〔註23〕學者吳福輝亦有類似的看法，認為此時文學作品中使用的語言是「鬆動的文言」和「過渡的白話」二種，〔註24〕然吳福輝特別說明，此二類並非傳統嚴格意義的文言和白話；學者陳平原於《中國現代小說的起點》一書中舉出晚清民初文壇中作家們使用古文、白話、方言和駢文四種不同形式文字創作的小說作品，以及這四種文字系統互相滲透影響的情形；〔註25〕學者趙孝萱則明確列出此時期的語言形式「駢文、古文、口語白話、歐式白話、歷代白話、各地方言等交錯出現」〔註26〕。上述這些學者的看法雖切合事實卻顯得過於籠統，正如陳平原所言：「晚清理論界對小說文體的思考，主要集中『流行文體』的選擇，而不是具體作家作品文體特徵的價值批判，故不免顯得空泛。」〔註27〕，沒有舉出確切的語言實例便無法釐清小說作品中造成語言混用的原因以及語言混用的情形。

〔註23〕瞿秋白：《瞿秋白文集・二》（北京：人民文學出版社，1953年），頁641。
〔註24〕吳福輝：《多稜鏡下》（北京：人民文學出版社，2010年），頁36。
〔註25〕陳平原：《中國現代小說的起點：清末民初小說研究》（北京：北京大學出版社，2010年），頁153～180。
〔註26〕趙孝萱：《「鴛鴦蝴蝶派」新論》（蘭州：蘭州大學出版社，2004年），頁6。
〔註27〕瞿秋白：《瞿秋白文集・二》（北京：人民文學出版社，1953年），頁153。

綜觀在 1912 年至 1925 年間海派小說作品，其所使用的語言以文言、駢文和白話三種為主，但這三種文體的界限並不十分嚴格，一部作品中可能文言白話兼而有之，文言駢文交錯使用，尤其以雜誌為主要載體的小說作品，語言混用的情況更是頻繁出現，報人作家包天笑即曾言「上海那時所出的小說雜誌，文白兼收」〔註 28〕。學者王風則點出文白並用的情況自晚清始已然存在，「文言、白話在小說雜誌中和平共處。梁啟超辦《新小說》，儘管也說俗語的好處，但刊載起來，卻是『文言、俗語參用』」，王風認為造成這種情況肇因於市場需求，「到後來辦小說刊物的人都懶得分辨了，反正有讀者就行，越往後越趨近於商業需要」〔註 29〕。不僅是小說雜誌文言、白話稿子一併錄用，一部作品中文體混用情況亦屬常見，如文言小說裡出現新式詞語，駢文小說兼用散文句式等等。文體的混用使得小說的敘述語言在敘事和道情方面擁有較多的彈性，同時也能夠及時反映並迎合社會潮流，只要能夠吸引讀者，選擇使用何種文體創作對於作家來說不是一件需要掙扎的事情。

（一）語言文字系統的區別方式

由於文體混用之故，文言小說和白話小說的分界變得有些模糊，雖說現代漢語和古代漢語最大的差別在於主要使用文體從古文變成白話系統，但即使在現代漢語中亦不可避免地保留許多文言語法，如學者孫德金《現代書面漢語中的文言語法成分研究》中列舉出現代漢語保留的文言成分有「VB 為 B」、「以 A 為 B」、「名狀＋動」、「動狀＋動」等近十種，於現代白話小說萌始時期的文言、白話小說作品更是複雜難分，於其時被看作是白話作品如：

> 那李老翁年紀雖然大了，精神卻這麼好，對著這一對愛婿嬌女，得
> 意非常，不時掀著那千縷銀絲般的白鬢微微而笑。那城裡遠遠近近
> 的人，都很豔羨他們。每當春秋佳日，往往見夫妻倆比肩而出，一
> 個戎服映日，一個羅衣凌風，或是雙騎游山，或是一船玩水，有時
> 聯袂看花，有時同車送晚。大家見了都嘖嘖稱羨，說是神仙眷屬呢。
> 〔註 30〕

〔註 28〕包天笑：《釧影樓回憶錄》（北京：中國大百科全書出版社，2008 年），頁 377。
〔註 29〕王風：〈晚清拼音化與白話文催發的國語思潮〉，《文學語言與文章體式：從晚清到五四》（合肥：安徽教育出版社，2005 年），頁 36。
〔註 30〕向燕南、匡長福主編：《鴛鴦蝴蝶派言情小說集粹》（北京：中央民族學院出版社，1993 年），頁 469。

上引文字被視作是白話作品，雖出現新名詞「精神」，然其文言成分亦不少，如「戎服」、「羅衣」、「比肩」、「連袂」等等，由上引文字可知文言小說和白話小說確實不容易區別。

　　二、三〇年代文人學者們對於此時期的白話文出現強烈的反彈和不適應的現象，認為五四式的白話生搬硬套西方語言系統，形成非驢非馬的歐式白話，別說是普通百姓，就是智識份子也難以看懂這類白話文。瞿秋白以史鐵兒為筆名發表的〈普羅大眾文藝的現實問題〉一文中指出所謂五四式的白話，表現的形式很複雜，「有些只是梁啟超式的文言，換了幾個虛字眼，不用『之乎者也』而用『的嗎了呢』」，「有些是所謂『直譯式』的文章，這裡所容納的外字眼和外國文法並沒有消化，而是囫圇吞棗的」〔註 31〕。由此可以推論，於此時期，文言和白話最明顯、易區別的差異在於「之乎者也」、「的了嗎呢」等虛字的使用，文內出現「之乎者也」的被視為文言文，出現「的了嗎呢」的則是五四式的白話文。

　　試檢驗助詞「的」字的用法和 1912 年至 1925 年時期的使用情況。助詞「的」字於唐宋時期出現，胡適認為「的」字即是文言的「之」字和「者」字，古無舌上音，「之」字讀如台，「者」字讀如都，都是舌頭的音，和「的」字同一個聲母；後來文言的「之」、「者」兩字變成舌上音，而白話沒有變，仍是舌頭音，故衍生成「的」、「地」、「底」三個字。〔註 32〕然於語言學界研究中助詞「的」字的來源目前尚未有定論。

　　現代漢語裡助詞「的」字由於組合方式眾多，因此語法情形況較為複雜，《現代漢語八百詞》中列出「的」字的基本使用方式有：「的」字短語修飾名詞、「的」字短語代替名詞、構成「地」字短語修飾動詞或形容詞、「的」字短語用在「動＋得」之後表示結果的狀態、用在句子末尾表示一定的語氣及其他等六種以上的用法；〔註 33〕而古代漢語中助詞「的」字多出現於歷代平話、語錄、白話小說等白話作品中，有表示領屬關係、確認語氣、「的」字短語等

〔註 31〕史鐵兒：〈普洛大眾文藝的現實問題〉，引自北京大學、北京師範大學、北京師範學院中文系中國現代文學教研室主編：《中國現代文學史參考資料·文學運動史料選，第二冊》（上海：上海教育出版社，1979 年），頁 376。

〔註 32〕胡適著；歐陽哲生編：《胡適文集·十》（北京：北京大學出版社，1998 年），頁 3～4。

〔註 33〕呂叔湘主編：《現代漢語八百詞》（北京：商務印書館，2005 年），頁 156～163。

幾種使用方式，表示領屬關係如：

（1）舜王告著禹王，他休學堯王的孩兒丹朱，專事慢遊，專務傲虐。（《大宋宣和遺事・元集》）

表示確認語氣如：

（2）今不與之并力攻守，豈河東之利哉？英雄圖大事的，不顧小怨。（《五代史平話・五代唐史平話・卷上》）

「的」字短語常見以二種形式出現，「的」字短語以「動＋的＋名」形式出現如：

（3）且教小嘍囉再去探聽消息，只見回去的人，牽著空馬，奔到山前。（《水滸傳・第二回》）

「的」字短語以「形＋的＋名」形式出現如：

（4）哥哥，你是乾淨的人，休為我等連累了。（《水滸傳・第二回》）

試從《古文辭類纂》論辨、序跋、奏議、書說、贈序、詔令、傳狀、碑誌、雜記、箴銘、頌讚、辭賦、哀祭等十三種文類中隨機抽樣各 3 篇文章檢驗，沒有上述助詞「的」字用法，出現的「的」字如：

（5）所著《些山集》藏於家。其子掞以某年月日，卜葬某鄉某原，來徵辭。銘曰：「蔽其光，中不息也。虛而委蛇，與時適也。古之人與！此其的也。」（《方靈皋杜蒼略先生墓志銘》）

此「的」字作名詞「目的」義解。在此時期文言小說的出現是受到林紓翻譯小說的影響而現世的，試隨機抽樣林紓翻譯小說《巴黎茶花女遺事》、《迦茵小傳》、《塊肉餘生述》、《黑奴籲天錄》、《撒克遜劫後英雄略》等書也都沒有出現上述詞義的助詞「的」字，於此時期的文言小說作品中的助詞「的」字亦幾乎絕跡。下以本論文中歸類為文言小說的作品為例：

> 雛姬見余悒悒，領余至其私室，室中光怪陸離，所陳皆上等器具，
> 間有為余所未見者，余不覺亦歎其闊綽，然有不可取者，雛姬輩無
> 不輕薄，時或狂笑或高歌，或與不倫不類之男子相猥相倚，褻狎之
> 狀不可卒視。〔註34〕

上引文字沒有使用「的」字，但「之」字由「的」字取代並不影響句子或整個語篇的語意，如「或與不倫不類之男子相猥相倚，褻狎之狀不可卒視」句中的「之」字即可換做「形＋的＋名」的「的」字短語，前句「不倫不類之

〔註34〕喻血輪：《生死情魔》（上海：文明書局，1917 年），頁 52。

男子」可譯作「不像樣、沒有規矩的男性」，後句「褻狎之狀」可譯作「不莊重的情況」。由上所述，本論文以助詞「的」字出現與否為據，作為區別文言小說和白話小說的標準，同時助詞「的」字的出現也能旁證此時期白話小說的語言系統上承自古代白話系統。

（二）文言小說

　　在 1912 年至 1925 年間上海文學市場上風行的小說依序是文言、駢文和白話小說，但這個順序不是斬釘截鐵的切分，在文言小說流行的時候，白話小說應時興起且逐漸取代古文小說的領導地位，此際文言小說雖聲勢轉弱卻非立即消亡，而是經過一個漸漸衰頹、退出市場的過程；駢文小說則是在文言小說興盛時期曇花一現的產物。瞿秋白於 1931 年《鬼門關外的戰爭》一文中指出文言、白話二文體之間的「變更沒有經過什麼鬥爭，什麼爭辯，什麼反對或者提倡，這是自然而然的變更」，這完全是因為「這是市場上商品流通的公律，沒有人要的貨色，『自然而然』的消滅、不見，退出市場。」〔註 35〕。以下即按照文言小說、駢文小說和白話小說三類文體分別舉例說明他們的語言使用情況。

　　一種文體的產生很難斬釘截鐵地說是因為什麼樣的原因而造成的，只能說可能是受到某幾種原因的影響，而此時期文言小說的興盛除了前有傳統文言小說的脈絡可依循外，受林紓文言翻譯小說的影響甚巨，正如文學家鄭伯奇在論及清末的翻譯小說時所言：「林氏的翻譯，給下代從事文學的青年也有很大的影響。這在周作人、郭沫若、張資平諸先生的文字中，都有詳細的記述。這裡也不必去細引。實際上，在清末民初之際，林氏的翻譯小說是和《民報》，《新民叢報》，《國粹學報》同樣地被青年熱烈地愛讀過。……後來變本加厲，竟有人模仿這種翻譯的寫作。所謂禮拜六派的發生，它的翻譯小說也可算是一種培養劑。」〔註 36〕。

　　比鄭伯奇更早在文壇活躍的包天笑，在其晚年的回憶錄中亦曾提及當時文壇文言小說的興起原因，以及文言小說和白話小說勢力消長的現象，「那時候的風氣，白話小說，不甚為讀者所歡迎，還是以文言為貴，這不免受了林

〔註 35〕陳平原：《中國現代小說的起點：清末民初小說研究》（北京：北京大學出版社，2010 年），頁 625。
〔註 36〕鄭伯奇：《兩棲集：中國現代文學史參考資料》（上海：上海書店，1987 年影印版），頁 116。

譯小說薰染」〔註37〕,「這時候寫小說,以文言為尚,尤其是譯文,那個風氣,可算是林琴翁開的。……後來到五四時代,極力提倡用語體文的如魯迅、胡適之輩,所譯寫的短篇小說,也是用文言的,其餘的更不必說了。」〔註38〕。由包天笑的記述可知,清末民初文壇盛行的是以文言寫作的小說,雖然白話小說已經出現,但並不受讀者青睞。

文言小說既是承襲林譯小說而來,因此有必要先看看林譯小說。一般論者提及林紓的翻譯小說多稱其為「古文」小說,這是受到林紓身為古文大家的身分所引起的誤會,林紓雖為古文大家,但林紓譯作所使用的語言卻不同於其古文文章,這可能是因文類不同而產生的差異,也或許林紓是對於白話、文言的包容態度,讓林譯小說中的語言更加容易接受外來詞、歐化語法;而林紓本身對於自己古文和翻譯作品的態度亦是不同的,錢鍾書舉出與陳衍先生的往事以證林紓自豪自己的古文、最惱人恭維他的翻譯和畫〔註39〕;錢基博則說明這種心態反映在林紓面對古文和翻譯時的不同寫作狀態,寫作古文時「矜持異甚,或經月不得一字,或涉旬始成一篇」;翻譯小說時則「運筆如風落霓轉」,與口述者同步進行,往往「耳受手追,聲已筆止」,並且「不加點竄,脫手成篇」〔註40〕。

在說明林譯小說之前,必須先釐清「古文」一詞的界定。所謂「古文」可以有二種解釋:一是一般文言文的代稱,相對於白話文而言;二是唐宋以來古文運動中所言之古文,包含司馬遷、班固、唐宋八大家、明代的歸有光、清代的桐城派以來相沿承襲自成一獨特體系的古文。於其時,依為文者需求不同,林紓譯作或有被視為與白話相對的古文,或有被看作是桐城派古文。

學者羅志田指出「一般人所謂林紓以古文譯小說,大多是指與白話文相對的『古文』,而林氏自謂的『古文』,卻是有特定指謂的」〔註41〕;錢鍾書則認為林紓所指稱的「古文」具有兩種意義,「一方面就是林紓在《黑奴籲天錄・例言》、《薩克遜劫後英雄略・序》、《塊肉餘生述・序》裡所謂『義法』,

〔註37〕包天笑:《釧影樓回憶錄》(北京:中國大百科全書出版社,2008年),頁175。
〔註38〕包天笑:《釧影樓回憶錄》(北京:中國大百科全書出版社,2008年),頁324。
〔註39〕錢鍾書:《七綴集》(北京:生活・讀書・新知三聯書店,2002年),頁101~105。
〔註40〕錢基博:《現代中國文學史》(長沙:岳麓書社,1986年),頁188。
〔註41〕羅志田:《權勢轉移:近代中國的思想社會與學術》(武漢:湖北人民出版社,1999年),頁275。

指『開場』、『伏脈』、『接笋』、『結穴』、『開闔』等等──一句話，敘述和描寫的技巧。……『古文』還有一個方面──語言。」〔註 42〕，對林紓來說，古文於語言文字上的意義即是師法清代桐城派的古文。

　　林譯小說所使用的語言並非是林紓本人所推重的清代桐城派古文，反倒更接近先秦古文，錢鍾書便透過對清代桐城派古文理論的觀察，說明林譯小說和其古文作品的具體差異；另一方面，學者楊麗華採用王力的觀點，藉由語法結構的檢驗說明林譯小說對先秦古文的模仿。

　　林紓推崇桐城派古文，從桐城派祖師方苞的古文理論中可領會古文運用語言時受多少清規戒律的束縛，如方苞〈答程夔州書〉云：「凡為學佛者傳記，用佛氏語則不雅」、「即宋五子講學口語，亦不宜入散體文，司馬氏所謂『言不雅馴』也」〔註 43〕；「古文中忌語錄中語、魏晉六朝人藻麗俳語、漢賦中板重字法、詩歌中雋語、南北史佻巧語」〔註 44〕；另，欣賞方苞的清代學者李紱，其「古文辭禁八條」明白而詳細地規定，寫作古文時禁用「儒先語錄」、「佛老唾餘」、「訓詁講章」、「時文評語」、「四六駢語」、「頌揚套語」、「傳奇小說」、「市井鄙言」。〔註 45〕從方苞和李紱的論述來看，古文不僅排除白話，也刪去大部份的文言；後來的桐城派作者群更擴大禁用範圍，陸續把「注疏」、「尺牘」、「詩話」的口吻和語言都添列為違禁品。在這種種限制下，古文家捍衛並堅守語言的純潔性，卻導致文章語言貧薄的惡果。

　　林紓的古文理論和寫作受桐城派影響甚深，其所作《春覺齋論文・論文十六忌》的《忌糅雜》文末提及「至于近年，自東瀛流播之新名詞，一涉文中，不特糅雜，直成妖異，凡治古文，切不可犯」，措辭嚴厲告誡學古文之人不可於文中使用新名詞。《忌糅雜》開頭則言：「糅雜者，雜佛氏之言也。……適譯《洪罕女郎傳》，遂以《楞嚴》之旨，掇拾為序言，頗自悔其雜。幸為游戲之作，不留稿。」〔註 46〕，這段話說明林紓心目中的古文禁止雜用佛家語，可是林紓在翻譯《洪罕女郎傳》時便摻雜佛家用語，所幸翻譯作品對林紓來

〔註 42〕錢鍾書：《七綴集》（北京：生活・讀書・新知三聯書店，2002 年），頁 92〜93。
〔註 43〕方苞：《方望溪全集・卷 6》（北京：中國書店出版社，1991 年），頁 82。
〔註 44〕清・沈廷芳：《隱拙齋集・卷 41・書方望溪先生傳後》，（濟南：齊魯書社，2001 年，《四庫全書存目叢書補編・第 10 冊》），頁 517。
〔註 45〕李紱：《穆堂別稿・卷 44》（上海：上海古籍出版社，2002 年，《續修四庫全書・集部・別集類》），頁 12〜14。
〔註 46〕林紓：《論文偶記、初月樓古文緒論、春覺齋論文》（北京：人民文學出版社，1959 年），頁 111〜112。

說只是遊戲之作、不登大雅之堂,因此便不甚在意了。

在林紓心裡翻譯小說和桐城派古文是截然不同的兩回事,桐城派古文的清規戒律對翻譯作品沒有任何約束作用,林紓譯書的文體不是他自己所謂的古文,他的翻譯作品和他親手制定的古文規則扞格不入。不僅是禁用外來詞、佛家語,古文家也提出「忌小說」的規則,翻譯小說時卻不許「雜小說」,這顯然是自相矛盾的,此亦援證錢鍾書所言,林紓「並沒有用『古文』譯小說,而且也不可能用『古文』譯小說」〔註47〕。

錢鍾書於〈林紓的翻譯〉詳細說明林譯小說中使用的語言與林紓古文作品的不同之處:

> 林紓譯書所用文體是他心目中認為較通俗、較隨便、富於彈性的文言。它雖然保留若干「古文」成分,但比「古文」自由得多;在詞彙和句法上,規矩不嚴密,收容量很寬大。因此,「古文」裡決不容許的文言「雋語」、「佻巧語」像「樑上君子」、「五朵雲」、「土饅頭」、「夜度娘」等形形色色地出現了。白話口語像「小寶貝」、「爸爸」、「天殺之伯林伯」等也紛來筆下了。流行的外來新名詞——林紓自己所謂「一見之字裡行間便覺不韻」的「東人新名詞」——像「普通」、「程度」、「熱度」、「幸福」、「社會」、「個人」、「團體」、「腦筋」、「腦球」、「腦氣」、「反動之力」、「夢境甜蜜」、「活潑之精神」、「苦力」等應有盡有了。〔註48〕

林譯小說的語言保留了桐城派古文的若干成分,又比桐城派古文自由,故可使用林紓認為在桐城派古文中決不可能使用的雋語、佻巧語、白話口語、外來新名詞,甚至是歐化語法。延續錢鍾書此一思路,吳福輝認為林譯作品所使用的語言是一種「鬆動的文言」,即「將文言部份地口語化和歐化」的語言形式;〔註49〕學者鄧偉則認為林譯小說「具有古文與中國古代文言小說某種共同性的東西。從文學語言來說,『林譯小說』使用文言,並且乍一看是最典雅的古文,實際上,『小說筆法』已使得它與古文有了相當的距離,再加上表達內容的時代需要,最終形成了一種有彈性的文言。」〔註50〕;學者袁進

〔註47〕錢鍾書:《七綴集》(北京:生活·讀書·新知三聯書店,2002年),頁94。

〔註48〕錢鍾書:《七綴集》(北京:生活·讀書·新知三聯書店,2002年),頁94～95。

〔註49〕吳福輝:《多棱鏡下》(北京:人民文學出版社,2010年),頁38。

〔註50〕鄧偉:《分裂與建構:清末民初文學語言新變研究(1898～1917)》(北京:中國社會科學出版社,2009年),頁154～155。

進一步說明這樣的文言形式，就是「用典用得少，很少用古字難字，不講究音調對仗，語法也比較隨便，接近於白話，比較容易理解」〔註 51〕。這種彈性的、鬆動的文言有助吸納幫助小說生動表達的各類語言成分，成為承載語言接觸現象的基底。

　　楊麗華認為林譯小說的語言特點「具有古文的一面，又具有非古文的一面」，但他於此所說的「古文」並非如前述學者們說的桐城派古文，而是先秦古文，意即林譯小說既模仿先秦古文詞法、句法結構又能涵括外來詞和歐化語法。他小規模地檢驗林譯小說《吟邊燕語》第一篇〈肉券〉，透過數據說明其作品中的古文成分，並將其歸納成七點：一是先秦語法以單音詞為主，〈肉券〉中單音詞約佔 88.5%；二是多模仿先秦詞法將詞類活用；三是運用一些古奧的、先秦時期卻很盛行的詞，如「爨」、「鬵」等；四是遵循先秦語氣詞用法，如表陳述的「也」、「矣」，表疑問的「乎」、「耶」、「哉」等；五是模仿先秦疑問句和否定句的句序，將疑問代詞賓語和否定句中代詞賓語放在動詞之前，構成倒裝結構；六是模仿先秦判斷句式，如不加「繫詞」的判斷句式；七是模仿先秦的被動句用法，如「見」字句和「為」字句。〔註 52〕

　　由上述可知，在林譯小說中使用的語言並非是桐城派古文，而是一種鬆動的、彈性的文言，這種語言方式多有模仿先秦詞法、句法結構之處，且能吸收各類語言成分，如雋語、佻巧語、白話口語、外來新名詞和歐化語法等等，由於彈性的語言運用方式，兼以小說此一文類於刻劃人物和描繪人情世態上的需求，故能夠含納外來詞和歐化語法。

　　清末民初出現的海派文言小說作品其使用的語言形式很大程度上受林譯小說影響，使用較通俗、較隨便、富於彈性的文言進行寫作，瞿秋白進一步說明此類文言小說的語言形式是所謂的現代文言，「這種所謂現代文言，就是不遵守格律義法的變相古文，而且逐漸增加梁啟超式的文體，一直變到完全不像古文的文言，從古代文言的小說，變到現代文言的小說」〔註 53〕；也就是如袁進所說的少典故難字、不講究音韻對仗、含納少數外來新詞語、新語法的彈性文言。

〔註 51〕袁進：《中國近代文學史》（台北：人間出版社，2010 年），頁 120。
〔註 52〕楊麗華：《林紓翻譯研究——基於費爾克拉夫話語分析框架的視角》（長沙：湖南師範大學英語語言文學專業博士論文，2012 年），頁 54～59。
〔註 53〕瞿秋白：《瞿秋白文集·二》（北京：人民文學出版社，1953 年），頁 625。

「詞彙敏銳地反映了社會和文化的變化，其中特別顯著的是外來語」〔註54〕，在新舊交替的晚清民初，西方思潮的滲入除社會文化外，也反映在詞彙系統，於本時期的海派小說作品中，不僅是白話小說出現外來的新名詞，連語言系統相對固化的文言小說亦有新名詞的蹤跡，於文言小說中出現的新名詞大致可分作三類，第一類是器物類名詞，如：紅絨禮帽、紀念品、陳列品、化妝品、時計、電話、電燈等等。語料例：

（6）假令吳淞**電話**居然擴張其營業，立杆掛線接至我室，則雖不覿面亦得為娓娓之談。（天虛我生《玉田恨史》）

（7）不覺喟然自嘆曰：「余薄命，**魂靈**將隨此煙火已去矣。」侍香事畢既歸，錦媛復命其將一切**化粧品**檢出。（喻血輪《悲紅悼翠錄》）

晚清末年上海開埠以來，上海迅速繁榮發展，尤其是租界的設立使上海成為西方人士在中國最大的聚集地，西方人首先引入租界的是物質範疇，再來才是制度文化範疇，西方器物包括服飾、生活方式，公共設施諸如道路、煤氣燈、自來水、電燈、電話、火車、公園等等，這些都和中國傳統生活方式迥異，而租界的繁華熱鬧、秩序井然使中國人漸漸拋開華夷之見，接受西方生活方式，這結果即促使人們進一步認同並接納西方制度文化，如市政管理制度。小說中出現的關於器物方面的名詞，便反映當時社會上對於西方器物的接受度，以及西方器物的普遍程度，妓家或稍具資產的人家家中或多或少都使用這些西方器物。

第二類是西方新知類名詞，如關於社會、文藝類名詞：女郎、偵探、時髦、條約、歐化、聯合運動會；表現觀念性的抽象名詞主權、自由、主義；科學新知類名詞、視神經、血管、頭臚、地球、行星等等。語料例：

（8）想當時屏風之後芸兒正屏息屬耳為女**偵探**，因以馳報曼雲也。（吳雙熱《孽冤鏡》，頁41）

（9）其實那些看龍舟的人初不注意龍舟，不過借著這個題目實行其男女共同行樂**主義**罷了。（徐枕亞《刻骨相思記》，頁105）

（10）凡為女兒者其拒絕情字當如**地球**之距**行星**也。（李涵秋《雙鵑血》，頁109）

當時社會上對於吸收西方文化思想並不侷限於某個方面的知識，除了西

〔註54〕太田辰夫撰，江藍生、白維國譯：《漢語史通考》（重慶：重慶出版社，1991年），頁214。

方槍砲彈藥等軍事技術外，文藝作品、政治思想、科學新知等等都在接受範圍之內，而此時的小說作品為求銷量，在文中使用這類名詞吸引一些對西方思潮有興趣的讀者也是可以理解的。

第三類是宗教類名詞，如：天國、靈魂等等，語料例：

（11）蓮音聽到此處越發哭得淚人兒一般，分明知道沈俠蓮這病是由救他而起，感恩知己恨不得立刻身死，同沈俠蓮的靈魂一路向天國裏走。（李涵秋《並頭蓮》，頁 50）

（12）統領喜道：「敬謝上帝。吾們軍中原不能少那鄭亮似的好男兒。此刻他醒著麼？」（瘦鵑〈真假愛情〉，《禮拜六》第六期）

但在小說中此類詞語並不多見，反倒是關於佛道教的描述約是基督教的五倍左右，這可能是因為作家群多受佛道教影響，對基督教知之甚少，在小說作品中提到基督教之因，有可能是忠於原文內容，同時也帶有部份的趨新心理。由這三類詞語的數量可以看出當時社會已能夠接受西方器物和西方新知，但對基督教的接受度不若二、三〇年代那麼高。

此時的文言小說雖受林譯小說影響，但其性質終非翻譯小說，沒有那麼多的歐化成份存在，因此歐化成份只出現在詞彙系統方面，文言句式之所以幾乎沒有變化的原因，一是書面語系統變化較口語系統慢，二是句法系統變化較詞彙系統慢，三是文言是歷世語言精華凝結，語法系統固化程度高，更動不易。另外一個例證是文貴良於《話語與文學》一書中比較文言和白話二種文體吸收域外詞彙與語法的能力。〔註 55〕他將 1918 年出版的《新青年》第四卷第五號裡刊載的三篇文章作為抽樣樣本，這三篇文章分別為魯迅的白話小說《狂人日記》，陳獨秀的文言論文《有鬼論質疑》，周作人翻譯的白話譯文《貞操論》。三篇文章中白話小說《狂人日記》有些句子受日本語法影響，如「有了四千年吃人履歷的我」，在第一人稱代詞前加修飾語；白話譯文《貞操論》亦有域外語法的存在，如「在」作為動詞帶一個複雜賓語，「著」作詞尾和插入語使用；文言論文《有鬼論質疑》則沒有找到域外語法，由此可知文言這一文體要吸收域外語法較白話難。在詞彙借用方面，從清末開始即有借用東瀛新詞語的風氣，而這三篇文章中也都或多或少地使用外來詞彙，以《狂人日記》為最少，《貞操論》最多，這些域外詞彙多是表現觀念性的抽象名詞。

這些外來詞是基於使用需求而產生的，學者史有為歸納出其最主要的作

〔註 55〕文貴良：《話語與文學》（上海：上海文藝出版社，2012 年），頁 27～28。

用是補足語言、文化、社會以及心理等方面的不足。從語言功能來看，外來詞的語言功能是最主要也是最顯著的，它補充既有語言詞彙系統上構造新詞的能力，更新和增強漢語語言詞彙系統。從文化功能來看，外來詞是外來文化的使者，可以給漢語社群帶來不同的異域風情，擴展新的視野。從社會功能來看，外來詞在接受和使用上往往具有階層性，可以看作是一種社會符號，顯示使用外來詞者的社會背景。從心理功能來看，部份外來詞無法從字面上理解其涵義，從而造成模糊、深奧之感，達到高深、神秘的心理效果。〔註56〕

在文言小說中出現的這些外來詞，同時具備上述四種功能，外來詞於文本中出現及使用的同時，不僅引入西方文化思維，使得文言小說獲得與過往傳統小說不同的新風貌，也突顯上海這一城市對於西方外來文化的接受程度相較於其他城市來得高，這些新奇的外來詞亦能夠吸引讀者的目光，達到市場效應。

（三）駢文小說

南社社友劉鐵冷於二十多年後的回憶文章〈民初之文壇〉中提及：

> 余等之組合，以民權為基本，一時湊集，全無派別，近人號余等為鴛鴦蝴蝶派，只因愛作對句故，須知爾時能為詩賦者夥，能為詩賦，即能作四六文，四六文之不適世用，不自民國始，不待他人之攻擊。然在袁氏淫威之下，欲哭不得，欲笑不能，於萬分煩悶中，藉此以泄其憤，以遣其愁，當亦為世人所許，不敢侈言倡導也。〔註57〕

此語點出民初駢文小說興起的時代背景，實乃因袁世凱壓迫言論自由，採取諸如打擊報業、逮捕報人等等的高壓手段，迫使文人不得不轉而寄情四六之文，以詠風花雪月為事。

除了當時的社會環境具有產生駢文小說的條件，在文學上亦是經過一段長時間的醞釀期。第一本以駢體文寫的小說是唐代武則天時張鷟的《遊仙窟》，清代浙江嘉興人陳蘊齋（球）的《燕山外史》也是以駢文寫成，此書根據明代馮夢龍的《竇生本傳》，將竇繩祖與李愛姑的故事，敷演成三萬一千餘字的駢文小說，通篇為四六對偶句，但陳球「自以為用駢體做小說是由他別開生面的，殊不知以開端於張鷟」〔註58〕。陳球有此誤解實因張鷟的《遊仙窟》失

〔註56〕史有為：《漢語外來詞》（北京：商務印書館，2003年），頁119～125。
〔註57〕劉鐵冷：〈民初之文壇〉，《永安月刊》第93期，1947年2月。
〔註58〕魯迅：《中國小說史略》（香港：三聯書店，1996年），頁327。

傳已久，清朝光緒年間才有抄本從日本傳回中國，抄本只保存在少數的藏書家手中，陳球未曾見過《遊仙窟》情有可原。《遊仙窟》受到重視肇因於魯迅，魯迅在北京大學講授中國小說史課程時已注意到這篇作品，1922 年 2 月 17 日收到從朋友沈尹默處借來日本元祿三年刊的《遊仙窟鈔》抄本，〔註 59〕最早刊印發行的版本是 1928 年海寧陳氏慎初堂《古逸小說叢書》本，由此《遊仙窟》一文才廣泛流傳。

　　清末民初的駢文小說與前述兩本駢文小說不同，其並非通篇以駢文寫成，而是以古文與駢文交錯的手法敘述。形成這種寫作方式的可能因素有兩個，一是承襲傳統白話長篇小說的寫作手法。學者肖揚碚指出白話長篇小說運用韻散結合、駢散結合等形式寫作，於《三國演義》便已出現，作者舉明代《水滸傳》、《西游記》二部小說為例，歸納出駢文在小說中主要擔任敘述和描寫的功能，如景物、人物和戰爭場面的描寫；到明代中後期的《金瓶梅》則擴大功能，除上述幾種描寫外，駢文亦可用於議論、諷刺和品評人物等方面。〔註 60〕肖揚碚認為小說作者於小說中穿插駢文段落很有可能是受到民間說唱藝術的影響，而於小說中穿插駢文段落不僅增強小說的表現能力，亦可使小說更加文人化、精緻化。

　　舉如清代蒲松齡即是運用駢散結合方式寫作的能手之一。據學者王恒展統計，《蒲松齡集》中的駢文主要保存在《聊齋文集》中。〔註 61〕《文集》共十三卷，有文 458 篇。其中《卷一》收賦 11 篇，均為駢文；《卷四》之題詞兩篇為駢文；《卷七》之婚啟 56 篇，均為駢文；《卷九》之祭文 41 篇，均為駢文；《卷十》之《祝詞文》、《為花神討封姨檄》、《責白髭文》等九篇為駢文；《卷十一》之擬表 31 篇，《卷十二》之擬表 48 篇，均為駢文；《卷十三》之擬判 66 篇，亦均為駢文；《聊齋文集》中文章共 458 篇中即有 264 篇為駢文，占文集總數的一半以上。其他作品如書啟、文告、呈文、雜文等也多駢散結合，帶有極強的駢文性質。蒲松齡的駢文成就不但表現在數量方面，其對於題材的擴展和藝術手法的探索二個方面同樣貢獻卓著。

　　二是受到清代駢文理論的影響。清代初期重古輕駢，後漸有駢文家出現，

〔註 59〕魯迅：《魯迅全集》（北京：人民文學出版社，2005 年），頁 637。

〔註 60〕肖揚碚：〈明代白話長篇小說中駢文運用的演變〉《河池學院學報》第 32 卷第 3 期，2012 年 6 月，頁 29～34。

〔註 61〕王恒展：〈駢文：蒲松齡《聊齋誌異》〉《蒲松齡研究》第 4 期，1998 年，頁 105～113。

如陽湖駢文作家群於乾嘉道三朝名家、名作湧現，「在駢散之爭較為激烈的嘉道之交，由於對駢文和古文認識的深入，主張駢散並行的觀點，由清代前中期的零星出現，到此時的漸成共識。道咸到清末民初，駢散不分，駢散各有長短，不以文體來判斷文章優劣的思想成為文章界的主流思想」〔註62〕。清代王葆心認為清末駢散合一的寫作方式應是受阮元的影響，阮元主張學習古文當效法孔子《易經・文言》一文，此文兼具駢散文優點，「為文章者不務諧音已成韻，修詞以達遠，使人易誦易記，而惟以單行之語縱橫恣肆，動擬千言萬字不以為繁，不知此乃古人所謂直言之言，論難之語，非言之有文者也，非孔子之所謂文也。」〔註63〕，駢文可使音韻和諧、詞藻華美，散文利於敘事，若能結合二者優點即可完成一篇優秀古文。由上述觀之，清末民初出現以駢散結合方式寫作的駢文小說便不足為奇了。

除此之外，清末民初為反對桐城派古文，駢文的地位相對提高，如劉師培所言：

> 近代文學之士，謂天下文章，莫大乎桐城，於方、姚之文，奉為文章之正軌；由斯而上，則以經為文，以子史為文。由斯以降，則枵腹蔑古之徒，亦得以文章自耀，而文章之真源失矣。惟歙縣凌次仲先生，以《文選》為古文正的，與阮氏《文言說》相符。而近世以駢文名者：若北江、容甫，步趨齊、梁；西堂、其年，導源徐、庾。即谷人、畟軒、稚威諸公，上者步武六朝，下者亦希踪四杰。文章正軌，賴此僅存。而無識者流，欲號駢文於古文之外，亦獨何哉。〔註64〕

這種試圖將駢文立為文學正宗地位的做法，使得部份清末民初的文人能夠在古文之外，找到另一個領域抒發自己的才情。

學者郭戰濤認為此時期的駢文小說傾向於齊梁風格。齊梁時期的駢文最顯著的特徵在於意象繁麗、對仗工穩、音韻和諧、富於用典，這樣風格的駢文它的好處是容易模仿，即使沒有多少才學的人也可以照本宣科寫出一篇文辭華麗的駢文。在駢文小說中，齊梁風格的駢文主要擔任描寫的功能，透過駢文慣常使用的對仗、典故和押韻等方法，在描寫的同時表現出作者濃烈的

〔註62〕呂雙偉：〈清代駢文三論〉《文學評論》第4期，2011年，頁65。

〔註63〕王葆心《古文詞通義・卷六・識塗篇二》。收錄於王水照編《歷代文話・第八冊》（上海：復旦大學出版社，2007年），頁7291。

〔註64〕劉師培：〈文章源始〉，《中國近代文學大系・文學理論集》（上海：上海書店出版社，1995年），頁304。

感情，強調事物引起的心理活動，使描寫與抒情融為一體，營造出含蓄蘊藉、詩意抒情的美學風格。〔註65〕

　　但因駢文不長於敘事，因此在駢文小說中由散文擔任敘事的功能，藉由散文描述與事件相關的種種細節，在敘述故事時達到準確生動的功效，駢文則對與故事中的人物、情節相關的部份抒發感想，如徐枕亞《余之妻》：

　　　　維時，朝暾未上，宿霧猶濃，長隄十里，一色迷漫，四野荒雞猶喔喔亂啼不已，曉風自林端來惻惻生寒，拂面若削，衣袂受風飄飄而舉，風從衣隙刺入肌膚冷如潑水，令人戰顫不能步，萬戶無聲濃霜寸許，覆遍鱗鱗碧瓦，如張大幕以庇護此中人之甜夢，四顧沈寂，路上行人與天際晨星同寥落。蓋人非有甚不得已之事，又疇肯於此時舍香衾之餘暖作行腳之奔波者，秋星出破廟後，負袱前趨，惘然不辨南北，俄而一輪紅日已掛銅鉦，陽光直射秋星之面，煦然有春意，而秋星之心胸仍嚴冷如隆冬。〔註66〕

　　上引文字「維時，……路上行人與天際晨星同寥落」段，運用駢文描寫天將未明前的淒冷景象；後「蓋人非有甚不得已之事，……而秋星之心胸仍嚴冷如隆冬」段，再使用散文敘述於此景中趕路的主角秋星的心理狀態，從而敷演後文的故事情節，此即典型的駢散結合的寫作方式。

　　鐵樵《答劉幼新論言情小說書》中批判其時駢文小說「雖不能真駢，亦必多買胭脂，蓋以為如此，庶幾文學也，而不知相去彌遠」〔註67〕，其實駢中夾散、不是真駢正巧是這類作品別於先前《遊仙窟》、《燕山外史》二本駢文小說的優點，如以徐枕亞《玉梨魂・葬花》為例：

　　　　試回思其未起之前，並遞想其未睡之前。蓋昨夜恰值月圓三五，花放萬枝，大好良宵，正逢客里，夢霞不忍拋擲此一刻千金之價值，蹀躞徘徊於花之下者，不知其若干次。時而就花談話，時而替花默祝，或對影而常嗟，或攀枝而狂舞，獨立獨行，痴態可掬。洎乎銀壺漏盡，燈花案眠，夜深寒重，砭骨難支，始別花而就枕。鰥魚雙

〔註65〕郭戰濤：〈論民國初年駢體小說的文體特徵〉《甘肅社會科學》第 6 期，2009年，頁 7～10。

〔註66〕徐枕亞：《余之妻》（上海：大眾書局，1916 年），頁 66。

〔註67〕鐵樵：《答劉幼新論言情小說書》，《小說月報》第六卷第四號。上海：商務印書館，1915 年。引自陳平原、夏曉虹編：《二十世紀中國小說理論資料・第一卷（1897～1916）》（北京：北京語言大學，1989 年），頁 492。

目，徹夜常開，花魂隨之以俱來，睡魔驅之而徑去，直至東方既白，
故未嘗稍合其眼簾也。〔註68〕

小說中對話部份以散文方式呈現，敘述部份則駢文、散文交錯，如在兩段排偶
句之間加上「蓋昨夜恰值月圓三五」句，駢文增加情感的敘述強度，散文調節
文句彈性，如此使用方式使句式多有變化，顯得錯落有致，避免單調之弊。

　　陳平原指出駢文小說在當時受到歡迎的原因是「時人歸之於『青年好綺
語』，這未始沒有一定道理，作者、讀者多為青年男女，愛其情事之纏綿悱惻，
更愛其文辭之香豔綺麗」〔註69〕。從情感表述方面來看，駢文在表達纏綿悱
惻的情感時，透過反覆陳說的方式，其力道確實勝過散文；在用字遣詞的功
力上，作者炫其文字技巧之餘，讀者也以能夠欣賞這類文字為樂、為榮，因
此，徐枕亞《玉梨魂》一書大行於世後，駢文小說一時紛然並起頗受歡迎，這
類作品多集中發表於《小說叢報》、《小說新報》等報上。

　　惲鐵樵在擔任《小說月報》編輯時，曾明確地表示拒收駢文小說稿件，
他認為：

> 愛情小說所以不為識者所歡迎，因出版太多，陳陳相因，遂無足觀
> 也。去年敝報中幾於摒棄不用，即是此意。……試取清乾嘉時駢文
> 大家如北江、甌北諸集為精密之分析，其所引典故，亦不過洋裝兩
> 厚冊而止。今之小說，層出不窮，即盡以兩厚冊所有裝置胸中，已
> 有涯應無涯，猶且涸可立待。〔註70〕

　　駢文小說之所以受到歡迎，除內容、文字技巧吸引人外，還有一個原因
是新奇，以駢散結合的方式道情可以說是前所未見的一種寫作方式，然駢文
典故也就厚厚兩冊，寫作者、作品一多難免流於重複，駢文小說末流之作也
就令人難以卒讀，駢文小說的風潮也如曇花一現旋放旋謝了。

（四）白話小說

　　包天笑擔任《小說畫報》主編時期，在 1917 年 1 月第一期時所寫的短
引，可以看作是白話小說勢力興起的起點。

〔註68〕欒梅健編：《海上文學百家文庫‧28 徐枕亞、吳雙熱卷》（上海：上海文藝出
　　　　版社，2010 年），頁 10。

〔註69〕瞿秋白：《瞿秋白文集‧二》（北京：人民文學出版社，1953 年），頁 177。

〔註70〕鐵樵：《答劉幼新論言情小說書》，《小說月報》第六卷第四號。上海：商務印
　　　　書館，1915 年。引自陳平原、夏曉虹編：《二十世紀中國小說理論資料‧第一
　　　　卷（1897～1916）》（北京：北京語言大學，1989 年），頁 491～492。

鄙人從事於小說界十餘寒暑矣，惟檢點舊稿，翻譯多而撰述少，文言夥兒俗話鮮，頗以為病也。蓋文學進化之軌道，必由古語之文學變而為俗話之文學，中國先秦之文多用俗話，觀於《楚辭》、《墨》、《莊》方言雜出可為證也。自宋而後，文學界一大革命即俗話文學之崛然特起，其一為儒家禪家之語錄；其二即小說也。今憂時之彥亦以吾國言文之不一致為種種進化之障礙引為大戚，若吾鄉陳頌平先生等奔走南北創國語研究會，到處勸導用心苦矣。而數千年來語言文字相距愈遠，一旦欲溝通之夫豈易易耶？即如小說一道近世竟譯歐文而恒出以詞章之筆，務為高古以取悅於文人學子，鄙人即不免坐此病，惟去進化之旨遠矣。又以吾國小說家不乏思想敏妙之士，奕必定欲借材異域求群治之進化，非求諸吾自撰述之小說不可，乃本斯旨創茲《小說畫報》詞取淺顯意則高深，用為雜誌體例，以為遲懶之鞭策讀者諸君，其有以教悔之乎。

例言：一小說以白話為正宗。本雜誌全用白話體取其雅俗共賞，凡閨秀學生商界工人無不咸宜。〔註 71〕

《小說畫報》是當時十分風行的報刊，它只錄用白話小說不用文言小說的作法帶有領頭作用，包先笑在其回憶錄中補充說明採取這一作法的原由，因「上海那時所出的小說雜誌，文白兼收，有的堆砌了許多詞藻，令人望之生厭，所謂鴛鴦蝴蝶派的小說，就在這個時候出現。現在的《小說畫報》全用白話，一如畫家的專用白描，不事渲染，可以　矯此弊。」〔註 72〕。而 1917 年 1 月這個時間點也約當是胡適在《新青年》上發表《文學改良芻議》的時間，由此可以看出海派作家在語言使用問題上與新文學陣營並沒有太多歧見。

吳福輝和趙孝萱二位學者皆曾針對此時期的白話文提出看法。吳福輝將此時期的語言形式分為「鬆動的文言」和「過渡的白話」，過渡的白話又可分：小說的白話、報章的白話和翻譯的白話三種。〔註 73〕這三種白話的差別事實上應該是文體差異所造成的。於此所言「文體」指的是西方語言學所說的「文

〔註71〕芮和師、范伯群編：《中國文學史料全編・現代卷：鴛鴦蝴蝶派文學・上下》（北京：知識產權出版社，2010 年），頁 14。
〔註72〕包天笑：《釧影樓回憶錄》（北京：中國大百科全書出版社，2008 年），頁 377。
〔註73〕吳福輝：《多稜鏡下》（北京：人民文學出版社，2010 年），頁 39。

體」（style）。語篇的情景語境是組成文體的要素之一，語言學家韓禮德（Halliday）於 1974 年的文章《Language and social man》歸納出情景語境的三個要素：語場（field of discourse）、方式（mode of discourse）、基調（tenor of discourse）。〔註 74〕「語場」是語篇的社會行為範圍，指語言行為運作的區域，即整個事件，包括進行的社會活動的性質和交流的內容等；「方式」是指語言行為的媒介或方式，即指在特定語境中使用何種方式來表達意義、傳遞資訊，例如是使用口語或者是書面語來傳遞的，以及語言在情境中的作用等；「基調」是指語言行為的相關參與者的角色關係，包括參與者的特點、地位、角色以及參與者之間的人際關係，和語言在特定語境中的使用目的。

影響語篇情景語境的因素有很多，如事件性質、作者、媒介、功能等等。小說作品很多都是先在報章上連載再集結成單行本，所以二者「方式」相同，傳遞媒介都是書面語、傳遞載體是報紙；此時期報紙刊載的新聞和小說作品的作者部份是同一人，但是小說、報章、翻譯三者的功能不同，小說旨在敘寫故事，報章旨在傳遞新聞，翻譯旨在轉介他國書籍，意即三者的語場、基調皆不相同，語篇語境不同，語言使用方式亦有所不同，因此吳福輝將白話分成這三個類別，事實上此間差異是文體不同所造成的。

趙孝萱將當時的白話小說中使用的白話分成口語白話、歐式白話、歷代白話三種，〔註 75〕這三種白話差別在於來源，歷代白話屬歷時繼承，吳福輝認為歷代白話的來源可「上溯至宋代的話本小說和語錄體筆記」，並「一代一代吸取當時的民間口語」〔註 76〕。在此時期的一些作家、學者對於承襲白話文傳統的來源明白列舉出參考書目，如鐵樵 1915 年的文章中提及白話和文言仍屬同源不能夠完全切離，雖「小說之正格為白話，此言固顛撲不破，然必如《水滸》、《紅樓》之白話，乃可為白話。換言之必能真正之文言，然後可為白話；必能讀得《莊子》、《史記》，然後可為白話。若僅僅讀《水滸》、《紅樓》，不能為白話也。」〔註 77〕，鐵樵的這番論述比胡適發表的〈文學改良芻議〉

〔註 74〕M. A. K. Halliday：《Language and Society》（北京：北京大學出版社，2007 年），頁 65～130。

〔註 75〕趙孝萱：《「鴛鴦蝴蝶派」新論》（蘭州：蘭州大學出版社，2004 年），頁 6。

〔註 76〕吳福輝：《多稜鏡下》（北京：人民文學出版社，2010 年），頁 39。

〔註 77〕鐵樵〈《小說家言》編輯後記〉，《小說月報》6 卷 6 號，1915 年。引自陳平原、夏曉虹編：《二十世紀中國小說理論資料・第一卷（1897～1916）》（北京：北京語言大學，1989 年），頁 496。

早了兩年。

　　新文學陣營論及作白話文學可從過去的白話小說裡提取資料，如胡適〈建設的文學革命論〉中提到，可吸收《水滸傳》、《西遊記》、《儒林外史》、《紅樓夢》等書的白話文；又如周作人寫於 1923 年的散文〈鏡花緣〉中回憶幼時清朝翰林的祖父教他讀書的情景，祖父不曾聽過國語文學這些名稱，但祖父教授他作時文「第一步的方法是教人自由讀書，尤其是獎勵讀小說，……他所保舉的小說，是《西遊記》、《鏡花緣》、《儒林外史》這幾種」〔註 78〕，但瞿秋白並不完全認同新文學陣營的說法，他指出「《水滸》的言語，和《紅樓》的言語，本來是不大相同的。這裏，反映著明朝到清朝白話的變遷」〔註 79〕，不僅是時代變遷，《水滸傳》作者施耐庵是江浙人，《紅樓夢》則是道地的北方文學，二書還有地域方言上的差異。

　　胡適指出從清末以來的南方諷刺小說在語言方面往往不如北方小說那樣漂亮，大概是因為南方人學用北方語言做書較為困難，南方作者在寫作時應多宗《儒林外史》的語言系統，因此書「用的語言是長江流域的官話」〔註 80〕，因此南方小說使用的白話仍和北方小說多少有點差異，但到民初時期這個差異變得不是這麼顯著，很難做進一步考究，此亦非本文論述重點。

　　口語白話和歐式白話則屬共時影響，口語白話指作品當中吸收當時代口語，白話系統與口語系統關係密切古已有之，加上清末白話文運動主張在作品中運用俗語，兩相影響之下口語白話於作品中出現顯得理所當然。歐式白話則是指作品當中吸收西方和東瀛新名詞。1912 年至 1925 時期海派小說作品中已有不少的歐化詞語出現，如革命、犧牲、道德、精神、資格、銀行、主觀、客觀、環境、視覺、本能、速度等等。由學者吳福輝和趙孝萱二人的看法可知，此時期白話小說所使用的語言文字傳統、口語、西化三者兼容並蓄，且呈現出若干文體上的差異。

〔註 78〕鍾叔河編：《周作人散文全集・三》（桂林：廣西師範大學出版社，2009 年），頁 51。

〔註 79〕陳平原：《中國現代小說的起點：清末民初小說研究》（北京：北京大學出版社，2010 年），頁 642。

〔註 80〕胡適著；歐陽哲生編：《胡適全集・二》（北京：北京大學出版社，1998 年），頁 242。

第二節　微觀結構

　　微觀結構指的是文本中的語法系統，包含詞語、語法功能、句子與句子之間的各項關係等等。在此時期的海派小說作品中的微觀結構除承繼傳統漢語系統之外，亦可看出具有歐化語法的痕跡，以下分別細敘小說作品中的傳統漢語語法和歐化語法。

一、傳統漢語語法

　　此時期文言小說、駢文小說和白話小說作品中，傳統漢語語法系統為主要使用的語法系統，於傳統漢語語法結構研究的選擇上，本文主要參考學者孫德金《現代漢語書面語中的文言語法成分研究》一書所列仍然保留於現代漢語書面語系統中的數種文言語法，擇取書中列舉的人稱代詞「其」、助詞「所」、介詞「以」三種語法結構為研究目標，雖是文言語法，然於現代漢語書面語中卻有著與傳統文言語法略為不同的使用方式和側重點，而於此時期小說作品當中出現的三種文言語法結構的消長變化，正好展現出自傳統至現代的使用演變過程，故擇其為目標探求它們在三個時期小說作品中的使用情況。

（一）人稱代詞「其」

　　「其」是傳統漢語系統中出現頻率相當高的一個詞彙，關於「其」的詞性，學界有兩種看法，一說是助詞，另一說則認為是代詞。以代詞詞性來看，「其」有人稱代詞和指示代詞二種，本文僅論人稱代詞「其」，而它的用法也非全部都出現於小說作品中，故僅列出較常使用的三種用法。第一種用法是人稱代詞「其」可以指代人或事或物，單數、複數形式不變，在句法結構中可充當定語和主語，「其」做定語時修飾限定名詞，表領屬關係，即所謂的領格，相當於漢語中的「他／它（們）的」，如：

　　（13）冬，楚公子圍將聘于鄭，伍舉為介，未出竟，聞王有疾而還，伍舉遂聘，十一月，己酉，公子圍至，入問王疾，縊而弒之，遂殺其二子幕及平夏。（左丘明《左傳·昭公元年》）

　　（14）自懷王入秦不反，楚人憐之至今，故楚南公曰「楚雖三戶，亡秦必楚」也。今陳勝首事，不立楚後而自立，其勢不長。（司馬遷《史記·項羽本紀》）

　　例（13）公子圍進宮問候楚王的病情，把楚王勒死並乘機殺了他的兩個

兒子幕和平夏，句中「其」作定語修飾後接的名詞「二子幕及平夏」，指代前句賓語「之」所指的楚王，意即「楚王的」。例（14）陳勝舉事不立楚的後代卻自立為王，如此作法必會使陳勝的運勢不長久，句中「其」作定語修飾後接的名詞「勢」，指代前句主語「陳勝」，意即「陳勝的」。於本時期的海派小說作品中亦有不少此類用法的語料，如：

（15）當日潰眾入宅，已在深宵時分，鳳兒已寢矣，聞變驚甚，伏不敢動，已而，有兵入其室，欲加非禮。（李定夷《雪花緣》，頁 68）

（16）一堆黑髮蓬蓬若結雲氣光色可鑑，此時衣灰色衣，益顯其（紉英）傾國之貌，審視既久，不覺自得。（喻血輪《情戰》，頁 91）

（17）獨醫生反謂厥狀為兇，甚且不肯立方，詢其（澄郎）脈象，則為兩尺早沈，而今日則寸關俱伏，恐不免於旦夕。（天虛我生《玉田恨史》，頁 21）

（18）珠兒既起，盥餐竟，遂喚筍輿抵孤山麓，山介乎二湖之間，和靖祠及蘇小小墓在焉。珠兒喜其幽蒨閒曠，因笑謂楊老口：「死後葬此得與梅花主人為鄰，勝傍要離塚矣。」（姚鵷雛《風颼芙蓉記》，頁 156）

例（15）、（16）的「其」指代前句的主語，例（15）中「其」作定語修飾後接的名詞「室」，指代前句主語「鳳兒」，意即「鳳兒的」；例（16）中則意為「紉英的」，表領屬關係。例（17）、（18）的「其」指代前句的賓語，例（17）中醫生為男主角澄郎看病，澄郎的脈象顯示病已入沉疴，句中的「其」指代前句的賓語「澄郎」，意指「澄郎的脈象」；例（18）中的孤山位於現今杭州，和靖祠和蘇小小墓都是當地著名景點，和靖祠祭祀北宋初年著名隱逸詩人林逋，蘇小小是南北朝的南齊時期生活在錢塘一帶的名妓，要離則是春秋時期吳國的著名刺客，男主角珠兒遊歷至杭州，喜愛孤山附近的景色，因此句中的「其」字指代前句的賓語孤山。作定語的人稱代詞「其」，在語篇中皆具有回指功能，回指前面的語法單位，是專指、有定的，如例（15）的「其」專指前句「鳳兒」而不是其他人。

第二種用法是做數詞的定語，指整體之中的某一個人或事或物，相當於漢語中的「（他／它（們））當中的」，如：

（19）蜀之鄙有二僧，其一貧，其一富。（彭端淑〈為學一首示了姪〉）

此例中的「其」指的是整體中的其中一個，即四川鄉野有兩位僧人，其中一位很窮，另一位很富有。於此時期的語料如：

（20）少刻又見丫鬟、奶媽擁三女郎至。其一名迎春，大舅父姨娘所出

也，肌膚微豐，身材合中，腮凝新荔，鼻膩鵝脂，溫柔沉默，觀之可親。**其**次名探春，餘二舅父庶出也，削肩細腰，修眉俊眼，亭亭玉立，顧盼神飛。**其**三名惜春，身量未足，形容尚小，則寧府敬舅之女，珍兄之妹也。（喻血輪《林黛玉筆記》，頁 8）

例（20）中的「其」亦是其中之一的意思，出現在眼前的三位女性，分別是迎春、探春和惜春等人。

第三種用法是人稱代詞「其」作主語時，可作主謂結構中詞組或分句的主語、複指的主語，以及雙賓語句中的近賓語或是兼語詞組中的兼語，但不能做獨立句中的主語，相當於漢語中的「他/它」，主要是指第三人稱，有時也可活用為第一人稱和第二人稱，如：

（21）夢蕷曰：「兄既不肯援手，無庸絮絮為。」子銘知**其**無可理喻，中道與之分袂，獨自返家。（李定夷《顧曲緣》，頁 155）

（22）老麻以此舉於假母有莫大功，必欲得珍娘而甘心，假母恐珍娘有變，一再為**其**緩頰。（陳韜園《蘭閨恨》，頁 92）

（23）蓋彼與素貞締交年餘，相見時均謹嚴**其**裝束，茲睹是形骸放浪，烏有不為動容者。（喻血輪《情戰》，頁 11）

（24）初以趙贅**其**家又憚**其**有武力不敢逞，及趙去，乃陰與**其**黨謀曰：「渠家無多人，吾擬於黃昏夜間，直入**其**室，取彼之儲蓄，滿載而去，逃匿他方，分潤之可各得數月揮霍。」（貢少芹《美人劫》，頁 53）

例（21）至（24）中的「其」指代第三人稱，例（21）中「其」指稱前句夢蕷；例（22）中「其」指稱前句老麻；例（23）中「其」指稱前句素貞；例（24）中出現 4 個「其」字，整句話的大意是趙入贅女主角秦素倩家，在趙離開時，他的部下暗地理策畫謀奪他的財產，第一個「其」字指稱秦素倩家，第二至第四個「其」字則指稱趙。作第一人稱或第二人稱的語料如：

（25）不患人之不知己，患**其**不能也。（《論語·憲問》）

例（25）中的「其」意指第一人稱「自己」，此時期的語例如：

（26）余聆語，面色如赭，**其**羞澀之態，較當日愛姑初見余面時如出一轍。（貢少芹《鴛鴦夢（下）》，頁 53）

（27）以余身體言之，荏弱乃不能運**其**肢體，況復飽經憂患，疾病日增，自今以往，又能挨幾個黃昏！（喻血輪《林黛玉筆記》，頁 37）

例（26）、（27）中的「其」指代第一人稱，意指「自己的」，例（26）言

己面露羞澀之態，例（27）敘己屢遭憂患，體弱不知還能存活多久。人稱代詞「其」在語篇中具有回指功能，回指前面的語法單位，可以是人、是或物，這種回指是專指、有定的，學者馬建忠對代詞「其」的解釋是「事物有在當前者，不必名也，以『爾』『我』『彼』『此』諸字指之。其不再當前而其名稱已稱之於前者，以後可以『其』『之』『是』『此』諸字指之，以免重複。」〔註81〕，說的就是語篇中「其」的回指功能，如例（21）的「其」專指前句「夢蘅」，而不是子銘或其他人。

（二）助詞「所」

動詞和介詞前的「所」字，學者呂叔湘、許仰民認為是助詞，彭國鈞認為是結構性助詞；亦有學者則認為是代詞，而其定義略有不同，如學者王力與馬振亞認為是指示代詞，學者郭錫良則看作是輔助性代詞，究竟「所」字詞性是代詞或助詞，學界迄今沒有統一意見，但一般咸認為「所」具有指代功能。「所」字詞性與「所」字結構如「有（無）所＋V」、「所……者」、「所＋以」、表被動的「為……所」等非本文論述重點，故存而不論，以下探討「所」字於本時期小說作品中出現的情況。

1.「所＋動」

「所」字後接動詞或動詞性詞組之後形成一種名詞性結構，其最基本的結構特徵是「所＋及物動詞＋賓語」成為以名詞為中心的偏正詞組，行為的對象可以指人、事或物，在句子結構中主要作主語、賓語和定語，「所＋動」結構中的「所」字沒有實際詞彙意義，只有強調賓語的指代作用，指代這個及物動詞表示的動作行為所涉及的對象，語例如：

（28）問：「何以戰？」公曰：「衣食所安，弗敢專也，必以分人。」對曰：「小惠未偏，民弗從也。」（左丘明《左傳・莊公十年》）

（29）秦王謂軻曰：「取舞陽所持地圖。」（司馬遷《史記・刺客列傳》）

例（28）魯莊公十年的春天，齊國的軍隊攻打魯國，魯莊公欲迎戰，戰前曹劌拜見魯莊公，曹劌問莊公憑恃什麼條件和齊國打仗，魯莊公回答：「衣食這類安身的東西，我不敢獨自享受，一定把它們分給身邊的人。」，言己欲憑仁心應戰；句中「所」字後接動詞「安」形成一名詞詞組，意指「安身的東西」。例（29）中秦王讓荊軻把秦舞陽帶來的地圖呈上來，句中「所」字後接

〔註81〕馬建忠：《馬氏文通》（北京：商務印書館，1998 年），頁 20。

動詞「持」形成一詞組動詞「取」的賓語，「所持」作「地圖」的定語，「地圖」即動詞「持」涉及的對象。於此時期小說作品中出現的此類語料如：

（30）憶余母病危時，握余手而言曰：「吾兒，吾去矣。吾一生所出，僅餘汝一人，余死，他無所戀，最痛者汝耳。願善事阿父，勿念我也。」言已而逝。（喻血輪《林黛玉筆記》，頁3）

（31）排六素與珍娘不相能，至此恐仲堪屬意珍娘，奪其所寵，遂微諷仲堪曰：「唐明皇游月宮得見嫦娥矣，不知何日許以玉杵搗玄霜也。」珍娘不笑不語。（陳韜園《蘭閨恨》，頁42）

（32）惜姊自有家室，可小住而不可久留。一旦青輿担來，玉人歸去，余將失所憑依，余母且立復其故態，而余之日記，纔放光明，又將黯然無色矣。（徐枕亞《雪鴻淚史》，頁7）

（33）女兒風月之私，苟為他人所窺，且不能禁其羞澀，然此猶得曰「情之所鍾」，或冀局外之見諒而不吾播揚耳。（李涵秋《雙鵑血》，頁108）

（34）然猶疑其欲利己也，故意誣陷，若彼等則與余毫無系屬，與摯中更無嫌怨，所言必出自真誠，絕非故意破壞。（喻血輪《情戰》，頁47）

例（30）中第一個「所」字後接動詞「出」，形成名詞詞組「所出」，意為我這輩子生的孩子；第二個「所」字後接動詞「戀」，形成名詞詞組「所戀」，意為我最眷戀不捨放不下的就是孩子你。例（31）中「所」字後接動詞「寵」，意為排六素害怕珍娘分去仲堪的寵愛，強調「寵愛」。例（32）中「所」字後接動詞「憑依」，意為我將會失去我的依靠，強調姊姊歸家對我的重要性。例（33）中「所」字後接動詞「窺」，強調情感的隱密性、不可宣揚。例（34）中「所」字後接動詞「言」，強調對方說的話的真實性。

2.「所＋介」

現代漢語中有許多介詞都是從動詞虛化而來，因此「所」後面可接動詞，也可接介詞，形成「所＋介」結構，這個結構後接賓語相當於由定語和中心詞組成的偏正詞組，「所」指稱或借代「介＋賓」表示的動作行為的原因或所用工具、手段、方式的作用，例如：

（35）善將者因天之時，就地之勢，依人之利，觀其所向無敵，所擊者萬全矣。（諸葛亮《心書》）

（36）楚人有涉江者，其劍自舟中墜於水，遽契其舟，曰：「是吾劍之所從墜。」舟止，從其所契者入水求之。《呂氏春秋‧慎大覽‧察今》

例（35）意指無論往哪個方向前進都能夠戰勝；例（36）「所」後接介詞「從」與動詞「墜」，意指這裡是我實劍掉下去的地方，強調劍掉下去的地方。於此時期小說作品中出現的此類語料如：

（37）然則此時之憐憐惜惜，正<u>所以</u>造將來之苦惱煩愁，佛家謂一切眾生不自知覺，竟甘心蹈於苦海之中。（喻血輪《悲紅悼翠錄》，頁 18）

（38）雖然言為心聲，日記<u>所以</u>記實，余今所見者，皺眉耳，淚眼耳；所聞者，噢泣耳，長歎耳。（徐枕亞《雪鴻淚史》，頁 6）

例（37）中表妹錦媛雖為表哥的真情摯意而感動，但也害怕兩人無法常相廝守徒惹傷悲，句中「所」加介詞「以」說明此時的憐惜恐成為將來苦惱煩愁的原因；例（38）言日記是拿來記載每日感受到的真實情緒，句中「所」後接介詞「以」，指稱後面欲介紹的對象「記實」，強調其記錄的真實性。

（三）介詞「以」

《現代漢語八百詞》中將「以」視為文言詞，其詞性有動詞、介詞和連詞三種。[註82] 學者郭錫良則認為「以」的詞性具有歷時性的演變，「『以』在甲骨文中是一個動詞，西周以後是一個非常活躍的虛詞，先由動詞虛化成介詞，再由介詞虛化成連詞，或構成固定結構，轉換成構詞語素。中古以後『以』逐漸衰落，被新的介詞取代，但是仍作為古語成分保留至今」[註83]，現代漢語系統中仍可見「以」的蹤跡，然介詞「以」是「以」最為頻繁的使用方式，故本文主要致力於搜尋此時期海派小說作品中的介詞「以」，而「以」的結構如「以……為……」、「以……而……」、「以……為由」、「以……為首」、「以……為生」、「以……為限」等等固定的句式結構則略過不述。介詞「以」常見用法有四種，一是介紹動作行為所採用的工具或憑藉的方法、條件、手段等，相當於現代漢語的「用」、「拿」，如：

（39）殺人<u>以</u>梃與刃，有以異乎？（《孟子・梁惠王上》）

（40）儒<u>以</u>文亂法，俠以武犯禁。（韓非《韓非子・五蠹》）

所謂的手段或工具可以是具體或抽象的事物，如例（39）中孟子意為用棍棒或刀刃殺人並無差別，此句中「以」引出後面的具體物品「梃」與「刃」；例（40）是說明儒、俠進行違法社會秩序的行為時所憑藉的手段，句中「以」

〔註82〕呂叔湘主編：《現代漢語八百詞》（北京：商務印書館，2005 年），頁 612～614。

〔註83〕郭錫良：〈介詞「以」的起源和發展〉《古漢語研究》第 1 期，1998 年，頁 5。

引出後面的抽象的「文」和「武」。此時期小說作品中的語料如：

（41）余之驚魂幾欲隨聾媼發語之聲俱出，呆立不動如觸電氣，脫非余以毅力攝余體魄者，鮮不倒地而仆。（貢少芹《鴛鴦夢（下）》，頁69）

（42）紉英曰：「君勿慮此，倘我有可以告君者，我仍以函告之，蓋我始終引君為知心人。」（喻血輪《情戰》，頁55）

（43）果若此者，久亦必病，乃作書以婉言止之。（天虛我生《玉田恨史》，頁12）

（44）偎傍間甚無聊賴，生因逗女談《紅樓》，曰：「使我而為黛玉也，必明以心事告寶玉，何必假持重以《西廂》調之則怒，以《西廂》調則亦怒。」（李函秋《雙花記》，頁15）

例（41）言憑藉著自身的毅力讓自己不倒地，句中「以」引出後面抽象的事物「毅力」；例（42）中「以」字引出後面的具體事物「婉言」；例（43）中「以」字解為「拿」、「用」引出後面的抽象的「學理」；例（44）男主角和女主角說，如果他是黛玉，一定會把心事告訴寶玉，何須用《西廂記》一書來傾訴鍾情，第一個「以」字可看作「把」、「將」，第二、三個「以」字引出後面憑藉的工具：書籍《西廂記》。

二是介紹進行某種行為動作時所憑藉的資格、身分、地位，相當於現代漢語的「靠」、「根據」、「按照」，如：

（45）騫以郎應募使月氏（班固《漢書‧張騫傳》）

（46）於是辭相印不拜，翌日，文天祥以資政殿學士行。（文天祥《指南錄》）

例（45）意為張騫憑藉著郎官的資格出使月氏，；例（46）意為文天祥按照資政殿學士的身分出行「以」可解為「憑藉」、「按照」。此時期小說作品中此類語料如：

（47）吾重汝為人不謀與汝論家世，以汝品誼，雖生於牧豬奴家，吾亦心折。（貢少芹《鴛鴦夢（下）》，頁98）

（48）汝父既已早歿，汝弟尚未成人，此後但須常往常來，以作親戚，我願足矣。（李定夷《顧曲緣》，頁160）

例（47）女主角言按照男主角的品行，即使他是出身於卑賤之家，她也會傾慕於他，此句中「以」作「憑藉」或「按照」解；例（48）女主角小玉之養母害怕往後無依無靠，希望小玉出嫁後與男主角夢蘐能將她當作親戚一般

往來照顧，句中「以」作「按照」解。

三是表示行為或情況產生的原因，相當於現代漢語的「因為」、「由於」，如：

（49）與吾居十二年者，今其室十無四五焉。非死即徙爾，而吾**以**捕蛇獨存。（柳宗元〈捕蛇者說〉）

（50）陳勝曰：「天下苦秦久矣。吾聞二世少子也，不當立，當立者乃公子扶蘇。扶蘇**以**數諫故，上使外將兵。今或聞無罪，二世殺之。百姓多聞其賢，未知其死也。」（司馬遷《史記·陳涉世家》）

例（49）意指言者附近鄰居不是捕蛇而死或是遷居他處，因為捕蛇還能活下來的只有我，句中「以」說明前句幾乎沒有鄰居此一情況產生的原因。例（50）意指陳勝認為當時秦朝應該立扶蘇為國君而非二世胡亥，但因為扶蘇多次勸諫秦始皇的緣故，被秦始皇派到邊疆去帶兵，句中「以」說明前句胡亥被立為二世此一行為產生的原因。此時期小說作品的語例如：

（51）花謝花開春秋兩度，秦翁**以**遠遊冒雨故致染沉疴，遽爾不起。（李涵秋《美人劫》，頁 11）

（52）陸**以**伯道無兒，庭幃岑寂，且因錦媛而延有師傅，遂亦竟允其議。（喻血輪《悲紅悼翠錄》，頁 3）

（53）如其萬不得已，只能偕之赴京，託老母於阿姐。因**以**好言慰母，盍老母方在臥床痛哭，**以**病故致阻愛女行踪。此身如贅，恨不即死，亦遂迫女前去。（李定夷《冤禽淚》，頁 165）

例（51）言女主角之父秦翁因為出外遊歷時淋了雨，導致病重不癒，臨終之際仍放心不下女兒的婚事，句中「以」可作「因為」解；例（52）男主角之俊為求學借住舅父陸彬文家，舅父家中僅有一女，門庭冷落故而答應之俊的請求，句中「以」可譯為「因為」；例（53）說母親埋怨自己因為生病的關係妨礙女兒的行程，女主角則好言好語安慰難過的母親，第一個「以」作「拿」、「用」解，第二個「以」字可解釋為「因為」或「由於」。

四是引進雙賓語句中的賓語，相當於現代漢語的「把」、「將」，如：

（54）秦亦不**以**城予趙，趙亦終不與秦璧。（司馬遷《史記·廉頗藺相如列傳》）

（55）乃取蒙衝鬥艦十艘，載燥荻、枯柴，灌油其中，裹**以**帷幕，上建旌旗，預備走舸，繫於其尾。先**以**書遺操，詐云欲降。（司馬遷《資治通鑑·漢

紀》）

　　漢語系統中有些動詞可以帶兩個賓語，動詞表示行為，賓語表示行為對象，一個是賓語指人，一個賓語指事物，這類句式稱為雙賓語句。如例（54）意秦國不把城池給趙國，趙國也不把和氏璧給秦國，句中「以」字可譯為現代漢語的「把」或「將」；例（55）意言在赤壁之戰開戰前先準備動了手腳的船以及黃蓋把詐降書信送給曹操，第一個「以」字表明工具「帷幕」，用帷幕把船圍起來，第二個「以」字作「把」或「將」解，賓語為「書」和「曹操」。此時期小說作品中此類語料如：

　　（56）夢蕽不置可否，似有允意。子銘遂偕夢蕽至徐夫人前，<u>以</u>所談者告之。（李定夷《顧曲緣》，頁 153）

　　例（56）大意為友人子銘將先前他和男主角夢蕽的談話告訴徐夫人，句中「以」可譯為「把」或「將」，引出賓語「所談者」。在此時期的小說作品裡，上述人稱代詞「其」、助詞「所」、介詞「以」三種文言語法結構出現於文言與駢文小說作品的比例大大高過白話小說作品，而白話小說作品的語例雖少卻非完全絕跡，此三語例消長的情況亦可下接現代漢語系統的演變過程。

二、歐化語法

　　相較於詞彙系統，語法系統的變化較慢，一般論者研究歐化語法時多將焦點放在五四新文學的作品上，實際上在此時期海派小說作品中也有些歐化語法的出現，本文參考謝耀基、賀陽、崔山佳等學者著作中所列舉的歐化語法，再搜索海派小說作品，擇取複數標記「們」的歐化、介詞「對於」、介詞「關於」、連詞「和」以及一＋量詞「個」名詞性標記等語法作為研究目標，試圖說明上述語法的變化，以下分別依序說明此五種語法。

（一）複數標記「們」的歐化

　　上古漢語中沒有產生類似中古漢語「們」字此一的複數標記，但於戰國之後出現「儕」、「屬」、「曹」、「等」這類複數表達形式，如「吾儕」、「若屬」、「我曹」等；魏晉以後產生「輩」此一表達複數的組合，如「爾輩」、「我輩」等。

　　人稱代詞複數詞尾「們」字大約產生於宋代，最常見的用法是接在指人名詞和人稱代詞後面，形成一種複數形式，最初寫作「懣」（滿），後來寫作「瞞」、「門」、「們」，元代文獻裡雖然也有「們」，但大多數作「每」，明代中

葉後普遍以「們」字取代「每」字作為人稱代詞複數標記，發展成為穩固的語法手段。

複數標記詞尾「們」字一般附於人稱代詞和指人名詞之後，在明清時期白話小說作品中，「們」出現在人稱代詞「你」、「我」、「他」（她、它）、「咱」後面的語料，如：

（57）邱銳說道：「我知道，**咱們**不是聯盟嗎？不是大爺賽存孝于塵埃，二爺玉面小羅成銀槍將劉智，**你們**弟兄三位嗎？」（清·《三俠劍·上》）

（58）公差道：「這不是這樣說。你牌上有名，有理沒理，你自見官分辨，不幹我們事。我們來一番，須與**我們**差使錢去。」（明·《二刻拍案驚奇·下》）

（59）邱八聽了，十分歡喜。那一班客人要拍邱八的馬屁，好討他的喜歡，大家極力稱揚，恨不得把個林黛玉立時就抬上天去。依著**他們**的口氣，差不多說得個邱八就是個再世的李藥師，林黛玉便是個當今的張紅拂。這一席酒直吃到十二點鐘方才散席，客人陸續辭去。（清·《九尾龜·一》）

語料（57）中前面的「咱們」指的是說話的邱銳、大爺于塵埃、二爺劉智與聽話的高雙青四人，後面的「你們」則是指大爺于塵埃、二爺劉智與聽話的高雙青三人。語料（58）和（59）「人稱代詞＋們」形式中的「們」字為複數標記詞尾。

1912年至1925年時期海派小說作品中出現的「們」字，「人稱代詞＋們」此一形式並無太大變動，變化主要發生在「指人名詞＋們」這一形式上，且語義和形式二方面皆與傳統漢語不同。從語義方面來看，前接的指人名詞，從指稱人倫的稱呼擴展至職業別。王力指出複數標記「們」字「除用為人稱代詞的後附號之外，只能用於人倫的稱呼。所以從前只說『姊妹們』，『丫頭們』，不說『和尚們』，『神仙們』。自從歐化之後，『們』的用途漸漸擴充至於行業。例如『作家們』，『工人們』，『農夫們』等。」〔註84〕。指稱職業別的語料如：

（60）**工人們**見已得勝，又想得寸進尺，不免又說，二成不夠咧，非得三成，才可以再去上工，一時又吵鬧起來。（江紅蕉〈代人受過〉，《半月》1卷13號）

王力所舉「們」附於表示行業的名詞之後的語例都出自於五四新文學家的作品，如豐子愷、周作人等作家作品，此時期海派小說作品中幾少看到此

〔註84〕王力：《王力文集·第一卷》（濟南：山東教育出版社，1984年），頁463。

類語例,這有可能是受限於小說內容,小說多敘男女之情,甚少提及與行業別相關內容,故少有此類語例,但並非沒有,如例(60),江紅蕉的短篇白話小說〈代人受過〉,小說敘述主角祜生與表妹清琅的戀情,文中曾出現的罷工潮情節,便有此類用例。

此外,王力所言的「用於人倫的稱呼」,從明清時期白話小說作品中的語料來看,還包含指稱稱謂、身分的名詞,如「婦女」、「女眷」、「親眷」、「內眷」、「侍女」、「僕人」、「丫頭」、「小廝」、「紳士」、「夫人小姐」、「弟兄」、「師徒」、「師父」、「和尚」、「弟子」等;而王力認為不能說的「和尚們」、「神仙們」事實上已出現在語料中,只是數量不多,語料如:

(61)列公聽者,從來說「<u>神仙們</u>本是凡人做,只怕凡人心不堅」。可見仙凡二途,原是一個來頭。(清·《八仙得道·上》)

(62)城璧疑心道:「<u>神仙們</u>吃酒則有之,難道神仙也吃肉麼?」仔細看來,此地絕非佳境,不如早些出去罷。(清·《綠野仙蹤·中》)

(63)有許多的軍馬,一湧而來,把個朝慶寺裡就圍得周周匝匝,鐵桶相似一般,嚇得眾<u>和尚們</u>魂不附體。(明·《三寶太監西洋記·一》)

(64)這<u>和尚們</u>穿吃了十方施主現成衣飯,飽暖思淫,造出這般彌天大罪。(清·《野叟曝言》)

明清時期白話小說的語料中出現「神仙們」只有 2 條語例,「和尚們」只有 35 條語例,王力之所以說這類語料未曾出現,可能是因為從比例上看這類語料實在太少,難以作為有力的證據,加上當時未建有大型語料庫,窮王力一人之力很難窮盡式搜羅語例。

從形式方面看,從北京大學古代漢語語料庫蒐集到的明清時期語料中共出現 26064 條「們」字語料,其中「們」字接在指人名詞後面時,其上下文中可同時出現複數意義的詞語如「眾」,或前接「指示代詞+不定量詞」,如「這些」、「那些」:

(65)晁蓋道:「賢弟,這件是人倫中大事,不成我和你受用快樂,倒教家中老父吃苦!如何不依賢弟?只是<u>眾兄弟們</u>連日辛苦,寨中人馬未定,再停兩日,點起山寨人馬,一徑去取了來。」(明·《水滸全傳》)

(66)一面吃茶一面又道:「奶奶不知道,<u>這些小孩子們</u>全要管的嚴。饒這麼嚴,他們還偷空兒鬧個亂子來教大人操心。」(清·《紅樓夢》)

(67)盧楠娘子還認做強盜來打劫,驚得三十六個牙齒足乞磕磕相打,

慌忙叫丫環快閉上房門。言猶未了，一片火光，早已擁入房裏。**那些丫頭們**奔走不迭，只叫：「大王爺饒命！」（明·《今古奇觀》）

另外，根據學者儲澤祥的研究，在明清時期「們」字還可以跟數量詞結合，形成「數詞＋量詞＋N＋們」的格式，〔註85〕語料如：

（68）尤氏未及答應，**幾個媳婦們**先笑道：「二奶奶，今日不來就罷；既來了，就依不得你老人家了。」（清·《紅樓夢》）

但是這種用法在現代漢語中已經消失，如在明清時期小說作品中可以說「幾個小丫頭們」，但在現代漢語中不能說「三個學生們」。

1912 年至 1925 年時期海派小說作品中的「們」字，上下文中幾乎很少同時出現複數意義的詞語「眾」或是前接「指示代詞＋不定量詞」，語料如：

（69）**人們**過慣了單調之人生，對於如此新鮮的合作生活，自然發生熱烈的期待去嘗試，但是結果之慘，竟出於意料之外。（吳雲夢〈伴侶之嘗試〉，《紫羅蘭》第 1 卷第 2 號）

（70）我敢說現代有子女的**婦女們**——做婆婆的，差不多都以為應該如此的。（吳雲夢〈伴侶之嘗試〉，《紫羅蘭》第 1 卷第 2 號）

（71）那時把這兩篇文字一發表後，有幾個老者，彷彿把三十年前的往事，重複在他們滯鈍的心弦上震動起來，枯燥的腦海中回旋起來，同時一般**少年們**，好像這「失戀後的愛」的問題，是應該很切實的研究一下。（江放庵〈失戀後的愛〉，《紫羅蘭》第 1 卷第 6 期）

（72）今天天氣很涼爽，**老人家們**早去睡覺，連我也早想睡了呢。（胡嬤紅〈笙歌散後〉，《紫羅蘭》第 2 卷第 1 號）

（73）眾人彈的彈、拉的拉、吹的吹、唱的唱，一時歌聲琴音，悠然並作，倒逗引得銀簫生的母親和梵玲的母親也從樓上下來，瞧他們**姊妹們**。（胡嬤紅〈笙歌散後〉，《紫羅蘭》第 2 卷第 1 號）

（74）然而沒有搶著錢，在沙泥裏爬著一陣子的小孩子，還是垂著眼淚，拖著鼻涕，伸著烏黑的小手嚷著尖峭的喉嚨，高喊**洋大人、洋太太們**，舍一個銅子，舍一個銅子。**洋大人、洋太太們**卻只是微笑不語。（包天笑〈滄州道中〉，《星期》第 10 期）

（75）**中國人人們**又陪著他太太、姨太太們進晚餐。（包天笑〈滄州道中〉，

〔註85〕儲澤祥：〈明清小說裡「數量詞＋N·們」式名詞短語的類型學價值〉《南開語言學刊》第 2 期，2006 年，頁 62～67。

《星期》第 10 期）

（76）當我母親死的前一年，我已多年不和**女子們**有親密的交接了。（張
枕綠〈愛河障石〉，《快活》第 8 期）

語料（69）至（76）中的「們」字都是單獨出現，未見複數意義的詞語，
且「們」字本身已具複數語義，再加上複數意義的詞語不符合語言的經濟原
則，這可能是不再使用詞語「眾」和「指示代詞＋不定量詞」用法的原因。由
上舉語例可知，此時期「們」字的用法，前接的詞語從指人名詞、人稱代詞和
人倫稱呼擴大到職業類別的名詞，「們」字前接數量詞、複數意義的詞語「眾」
和前接「指示代詞＋不定量詞」的用法近乎消失。

（二）介詞「對於」

原本漢語中的「對於」是由一個動詞「對」和介詞「於」組合而成的動詞
詞組，是動詞性成分，而非介詞。最早可見的「對」和「於」合用是出自《詩
經》，如《詩經・大雅・皇矣》：「以篤於周祜，以對於天下」，此句的「對」字
是動詞，表酬答、答謝的意思；「於」字是介詞，與後面的「天下」構成介詞
結構，表示前述動作的地點。

關於介詞「對於」產生的時間，一般咸認為是在清末或五四前後。根據
學者賀陽的研究顯示在明清時期的白話小說作品中均沒有發現表示對待關係
的介詞「對於」的用例，只有在清末（1902）問世的《二十年目睹之怪現狀》
中發現 3 例，介詞「對於」應該是在五四前後開始流行。〔註 86〕學者刁晏彬
認為「『對於』的產生時間應該在『五四』以前」〔註 87〕。學者周芍、邵敬敏
則認為「對於」產生於清末，雖《二十年目睹之怪現狀》中發現 3 例，但與
其同時期的作品《官場現形記》、《孽海花》中均沒有介詞「對於」的用例，顯
見這種用法於當時尚未推展開來。〔註 88〕

賀陽從語言接觸的角度說明介詞「對於」的流行。他認為「對於」這一
新興介詞的產生和廣泛使用跟英語的介詞 for、to 等有關，在漢語中沒有合適
的介詞可以用來對譯，因此將漢語動詞「對」和介詞「於」組合成新的介詞，

〔註 86〕賀陽：《現代漢語歐化語法現象研究》（北京：商務印書館，2008 年），頁 118
～122。
〔註 87〕刁晏斌：《現代漢語史》（福州：福建人民出版社，2006 年），頁 374。
〔註 88〕周芍、邵敬敏：〈試探介詞「對」的語法化過程〉《語文研究》第 1 期，2006
年，頁 28。

用來對譯英語的介詞。然而，並非五四新文學陣營的作品有此一新式用法，在1912年至1925年間的海派小說作品中也出現介詞「對於」的用例。

　　在現代漢語中「對於」表示人、事物、行為之間的對待關係，其作用在於介紹動作支配的事物，介紹與動作、狀態或判斷有關的事物，介紹動作的發出者；「對於」多跟名詞組合，也可以跟動詞、小句組合。與名詞結合的語料如：

　　（77）我想你們兩人，雖然彼此光明正大，並無些兒女私情，但是就事實上講起來，你**對於**她既然是異常憐惜；她**對於**你又是十分感激，至於雙方的年貌知識，也很相當。（嚴獨鶴〈戀愛之鏡〉，《紅雜誌》第1卷16～17期）

　　（78）可否有藐尊夫人的玉趾，來此一轉，等我**對於**她略略表示一番懺悔的意思，然後再瞑目待死，也教我靈魂安樂，得個超度。（嚴獨鶴〈戀愛之鏡〉，《紅雜誌》第1卷16～17期）

　　（79）除了我同本會會員以外，沒有一人知道。而我們**對於**此種事又視為神聖，我們的嘴唇是封好了的，你真毫無恐懼之點。（張舍我〈兩條法律〉，《紅雜誌》第57期）

　　（80）譬如一個機關裡面，辦事員是很多的，然而上官**對於**她們的感情有好有不好，那向隅的便不免要妒了；一家舖子裡面，伙友是很多的，然而店主**對於**他們的待遇有好有不好，那向隅的不免要妒了。（程瞻廬〈醋與蜜〉，《紅雜誌》第19期）

　　現代漢語中動詞「對」具有對待、對抗和面對兩種語義，例（77）至（80）中的「對於」是「動＋介」的動介詞組，如例（77）中「對於」可解釋為動詞「對待」之義，後必帶賓語，句義可視為「你對待她異常憐惜，她對待你十分感激」，前句「對」帶賓語「她」，後句「對」帶賓語「你」，句子省略為「你對她既然是異常憐惜；她對你又是十分感激」不影響句意。

　　與名詞性短語組合，可放在句首做主語或放在句中，語料如：

　　（81）偏是父母不信，**對於**我的婚事，想用頑固的方法來強逼我。（許廑父〈新婚慘史〉，《快活》第14號）

　　（82）那時伊知道我會繪畫，也常和我談論中西化法的異同點和優劣點，**對於**畫學，又似很有些研究的。（張枕綠〈愛河障石〉，《快活》第8期）

　　（83）**對於**孫三少，他是一位肯用錢的小白臉，自然是格外歡迎。（包天笑〈倡門之病〉，《紅玫瑰》第1卷第1期）

（84）我從前不知道，倒也罷了，如今既曉得了，當然<u>對於</u>這位王先生，不能不表示一種謝意。（嚴獨鶴〈戀愛之鏡〉，《紅雜誌》第 1 卷 16～17 期）

例（81）至例（84）中的「對於」是表示對待關係的介詞，介紹與動作、狀態或判斷有關的人或事物，如例（83）中首句介詞詞組「對於孫三少」可看作英語「For 孫三少」的對譯，如以傳統漢語習慣來看，可寫成「孫三少是一位肯用錢的小白臉」。

於此時期白話小說作品中出現的「對於」，屬「動＋介」詞組和介詞共存的時期，介詞語例都是與名詞或名詞性短語結合，尚且少有與動詞或小句結合的語例，其使用範圍還沒有發展成像現代漢語一般，能與動詞或小句結合。

（三）介詞「關於」

在五四前後產生的新介詞，除了「對於」外還有「關於」。「關於」在先秦時期已出現，學者張成進檢索了十三經以及《老子》、《晏子春秋》、《孫子》、《墨子》、《莊子》、《荀子》、《韓非子》、《戰國策》、《戰國縱橫家書》、《鬼谷子》、《管子》、《楚辭》、《逸周書》、《商君書》、《呂氏春秋》、《國語》等 29 部先秦典籍，只得一個語例，〔註89〕語例如下：

（85）令陽成義渠，明將也，而措於毛伯；公孫亶回，聖相也，而<u>關於</u>州部，何哉？《韓非子・問田》

例（85）中的「關」是「處置、安排」的意思，和句中的「措」意思相同，由介詞「於」引進處所賓語「州部」，「於」和「州部」構成介賓短語做「關」的補語。一直到清朝末年，「關於」都屬於動詞「關」和介詞「於」組合而成的動詞詞組。

介詞「關於」形成的時間較介詞「對於」晚，學者謝耀基指出「由於西文多用和須用介詞的緣故，在歐化文章裡，介詞的應用就由『隨便』而轉視為『需要』」〔註90〕，於此謝耀基舉介詞「關於」作為例子，是本來可以不用，但因受到歐化語法影響而興起的介詞，「關於」、「對於」跟「about」、「with regard to」、「related to」、「in connection with」等詞相當。

王力亦認為介詞「關於」是五四以來在對譯英語的介詞過程中產生的，

〔註89〕張成進：〈介詞「關於」的詞彙化──兼談「關於」的來源之爭〉《語文教學與研究》第 4 期，2014 年，頁 76～77。

〔註90〕謝耀基：《現代漢語歐化語法概論》（香港：光明圖書公司，1990 年），頁 69～70。

如「as for」可譯為「關於」或「至於」。〔註91〕賀陽檢索了《三國演義》、《水滸全傳》、《西遊記》、《封神演義》、《喻世明言》、《警世通言》、《醒世恆言》、《初刻拍案驚奇》、《二刻拍案驚奇》、《石點頭》、《醒世姻緣傳》、《隋唐演義》、《說岳全傳》、《儒林外史》、《紅樓夢》、《東周列國志》、《歧路燈》、《鏡花緣》、《兒女英雄傳》、《海上花列傳》、《官場現形記》、《二十年目睹之怪現狀》、《老殘遊記》等明清時期白話小說，均未見介詞「關於」的用例，由此可證王力的主張，介詞「關於」應當產生於五四前後。〔註92〕

在現代漢語中，介詞「關於」其語法意義是引進關涉的事物或對象，主要用來表示關聯的人或事物，指涉及的範圍。《現代漢語八百詞》中列舉了介詞「關於」的句法組合形式，介詞「關於」後面可接名詞、動詞、小句或「的＋名」短語，其所組成的介詞短語作狀語，只能用於主語之前。〔註93〕1912 年至 1925 年時期海派小說作品中出現介詞「關於」的用例如下：

（86）少女說：「這是<u>關於</u>我自己的事。」（張舍我〈兩條法律〉，《紅雜誌》第 57 期）

（87）我不是要問你<u>關於</u>他的事，他是原沒有什麼呀。（張舍我〈兩條法律〉，《紅雜誌》第 57 期）

（88）是<u>關於</u>我自身的事，和我曾欲嫁的一個男子……你可明白麼？（張舍我〈兩條法律〉，《紅雜誌》第 57 期）

（89）況且我不是無緣無故的戲弄人家，這是<u>關於</u>藝術上的事，何等鄭重呀！（包天笑〈愛神之模型〉，《星期》第 5 期）

（90）這是<u>關於</u>藝術上的事，並不算恥辱。（包天笑〈愛神之模型〉，《星期》第 5 期）

例（86）至例（90）透過介詞「關於」引入談論的對象或事物，此時期的介詞「關於」只與名詞結合，尚未出現與動詞、小句的用例出現，也未有做狀語的用例。

（四）連詞「和」

學者趙川兵指出連詞「和」的來源目前有兩種說法，一種說法「和」本為「唱和」義，連詞「和」與本義無關，而是「龢」的假借字，這以《古代漢

〔註91〕王力：《王力文集·第一卷》（濟南：山東教育出版社，1984 年），頁 474。
〔註92〕王力：《王力文集·第一卷》（濟南：山東教育出版社，1984 年），頁 115。
〔註93〕呂叔湘主編：《現代漢語八百詞》（北京：商務印書館，2005 年），頁 240。

語虛詞詞典》為代表；另一種說法是「和」本為動詞，最初是「拌和」的意思，後來發展出連詞的用法，也就不是所謂的假借，這種說法以王力、潘允中、于江等學者為代表。〔註94〕趙川兵亦贊成第二種說法認為連詞「和」來源於動詞「和」，並不是「龢」的假借字；而連詞「和」自中唐產生後，盛行於宋代，文獻中連詞「和」也有寫作「合」的，發生這種情形可能是方言變體造成的。

謝耀基認為，連詞中受到歐化語法影響最深的當屬表示並列關係的「和」字。〔註95〕以英語為例，聯結兩個或兩個以上的人或事物的時候，通常是多用或全用「and」來聯繫，「and」往往翻譯成「和」；於此所舉的例子是「爸爸和媽媽都是中國人」，按傳統漢語的習慣應當寫作「爸爸、媽媽都是中國人」；傳統漢語中「與」聯繫人或事物，「而」聯繫行為或性質，但在五四之後連詞「和」的用法範圍擴大，逐漸替代「與」、「而」，如上述的語例即是連繫人與人。雖謝耀基指出連詞「和」是受到歐化語法影響，使用次數變得較過往頻繁，且使用範圍擴大，惜並未深入說明連詞「和」所聯繫的詞語性質。

謝耀基此段論述談及二個觀點，一是連結兩個或兩個以上人或事物時印歐語言系統使用「和」字，而傳統漢語則省略；二是「和」逐漸取代「與」，此時期文言小說中出現的語例可應證這兩個觀點，語例如：

（91）園中疊石成峰，栽松辨徑，**樹多芭蕉、木棉兩種**，奇幹撐雲，敗葉卸綠，如人受噤僵立。（姚鵷雛《燕蹴箏絃錄》，頁106）

（92）顧翁乃敦請鄉里中之老儒曰顏慕孔者，黃髮曲背為阿貍之師，屏絕前所讀之教科書，**重購《三字經》、《神童詩》傳授之**。（李涵秋《雙鵑血》，頁145）

（93）彼方欲逃，數人力撲之，縛至艙中，復詢妾以故，妾乃縷述之，數人遂攜妾<u>與</u>欲媼入大舟，妾此時驚魂始略略鎮定。（喻血輪《名花劫》，頁64）

（94）越年又生一子，一落胞胎，口中即銜彩玉一枚，並鐫有字跡，因是取名寶玉，聰明靈慧，俊秀溫柔，惟不喜讀書，但喜<u>與</u>姊妹行廝混，故二舅父不甚愛惜，而外祖母則視若性命，今聞已十餘齡矣。（喻血輪《林黛玉筆記》，

〔註94〕趙川兵〈連詞「和」的來源及形式〉《古漢語研究》第3期，2010年，頁83～89。
〔註95〕謝耀基：《現代漢語歐化語法概論》（香港：光明圖書公司，1990年），頁64～65。

頁 5）

（95）倘魂兮有靈，當遠涉萬里關山，與哥夢魂相接絮語平生也。（李定夷《霎玉怨》，頁 79）

（96）今晨清明節且又晴，和僕偕婦作郊外遊。（貢少芹《鴛鴦夢（上）》，頁 41）

例（91）中意思是指園林中種植的樹木多半是芭蕉和木棉兩種，於例中的表達方式為「樹多芭蕉、木棉兩種」屬傳統漢語的使用方式，於現代漢語中可寫成「樹多芭蕉和木棉兩種」；例（92）中《神童詩》是北宋時期汪洙的詩集，汪洙九歲能詩，被稱為「神童」，其作《神童詩》與《三字經》是古時流傳的童蒙材料，句中「《三字經》、《神童詩》」於現代漢語中慣寫為「《三字經》和《神童詩》」。此時期在敘及二個以上人物時，多似例（93）至（95）以「與」表述，而僅有極少語例如（96）以「和」表述。

據賀陽的研究結果來看，《三國演義》、《水滸全傳》、《西遊記》和《紅樓夢》等書中出現的連詞「和」聯結名詞性成分占 99.6%；五四之後連詞「和」連接的成分擴展到動詞性詞語、形容詞性詞語、副詞性詞語和小句。〔註 96〕《現代漢語八百詞》中則說明連詞「和」表示平等的聯合關係，連接類別或結構相近的並列成分，可連接做謂語的動詞、形容詞。〔註 97〕由上述所言顯示，傳統漢語中連詞「和」的使用範圍從聯結名詞性詞語擴大到可以聯結動詞性詞語、形容詞性詞語、副詞性詞語和小句。此時期的語料也反映出這樣的現象，語例如：

（97）那時伊知道我會繪畫，也常和我談論中西化法的異同點和優劣點，對於畫學，又似很有些研究的。（張枕綠〈愛河障石〉，《快活》第 8 期）

（98）綜合各方面的觀察和比較，所得的結論，以為真正的自由結婚，實在因為男女的社交，沒有公開，決不能得良好的結果。（張舍我〈我的新婚〉《快活》，第 14 期）

（99）但是十天以後，伊竟漸漸脫去新嫁娘的習氣，向我開始表示伊的希望和要求。（張舍我〈我的新婚〉《快活》，第 14 期）

〔註 96〕賀陽：《現代漢語歐化語法現象研究》（北京：商務印書館，2008 年），頁 156～164。

〔註 97〕呂叔湘主編：《現代漢語八百詞》（北京：商務印書館，2005 年），頁 265～266。

（100）伊說到這裡停了，考察那婦人的臉上，是否有同情<u>和</u>理解。（張舍我〈兩條法律〉，《紅雜誌》第 57 期）

（101）我曉得你一定要頓生異樣的感想，甚至生出厭惡<u>和</u>悔恨，到底將我棄掉。（張舍我〈我的的新婚〉《快活》，第 14 期）

上舉例（97）第二句中出現兩個連詞「和」，第一個「和」字聯結的是人物即省略的主語「伊」和我，第二個「和」字聯結名詞「異同點」和「優劣點」，在白話小說作品中的例（97）至例（100）中，「和」聯結的二項事物都是名詞，而例（101）中連詞「和」聯結的是動詞「厭惡」、「悔恨」，顯見連詞「和」的使用範圍已經逐漸擴大，但數量未豐、尚未固化成語言規則。

（五）一＋量詞「個」名詞性標記

以傳統漢語的習慣來看，一＋量詞「個」做名詞的修飾語多是著重指出事物的數量，如果不強調數量，通常在名詞前面只用量詞，如：

（102）這四句詩，是胡曾《詠史詩》。專道著昔日周幽王寵<u>一個</u>妃子，名曰褒姒，千方百計的媚他。（明·《喻世明言·上》）

周幽王的妃子有很多，但能夠得到周幽王專寵的、甚至烽火戲諸侯的只有褒姒一人，句（102）即意指周幽王獨寵妃子褒姒一人，並無寵愛其他妃子，後句「名曰褒姒」補足前句「一個妃子」的語義，說明這個妃子為何人，句中加上數量詞「一」，是為彰顯褒姒的特殊和唯一性；如句子改成「昔日周幽王寵個妃子，名曰褒姒」，語義便顯得不通順。

（103）張媽去了多時，只不見出來。文孝是<u>個</u>性急之人，那裏耐得住，就頓時大鬧起來，大罵：「大膽賤人！你敢瞧我老爺不起！哪里來的野忘八，你敢到這裏來裝架子！」飛起腳來，把桌子翻身，天然幾踢倒，花瓶插鏡打個粉碎。（清·《七劍十三俠·上》）

句（103）中敘述文孝此人個性急躁不耐久候，及其在憤怒狀態之下的言行舉止，從上下文的語義可明白看出「性急之人」專門指稱文孝一人而非他人或二人以上的群體，故在此句中不需要再加上「一」強調其唯一性，「個」前沒有出現數詞「一」。

但在印歐語言的影響下，漢語中的一＋量詞「個」產生明顯的變化。印歐語言如英語中有冠詞，它的作用是名詞性標記，表示冠詞後的詞語具有名詞的性質。冠詞有兩種，一個是表示定指的定冠詞，如英語的 the；另一種是表示不定指的不定冠詞，如英語的 a、an，英語的不定冠詞 a、an 除了具有標

記名詞性的功能外，有時還相當於數詞 one，具有「一」的意思。王力指出「翻譯英文的時候，遇到 the 字往往沒法子翻譯它，因為中文裡沒有一個字和它相當。至於遇到『a』或『an』的時候，咱們卻處處可以用『一』字翻譯。又依現代中國語法，『一』字後面往往帶著單位名詞，『一個』、『一種』之類。由於西文的影響，現代中國的書報，多數是不知不覺地運用著無定冠詞，凡事西文裡該用無定冠詞的地方，一般人就用『一個』、『一種』之類。」〔註98〕。如：

（104）英雄失去做丈夫應做的義務，失去做丈夫尊嚴的態度；不能供給<u>一個</u>妻子萬萬不能缺的工具，太失身分了，我們的英雄做丈夫的態度，應該盡量供給<u>一個</u>妻子，應該盡量諒解<u>一個</u>妻子。（吳雲夢〈伴侶之嘗試〉，《紫羅蘭》第 1 卷第 2 號）

（105）我起先認為伊是不解羞的<u>一個</u>純粹天真的女孩兒，後來可就給我驚駭了。（吳真奇〈滋味〉，《紫羅蘭》第 2 卷第 1 號）

例（104）中「丈夫」是泛指夫妻關係中的所有丈夫，非專指某一位丈夫，對應於文中的「妻子」，亦是泛指夫妻關係中的所有妻子而言，假使省略妻子前的「一個」並不會造成句中文譯改變，且省略「一個」可使句子中「丈夫」和「妻子」的對應看起來較為工整、對仗；又如（105）中第三人稱「伊」即現今所言「她」已是專指某人，也就是後面的名詞「女孩兒」，「不解羞的」、「純粹天真的」等「的」字短語用以修飾後接的名詞「女孩兒」，省略「的」字短語前的「一個」，將句子改成「伊是不解羞的純粹天真的女孩兒」，並不影響句中文意。另一種用法是當作「之一」解，例句如：

（106）果然英雄的手段很不差，在短時期內尋到了目的物——他的伴侶。伊是小書局裡的<u>一個</u>女校對。（吳雲夢〈伴侶之嘗試〉，《紫羅蘭》第 1 卷第 2 號）

（107）原是姓謝的嫡妻所生的<u>一個</u>兒子，才只得十一歲，生了一場爛喉痧，病勢非常之凶。（包天笑〈雲霞出海記〉，《半月》第 1 卷第 4 期）

（108）恰巧他的換帖兄弟，新任<u>一個</u>書局裡的編輯部長，就招呼他去辦事，月薪四十元，膳宿自備，總算稍稍敷裕，誰知秋裡得了一個痢症，竟至一病不起。（江紅蕉〈代人受過〉，《半月》1 卷 13 號，1922 年 3 月 13 日）

（109）<u>一個</u>仗著有財，<u>一個</u>仗著有才，都極力要顯出一種捧場的本領來。（嚴獨鶴〈紅〉，《紅雜誌》第 1 期，1922 年 8 月）

〔註98〕王力：《王力文集・第二卷》（濟南：山東教育出版社，1984 年），頁 514。

例（106）至例（109）中的「一個」意指全體中的其中一個，非專指某個，如例句（106）中「伊」是書局眾多女校對中的其中一個，這種用法所透露的言外之意是這一個女校對不是群體中特別突出的那一個人，只是芸芸校對中不起眼的其中一個；例句（107）中雖前後文並未說明謝姓嫡妻究竟生了幾個兒子，但從前後文推斷，生病的這個兒子可能只是其中的一個嫡子；例（108）中的書局也是指上海眾多書局的其中一個，並無特指是哪一個；例（109）中在歡場裡捧場的手段有很多，有錢的和有才的恩客採取的捧場手段不同，句中並未特指出捧場的本領是哪一種。由這幾個例子可以看出，此時期的一＋量詞「個」已無傳統漢語中特指的語義，而是漸漸向印歐語言系統靠攏。

由上述所舉五種句式可知，歐化句法的語例多集中在白話小說作品裡，文言和駢文小說作品中出現的語例極少，如介詞「關於」、「對於」便未見於文言和駢文小說作品，顯見此時期的白話小說作品已或多或少受到歐化語法影響，但這類歐化語法仍屬於新興句式，尚未形成約定俗成的普遍用法，或固化成為語法規則，因此於小說文本中用例並不多見。

然這類歐化語法的出現彰示二個重要現象，一是歐化語法不獨五四新文學陣營有此現象，海派作家並未如傅斯年等學者高舉學習西式語法的大旗，形成某種理論或是風氣，而是自覺或不自覺地順應市場變化與時代潮流所作的改變，此亦為與新文學陣營差異所在。二是展現出從近代漢語演變至現代漢語的過程。現代漢語的起始時間在漢語學界中有五種說法，一是學者石毓智主張現代漢語從 1501 年開始；二是學者胡明揚主張現代漢語起於明末清初；三是學者蔣冀騁主張現代漢語始於清末；四是學者王力、呂叔湘、張壽康、向熹、邢福義、胡裕樹等人認為現代漢語始於五四時期，這也是最多學者贊同的一個主張；五是學者邢公畹主張現代漢語形成於 1949 年。而 1912 年至 1925 年時期承繼清末、涵蓋五四時期，也正好是上述部份學者所言現代漢語起始的一個時間段，此時期的歐化語法語料恰能反映出近代漢語過渡到現代漢語的演變過程。

第三節　超結構

馮·戴伊克曾自言，相對於語言學，事實上超結構理論更接近敘事學理

論，它的研究重心放在一個話語中各個部份的編排順序，馮・戴伊克即運用此理論分析新聞話語，深入探討新聞話語的寫作格式和蘊含其中的意識形態。超結構應用在小說作品上，可以理解為探討小說中情節、事件的安排順序，然考慮小說此一文體的特性，如若加上有關小說敘事方法的研究應可對小說結構的了解更加完整，故以下試細述 1912 年至 1925 時期的海派小說作品中的情節、事件安排順序和敘事方法，試圖挖掘小說作品中所呈現的超結構格式。

一、小說結構模型

　　馮・戴伊克借用 Mandler 故事語法理論的概念並加以增補超結構理論，提出超結構（superstructures）理論，有時也會稱作「格局」（frames）。馮・戴伊克假設故事的超結構或格局可以藉「常規範疇」和「規則」來說明：

> 範疇、規則並非在局部層面上運行，而是在整體層面上操演。因此，範疇適用於整體語義單位，即宏觀命題（macrostructures）或主題，這些範疇一定有常規性。它們必定是將一個自然故事劃分為反映本文化的故事單位。假如故事總是以總結開頭，那末我們便有理由建立「總結」這一常規範疇，作為敘事結構的一部份。話語分析的幾個分之都提出了這種區分整體形式單位的範疇。比如，拉波夫（Labov, 1967）等指出，自然故事包納傾向（orientation）、衝突（complication）、解決（resolution）、評價（evaluation）和結尾（code）。〔註 99〕

　　由上所引的論述可以看出，馮・戴伊克將文章看作是一個整體，每一個整體按照語義可以分成好幾個部份，從每一個部份的語義中可以歸納出一個特定的主題，形成文章主題的排列順序，而某一類的文章它的主題排列順序會是相同的，如馮・戴伊克將新聞的超結構分成六層，在最上層的結構可分作總結和新聞故事；第二層結構將總結分成標題和導語，新聞故事分為情節和評論；第三層結構將情節分成事件和後果（或反應），評論分成預言和評價；第四層結構將事件分成主要事件和背景，後果（或反應）分成事件（或行為）和言語反應；第五層結構將背景分成境況和歷史；第六層結構將境況分成環境和以往事件。其樹狀模型圖如下：〔註 100〕

〔註 99〕馮・戴伊克：《話語・心理・社會》（北京：中華書局，1993 年），頁 114。
〔註 100〕馮・戴伊克：《話語・心理・社會》（北京：中華書局，1993 年），頁 115～117。

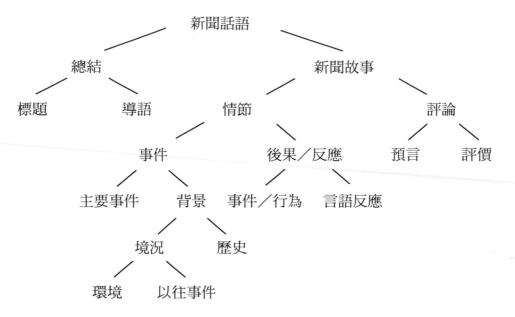

　　按上述的結構分析 1912 年至 1925 時期的海派小說作品，可將其超結構歸納為在第一層結構分成「背景」、「糾葛」和「結尾」三個部份。第二層結構的「背景」分成「介紹」和「相處」，「介紹」即介紹人物的家世背景或個性；「相處」指的是主角相處情形，「糾葛」分成「事件」和「反應」；「結尾」分成「故事結果」和「評論」。第三層結構的「事件」分成「原因」和「經過」，其樹狀圖如下：

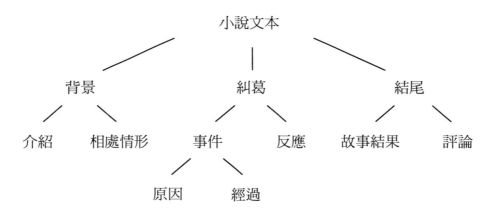

　　必須說明的是，此一結構模型是根據本時期所有小說作品的結構取其最大公約數繪製而成，因此模型能夠涵蓋所有小說作品的結構，卻不見得所有的小說作品都能夠完全符合此一模型，這與小說作品的藝術需求和作家個人的寫作風格有關，致使小說作品在細節上有所差異。於此結構模型裡的標目

則來自於自馮‧戴伊克《*Macrostructures*》一書中闡釋超結構部份的章節，他將戲劇、長篇小說、短篇小說、民間故事和神話等等不同類型文學作品的結構分成背景（setting）、糾葛（Complication）和評價特徵（Evaluations feature）三個部份，〔註101〕本論文超結構模型圖中主題標目的制定即由此變化而來。

試以李涵秋的文言小說《雙鵑血》為例，《雙鵑血》內容敘述男主角稚亭喜歡太太婉卿的姨妹鵑娘，但幾次受到阻撓，後因鵑娘家中失火，稚亭奮不顧身衝入火場救出鵑娘，稚亭卻也因此受傷；在看護期間鵑娘對稚亭漸生情愫。好不容易鵑娘和稚亭兩情相悅，又被女學教員駱子瀟聯合三姨敏琴設計陷害，最後稚亭變成殺人犯入獄，不知情的鵑娘嫁給駱子瀟。

第一層結構的「背景」部份指稚亭在與婉卿的婚宴上初次見到鵑娘便一見傾心；「糾葛」部份指鵑娘家失火；「結尾」部份是稚亭和鵑娘並未在一起。第二層結構的「介紹」部份說明稚亭雖是身無恆產的一介書生，但因才高八斗，岳父看好他的未來前程，所以將女兒婉卿嫁給他，希望他能考取功名；「相處情形」部份敘述稚亭妻子婉卿外貌及不上鵑娘，雖心知稚亭心屬鵑娘，但礙於婦德不敢說話，而鵑娘謹守禮法，不敢和稚亭有所接觸；「事件」敘述鵑娘家失火不僅家產付之一炬，還得賠償鄰人損失；「反應」部份敘述鵑娘父欲嫁女籌錢；「故事結果」部份敘述稚亭因殺人罪被處死、鵑娘嫁給駱子瀟；「評論」部份由作者歸結出「情深不祥」的結論。第三層結構的「原因」部份敘述駱子瀟看上鵑娘，伙同強盜放火搶劫鵑娘家，試圖人財兩得，不料卻讓稚亭救出鵑娘；「經過」部份敘述鵑娘在看護稚亭期間互訴情衷。

不僅是李涵秋的作品《雙鵑血》，事實上 1912 年至 1925 時期的海派小說作品中多數符合這類寫作模式，如徐枕亞的長篇駢文小說《玉梨魂》按此結構分析，第一層結構的「背景」部份指何夢霞到無錫富紳崔家當家庭教師，與崔家的守寡媳婦白梨影相戀；「糾葛」部份指何夢霞和白梨影不敢突破傳統禮教的藩籬在一起；「結尾」部份是白梨影病死，何夢霞參與武昌起義壯烈犧牲。第二層結構的「介紹」部份說明何夢霞本是太湖書香世家中的次子，自小飽讀詩書有神童美名，雖薄視功名，但也曾考過兩次童子試，落榜後棄舊學入新式學校求學，父親去世後家道中落，擔任家庭教師謀生；「相處情形」部份敘述何夢霞藉由白梨影的兒子亦是其家教學生鵬郎之手傳遞詩稿、書

〔註101〕馮‧戴伊克（Teun A. van Dijk）：《Macrostructures》（New Jersey：Lawrence Erlbaum Associates, Inc.，1980 年），頁 112～116。

信，以文字為媒互通情感，兩人情雖深卻未曾突破禮教私下見面；「事件」敘述白梨娘意識到自己的寡婦身分；「反應」部份敘述崔筠倩是受新式教育的女性，面對歷來友好的大嫂透過父親安排的包辦婚姻，打從心底反對卻也只能被迫接受；「故事結果」部份敘述白梨影為了最終成全何夢霞和崔筠倩，選擇自戕身軀病弱而死；崔筠倩在了解事情真相後，為白梨影和何夢霞的愛情所感動，也選擇了死亡；何夢霞則遵從白梨影的叮囑東赴日本求學，歸國後參加武昌起義為國捐軀；「評論」部份作者同情三人遭遇，稱讚何夢霞是性情中人非薄倖負心，且心懷家國比之「瑯琊之情死，寶玉之逃禪，等性命於鴻毛，棄功名如敝屣，雖一往情深，畢竟胸懷太窄，未能將愛情之作用，鑒別其大小，權衡其輕重也」〔註102〕。第三層結構的「原因」部份敘述白梨娘自知身為寡婦不可能再醮；「經過」部份敘述，白梨娘希望小姑崔筠倩能代替自己與何夢霞結婚。

周瘦鵑的短篇白話小說〈惜分釵〉按結構分析，第一層結構的「背景」部份指「他」熱戀風月場上的一位女子進而同居；「糾葛」部份指這位女子忽然離開杳無信息；「結尾」部份是「他」看破情事，捨棄與女子有關的所有物事。第二層結構的「介紹」部份說明「他」因業務上的應酬，時常流連風月場；「相處情形」部份敘述「他」冷落元配與這位女子另築愛巢長相廝守；「事件」敘述女子毫無由來的性情大變，致使感情生變；「反應」部份敘述在女子離開後，「他」仍深情守候，於兩人同居處逗留不去；「故事結果」部份敘述「他」心死放棄、焚燒兩人愛的小窩，引來消防隊；「評論」部份「他」自敘將愛巢與此生情愛一併火葬。第三層結構的「原因」部份敘述女子毫無由來的性情大變，「他」丈二金剛摸不著頭腦完全不能理解她的行為；「經過」部份敘述女子時常無端生事與他爭吵，甚至在扭打中咬了「他」一口。

綜觀此時期小說作品的結構模型，於「背景」部份顯示出文中男女主角產生情愫的契機，當時女性限於傳統禮教觀念、難以走出閨閣或家庭之外，男女主角相遇的地點不是在家庭內便是在風月場上，因此在「背景」部份出現的場景不脫此二類；其次，女主角的身分已婚者乃男主角的妻子，未婚者在家庭場景中遇見的多是男主角的親戚如表妹、妻妹之流，在風月場上遇見的則是青樓女子；再者，男女主角相處時必定強調發乎情止乎禮，未有踰矩

〔註102〕徐枕亞：《玉梨魂》，徐俊西主編：《海上文學百家文庫‧28：徐枕亞、吳雙熱卷》（上海：上海文藝出版社，2010年），頁164。

的行為，最常做的事是書信往返、互賞詩稿。偶見女主角身份為女學生者如喻血輪《惠芳日記》中的女主角惠芳，則是在上海的遊藝場所遇見男主角。

　　結構「糾葛」部份中，男女主角所經歷的波折、磨難，來自於外力者如李涵秋《雙鵑血》中男女主角的情感被惡人破壞，或如天虛我生《玉田恨史》中男主角被命運捉弄徒生惡病；來自於社會文化者如徐枕亞《玉梨魂》中男女主角不敢突破禮教藩籬廝守終生，或如吳雙熱《孽冤鏡》聽從父母之命娶妻，卻總是遇見難以契合的妻子，貢少芹《美人劫》中女主角母親嫌貧愛富，違背女主角秦素倩意願，一力主導將其嫁給一暴虐的軍人，秦素倩礙於孝道只得含淚遵從。

　　結構「結尾」部份多悲劇少喜劇收場，悲劇者如《玉梨魂》、《玉田恨史》、《孽冤鏡》、《雪花緣》、《美人劫》男女主角已死亡作終，李定夷《霣玉怨》女主角史霞卿咳血而死，男主角劉綺齋遁入佛門，喻血輪《悲紅悼翠錄》女主角錦媛病死，男主角之俊出家；可算得上喜劇者如姚鵷雛《燕蹴箏絃錄》南主角鴛機喜愛的小表妹壽姑病死，與大表妹嫦姑結婚；團圓大喜劇者如貢少芹《鴛鴦夢》男主角蔣青岩克服種種困難後，與表妹柔玉及其侍女碧烟、秋蟾、韓香等人喜結良緣，遁入深林隱居。此時期小說作品結局悲劇多過喜劇的傾向與傳統強調大團圓結局的小說作品差異甚大。

二、敘事模式

　　1912 年至 1925 時期的海派小說作品中的敘事模式既保留傳統白話小說中說書形式，如，《並頭蓮》中出現「看官可知」、「欲知後事如何，且聽下回分解」等說書慣用套語；同時也引入西方文學的敘事方法，如《名花劫》使用第一人稱自敘手法。著名學者如普實克、韓南、王德威等人對於傳統小說敘事形式的探討，多聚焦於明清時期白話小說，而 1912 年至 1925 時期的小說作品保留傳統白話小說敘事特色的部份，自可借鑑上述學者的研究成果，然此時期言情小說並不限於以白話書寫，究其原因即如吳曰法所言：「小說之宗派體例既明，而文之正、變格，要不可以不辨。自吾論之，以俗言道俗情者，正格也；以文言道俗情者，變格也。」〔註103〕，以白話道情乃小說正格，以文言道情則為小說變格，此時期言情小說正格變格同存，故敘事模式的研究

〔註103〕吳曰法《小說家言》，《小說月報》6 卷 6 號，1915 年。引自陳平原、夏曉虹編《二十世紀中國小說理論資料・第一卷》，頁 495。

範圍可從白話小說擴展至文言、駢文小說。

　　韓南認為白話小說受到口頭文學的影響，可以分成「敘述者層次」和「談話型層次」二種。〔註104〕「敘述者層次」指的是「模仿說書人向聽眾說話」，說書人可換用各種不同的語氣向聽眾提問，和聽眾相互交談。「敘述者層次」亦即普實克所說的「說話者」，是身分明確的、具體的人，在文學作品中表述故事的某些或全部的情節。〔註105〕如在李涵秋的文言小說《並頭蓮》中「看官可知，這賣花聲正不是個好聲啊！」〔註106〕，作者模仿說書人向讀者預示賣花人阿籃的叫賣聲雖清脆瀏亮，但她的出現卻是男女主角災難的開始。又如喻血輪的文言小說《名花劫》中以第一人稱自敘不幸的一生，女主角歷經艱辛後，在街頭偶遇昔日深戀的少年時，插入一段落：

> 嗚呼，閱者諸君，以妾平時懸念少年之切，此時不將偕僮媼俱往賡續前緣乎？詎妾竟大謬不然，蓋妾轉念一思，妾之身體已屬於他人，微論朱三之否諾，妾已無面目再與之相見。況復病勢日增，寸步不能移動，即欲去勢且不可，私心自計，惟有長眠地下以謝彼耳。〔註107〕

　　作者創作時，雖採用西方傳入的第一人稱敘事手法，卻也沒有捨棄傳統白話小說裡說書形式的敘事模式，在小說中安排一位敘述者，或由其中的主角之一充當敘述者，這位敘述者預設有一位或一群正在閱讀本書的讀者們，並對讀者們解釋女主角內心的轉折與變化。

　　「談話型式層次」則「表現在和敘述並列的評論和描寫段落」。中國白話小說中的敘述者往往可以隨時站出來發表評論，如正話開始以前必有的一段「入話」，或是在故事進行中插進來評論，可用詩、散文等形式予以解釋或道德評價，使讀者腦子裡產生問題，加強懸念，最後尾聲時，通常是以一首詩作結，這是敘述者最後的評論。穿插在敘述中間與敘述並列的描寫，經常是借小說中人物之所見，呈現給讀者一幅戲劇場面。但這種描寫並非從見到這種場面的人物的心理出發，只由敘述者從一般角度描寫。以詩作當作入話，

〔註104〕韓南；尹慧珉譯：《中國白話小說史》（杭州：浙江古籍出版社，1989年），頁20～21。

〔註105〕雅羅斯拉夫·普實克著；李燕喬等譯：《普實克中國現代文學論文集》（長沙：湖南文藝出版社，1987年），頁121。

〔註106〕李涵秋：《並頭蓮》（上海：新聲書局，1923年），頁3。

〔註107〕喻血輪：《名花劫》（上海：中華書局，1916年），頁69。

引出故事情節的，如姚鵷雛《燕蹴箏絃錄》中開篇引詩「寂寞復寂寞，四壁歸來竟何託，男兒不肯學，干時終當餓死填溝壑，布衣甘蹈湖海濱，饑來乞食行負薪，不然射獵南山下，猶勝長安作貴人。」〔註108〕作為入話。

「談話型式層次」亦即普實克所說的「敘事者」則是敘事作品的主導人，有時即是作者的代言人，但有時卻僅僅是敘述故事中不明確並且變化著的主體。如李定夷《雪花緣》中，在敘述男女主角紹文和鳳珠相處情況後，轉而敘述另一女主角藜英時，由作者跳出來說話，以「吾今當置紹文鳳珠而紀嶺南藜英矣」〔註109〕一語，將敘事方向切換到女主角藜英的身上。

又如李涵秋《雙鵑血》中：

> 嗟乎，人之愛鵑娘也以情，而彼之奪鵑娘也以妒，則鵑娘身世之良楛，蓋不須讀我雙鵑血之終篇而已悽人肺腑矣。吾書至此不得不旋我筆鋒迴敘鵑娘之事矣。〔註110〕

作者於文中插入一段評論，先是說明鵑娘家中遭逢火厄，原因出自鵑娘愛慕者為奪取鵑娘使出的下流手段，再評論鵑娘身世悽苦，由此可一窺端倪，最後介紹下文的情節走向。

吳雙熱的短篇白話小說〈婚誤〉亦採用說書形式，文章以「唉，『父母之命，媒妁之言』這八個字，真是禍根呢！」論斷式評語作為開頭，中間敷演受包辦婚姻之苦的故事，在媒人婆三寸不爛之舌的遊說下，男方家長貪圖女方嫁妝、男主人公則圖美貌的情況下同意婚事，未料新嫁娘妝奩不豐兼以貌不驚人，縱然新娘人格冰清玉潔、性格溫良，仍不得翁姑夫婿喜愛，生生氣悶而死，文末以一段「著者道」作結，敘述者再次出現評論故事以增強讀者印象。又如何海鳴的短篇白話小說〈腳之愛情〉敘述者以括號形式在文中出現，評論人物行為、心志。

韓南認為這種敘事方式的文學價值在於「由小說人物賦予詩和文學評論以首要的審美重要性；由敘事者賦予寫作，從更一般意義上來說，賦予文化以高度的社會價值；符合名士和文人的理想的表現。」〔註111〕。

除了傳統說書形式外，敘述視角也出現別於傳統小說的新形式。熱奈特

〔註108〕姚鵷雛：《燕蹴箏絃錄》（上海：中國圖書公司，1916年），頁1。
〔註109〕李定夷：《雪花緣》（上海：國華書局，1912年），頁49。
〔註110〕李涵秋：《雙鵑血》（上海：國學書室，1914年），頁93。
〔註111〕韓南：《中國近代小說的興起》（上海：上海教育出版社，2004年），頁18。

將視角分作三類：第一類是無聚焦或零聚焦敘事，即一般傳統全知全能型的敘事作品，敘述者無所不知，能夠通曉並道出書中任何一個人物都不可能知道的秘密；第二類是內聚焦敘事，即敘述者＝人物，敘述者只說某個人物知道的情況，敘述者知道的和該人物一樣多，人物不知道的事，敘述者亦無法敘述，而敘述者可以是一個人，也可以是幾個人輪流充當，可採用第一人稱或第三人稱敘述；第三類是外聚焦敘事，即敘述者＜人物，敘述者說的比人物知道的少，只能描寫人物所看到和聽到的，不作主觀評價和分析人物心理。〔註112〕

此時期的小說多屬於零聚焦敘事的作品，次是內聚焦敘事的作品，尚未出現外聚焦敘事的作品。零聚焦敘事的作品如李定夷《紅顏薄命記》以史傳編年手法紀錄女主角湯書巖的一生，湯書巖從小聰穎，生性莊靜，及長嫁與吳氏子岱東，不料婚後不及一年，岱東致病撒手人寰，湯書巖幾次尋死殉夫，被公婆阻止，從此操持家務、照顧公婆小姑，直到公婆雙亡、小姑出嫁，自盡以殉夫。又如喻血輪《悲紅悼翠錄》敘述黃之俊家貧寄居舅父家，與表妹錦媛青梅竹馬兩小無猜，本欲締結婚盟，卻因之俊因小事與舅父發生齟齬，舅父用計破壞二人好事，致使女兒錦媛病亡、之俊出家的悲劇。二書都採用零聚焦敘事手法，事件因由、主角內心波折無一不知。其他短篇白話小說作品如胡寄塵〈抄襲的愛情〉、天笑〈愛神之模型〉、嚴獨鶴〈紅〉、江紅蕉〈不幸之郵差〉、求幸福齋主〈離婚的證據〉、范菊高〈破碎的旗衫〉皆是如此。

運用內聚焦敘事手法的作品如吳雙熱《孽冤鏡》、李定夷《玉田恨史》、喻血輪《名花劫》和短篇白話小說范菊高〈伊的回答〉等等。吳雙熱《孽冤鏡》以第一人稱敘述寫友人王可青欲求自由戀愛卻遭封建家長阻攔終致瘋亡的故事，敘述者「我」是故事中的配角，「我」的朋友是主角，由「我」講述「我」的朋友的故事，這一敘述手法應是仿效偵探小說而來。天虛我生《玉田恨史》和喻血輪《名花劫》以第一人稱敘述己身不幸的一生，看起來像是作者自述遭遇的自傳體式小說，但光是敘述者與作者的性別便已不同，因此作者自述遭遇僅是一種敘述方式，帶有虛構成分和藝術加工，並非作者真實人生的自傳，二書只能算是一種自傳體式的作品。

天虛我生的《玉田恨史》最大的特色不是表現生離死別的故事情節，而是

〔註112〕熱拉爾・熱奈特：《敘事話語・新敘事話語》（北京：中國社會科學出版社，1990年），頁129～130。

在於著重表現女主人公於當時情境下意識、情感和幻覺的心理描寫，擺脫傳統小說對故事情節的依賴。全篇運用「內心獨白」的方式，以第一人稱細細敘寫女主人公的潛意識活動，心理線索若斷若續，組織嚴密，如描寫女主人公想念丈夫時，只見飢鼠瞥然而過、只聞蠅蟲嗡嗡營營之聲的描寫，將她的心理狀態表現得恰到好處，在藝術氛圍上給人以如聞其人、如臨其境之感，這種寫作手法在傳統文言小說中是十分罕見。其他重視描寫主角心理的作品如喻血輪的文言小說《名花劫》、徐枕亞的駢文小說《玉梨魂》等等亦有類似寫作手法。

其他第一人稱敘述的小說諸如日記體文言小說徐枕亞《雪鴻淚史》、書信體文言小說包天笑《冥鴻》、白話短篇小說瘦菊〈柔鄉苦海錄〉等都是傳統小說未曾使用過的寫作手法。如徐枕亞《雪鴻淚史》，乃從《玉梨魂》敷演而來，第三人稱敘述的《玉梨魂》大賣後，徐枕亞將其改寫成《雪鴻淚史》，以何夢霞的日記敘寫他與梨娘的哀情故事。瘦菊〈柔鄉苦海錄〉中利用書信作為推動小說情節的重要媒介，敘述者「我」李三已有妻室，卻仍與少女小翠熱戀並允婚，事情揭發後，妻子到小翠家大鬧一場，「我」在現場不僅不阻止妻子的行為反而趁機逃離躲避，後小翠的哥哥陳四於文末以信件痛斥「我」騙情背信、懦弱無能，從今爾後斷絕往來，小說以留書方式強調陳四不欲再見「我」的決心。包天笑《冥鴻》則用未亡人給亡夫寫的十一封信串起故事情節，敘述亡夫逝後無心打理家園的哀痛之情，近日發生事件、幼兒的教育問題等等，這類敘事方式便於抒發主人公的感情和描繪其內心世界，形式有別於傳統小說，可收耳目一新之效。

第四節　宏觀結構

宏觀結構是話語的深層語義結構，也就是文本的主題意識。宏觀規則是縮減語義信息的手段，共有四種：一是偶然信息刪除，即去掉不重要或次要信息；二是可恢復信息刪除，即選出基本信息；三是概括規則，即把信息加以概括；四是建構規則，即選出主題或主題句。小至段落大至長篇文本，皆可以此方法歸納出其宏觀結構，試以李定夷《千金骨》為例：

> 妒之一字為女子天性，有妒才者、有妒色者，而於愛情關頭尤易惹
> 動妒念，因此一字，芳齡、碧英遂演瑤光奪婿之劇矣。碧英歸家，
> 則芳齡已先返家中，方待碧英午膳，芳齡一見碧英，直前與之曰：

「妹往謁先生乎？何不待余同行？余亦當臨榻問疾也。」

碧英視其面傲慢不平之色畢現於表，即笑答之曰：「余聞先生病篤，思念心切，故匆匆而行，姊果欲去，明日不妨偕往。」

芳齡曰：「汝何以知先生抱病？非狄青語汝乎？」

碧英見其語語帶有霸氣仍笑答之曰：「誠如姊言，狄青世兄聞吾家失慎事，輾轉探訪知徙此間，特來慰問，予以是知先生病也。」

芳齡曰：「汝見先生乎？狄青亦在家乎？半日功夫究作甚事？」

碧英曰：「余本欲詳以告姊，乃姊遽以盛氣相加、咄咄逼人，余且不敢言矣。」

芳齡怒甚，杏眼圓睜、柳眉直豎，厲聲曰：「余生為婁人子，事妹繡閣佳人方將諂諛知不暇，復何敢盛氣相加？」

碧英曰：「余特往謁先生耳，並未犯何等罪惡，姊遽與問罪之師，余實痛之，非痛乎他，以吾姊妹之情好為此瑣事乃作鬩牆之爭，實為余所至難忍受。」言次悽然下淚。〔註113〕

按照宏觀規則處理上引文字，先是刪去次要信息，擇取出文章主要信息，再加以概括選出主題句，樹狀圖如下：

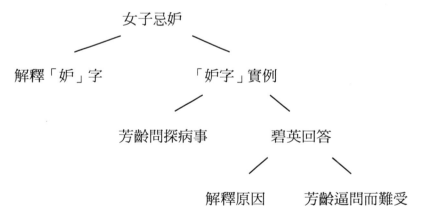

由宏觀結構樹狀圖歸納可知，此段落所欲表達的主題是「女子忌妒」。以此方法分析 1912 年至 1925 年海派小說作品可以發現，與「情」相關的討論是此時期小說作品的重要主題之一，且由「情」延伸出對家國的理念與奉獻。

〔註113〕李定夷：《千金骨》（上海：國華書局，1936 年 9 版），頁 28～29。

許廑父曾說明「情」的範圍：

> 據我的愚見，以為言情兩字，範圍極廣，決乎不是一男一女，互相
> 戀愛，互相慕悅，就可以包括得情的界限。區分得情之性質，但凡
> 世上可以，或應以情相維繫者，均謂之情，便都可以做得言情小說，
> 父子也，兄弟也，朋友也，師生也，都靠著情字的作用相聯絡，便
> 都有作為言情小說資料的資格。至於男女愛好慕悅之情，雖然不能
> 說他不是情，卻也不能代表一切之情，說除此之外，旁的就不能稱
> 為情也。或者說情之一字，可分廣義狹義兩種解釋，對於男女交際
> 之情，是屬於狹義的，對於世上一切之情，是屬於廣義的。〔註114〕

「情」的範圍應當超越男女之情，人倫綱常也是用情作為聯繫。又如徐
枕亞云：

> 情之一字所包至廣，而以發於男女之間者為最真實無偽，推而大之
> 就是那一種愛國熱心，亦何莫非情之作用，你看古今中外的英雄豪
> 傑無一落寞寡情之人，且都是懇摯纏綿一往情深之輩，可見情之一
> 字就是一個人功名事業的來源，現在的人卻誤將這情字專屬之男
> 女，並且將男女之情的情字也誤解了變成個淫字，豈不可笑？豈不
> 可歎？〔註115〕

徐枕亞對於「情」的定義又較許廑父更廣，「情」不專屬於男女之間獨有，
「情」發揮到極致應擴展到家國之情，愛情的極致是愛國，於其作品《玉梨
魂》中的男主角何夢霞給友人的信中曾言：

> 若人因愛余而致死，在義余亦應以一死相報，然男兒七尺軀，當為
> 國效死，烏可輕殉兒女子之癡情？且若人未死之前，固嘗勸余東遊，
> 為將來奮飛計。今言猶在耳，夢已成煙。余之忍痛抱恨而來此者，
> 即從其昔日之言，暫緩須臾毋死，冀得一當以報國，即以報知己於
> 地下耳。〔註116〕

故而小說的結局何夢霞並非如其他作家作品中常見的為情或病死或自

〔註114〕許廑父：〈言情小說談〉，《小說日報》1923 年 2 月 16、17、18 日。引自芮
　　　　和師、范伯群編：《中國文學史料全編・現代卷：鴛鴦蝴蝶派文學・上》（北
　　　　京：知識產權出版社，2010 年），頁 52。

〔註115〕徐枕亞：《刻骨相思記・上》（上海，大眾書局，1947 年），頁 4。

〔註116〕徐枕亞：《玉梨魂》，徐俊西主編：《海上文學百家文庫・28：徐枕亞、吳雙
　　　　熱卷》（上海：上海文藝出版社，2010 年），頁 164。

殺，而是獻身革命，將自身性命發揮最大價值，這也是將「情」發揮到極致的表現。和許廑父、徐枕亞想法相近的還有陳志羣。他在為吳雙熱的《孽冤鏡》做〈序〉時道：

> 人有恆言曰：「兒女情長，英雄氣短。」。吾生平最不服此二語。蓋兒女之情與英雄之氣，一而二，二而一者也。苟其人長於兒女之情決不短於英雄之氣，徵諸中西諸英雄之歷史，此言可為萬古定理。吾國青年男女每為社會惡習家庭專制所困，致兒女之情既不能達，而英雄之氣遂不能伸，歷其境者，每至灰心厭世，因此銷減人才不知幾許，實堪為社會痛哭者也。飲食男女人之大欲存焉，今不聞禁止飲食而獨限制男女，何哉？嘉耦曰配，怨耦曰仇，嘗謂男女若成怨耦猶半身不遂之人，吾國多半身不遂之人，此其所以弱也。強國強種，首在破除男女界限改良婚姻制度，今之社會則不然，以強迫結婚為常，以自由結婚為變，每有文明結婚之事，亦徒文明其表面耳。……矧其人肯為情而死，必能為國而死，死一也為國亦情也。……藉知婚姻制度之亟宜改良，男女界限之亟宜破除，舊俗不足尚陳言不足道，父母之命媒妁之言二語誤盡蒼生，兒女情長英雄氣短八字流毒社會，兒女即英雄，英雄即兒女，從兒女做起，苟有阻滯便成冤孽，雙熱此著洵足為社會之鏡，有功於世道人心，豈淺鮮哉。〔註117〕

陳志羣指出兒女與英雄應該是一體兩面的，但凡具有男女真摯感情之人，必願意為家國犧牲，因此兒女之情與愛國之情並非對立的二組概念，如瘦鵑〈真假愛情〉中男主角鄭亮決心投身武昌起義，但其訂婚的戀人陳秀英不願鄭亮前往，因而大怒分手。陳的表妹李淑娟聽聞此事，送鄭亮上火車去參軍；後陳秀英跟鄭亮的同學張伯琴訂婚。鄭亮在軍營遇見張伯琴，打仗時鄭亮為救張伯琴被打中一槍，張伯琴仍然中彈身亡。過三個月鄭亮接到陳秀英的信，說她還要等他回來，鄭亮認為這是假愛情，進而想起李淑娟的真愛情，決心回去就跟她求婚，婚後淑娟跟鄭亮說：「郎君你取了吾，別忘了祖國。無雖然望你愛吾，吾也要忘你愛祖國。郎君，你須體貼吾的心。」〔註118〕。作者瘦

〔註117〕陳志羣：〈《孽冤鏡》序〉（上海：民權出版部，1915年），頁1。
〔註118〕向燕南、匡長福主編：《鴛鴦蝴蝶派言情小說集粹》（北京：中央民族學院出版社，1993年），頁469。

鵑將愛情與愛國聯結在一起，不愛國的人對愛情也不會忠貞。

同時，陳志羣亦由此批判傳統「父母之命，媒妁之言」的婚姻制度，包辦婚姻禍害青年男女，甚至成為中國積弱不振的原因之一，所以中國要想強國強種，必先推行自由結婚。而吳雙熱的《孽冤鏡》便是敘述男主角王可青之父為專制惡魔，只重媳婦身家背景，妝匳豐厚與否，全然不顧王可青情之所歸，強勢阻止王可青與環娘的婚事，另配顯貴之女，最後造成環娘自殺、可青瘋亡的悲劇。

矛盾的是，此時期的小說作家們雖將「情」的範圍和作用擴張到極點，但以「理」做為「情」的標準，「情」的界限是禮教，「情」無法違背禮教、超越禮教而存在。如徐枕亞《玉梨魂》中何夢霞與白梨影相處「發乎情止乎禮」，兩人同處一個大庭院中，卻不直接來往，而令梨影的兒子、夢霞的學生鵬郎充當兩人的信使；夢霞或梨影大病時，或贈蘭、或作詩、或寫信，但不見面，見面也只是在燈市這個公共空間裡顧盼之間相望一眼，再無其他。又如吳雙熱的《孽冤鏡》，男主角王可青婚事不得家庭支持，卻不會想著私自婚配或私奔，在得知情人環娘身亡傷心欲絕，也抱著父母在世不可自殺的念頭。

喻血輪《悲紅悼翠錄》亦是如此，女主角錦媛父親阻止錦媛和之俊的婚事，甚至聽信媒婆天花亂墜之言，將錦媛許配給跛足癡愚的孟正田，錦媛也無任何反抗之舉，僅只是吐血身亡。貢少芹《美人劫》中閨秀秦素倩跟名士萬秋舫暗訂婚約，後秦母愛財迫女改嫁一軍官，秦素倩在親情和愛情間幾經掙扎後，仍是決定服從母親安排，嫁給粗魯不文、家有悍妻的趙姓軍官。

包天笑於〈再會〉中說明他對婚姻的態度，他認為許多人感受到不自由的婚姻的痛苦，因此主張自由結婚、自由戀愛，但是「僅僅婚姻改良，而一切環境還仍其舊。外界之誘惑，天天耳濡目染在那青年男女之前，就可使他們的情志動搖」，加上「戀愛往往是暫時的，是變遷的，足使這婚姻的基礎也動搖不定」〔註 119〕。有鑑於此，當時許多人認為最理想的婚姻形式應該是半新半舊的婚姻：如程瞻廬〈悲歡離合一杯酒〉中所言：

> 舊式結合的婚姻，吉期將近，男女還沒有會過一面，新婚中的滋味
> 不曉得是甜是苦。自由戀愛的婚姻，吉期以前，男女天天接近，結

〔註 119〕向燕南、匡長福主編：《鴛鴦蝴蝶派言情小說集粹》（北京：中央民族學院出版社，1993 年），頁 210。

婚不過是一種儀式罷了。就這兩種婚姻而論,便在將婚未婚的當兒,
也不見得有特別的甜味。惟有一半兒的舊式締合,一半兒又是自由
戀愛,青梅竹馬相愛在情竇未開之先;桃葉文鴛,結婚於屈指可待
之日,這一種甜津津的滋味,甜到甚麼樣程度,無論旁人不能擬議,
便是局中人也不能下一正確的答覆。〔註120〕

這種婚姻形式既保有男女相戀的自由,又在禮教的規範之下不致失序流
於迷亂,東訥〈愛影〉、劍秋〈是前生注定事〉皆是倡導這種婚姻形式的好
處。

作家們也紛紛對青年男女提出警告,違背禮教、越過父母之命的下場非
常悽慘,嚴獨鶴〈戀愛之鏡〉中女主角殷麗瑛未經父母同意和留學生張靜蓀
情奔上海,未久便被張靜蓀騙光所有錢後拋棄,殷麗瑛心有感觸發而言之:

瑛雖死,仍不反對自由戀愛。第自由二字,至不易言,必具善知識,
有真眼力者,乃可以言自由,否則舉世滔滔,無非誘人之魔鬼。為
女子者,有一不慎,即為所噬,侈談自由,實等自殺。至於剽竊新
詞,附會學說,放言高論,假是而非,尤若輩誘人之工具也。〔註121〕

漫無邊際、沒有規則可供依循的自由戀愛只能是引誘他人淪落悽慘遭遇
的工具,除嚴獨鶴〈戀愛之鏡〉外,李定夷《情舞台》中〈婚姻鑑〉這則紀錄
亦提出這樣的警告。〔註122〕某洋行雇僕裝作新式學生的模樣拐騙家境富裕的
新式女學生,兩人相戀後女學生非君不嫁,甚至不惜與家庭決裂,洋行雇僕
在得到女學生的財產後,立刻消失無蹤,受騙的女學生無法回到原來的家庭,
又缺學歷,找不到什麼好工作,最後只能淪為梳頭僕婦。因此作家們苦口婆
心地勸戒青年男女,唯有得到長輩許可的自由戀愛才能獲得祝福。

服膺禮教、得到禮教許可的「情」才有存在的可能,如天虛我生《玉田
恨史》中的玉田女士未婚前便聽聞未婚夫澄郎十分孝順,經過禮教許可的程
序成婚後,二人恩愛非常,後澄郎病亡,玉田女士自殺殉夫未果。甚至當時
有推崇節婦守節的小說出現,如李定夷《紅顏薄命記》中女主角湯書巖在夫
亡後,幾次自殺殉夫,被翁姑以代夫盡孝為由阻止,翁姑生病時割肉療親,

〔註120〕向燕南、匡長福主編:《鴛鴦蝴蝶派言情小說集粹》(北京:中央民族學院出
版社,1993年),頁974。

〔註121〕向燕南、匡長福主編:《鴛鴦蝴蝶派言情小說集粹》(北京:中央民族學院出
版社,1993年),頁948。

〔註122〕李定夷:《情舞台》(上海:國華書局,1918年),頁1~2。

待翁姑雙亡、小姑出嫁才自殺殉夫，不啻是傳統舊禮教再度復活。

　　既肯定兩心相印的愛情，又敬仰壓迫這種愛情的傳統禮教成為此時期作家作品中的一個悖論，包天笑曾談及他的創作宗旨：「提倡新政制，保守舊道德」，此十字凝練地概括此時期作家們的思想，他們接受部份的西方新事物，但同時又是舊禮教、舊家族制度的維護者，至多只想稍作改良而已，形成既頌揚婚姻自主又尊崇禮教的局面。

　　學者徐仲佳認為此時期小說家們對於「情」的看法是上承晚明「以情抗理」的觀念，反對宋明理學的「存天理，滅人欲」，抨擊「父母之命，媒妁之言」的傳統婚姻觀念，〔註123〕他們既不滿傳統舊道德對於人性的極端壓抑，又對於現代情愛造成深層價值秩序的破壞感到憂慮，既想鼓吹婚戀自由，又希望能以「禮教」約束自由，這種游移的態度就是他們共同的標誌。

第五節　社會文化語境

　　話語所反映的社會文化環境因素很多，範圍、整體互動和言語事件類型、功能、動機、目的、日期／時間、環境、小道具和有關物體、參與角色、社會角色、機構、社會成員、社會他人、社會再現等等方面都會影響話語的語境。商業因素的影響貫穿 1912 年至 1949 年的海派小說作品，除此之外，一部小說作品中最重要的參與者是作者和讀者，由於讀者群的擴散性太廣，難以作出一個較精確的歸類，因此本節專於討論小說作者的集體社會文化背景。

　　晚清末年因戰亂、因科舉廢除，大批文人頓失出路，轉而賣文為生，成為上海職業文人。文人本有集會結社之風，透過互相唱和、品評，相互拉抬彼此名氣，於科舉之外另闢一條獲得聲譽的途徑，當地名商巨富亦多以結交款待才子博取名望，江南多文人，此類文人會社、酬酢自是多不勝數。然太平天國時，江南飽受戰火摧殘，大批士人自江南流寓上海，身無分文窮愁潦倒，為求生活不得不折腰以求溫飽，如中過榜眼、點過翰林、做過京官的江南文壇領袖馮桂芬，流落上海之際，竟屈就為上海道台吳熙的幕府；秀才王韜四處上書獻策無果，最後卻是在上海租界傳教士麥都思主持的墨海書館嶄

〔註123〕徐仲佳：《性愛問題──1920 年代中國小說的現代性闡釋》（北京：社會科學文獻出版社，2005 年），頁 119。

－131－

露頭角,「這些潦倒上海的書生拋卻了夷夏大防的嫌隙,逐漸變成了晚清上海華人中的第一批職業文人」〔註124〕,開後來上海文人投入報業、文壇鬻文為生的先聲。

1900 年八國聯軍後清廷受到重創,清政府力圖透過科舉來挽救政治鞏固民心,為符合新政措施,科舉廢八股、改策論、重開經濟特科,無奈種種舉措無法挽救頹勢,1905 年清廷下詔廢除科舉以冀救亡圖存。科舉制度的廢除改變千年來社會習俗,科舉是中國士人的生存目標、晉升之道,科舉及第、光宗耀祖、從此仕途大開難犬升天是每一個士人的夢想,這關係到的不僅是士子一人的利益,更是其親族友朋成百上千人的利益,「得之者則親族皆歡,失之者則僕婢亦嘆,人我一心,宛然士人第二生命」〔註125〕,由顧頡剛此言可知,科舉已深入人心、社會,一朝廢除,多少士子文人頓失目標無所歸依,或為抒發一己憤懣、或為求生存轉而成為報業、文壇的生力軍。

稿酬制度的建立,為這些投入報業、文壇的文人提供了生活保障。1902年 11 月梁啟超創辦《新小說》雜誌時,先在其主編的《新民叢報》刊登一則〈新小說徵文啟〉,言明新辦雜誌的宗旨及支付稿酬的標準,「其稿酬標準為:自著本甲等每千字酬金 4 元,自著本乙等每千字酬金 3 元,自著本丙等每千字酬金 1 元 5 角;譯本甲等每千字酬金 2 元 5 角,譯本乙等每千字酬金 1 元6 角,譯本丙等每千字酬金 1 元 2 角。(一般詩文不付稿酬)。」〔註126〕,此為近代稿酬制度建立之始,這份收入對於當時文人不僅不無小補,甚而可說是一筆豐厚的補貼,包天笑於《釧影樓回憶錄》中言及其時翻譯小說的稿酬之於一個青年文人是如何地吸引人,不僅可以滿足發表欲,「文明書局所得的一百餘元,我當時的生活程度,除了到上海的旅費以外,我可以供幾個月的家用」,且這份工作是「自由而不受束縛的工作」,「比了在人家做一教書先生,自由而寫意得多了」,因此包天笑把「考書院博取膏火的觀念,改為投稿譯書的觀念了」〔註127〕。

〔註124〕許敏:〈士‧娼‧優──晚清上海社會生活一瞥〉,收錄於汪暉、余國良編《上海:城市、社會與文化》(香港:中文大學出版社,1998 年),頁 117。

〔註125〕顧頡剛:《寶樹園文存‧卷二》(北京:中華書局,2011 年),頁 201。

〔註126〕馬以鑫主編:《現代化進程中的中國人文學科──文學卷》(上海:上海人民出版社,2005 年 4 月),頁 149。

〔註127〕包天笑:《釧影樓回憶錄》(北京:中國大百科全書出版社,2008 年),頁 174～175。

　　學者葉中強認為「1905 年科舉制度廢止前後始，上海龐大的文化市場，吸納、消化了大量從封建仕途退下來的剩餘『知識勞力』，為處於窮途末路的傳統士人，提供了較為寬闊的就業機會，從而在經濟基礎上撼動了千百年來的『載道文學』，並推動了傳統文人人格的近代化轉型。」這種說法確實合於當時情況，但並不代表當時文人昧於經濟現實而拋棄自己經世濟國的理念，他們對於身處危急存亡的國家依舊抱持著無可取代的熱情。

　　1912 年至 1925 年時期的小說作家大部份出自於南社，諸如徐枕亞、李定夷、吳雙熱、貢少芹、李涵秋、陳蝶仙、包天笑、姚鵷雛、周瘦鵑等人。南社正式成立於 1909 年蘇州虎丘張公祠，興盛於辛亥革命前後，綿延至 1949 年之前，前前後後達半個世紀之久。它的成立帶有明顯追慕明末幾社和復社的意圖，為自己的反滿革命尋找歷史的依據，也是南社追憶遺民文化、抒發遺民情懷，將政治依附於文學的另一種表達形式，許多同盟會成員也是南社的一份子，因此南社也與辛亥革命有著密不可分的關係；同時，文人們透過結社這一管道，可與志同道合之友往來，求得群體的認同和個體價值的確認，「是文人們在城市中開展社會交往、重構群體關係、尋找精神歸屬，並以此介入城市社會生活的一種重要方式」〔註 128〕。

　　南社的主要發起人是陳去病、高旭和柳亞子，三人可以說是中國傳統社會晚期的典型名士代表，全盛時期正式登記入會的會員達到一千一百餘人，「從社友的職業來看，南社就像一個由城市新型文人組成的聯誼會，它幾乎吸引了當時上海各界的文化菁英」〔註 129〕，社員的職業、身份不少是中國近現代政治、思想、文化、教育、出版等領域的傑出人才，幾乎囊括新舊文化嬗變之際的知識份子階層，其詩集、文集、小說集、筆記小品、翻譯文學、乃至編輯或者參與編輯的文藝與社會報刊、雜誌總數上千。南社分布的領域極為廣泛，從發源地江蘇、浙江、上海，到湖南、安徽、廣東、福建、山東、四川、湖北、台灣等地。這樣一個龐雜的文學社團對二十世紀初期的文壇產生相當重要的影響。

　　在文化態度上，學者盧文芸認為南社的出現代表「晚清新知識界的形成」

〔註 128〕葉中強：《從想像到現場：都市文化的社會生態研究》（上海：學林出版社，2005 年），頁 100。

〔註 129〕葉中強：《從想像到現場：都市文化的社會生態研究》（上海：學林出版社，2005 年），頁 105。

〔註130〕，完成從傳統的「士」到「知識份子」的轉變。他們「對於國學的關注，貫穿南社的始終」，她在書中指出，知識份子雖散佈在各行各業，卻是透過固守共同的文化傳統、保持精神統一性的特殊階層，南社成員宏揚國學，不僅只是作為溝通的工具，更企圖以國學召喚國魂，拯救民族危亡；南社成員對西學抱持著高度的戒備，他們明白一昧地封閉自守最終必亡，所以並不反對輸入西方學理，但他們卻對於西方文化橫掃中國、帝國主義殖民急遽擴張的態勢感到憂慮，擔心國學凋敝喪失民族自信心與民族認同感，故而南社成員將國魂、國學與國家緊密聯繫在一起，在中西文化的選擇上，「他們在中西文化交匯碰撞、中國社會從傳統向現代的過程中基本上持的是一種溫和漸進的立場」〔註131〕。

　　引起南社政治騷動的是辛亥革命。辛亥革命成功終結滿清異族專制統治，當時許多南社成員帶著濃厚的民族感情，期待辛亥革命後的國民政府，能夠達成富國強兵的願望；共和國體的確立，《臨時約法》的頒布，使民主、共和的觀念自此深植人心，但中國並無西方民主制度的文化信仰，在中國進行民主憲政的實驗，其失敗結果可想而知。民國初年實行政黨政治，結果全國一下子冒出300多個政黨，這些政黨大都以追逐自己小團體的私利為目的，這樣的政黨政治自然無法實現現代政黨應該擔負的政治責任和使命。

　　1912年至1916年之間，發生「二次革命」、「護國運動」二次政治大波瀾，政局非但沒有變好，甚至比之晚清有過之而無不及，「二次革命」失敗後，袁世凱推行專制統治，對報刊的迫害較晚清更甚，「共和國」名存實亡，知識份子頹唐、徬徨、落伍乃至背叛者大有人在。至軍閥混戰時期，國家更加隳壞，包天笑〔註132〕曾於其回憶錄中提到軍閥們的嫖賭劣行，底下人逢迎拍馬，因此軍閥們凡賭不輸，如軍閥張宗昌若手氣不好，便強捉雛妓開苞轉運，不管女子如何哀呼慘叫，賭局裡買官鬻爵、利益輸送更是時有所聞。

　　在這樣的氛圍下，社會上普遍瀰漫厭倦政治的風氣，大多數南社社員的政治熱情由失望而迅速消退，潛藏在內心深處的文人士大夫隱逸情結浮出水

〔註130〕盧文芸：《中國近代文化變革與南社》（北京：社會科學文獻出版社，2008年），頁241。
〔註131〕楊姍：《在歷史的縫隙間掙扎——1910～1920年間的〈小說月報〉研究》（南昌：百花洲文藝出版社，2004年），頁30。
〔註132〕包天笑：《釧影樓回憶錄》（北京：中國大百科全書出版社，2008年），頁605～612。

面，對政治的自我疏離也就成為他們唯一的選擇，他們開始從世俗生活和情愛世界裡尋找心靈寄託，南社雖以詩作為主，然部份南社社員沿用屈原「美人香草」、李商隱迷惘式愛情無題詩等傳統，書寫自己政治上失意的感受，創作「哀情小說」，借愛情悲劇澆自己的塊壘，用曲折的方式表達他們複雜的心情；兼以，此時沿海城市的民族工商業迅速發展，外國租界將西方現代消費文化帶入中國，於是產生民初小說「言情潮」和娛樂、消遣小說的興起。范烟橋在其《中國小說史》中曾論及：

> 中華民國之建立，於中國歷史上為新局面，一切文化，一切思想，
> 俱有甚大之變動。最要之一點，即咮時小說，受種種束縛，不能自
> 由發表其意志與言論，光復後，既無專制之桎梏，文學已任民眾盡
> 量進展，無絲毫之干涉與壓迫。固小說在此十五年內，非常發達，
> 最近十五年，謂為中國小說史全盛時期之沸點，亦無不可。〔註 133〕

在社會文化的種種因素推動下，從 1912 年至 1927 年這十五年可說是小說的興盛期。

徐枕亞的〈小說叢報・發刊詞〉則說出對政治失望後轉而吟風弄月的複雜心情：

> 原夫小說者，俳優下技，難言經世文章；茶酒餘閒，只供清談資料。
> 滑稽諷刺，徒托寓言；說鬼談神，更滋迷信。人家兒女，何勞替訴
> 相思，海國春秋，畢竟干卿底事？至若詩篇投贈，寄美人相草之思；
> 劇本翻新，學依樣葫蘆之畫。嬉笑成文，蓮開舌底；見聞隨錄，珠
> 散盤中。凡茲入選篇章，盡是蹈虛文字。吾輩佯狂自喜，本非熱心
> 勵志之徒；滋編錯雜紛陳，難免遊手好閒之誚。天胡此醉，斯人竟
> 負蒼生；客到窮愁，知己惟留斑管。有口不談家國，任他鸚鵡前頭；
> 寄情只在風花，尋我蠹魚生活。〔註 134〕

這些身兼南社成員的小說家們，在對於政治的熱忱消退後轉而著述，不求立言天下、惟求隱遁風花、逃避現世；欲維護國學，又難抗西方大潮，躑躅、徬徨的心情無不體現於小說中。小說作品表現出這些小說家們游移的心

〔註 133〕范烟橋：《中國小說史》（蘇州：秋葉出版社，1927 年），頁 267。
〔註 134〕徐枕亞：《小說叢報・發刊詞》，《中華小說界》第一年第三期，1914 年。引自陳平原、夏曉虹編：《二十世紀中國小說理論資料・第一卷（1897～1916）》（北京：北京語言大學，1989 年），頁 461。

態，在文體的選擇上游移，文言、駢文、白話三種文體混用無所限制，挑戰小說文體的極限；在傳統與西方現代文化、敘述方式之間游移，既保留傳統說書形式，又不甘寂寞地嘗試西方敘事手法；在「情」與「理」之間游移，既想衝破「父母之命，媒妁之言」的藩籬，又害怕失序的自由戀愛。他們沒有全盤接受西方文化，又難以完全回歸傳統文化體系，只好依附於商業運作的文化市場，營造著他們夢想中的詩酒人生。

　　將此時期的微觀結構、超結構、宏觀結構以及社會文化語境等部份綜合來看，可以看出此時期西方文化勢力初入文壇，但影響未巨，於微觀結構中使用外來新名詞和歐化語法的比例不高，作家們可能是為了追求時髦、在趨新心態下使用西方語言形式；於超結構中，無論是文言、駢文或白話小說，多以承襲傳統為主；於宏觀結構中主要表達對輿情與理的爭論，此時期作品中呈現重情又不悖禮的選擇，而在情感不可得的情況下往往選擇投身革命；於社會文化語境中則說明形成上述現象的背景，作家們出於對百日維新的失望，以及感受到挾帶西方文化力量的新式知識份子勢力的勃興，身為最後一代士人的作家們，在社會競爭中漸趨敗於新式知識份子之下，在政治理想與社會環境夾擊下，態度轉而保守，藉男女之情抒發在政治上的失落，閱讀文言、駢文小說消極抵抗新式文化，卻也在無意或有意間吸收西方文化，以此四種不同角度闡釋此時期的小說文學話語，可勾勒出此時期小說從語言到社會文化背景的輪廓，使對小說作品的解讀更加完整清晰。

第四章 1925年至1937年海派小說的文學話語

第一節 1925年至1937年的語言情況

1925年至1937年時期對於語言的討論時常與政治、文化二方面交織難分，五四文學運動提倡以白話文作為主流書寫工具，並創作許多白話作品傳播，企圖使白話文更具影響力，然而五四新文學作家們所使用的白話文不見得比文言文好懂，加上對政治和文化理念的分歧，致使各界對於白話文的種種討論不曾間斷，先是對五四新文學運動提倡白話文的質疑、繼而產生復興傳統文化和另創大眾文化的呼聲。在語言使用方面，1918年教育部成立國語統一籌備委員會，公布注音字母；隨後黎錦熙和黎錦暉等人在全國各地組建國語講習所、國語專修學校、國語宣傳隊，宣傳白話文、推動國語統一；1919年在黎錦熙和黎錦暉兄弟等一批新文化人士的強烈請求下，教育部決定，從1920年開始，全國中小學廢除讀經，採用白話文教科書教學，結束中國兩千多年來文言文統領教育主流的局面，形成文言、白話、大眾語多語並呈的情形。

一、語言使用的相關討論

1932年至1934年興起一場關於大眾語的論戰，這場論戰包含幾個重點：何謂大眾、何謂大眾語、大眾語的來源以及大眾語的書寫形式等等。

　　大眾語運動是文藝大眾化的延伸，大眾語最終目的是成就大眾化文藝。大眾語運動的發端源自於樂嗣炳、陳望道的一次會面，陳望道如是回憶：

　　　　一九三四年，國民黨反動派加緊了反革命文化「圍剿」。當時的復古思潮很厲害。汪懋祖在南京提倡文言復興，反對白話文，吳研因起來反擊汪的文言復古。消息傳到上海，一天，樂嗣炳來看我，告訴我說：「汪在那裡反對白話文。」我就對他說：「我們要保白話文，如果從正面來保是保不住的，必須也來反對白話文，就是嫌白話文還不夠白。他們從右的方面反，我們從左的方面反，這是一種策略。只有我們也去攻白話文，這樣他們自然就會來保白話文了。」我們決定邀集一些人在一起商量商量。第一次聚會的地點是當時的「一品香」茶館。應邀來的有胡愈之、夏丏尊、傅東華、葉紹鈞、黎錦暉、馬宗融、陳子展、曹聚仁、王人路、黎烈文（《申報》副刊《自由談》主編），加上我和樂嗣炳共十二人。會上，大家一致決定採用「大眾語」這個比白話還新的名稱。〔註1〕

　　從陳望道的敘述中可知，大眾語運動的發起是反對文言復古、保衛白話文的一種策略，「大眾語運動的發生是由於由於文言文的復活和白話文的文言化與過度歐化所激成的」〔註2〕，當時候的五四式白話文不僅未能在百姓之間普遍流通，反倒難以卒讀令人無法接受，言文和五四歐化白話文二者都是脫離大眾的語言，故含樂嗣炳和陳望道等十二位學者另起爐灶提出大眾語運動，試圖建立一套符合廣大百姓需求、有別於傳統白話和五四白話的白話文系統。

　　關於大眾語運動的進程，陳望道按文言文和白話文的攻防將其分為二期，「前期是汪懋祖先生們揭起所謂『文言復興』的標旗來攻白話的時期；後期是白話派中有些人揭起『建設大眾語』的標旗去反攻文言的時期。這種情勢的轉變，是以六月中旬揭出『大眾語』的標旗來的時候做界線。從六月中旬以來，都是白話方面進攻文言的時期。」〔註3〕。

〔註1〕陳望道口述、鄭明以記：〈談大眾語運動〉，1975年。復旦大學語言研究室《陳望道文集‧第三卷》（上海：人民出版社，1981年），頁199。

〔註2〕鄭伯奇：〈大眾語‧普通話‧方言〉。鄭伯奇：《中國現代文學史參考資料：兩棲集》（上海：上海書店，1987年），頁67。

〔註3〕南山（陳望道）：〈這一次文言和白話的論戰〉《中學生》第47期，1934年7月。陳望道口述、鄭明以記：〈談大眾語運動〉，1975年。復旦大學語言研究室《陳望道文集‧第三卷》（上海：人民出版社，1981年），頁78。

　　胡風則統整文藝大眾化運動與大眾語運動，按其發展過程分作五期，第一期是1929年至1930年，徵集學者們對「文藝大眾化」的理解或意見。第二期是1931年末至1932年初，投身群眾的作家們、文藝青年們開始「大眾化」的實踐。第三期是1932年大眾化的討論緊跟著「第三種人文學」論爭。第四期和「第三種人」論爭約莫同時，革命文學陣營內部對「大眾文藝」產生意見分歧。第五期是1934年的「大眾語」運動，是「大眾文藝用語」問題的進一步發展，也是當時復古運動表現之一的「復興文言」爭論的進一步推展。當大眾語運動進展至拉丁化新文字運動時，問題的性質就突破文藝用語這界限，成了透過文化活動去爭取人民的群眾運動的一環。〔註4〕

　　「大眾語」一詞中的「大眾」指涉哪一群體學者們各執己見，瞿秋白認為「大眾」應當是指無產階級，無產階級和一般「鄉下人」的農民不同，「『鄉下人』的言語是原始的，偏僻的。而無產階級在五方雜處的大都市裏面，在現代化的工廠裏面」〔註5〕；陳子展認為所謂的「大眾」，「廣泛的說是國民的全體，可是主要的分子還是占全民百分之八十以上的農民，以及手工業者，新式產業工人，小商人，店員，小販等等」〔註6〕。由瞿和陳的說法看來，「大眾語」一詞中的「大眾」是不包含五四知識份子、買辦階級、封建階級等群體的平民百姓。

　　關於「大眾語」的定義，當時著名學者徐懋庸、胡愈之、瞿秋白、鄭伯奇、黎錦熙、胡風等學者皆各自發表其意見。徐懋庸自吳稚暉「文言，白話，大眾語，有容易普遍與不容易普遍之分。當然白話比文言容易普遍，大眾語一定更比白話容易普遍。」的看法，延伸出大眾語是「最普遍的一種語言」〔註7〕；胡愈之認為大眾語是「『代表大眾意識的語言』。『大眾語文』和五四

〔註4〕胡風：〈大眾化運動一瞥〉。《胡風全集・第二卷》（武漢：湖北人民出版社，1999年），頁716～723。

〔註5〕宋陽（瞿秋白）：〈大眾文藝的問題〉，《文學月報》第一卷第一期，1932年6月10日。瞿秋白：《瞿秋白文集・二》（北京：人民文學出版社，1953年），頁889。

〔註6〕陳子展：〈文言——白話——大眾語〉。北京大學、北京師範大學、北京師範學院中文系中國現代文學教研室主編：《中國現代文學史參考資料・文學運動史料選・第二冊》（上海：上海教育出版社，1979年6月），頁437。

〔註7〕徐懋庸：〈不同於吳稚暉先生的兩點意見〉，《申報・自由談》，1934年8月4日。徐懋庸：《徐懋庸選集・第一卷》（成都：四川人民出版社，1983年），頁206。

時代所謂『白話文』不同的地方，就是『白話文』不一定是代表大眾意識的，而大眾語文決不容許沒落的社會意識混進了城門。」〔註8〕。

對於傳統白話和五四式白話，瞿秋白則採不認同的態度，他認為五四式白話是「是中國文言文法，歐洲文法，日本文法和現代白話以及古代白話雜湊起來的一種文字，根本是口頭上讀不出來的文字」；而舊小說式的白話是古代的白話，有規律地融合一些文言的文法，「雖不是現代中國人口頭上說的話，而只是舊戲裡的說白，然而始終還是讀得出來的。因為這個緣故，舊小說的白話比較的接近群眾，而且是群眾讀慣的——這種白話比較起其餘幾種的所謂中國文來，有一個主要的特點，就是只有牠是從民眾的口頭文學（宋元平話等等）發展出來的」，但這種語言是死的語言，想要反對這種死的語言，就要用現代中國活人的白話來寫，特別是要用無產階級的話來寫。什麼是「無產階級的話」，瞿秋白如是說明：

> 他的言語事實上已經在產生一種中國的普通話（不是官僚的所謂國語）！容納許多地方的土語，消磨各種土話的偏僻性質，並且接受外國的字眼，創造著現代科學藝術以及政治的新的術語。同時，這和智識分子的新文言不同。新文言的杜撰許多新的字眼，抄襲歐洲日本的文法，僅僅只根據於書本上的文言文法的習慣，甚至於違反中國文法的一切習慣。而無產階級普通話的發展，生長和接受外國字眼以至於外國句法……，卻是根據於中國人口頭上說話的文法習慣的。〔註9〕

由上段敘述可知，瞿秋白所謂無產階級的話即是普通話，這是一種興起自城市、融合各地方言、接受外國詞彙和現代新詞、符合中國人口語習慣的語言，是可使民眾都能理解的無產階級普通話，這種語言也就是瞿秋白心目中的理想大眾語。透過推展新的語言即大眾語，瞿秋白力圖推動新的文學革命，主張肅清文言的餘孽，推翻五四所謂白話的新文言，更要大力反對舊小說式的白話。

〔註8〕徐懋庸：〈不同於吳稚暉先生的兩點意見〉，《申報·自由談》，1934年8月4日。徐懋庸：《徐懋庸選集·第一卷》（成都：四川人民出版社，1983年），頁444。

〔註9〕宋陽（瞿秋白）：〈大眾文藝的問題〉，《文學月報》第一卷第一期，1932年6月10日。瞿秋白：《瞿秋白文集·二》（北京：人民文學出版社，1953年），頁889。

　　鄭伯奇整理當時學界對於大眾語的解釋，大抵可分為「兩個極端相反的傾向：一種是站在地域的立場，固執著各自的方言，硬說這就是大眾語；一種是站在文化的立場，主張以全國民眾已經通用或者可以通用的言語來做大眾語。」〔註10〕。黎錦熙於 1935 年出版的《國語運動史綱》一書中，歸納當時對於「大眾語」的相關討論，關於「大眾語」這一名詞有三種釋義：第一，「大眾語」是所謂「無產階級」的語言；第二，「大眾語」是各樣各色的方言；第三，「大眾語」是交通發達、往來密切、自然混合南腔北調的普通話。〔註11〕

　　胡風認為大眾語「一方面被以大眾的生活需要為基礎的文化鬥爭任務所規定，一方面被中國語言的分歧條件所規定」，因此「注定不是一元的『國語』式的東西，而是各以當地的大眾為對象的多元的發展」，「在形式上，白話文的基本的詞彙，語法，也是勞苦大眾口語的基礎的部份；在內容上現在創造了不少進步的作品，是理論翻譯文的唯一工具。我們不能把和大眾的生活需要結合著的白話文拋掉。」〔註12〕。陳子展則主張「所謂大眾語，包括大眾說得出，聽得懂，看得明白的語言文字。……倘若語言文字上有歐化的必要不妨歐化，可是不要只為了個人擺出留學生或懂得洋文的架子。有採用文言字彙的必要不妨採用，可是不要單為了個人擺出國學家或懂得古文的架子。」〔註13〕。從上述「大眾語」的定義可看出，廣義的大眾語的組成成份包含文言、各地方言、歐化語法、傳統白話等成份，狹義的大眾語的組成成份則是從大眾生活中重新創造出一種新的語言系統。

　　穆時英曾不無戲謔地談起大眾語，讓他不禁想起他和一個八歲小孩子的對話：

　　　　有一次，我問一個八歲小孩子：「你住在哪裡？」

　　　　「我住在爸爸的家裡。」

〔註10〕鄭伯奇：〈大眾語和普通話〉。鄭伯奇：〈大眾語·普通話·方言〉。鄭伯奇：《中國現代文學史參考資料：兩棲集》（上海：上海書店，1987 年），頁 17。

〔註11〕黎錦熙：《國語運動史綱》（上海：上海書店，1990 年），頁 12～21。

〔註12〕高荒（胡風）：〈由反對文言文到建設大眾語——關於這一次論戰的內容的速寫〉，《中華日報》副刊《星期專論》，1934 年 7 月 15 日。胡風：〈大眾化運動一瞥〉。《胡風全集·第二卷》（武漢：湖北人民出版社，1999 年），頁 63。

〔註13〕陳子展：〈文言——白話——大眾語〉。北京大學、北京師範大學、北京師範學院中文系中國現代文學教研室主編：《中國現代文學史參考資料·文學運動史料選·第二冊》（上海：上海教育出版社，1979 年 6 月），頁 437。

「你爸爸住在哪裡？」

「我爸爸就住在我家裡！」

今年看到一條大眾語的定義：「大眾語就是頂普遍，頂明白曉暢，為大眾所使用的言語。」（大意如此）的時候想起了「我住在爸爸的家裡。」，「我爸爸就住在我家裡！」……如果我問他頂普遍，頂明白曉暢，為大眾所使用的言語是怎樣的言語，他也會一面驚異地看著我在心裡詫怪我的愚蠢，一面歪著頭：「那當然就是大眾語。」那麼地回答了我的吧！〔註14〕

由此可看出穆時英認為提倡大眾語的學者們，其實並未解釋清楚究竟大眾語是什麼，事實上部份學者對於大眾語的界定確實是有些含混不清的。

大眾語和白話、國語的關係是論戰中探討的問題之一。大眾語和白話的關係有些曖昧不明，主要是因為當時對於「白話」的定義各家不同，有學者將白話界定為傳統白話以及五四式白話，亦有學者將白話限縮在五四式白話，故而影響大眾語和白話關係的界定，舉如瞿秋白便認為大眾文學決不能用傳統白話和五四式白話來寫，大眾語和這兩種白話是水火不容的〔註15〕。

胡風將白話和大眾語定義為「筆頭用的傳達意思（meaning）的工具」，白話是指「現在大家用來寫『白話文』的文字」，大眾語運動是把「各地大眾的口頭語化為筆頭語（Written Language）的運動」。胡風反對過度歐化的五四式白話和文言文：

現在的「白話」是不是有獨立的功能呢？我的答覆是肯定的。語錄體，不文不白的驢子話，當然要反對，但句法的歐化，輸入新字，批判地採用文言詞彙，不但不應該籠統地反對，而且必要，雖然另一方面要盡可能地使它容易懂。翻譯，論文，銷行廣大地域的報紙、決議等，非用這種白話不可。我還以為，以學生、知識份子、店員、小市民為對象的文藝作品，這樣的白話也是絕對必要的。……這樣的白話，隨著大眾的反帝反封建的國民經濟改造的發展和勝利，一

〔註14〕嚴家炎、李今編：《穆時英全集·第三卷》（北京：十月文藝出版社，2008年），頁35。

〔註15〕宋陽（瞿秋白）：〈大眾文藝的問題〉，《文學月報》第一卷第一期，1932年6月10日。瞿秋白：《瞿秋白文集·二》（北京：人民文學出版社，1953年），頁374～378。

方面部份地被大眾語征服，成為大眾語的源泉之一，一方面漸漸被
大眾語所充實所揚棄，可以成為高級的大眾語的前身。

「白話」和「大眾語」並不是對立的。〔註16〕

但矛盾的是，胡風又接受大眾語中具備白話和歐化、以及「以學生、知
識份子、店員、小市民為對象的文藝作品」，即章回體的傳統白話文等成份，
只要將白話文中帝國、封建成份汰除，便能成為大眾語的來源之一。

從大眾語和國語的關係來看，二者是相互背離的，大眾語運動的支持者
之所以反對國語的原因有二，一是大眾語將各地方言視為組成成份之一，而
因為國語卻把北平方言定為一尊，排斥其他方言，無法體現「大眾」此一意
涵；二是北平方言成為官話已久，是統治階級之物，站在平民或是無產階級
的對立面，與大眾語的政治意圖相互衝突，正如鄭伯奇所陳舉的理由，「官話
是官場的用語，無論在單語上或聲調上，都帶有濃厚的封建氣味，這是不能
否認的。……言語是生活的表現，大眾沒有官和紳士的生活決說不出官話和
紳士話。」〔註17〕。

而黎錦熙則認為大眾語和國語、白話並無不同，黎錦熙在《國語運動史
綱》中先是界定何謂大眾語的定義，再藉此一定義說明大眾語和國語的關係：

「大眾語」者，是一種有建設性而不具階級性的標準方言，與其他
異於標準的各種「母語」方言並行不悖；隨時代而演進，依交通而
擴大，應文化而充實，藉文藝而優美，這都是自然而然的；我們從
教育的意義上建設「大眾語」，就是把落後的「大眾」和前進的「大
眾」所有意識間的衝突的矛盾統一起來，使這種標準方言成為「一
國全民族大多數的人同時彼此都能聽得懂、說得出」的「普通話」。
「大眾語」的定義果然是這樣了，那我終於不知道牠和「國語」或
「白話」有甚麼異同了。本來牠們是「同實而異名」的！〔註18〕

和上舉瞿秋白的論述比較，瞿秋白是從語言推行後的結果來看，認為「國
語」或「白話」是知識份子階級的產物，一般平民大眾是看不懂的，因此希望

〔註16〕高荒（胡風）：〈「白話」和「大眾語」的界限〉，《中華日報》副刊《動向》，
1934 年 7 月 21 日。胡風：〈大眾化運動一瞥〉。《胡風全集·第二卷》（武漢：
湖北人民出版社，1999 年），頁 67～68。

〔註17〕鄭伯奇：〈大眾語·普通話·方言〉。鄭伯奇：《中國現代文學史參考資料：兩
棲集》（上海：上海書店，1987 年），頁 69。

〔註18〕黎錦熙：《國語運動史綱》（上海：上海書店，1990 年），頁 27。

從內容上和形式上推動無產階級的「大眾語」，事實上當時五四新文學的白話文使得一般讀者在閱讀上有一定困難，是語言過度歐化所造成的；而黎錦熙則是從語言推行的動機來看，他認為「國語」或「白話」在初倡時都是為了創造一種能夠讓所有人都能夠看得懂、說得出的語言，「大眾語」與「國語」或者是「白話」並無差異。

二、語言文字系統使用情況

由於 1925 年至 1937 年時期的語言文字尚未形成一較為穩固的系統，其使用情況之複雜不亞於前期，當時的眾家學者們歸納整理出文壇上所使用的語言文字，如陳望道將語言文字使用情況分成三種，「大眾語，文言文，（舊）白話文。大眾語派主張純白，文言文派主張純文，舊白話文派，尤其是現在流行的語錄體派，主張不文不白。主張不文不白的這一的『白』一部份。」〔註 19〕瞿秋白將當時使用的語言文字分為四種：一是古文的文言（四六電報等等）；二是梁啟超式的文言（法律，公文等等），此應是指夾雜白話的文言；三是五四式的所謂白話；四是舊小說式的白話。〔註 20〕胡愈之雖也將語言文字分成四種，然與瞿秋白略有不同：

> 第一種保持著本來面目，就是近來所謂「文言復興」運動。第二種是穿著「白話文」的外衣，借屍還魂。（例如「禮拜六」派的文章，張恨水的小說，都用「白話文」的形式，表現沒落社會層的意識）。第三種是混入「白話文」的中間，如許多流行的作品，在形式和意識上，不免有時露出沒落語文的狐狸尾巴。（樂嗣炳先生是最忠實於「白話」的，但是不幸得很，前天《自由談》所登樂先生一篇不滿一千字的文章，卻有「繫鈴人自動的解鈴了，自鄶以下……」兩個古典。這不過是一例。樂先生如此，「自鄶以下……」自然更不必說了。可見死文字是到處在作怪的。）第四種是戴上了「風格」、「性靈」、「語錄體」這些面具來出現的。這種鬼怪雖然最乖巧，但是主

〔註 19〕南山（陳望道）：〈這一次文言和白話的論戰〉1934 年 7 月《中學生》第 47 期。陳望道口述、鄭明以記：〈談大眾語運動〉，1975 年。復旦大學語言研究室《陳望道文集·第三卷》（上海：人民出版社，1981 年），頁 47。

〔註 20〕宋陽（瞿秋白）：〈大眾文藝的問題〉，《文學月報》第一卷第一期，1932 年 6 月 10 日。瞿秋白：《瞿秋白文集·二》（北京：人民文學出版社，1953 年），頁 888。

要作用，是傾向語文的復古，卻是十分明顯的。〔註21〕

胡愈之所說的第一種是傳統文言；第二種禮拜六派、張恨水等帶有傳統白話文色彩的作品，在內容上表現舊時傳統社會的作派；第三種指的是大眾語，文中指稱大眾語發起者樂嗣炳所寫夾雜文言成份的白話文章，當時學者多受過傳統國學薰陶，下筆不可避免下意識地帶有文言成份，胡的指責恐失之苛刻；第四種則是指林語堂等人效法明清散文的小品文。黎錦熙則是刨除文言文後，將白話分為三種：

> 民國以來普通話的主張，已經演成三派：第一派是民國二十一年以
> 前所謂「國音國語」。這種國音國語規定在一部官書中，就是民國二
> 年教育部讀音統一會全國各省區代表依多數表決通過的，民國九年
> 教育部國語統一籌備會再依普通話校改公布的，直到民國二十一年
> 標準北平語的《國音常用字彙》公布後才正式廢止的《國音字典》。
> 第二派是民國六七年間新文學運動初期所謂「白話」，這種白話是已
> 經有七八百年的歷史的，已經產生了從《水滸傳》、《西遊記》直到
> 《老殘遊記》這些「活文學」作品，……這種白話文的白話，確也
> 是七八百年來根據著這個定義之下的「大眾語」陸續演變而成的。
> 第三派便是新文學運動以後到現在逐漸流行的「歐化的語體文」。
> 〔註22〕

黎錦熙所說的國語是以北平方言為主體、官方推行的標準語言；第二種「大眾語」則是傳統白話，也就是胡適等人提倡效法學習的《水滸傳》、《紅樓夢》等作品的語言；歐化的語體文即是五四式白話。綜觀上述學者所陳，於其時除了恢復使用文言文的訴求外，白話還可分成傳統白話、五四式白話與大眾語三類，而其中大眾語的情況又較之其他二類複雜，且國語、歐化白話文和大眾語的異同，學者們各據已見莫衷一是。

正當五四新文學運動如火如荼地推行各地的同時，亦有不少學者開始反思，一味推崇西方文化貶抑傳統文化、「打倒孔家店，救出孔夫子」的舉措是否矯枉過正，一味否定、排斥文言文是否過於偏激，當然這些學者與新文學

〔註21〕胡愈之：〈關於大眾語文〉，《申報·自由談》，1934年6月23日。陳子展：
　　　〈文言——白話——大眾語〉。北京大學、北京師範大學、北京師範學院中文
　　　系中國現代文學教研室主編：《中國現代文學史參考資料·文學運動史料選·
　　　第二冊》（上海：上海教育出版社，1979年6月），頁443。
〔註22〕黎錦熙：《國語運動史綱》（上海：上海書店，1990年），頁21～23。

陣營往返論述、筆戰的部份文章於今日看來不脫政治干預甚至是意氣之爭，他們對於白話文的態度以及新文學陣營的主張或全數推翻、或部份接受，但最基本的立基點是擁護國故，不贊成新文學陣營的激進主張，全盤否定傳統文化，文言與白話應可並行不悖。

這些學者對於新文學陣營的作派批評多過於贊同。吳宓認為新文化運動者持論「物為詭激，專務破壞」〔註23〕。新文學陣營批評尊孔讀經的復古派是藉行政力壓制新文學陣營，導致「學術行政化」，並將尊孔讀經與復辟勢力連結在一起，藉以汙名化復古主張，汪懋祖反駁此一指控，指稱新文學陣營亦不乏藉行政力量推動其文學主張者，如「前次長劉君大白主張白話最力，創造『人語（白話）鬼話（文言）』等怪詞，以鉗制眾口」。

除以行政力量挾制之外，新文學陣營扼殺學術思想自由也是受攻擊的重點之一，如梅光迪痛斥新文學陣營諸人「排斥異己，入主出奴，門戶黨派之見，牢不可破，實有不容他人講學，而欲養成新式學術專制之勢」，最明顯的例子莫過於將作文言者貶抑為「桐城謬種」、「選學妖孽」，「又有『貴族文學』與『平民文學』、『死文學』與『活文學』之分，妄造名詞，橫加罪戾」，甚至在大學入學考試時，「凡試卷用文言者，皆為某白話文家所不錄」〔註24〕，在新舊智識份子過渡時期，用強硬手段迫使青年學生接受其學說。章士釗亦舉北京農業大學入學考試為例說明白話之害，〔註25〕其入學考試的作文試卷文不文白不白，通順者幾少，顯見胡適大倡白話文之舉，非但未能增進學生語文能力，反致學生寫的白話文試卷文理不通，徒然耽誤青年學子。

這些學者對新文學陣營的學術主張亦是反對多過於贊成。梅光迪於〈評提倡新文化者〉一文中批評當時政府、學人西化的失敗。國人倡言改革數十年，從工商製造到政治法制無不效法歐西，乃至今日的教育、哲理、文學、美

〔註23〕吳宓：〈論新文化運動〉，《學衡》1922 年 4 月第 4 期。孫尚揚、郭蘭芳編：《國故新知論——學衡派文化論著輯要》（北京：中國廣播電視出版社，1995 年 12 月），頁 78。

〔註24〕梅光迪：〈評今人提倡學術之方法〉，《學衡》1922 年 2 月第 2 期。吳宓：〈論新文化運動〉，《學衡》1922 年 4 月第 4 期。孫尚揚、郭蘭芳編：《國故新知論——學衡派文化論著輯要》（北京：中國廣播電視出版社，1995 年 12 月），頁 131～136。

〔註25〕章士釗：〈評新文化運動〉，上海《新聞報》1923 年 8 月 21～22 日。趙家璧主編：《中國新文學大系·文學論爭集》（上海：良友圖書印刷公司，1935 年），頁 195。

術等方面亦欲跟隨，這些人號為「新文化運動」者；政治法制方面的失敗已盡人皆知，觀教育、哲理、文學、美術等方面成效亦是惡果叢生，如文學革命的主張便是大錯特錯，「文學隨時代而變遷，以為今人當興文學革命，廢文言而用白話。夫革命者，以新代舊，以此易彼之謂。若古文白話之遞興，乃文學體裁之增加，實非完全變遷，由非革命也。」〔註 26〕，文言、白話勢力消長是文學的自然現象不需費力倡言革命，更非以此取代彼的革命。

柳詒徵則認為新文學陣營將中國近世腐敗的病源歸咎於孔子，「一若焚經籍，毀孔廟，則中國即可勃然興起，與列強並驅爭先者」，純屬無稽之談，中國衰敗之因，「在滿清之旗人，在汙穢之官吏，在無賴之軍人，在托名革命之盜賊，在附會民治之名流政客，以迨地痞流氓，而此諸人固皆不奉孔子之教。吾因此知論者所持以為最近結果之總因者，乃正得其反面。蓋中國最大之病根，非奉行孔子之教，實在不行孔子之教。」〔註 27〕。

這些學者對於新文學陣營提倡白話文的主張更是貶抑多過於襃揚。如汪懋祖認為新文學陣營的白話文作品「往往以歐化為時髦」，其文「詰屈不可理解，須假想為英文而意會之，姑能得其趣味」〔註 28〕。胡先驌認為新文學陣營批評中國文字系統言文分離，故為學道苦，殊不知這正是中國文字系統的特色，且西方文字言文亦不合一，胡先驌舉例如「Charlotte Bronte 之著作，則見其所用典雅之字極夥」；若全然屏棄文言、僅用白話，又不能完整地表情達意，如「試用白話而譯 Bergson 之創製天演論，必致不能達意而後已。若欲參入抽象之名詞，典雅之字句，則又不以純粹之白話矣。又何必不用簡易之文言，而必以駁雜不純口語代之乎。」〔註 29〕，因此，胡先驌認為最好的方

〔註 26〕梅光迪：〈評提倡新文化者〉，《學衡》1922 年 1 月第 1 期。吳宓：〈論新文化運動〉，《學衡》1922 年 4 月第 4 期。孫尚揚、郭蘭芳編：《國故新知論——學衡派文化論著輯要》（北京：中國廣播電視出版社，1995 年 12 月），頁 82。
〔註 27〕柳詒徵：〈論中國近世之病源〉，《學衡》1922 年 3 月第 3 期。吳宓：〈論新文化運動〉，《學衡》1922 年 4 月第 4 期。孫尚揚、郭蘭芳編：《國故新知論——學衡派文化論著輯要》（北京：中國廣播電視出版社，1995 年 12 月），頁 145～149。
〔註 28〕汪懋祖：〈禁習文言語強令讀經〉，1934 年 5 月 4 日《時代公論》第 110 號。文振廷編：《文藝大眾化問題討論資料》（上海：上海文藝出版社，1987 年 9 月），頁 173。
〔註 29〕胡先驌：〈中國文學改良論（上）〉，《南京高等師範日刊》。章士釗：〈評新文化運動〉，上海《新聞報》1923 年 8 月 21～22 日。趙家璧主編：《中國新文學大系·文學論爭集》（上海：良友圖書印刷公司，1935 年），頁 103～104。

式是文言、白話兩個系統並行於世。

與胡先驌主張相類的還有許夢因和邵祖平。許夢因則認為文言從白話而來，二者功能不同：

> 自有生以來，既有白話矣，逮人群進化，不得不更造文言。假使白話即以足用，何以再有文言發生。至文言之製作，大都依據白話。白話是原料，文言是原料製成之器具，此又古聖人開物成務必經之事。從來大文學家，皆就已成之器，加以改良，使適於時地之用，斷無捨成器而用原料之理。即使有所發明，亦不過增置器具。果然捨器用料，是自反於原始社會用石器之狀態。〔註30〕

因人與人之間的溝通需求而創生白話，有了交流工具、人類智識發達後，以文言表述智慧、思想精華、使之流傳百世，故文言起自於白話，然二者功能有所區別，文言用於學術、研究之途，白話文「僅為人類交際之物，無與於學術思想之研究」，不能夠成為治學的工具。邵祖平認為白話文「為中國之舊有，其用宜於語錄、家書、小說及傳奇小說之科白」，或是用於「初學誦習科學各書」，接著紹祖平列舉出白話文的侷限：

> 蓋為文必先識字，識文言之字與視白話之字，故無以異。文以載道，文言之能載道，與白話文之能載道，亦無以異也。至其傳之久遠，行之寥闊，文言視白話為超勝，良以白話之文觖縷，篇幅冗長，不及文言之易卒讀，一也。白話文以方言之不能統一，俗字諺語，非賴反切不可識，不及文言之久經曉喻，二也。白話文之體裁不完，如碑銘傳志之類，不及文言之有程式可尋，三也。〔註31〕

文言和白話使用的文字系統是相同的，內容也都是以載道為主，但白話文中保留許多方言俗語，一旦時間空間有所更動，便易無法理解；兼以白話文的文類不全，不具備碑銘傳志等文類。胡先驌、許夢因和邵祖平等學者咸以為文言、白話各有妙用，不須如新文學陣營所言將文言棄之不用，專務白話。

〔註30〕許夢因：〈告白話派青年〉，《時代公論》第 117 號，1934 年 6 月 22 日。汪懋祖：〈禁習文言語強令讀經〉，1934 年 5 月 4 日《時代公論》第 110 號。文振廷編：《文藝大眾化問題討論資料》（上海：上海文藝出版社，1987 年 9 月），頁 201。

〔註31〕邵祖平：〈論新舊道德與文藝〉，《學衡》1922 年 7 月第 7 期。吳宓：〈論新文化運動〉，《學衡》1922 年 4 月第 4 期。孫尚揚、郭蘭芳編：《國故新知論——學衡派文化論著輯要》（北京：中國廣播電視出版社，1995 年 12 月），頁 124。

　　然而，新文學陣營大力提倡的白話文並不等同於上述諸家所說的傳統白話文，新文學家諸如傅斯年等學者主張借鑒口語和西方語言，創造中國新白話，成就「歐化國語的文學」，新文化運動推行以來，卻創造出比文言更加晦澀難懂的歐化白話文，這些學者將歐化白話文應用於各類文章中，使得新文學家的白話文作品「冗幅既多，漏義滯義，仍復遍是。即如某著譯之經濟學一書，開卷即令人難讀，其句法倒裝之多，底字應用之濫，讀者如墮霧中，不之其所指何在」〔註 32〕。

　　難以讀懂是歐化白話文最大的缺點，也幾乎是當時反對歐化白話文的學者的共識，這樣的歐化白話文被當時的許多學者貶為「非驢非馬」的五四式白話，瞿秋白在不少文章中批評五四式白話，他指出這種白話文的表現形式有兩種，一是「梁啟超式的文言，換了幾個虛字眼，不用『之乎者也』而用『的嗎了呢』，這些文章叫士大夫看起來是很通順的。；二是「所謂『直譯式』的文章，這裡所容納的外字眼和外國文法並沒有消化，而是囫圇吞棗的。」〔註 33〕，這類文章「完全不顧口頭上的中國言語的習慣，而採用許多古文文法，歐洲文的文法，日本文的文法，寫成一種讀不出來的所謂白話，即使讀得出來，也是聽不懂的所謂白話。……要懂得一張《申報》，起碼要讀五年書！」〔註 34〕。瞿秋白認為五四文學運動對於民眾而言像是白費了似的，五四之後的語言文字匯聚許多不同語言文字系統，難甚傳統文言文和白話文，若想讀懂這種語文讀者須耗費許多精力學習，故僅於新青年間流傳未能普及大眾，因此他主張推行「大眾語」。

　　綜上所述可知 1925 年至 1937 年時期有關語言文字系統的討論在與政治夾纏不清的情況下較前期錯綜複雜許多，然其共同方向是希望能找出一種貼

〔註 32〕邵祖平：〈論新舊道德與文藝〉，《學衡》第 7 期，1922 年 7 月。吳宓：〈論新文化運動〉，《學衡》1922 年 4 月第 4 期。孫尚揚、郭蘭芳編：《國故新知論——學衡派文化論著輯要》（北京：中國廣播電視出版社，1995 年 12 月），頁 123。

〔註 33〕史鐵兒（瞿秋白）：〈普羅大眾文藝的現實問題〉，《文學》第一卷第一期，1932 年 4 月 25 日。宋陽（瞿秋白）：〈大眾文藝的問題〉，《文學月報》第一卷第一期，1932 年 6 月 10 日。瞿秋白：《瞿秋白文集·二》（北京：人民文學出版社，1953 年），頁 376。

〔註 34〕宋陽（瞿秋白）：〈大眾文藝的問題〉，《文學月報》第一卷第一期，1932 年 6 月 10 日。宋陽（瞿秋白）：〈大眾文藝的問題〉，《文學月報》第一卷第一期，1932 年 6 月 10 日。瞿秋白：《瞿秋白文集·二》（北京：人民文學出版社，1953 年），頁 887。

近大多數人使用的語言系統；在文言文的威權倒塌之後，語言的使用方式多管齊下，文言、舊式白話、五四式白話、大眾語等語言文字系統各有擁護者，各類語言文字系統的作品亦競列書攤，誰也難以完全壓倒誰，形成百花競放的局面。

第二節　微觀結構

瞿秋白曾對於此時期的語言文字系統有一充滿政治意味又深刻的闡述，於此時期「因為封建餘孽的統治，所以文藝界之中也是不但有階級的對立，並且還有等級的對立。……第一個等級是「五四式」的白話文學和詩古文詞——學士大夫和歐化青年的文藝生活。第二個等級是章回體的白話文學——市儈小百姓的文藝生活。」〔註35〕，這兩類人閱讀的作品涇渭分明，「現在的中國歐化青年讀五四式的白話，而平民百姓讀章回體的白話」。

而從這些作品中可歸納出，1925 年至 1937 年時期海派小說作品的語言使用方式有傳統漢語語法、歐化語法與極度歐化的混語書寫三種。

一、傳統漢語語法

1912 年至 1925 年時期曾蔚為流行的文言小說、駢文小說於此時期已漸趨沒落，此時的小說作品多數使用白話文寫作，在語言使用方式上仍有不少承襲傳統漢語語法的語法結構，如以前期所舉的人稱代詞「其」、助詞「所」、介詞「以」三種文言語法結構來看，其變化在於語料數量的減少以及慣用方式的改變。

（一）代詞「其」

於前一時期的人稱代詞「其」較常出現的三種使用方式：一是在句法結構中可充當定語和主語，指代人或事或物；二是做數詞的定語，指整體之中的某一個人或事或物；三是作主謂結構中詞組或分句的主語、複指的主語，以及雙賓語句中的近賓語或是兼語詞組中的兼語。而此時期的人稱代詞「其」只保留第一種使用方式，其餘二種十分少見。人稱代詞「其」指代人或事或

〔註35〕宋陽（瞿秋白）：〈大眾文藝的問題〉，《文學月報》第一卷第一期，1932 年 6 月 10 日。瞿秋白：《瞿秋白文集‧二》（北京：人民文學出版社，1953 年），頁 372～375。

物時，單數、複數形式不變，在句法結構中可充當定語和主語，做定語時修飾限定名詞，表領屬關係，即所謂的領格，相當於漢語中的「他／它（們）的」，語料如：

（1）「……其中《永久的女性》一幅，更是青年畫師秦楓谷之傑作。畫中人是他新認識的女朋友朱小姐，美麗多情，真不愧是一位「永久的女性』。聞秦君遠居江灣，這位小姐為表示欽佩其藝術起見，每天總趕到江灣供其作畫，二人感情極好，大有電影『畫室春光』之況云。」（葉靈鳳《葉靈鳳小說全編·永久的女性》，頁814）

（2）子賢道：「那是再好也沒有，請客之後，送起照片文章來，編輯先生的面孔要美麗的多，你打算是大請是小請？」，「池中道：「你倒說說，大小請之經濟及其利弊。」（拂雲生《十里鶯花夢》，頁176）

例（1）中出現二個「其」字，第一個「其」字指「秦楓谷的藝術」，第二個「其」字則是借代前句提及的「秦君」，即回指上文所說的青年畫師秦楓谷。例（2）中的「其」字借代句首「大小請」，指「大小請的優點和缺點」，例（1）的第一個「其」字和例（2）中的「其」字都表領屬關係。

（3）今晨三時許，皇宮舞場中一舞女名林八妹者，無故受人毆打，該舞場場主因兇手系有名流氓，不惟不加驅逐，反將此舞女押送警所，謂其搗亂營業云。記者目擊之餘，憤不能平，茲將各情，分志如下，望社會人士，或能為正義而有所表示也。（穆時英《穆時英小說全編·本埠新聞欄編輯室裡一札廢稿上的故事》，頁298）

（4）諭南兒知悉：我家舊宅已為俞老伯購入，本星期六為其進屋吉期，屆時可請假返家，同往祝賀。切切。父字十六日（穆時英《穆時英小說全編·舊宅》，頁370）

例（3）中的「其」字借代前句的「舞女」；例（4）中的「其」字借代前句的「俞老伯」。在傳統漢語中「其」多是用來指代自己，如《論語·顏淵》：「攻其惡，無攻人之惡」，中的「其」字意指「自己的」，而上述二例中的「其」字借代前句提到的人物而非自己，在語篇中展現回指功能，回指上句的人物。

（二）助詞「所」

關於「所」的詞性，主要有兩種意見，一是代詞說，二是助詞說。學者孫德金認為「所」的詞性問題涉及共時和歷時的視角，在先秦典籍中單獨出現的「所」字多做代詞使用，到後世「所」字單獨作代詞的用法消失，取而代之

的是具有指代作用的助詞「所」。於此時期出現的助詞「所」字的語料多以「所＋V＋（的）＋中心語」形式出現，語例如：

（5）父母<u>所</u>希望的報酬祇有這些吧，村人送給他們的諛詞，送給他們的高帽子吧。（張資平《苔莉》，頁171）

（6）我<u>所</u>介紹給她的讀物裡邊太偏重於羅曼主義的作品，她的感情，正和那時的年青人一樣地，畸形地發達起來，那顆剛發芽的花似的心臟已經裝滿了詩人氣氛。（穆時英《穆時英小說全編・玲子》，頁467）

（7）他醒來覺得自己的手中還緊緊的在握著他臨睡時<u>所</u>握的那個瓷製的小骷髏。（葉靈鳳《葉靈鳳小說全編・鳩綠媚》，頁117）

從語法結構和語義表達來看，這三個用例中的「所」字都是可有可無的，刪去「所」字並不會對句子造成什麼影響，然而從語篇訊息結構來說，「所」字具備的是標示訊息的功能，帶有「所」字的部份一班是表達者刻意強調的訊息，相當於「聚焦」的作用，意即帶有「所」字的部份是句子中的信息焦點，如例（5）句中的語義顯示父母不求子女腰纏萬貫富貴顯達，唯一的要求是不墮父母名聲，文中主角能夠大學畢業榮歸故里就是對父母最好的報答，故於句中以「所」字強調父母希望的報酬；例（6）句中的「她」會過度的浪漫就是因為「我」介紹偏向羅曼主義的書籍，強調「她」性格傾向的原因；例（7）句中「他」握著瓷製小骷髏睡了一夜，強調「他」對這個物品的重視程度。由上舉三例可知，助詞「所」逐漸由語法義傾向話語標記的功能。

（三）介詞「以」

介詞「以」常見用法有四種，一是介紹動作行為所採用的工具或憑藉的方法、條件、手段等，相當於現代漢語的「用」、「拿」；二是介紹進行某種行為動作時所憑藉的資格、身份、地位，相當於現代漢語的「靠」、「根據」、「按照」；三是表示行為或情況產生的原因，相當於現代漢語的「因為」、「由於」；四是引進雙賓語句中的賓語，相當於現代漢語的「把」、「將」，於此時期的語料如：

（8）許多童話和美妙的故事中，最動人的描寫多是<u>以</u>月亮來作背景。月光實是最美麗而又具有迷人魔力的。（葉靈鳳《葉靈鳳小說全編・處女的夢》，頁35）

（9）她感覺到寂寞，但她在沒有更大的勇氣犧牲現有的一切，<u>以</u>衝破這寂寞的氛圍。（施蟄存《十年創作集・春陽》，頁258）

（10）年紀老時告退回里，便在風景佳麗的西子湖邊自營菟裘，<u>以</u>娛暮年。（顧明道《奈何天》，頁82）

以上三例中的「以」字都是做「用」、「拿」之意，如例（8）故事中的動人描寫多是拿月亮做背景；例（9）嬋阿姨沒有勇氣拿現有的一切衝破寂寞的氛圍；例（10）中「菟裘」比喻退休養老的地方，陳老太爺退休後拿西子湖美景作為晚年的娛樂。同時在小說作品「以」的語料中發現，「可以」、「以為」、「以致」、「難以」、「以……為……」、「以……來」等結構的語料數量有超越介詞「以」的跡象。由上述語例可知，於此時期傳統語法代詞「其」、助詞「所」、介詞「以」等結構用例數量相較前期大幅減少，且使用範圍也有所縮減，使用方式與功能也更接近現代漢語系統。

二、歐化語法

1925年至1937年時期的歐化語法可分成兩個部份，一是承襲前期的歐化語法，這類語法的用法已趨同於現代漢語；二是新興的歐化語法，這類語法更接近外來語，不僅句式複雜化，甚至於行文中直接引用二種以上的外來語，此二類歐化語法分敘如下。

（一）1912年至1925年時期的歐化語法

前期出現的歐化語法如複數標記「們」的歐化、介詞「對於」、介詞「關於」、連詞「和」以及一＋量詞「個」名詞性標記用法的變化等結構，於此時期已成普遍用法，且已趨近現代漢語系統的使用方式，如複數標記「們」的語例：

（11）你知道，<u>學生們</u>是不講理的，他們有汽車，撞翻了水果攤，巡警還罵王老兒活該。（滕固《穆時英全集・黑旋風》，頁108）

（12）走道胡同裡邊，<u>鄰舍們</u>全望著他，望著他那條斷了的胳膊。（穆時英《穆時英全集・斷了胳膊的人》，頁203）

（13）<u>客人們</u>從玻璃門跑出來，一說到今兒的西點做得不錯，他就衝著人家笑。（穆時英《穆時英全集・偷麵包的麵包師》，頁187）

此時期「們」字的用法，除前加人稱代詞外，還可和社會階級、身份類別結合，前期近乎消失的「們」字前接數量詞、複數意義的詞語「眾」和前接「指示代詞＋不定量詞」用法，於本時期已不見蹤跡。介詞「對於」的語例如：

（14）心裡的煩惱，一日二日三日連續的過去。<u>對於</u>這一個問題 K 的思索毫無進展。（章克標《章克標文集‧變曲點》，頁 30）

（15）他的意思是縣裡的女人不但是沒有都會的女人那樣經過教養的優美的舉動，就是有了優美的舉動，也沒有都會的女人特有的<u>對於</u>異性的強烈的、末梢的刺激美感。（劉吶鷗《劉吶鷗小說全編‧風景》，頁 12）

在現代漢語中介詞「對於」可修飾謂語動詞（短語）或形容詞（短語），若位於句首可修飾整個謂語，如例（14）中「對於這一個問題」修飾後面的謂語詞組「K 的思索毫無進展」，這種用法的語例在前期也已出現；例（15）中的介詞「對於」則是作為定語之用，這一用法中，定語和被修飾的詞語之間，須使用結構助詞「的」，如例句中「對於異性的」為後面中心語「美感」的定語，這種用法於前期並未出現，卻是現代漢語的使用方式，顯示出此時期的介詞「對於」較前期更接近現代漢語一步。介詞「關於」的語例如：

（16）他是從小嫡母撫育的，<u>關於</u>他的一切事情，自己的母親不能參加意見。（滕固《滕固小說全編‧銀杏之果》，頁 12）

（17）我所要說的，是和你們有關係而頂沒有關係的事項，只是<u>關於</u>我一個人的事項。（章克標《章克標文集‧致某某》，頁 86）

介詞「關於」組成的介賓短語作狀語時放在句首如例（16），「關於」後接的賓語「他的一切事情」表示動作行為「參加」關涉的事物或範圍，此是前期已出現的用法。例（17）介詞「關於」組成的介賓詞組做定語使用，後須加結構助詞「的」，即「關於我一個人的」為中心語「事項」的定語，此用例亦是前期所無、現代漢語的使用方式。連詞「和」的語例如：

（18）青年人是容易做夢的。王克一路都是在幻夢之海上游著。起先，田野裏：麥子<u>和</u>菜花；南風<u>和</u>月亮。他自家<u>和</u>一位姑娘：她是上海大學裏的東宮的「皇后」。（黑嬰《帝國的女兒‧上海的 Sonata》，頁 133）

（19）但到了這時候，也無辦法了，只好聽在異種的白人指揮下的同胞們的檢查<u>和</u>侮辱了！（張資平《紅霧》，頁 8）

（20）對過<u>和</u>鄰室的同事們，聽見我們在裏面練習跳舞，練習得正起勁，他們也忙丟下公事，跑來參加，大家一團一團的跳了華爾滋，又跳探戈舞。（張資平《新紅 A 字》，頁 18）

（21）這只有朱夫人知道，博士指熱心於翻化學書<u>和</u>編化學講義，全沒有心事理及女兒的事。（張資平《紅霧》，頁 12）

現代漢語中連詞「和」的使用範圍從傳統漢語的聯結名詞性詞語擴大到可以聯結動詞性詞語、形容詞性詞語、副詞性詞語和小句，於此時期連詞「和」可如例（18）連結名詞性詞語、例（19）連結動詞性詞語、例（20）連結形容詞詞語和例（21）連結謂語詞組，都可看出連詞「和」的使用方式和範圍已漸接近現代漢語。一＋量詞「個」名詞性標記的語例如：

（22）火車過了南翔站，我們感著肚皮裏有點餓了，便向餐車裏，揀了<u>一個</u>雙坐的位置，坐了下來。（張資平《新紅 A 字》，頁 7）

（23）有一天我到<u>一個</u>友人 H 的家裏去，看見 E 也在那裏。K 和 E 正在商量今夜裏到什麼地方逛去的。（張資平《天孫之女》，頁 3）

此時期的一＋量詞「個」名詞性標記如例（22）、（23）維持前期出現的語例用法，是全體中的其中一個，並未如傳統漢語中有特指之意。1912 年至 1925 年時期出現的歐化語法，在本時期逐漸通行成慣用語法，不再如前期為特殊且稀少。

（二）1925 年至 1937 年時期的歐化語法

《現代漢語八百詞》在介紹現代漢語的特點時指出，句式的複雜化是現代漢語的特點之一，「句子的複雜化有兩種方式：或者是由於含有幾個小句，或者是由於有一個成份擴大」〔註36〕，其中，一個句子中包含兩個或兩個以上小句的方式之一是增加同位語或插入語，句子中成份的擴大如在定語前或在名詞前增加修飾語等將都使句子複雜化。於本時期出現不少複雜化的句式，句子的複雜化與歐化有相當大的關係，附加成份如定語、名詞前修飾語複雜化以及插入語和同位語等成份，可延長句子，使語意更精確、完善；以下分別介紹定語複雜化、人稱代詞或指人的專有名詞前加修飾語、插入語等三種複雜句式。

1. 定語複雜化

定語是體詞性結構裡中心語前面修飾中心語的成分，如「白鶴的翅膀」是體詞性結構，「翅膀」是中心語，前面的「白鶴」是定語。對於中心語來說，定語可以有幾種不同的類型，學者邢福義把定語大體分為兩類，一是物體類定語，表示人和事物，以及跟人和事物相關的數量、時間、方所等意義；二是狀況類定語，表示跟中心語事物有關的性質狀態或行為活動等方面的意義。〔註37〕此

〔註36〕呂叔湘主編：《現代漢語八百詞》（北京：商務印書館，1999 年），頁 27。
〔註37〕邢福義：《漢語語法三百問》（北京：商務印書館，2002 年），頁 35。

時期小說作品中出現的定語複雜化的語料如下：

（24）**神秘的可追憶的初戀的滋味**！（葉靈鳳《葉靈鳳小說全編・浪淘沙》，頁 13）

（25）**清冷的初冬的夜晚**，影戲院中樓上的看客並不十分擁擠，淑華沒有偕她的妹妹，獨自同西瓊並肩坐在一排椅上。（葉靈鳳《葉靈鳳小說全編・浪淘沙》，頁 12）

（26）西瓊想到對於**這件事的絕對的無望**，又想到淑華本身的幸福，他更這樣堅決了起來。（葉靈鳳《葉靈鳳小說全編・浪淘沙》，頁 19）

（27）這腳一上眼就知道是一雙跳舞的腳，踐在海棠那麼**可愛的紅緞的高跟兒鞋**上。（穆時英《穆時英小說全編・被當作消遣品的男子》，頁 96）

（28）約摸有半夜的光景了，滄浪精舍的樓上，小小的寢室裡，四壁染了均勻的肉的顏色；正中懸掛著一盞碧琉璃的電燈，套上了**淡黃色的稀薄的絹製燈衣**。（滕固《滕固小說全編・新漆的偶像》，頁 171）

（29）**在通達到邊境上去的被稱為蠶叢鳥道的巴蜀的亂山中的路上**，一支驍勇的騎兵隊，人數並不多，但不知怎的好像擁有著萬馬千軍的勢力，寂靜地沿著山路的高低曲折進行著。（施蟄存《十年創作集・將軍的頭》，頁 83）

例（24）至（28）為狀況類定語，例（29）為物體類定語。複雜定語最常見的是中心語前接「的」字詞組，如例（24）中心語「滋味」前接 3 個「的」字詞組「神秘的」、「可追憶的」、「初戀的」作為定語；例（25）中心語「夜晚」前接 2 個「的」字詞組「清冷的」、「初冬的」作為定語；例（26）中心語「無望」前接 1 個「的」字詞組「絕對的」作為定語；例（27）中心語「高跟兒鞋」前接 2 個「的」字詞組「可愛的」、「紅緞的」作為定語；例（28）中心語「絹製燈衣」前接 2 個「的」字詞組「淡黃色的」、「稀薄的」作為定語；例（29）中心語「路上」前接 3 個「的」字詞組「在通達到邊境上去的」、「被稱為蠶叢鳥道的」、「巴蜀的亂山中的」作為定語，這類句子在此時期的小說作品中出現頻繁，這種語言使用方式可使讀者在閱讀時更加明確理解作者想要表達的意義，但也因定語太過複雜易造成讀者閱讀上的障礙。

2. 人稱代詞或指人的專有名詞前加修飾語

人稱代詞或指人的專有名詞前加修飾語，有助於人物形象的塑造，前面的修飾語成份可以點明人物的年齡、身份、經歷，有利於寫人物的年齡、身份、經歷相一致或相矛盾的行為，也可以描寫人物的姿態、相貌、神情等等如：

（30）她有時對於國事和文藝所發的議論，能使<u>平素目中無人的西瓊</u>也誠心折服，所以他們只要一見面，前無古人的論局便立刻開始了。（葉靈鳳《葉靈鳳小說全編·浪淘沙》，頁7）

（31）在這個可怕的夕暮啊，我們還走不到任何一個大城，我們要去歇宿在那條從天上來的黃河的岸邊，聽一夜的濺濺水聲，明天早晨渡過那條大江之後，我們才會遠遠地看見一個大城的灰色的影子。於是<u>那個在駱駝背上閃著憂鬱的空虛的眼色的女人</u>說了：（施蟄存《十年創作集·鳩摩羅什》，頁72）

（32）<u>兒女都不在膝前，祇和一個老媽子共度寂寞的生活的外祖母</u>是很歡迎我們到她家裏去。但像古寺般的外祖母的老屋不單我不情願去，就連<u>無邪的，祇喜歡吃喜歡睡的妹妹</u>也不情願去。（張資平《飛絮》，頁3～4）

（33）中了酒的將軍的二次的笑，完全怯退了他的隱現在眉宇間的勇猛精銳的神色，在每個武士和婦人的眼裡，此時的將軍，著實是<u>一個又風流又溫柔的醉顏可掬的人物</u>了。（施蟄存《十年創作集·將軍的頭》，頁90）

例30）句在「西瓊」前「平素目中無人」來形容西瓊日常一貫的行為表現；例（31）句在「女人」前接「在駱駝背上」、「閃著憂鬱的、空虛的眼色」等詞來形容女人旅途的憔悴；例（32）句在稱謂詞「外祖母」前接小句「兒女都不在膝前」、定語「祇和一個老媽子共度寂寞的生活」來形容外祖母目前的生活情況，以及在稱謂詞「妹妹」前接「祇喜歡吃喜歡睡」來形容妹妹的個性；例（33）句在「人物」前接「又風流又溫柔的醉顏可掬」來形容花將軍在喝醉酒後的狀態迥異於平常嚴肅剛直的形象，雖這類語言使用方式可使讀者更了解小說中人物的狀態，但與複雜定語的問題相同，太過冗長會造成讀者閱讀上的障礙。

3. 插入語

傳統漢語系統中並無插入語形式，是在印歐語系傳入並影響漢語系統後才出現的歐化句式，這種插入語具有解釋、插說、更正等作用，能夠使表達周密、完善。

（34）哀愁也沒有，歡喜也沒有——<u>情緒的真空</u>。（穆時英《穆時英小說全編·夜》，頁273）

（35）她鬢腳上有一朵白的康乃馨，回過腦袋來時，我看見一張高鼻子的長臉，大眼珠子，斜眉毛，眉尖躲在康乃馨底下，長睫毛，嘴唇軟得發膩，耳朵下掛著兩串寶塔形的耳墜子，直垂到肩上——<u>西班牙風呢</u>！（穆時英《穆

時英小說全編·黑牡丹》，頁 281）

（36）在這「探戈宮」裡的一切都在一種旋律的動搖中——**男女的肢體，五彩的燈光，和光亮的酒杯，紅綠的液體以及纖細的指頭，石榴色的嘴唇，發焰的眼光。**（劉吶鷗《劉吶鷗小說全編·遊戲》，頁 1）

（37）陳女士到此時曉得我是患了日本學生病——**精神衰弱病**的一個，她止了笑，正想找別的話來和我說，轉一轉題，那位滑稽的法國先生，冒冒失失的跑前來，在我的肩上拍了一下。（張資平《沖積期的化石》，頁 13）

（38）為了討好你一個人而破滅我的周圍：——**家庭不信任我，朋友親戚與我遠離，前輩先生對我渺視，**——我把金錢名譽新生了，所謂美人者的你，仍然不在我的掌握中；（滕固《滕固小說全編·新漆的偶像》，頁 175）

（39）我每天都利用這個時間——**同學們都歇午睡去了的時間**，耽讀各報上蓮燈的長篇創作。（張資平《飛絮》，頁 155）

（40）為了上述的將軍對於戀愛——**不管是靈魂的或肉體的**——的觀念，所以，將軍的部下對於民間的擄掠的罪案，是被將軍認為比奸淫罪（不管事已遂犯或是未遂犯）輕得多的。（施蟄存《十年創作集·將軍的頭》，頁 95）

（41）他有許多同學和相熟的朋友，都在南京做事；他一到南京，就打算去找他們——**找一條進身之路**。（滕固《滕固小說全編·下層工作》，頁 228）

例（34）、（35）的插入語，是為前面的敘述句群下一個定義；例（36）至（41）的插入語則是為了進一步解釋說明前句。如例（37）中若非與作者同時代或了解作者生活領域的讀者猛一見到「日本學生病」一詞，怕是很難理解什麼是「日本學生病」，因此作者在後面以插入語形式，補充說明前面的「日本學生病」，讓讀者一看即知，日本學生病指的是精神衰弱症，同時暗示這是留學日本的學生特有的病症，留學美國、法國或其他國家的學生可能不會得到這種病。這種病症在留學日本的作家作品中時常出現，如郁達夫《沉淪》中的男主角亦是患有類似病症，現實生活中的劉吶鷗在 1927 年的日記中也敘述自己被相似的病痛纏身，「所謂精神衰弱症，雖然沒有學理上的根據，但三〇年代的上海作家對這種『病症』的描寫卻歷歷如繪：憂鬱症、失眠、遺精、盜汗、萎靡不振等，罪魁禍首不是縱情聲色，就是性壓抑。郁達夫、張資平都是描寫這種病徵的能手」〔註 38〕，作者在此使用「精神衰弱病」一詞的言外

〔註 38〕彭小妍：《海上說情慾：從張資平到劉吶鷗》（台北：中央研究院中國文哲研究所，2001 年），頁 139。

之意便是指主角因性壓抑而產生憂鬱症、失眠、遺精、盜汗、萎靡不振等症狀。

三、混語書寫

此時期的作家們多從事翻譯工作，並能夠同時流利地閱讀、書寫二種以上外國文字，如劉吶鷗的日記裡詳盡記錄了他平時閱讀的書籍，「就日記中每個月末的閱讀紀錄欄來看，吶鷗閱讀的書籍刊物中、日、法、英四種文字都有，在四種文字中優遊無礙。吶鷗從青少年時期就浪蕩天涯，漂泊海上，實際上跨越了有形的國界。精神上他也少有語言障礙」〔註 39〕，因此一學術背景使在劉吶鷗創作時或無意或有意於文句中夾雜若干非漢語詞彙。

這種在文章中直接混入外語的寫作方式其實前有可循，前期作家作品中已偶然可見，如周瘦鵑的短篇白話小說〈惜分釵〉中言男主角在風月場上遇見一位心儀的女子，在外租了一處居所同居，「這小紅樓可算得一座雛型的天堂，也正合著西方人所說的『情巢愛窩』『Lovenest』。」〔註 40〕，或如范菊高〈破碎的旗衫〉中男主角樓上的女房客自述其感情經歷，「但是自從我盜得了丈夫之後，不到三個月，他卻死了，我的結果又變了 Zero……」〔註 41〕，此類手法於前期作家筆下屬偶一為之以求新奇之效，在此時期已然普遍甚至氾濫，彭小妍指出這種「混語書寫是上海新感覺派文風的特質」，它的特色是「自由混合外文詞彙、古典中文及白話中文」〔註 42〕，語例如：

（42）這是很 grotesque 的新聞……但我不願意他們登載曾經和那妖婦的化身接吻過，那對於我和陳君都是一個醜聞。（施蟄存《十年創作集·魔道》，頁 167）

（43）跑到沙灘上，抱著 Ukulele。那天兒的足印早給潮水洗完啦。坐在那兒，今兒沒有太陽，陰沉的天氣，陰沉的心。（黑嬰《帝國的女兒·南島懷戀曲》，頁 38）

〔註 39〕彭小妍：《海上說情慾：從張資平到劉吶鷗》（台北：中央研究院中國文哲研究所，2001 年），頁 142。

〔註 40〕周瘦鵑：〈惜分釵〉，向燕南、匡長福編：《鴛鴦蝴蝶派言情小說集粹》（北京：中央民族學院出版社，1993 年），頁 232。

〔註 41〕范菊高：〈破碎的旗衫〉，周瘦鵑：〈惜分釵〉，向燕南、匡長福編：《鴛鴦蝴蝶派言情小說集粹》（北京：中央民族學院出版社，1993 年），頁 248。

〔註 42〕彭小妍：《浪蕩子美學與跨文化現代性：1930 年代上海、東京及巴黎的浪蕩子、漫遊者與譯者》（台北：聯經出版事業股份有限公司，2012 年》，頁 69。

（44）鏡秋還按不住被刺戟了的神經的跳動，默默地心裡想。哼，這就是堂文之所謂**眼睛的 diner de luxe** 嗎？花著工人們流了半年的苦汗都拿不到的洋錢，只得了一個多鐘頭的桃色的興奮。（劉吶鷗《劉吶鷗小說全編‧遊戲》，頁 19）

（45）「再會！Sayonara！Adieu！」……一類的聲音，像鵲叫那樣的喧噪。（滕固《滕固小說全編‧新漆的偶像》，頁 175）

（46）我一隻眼珠子看見她坐下來，微微地喘著氣，一隻眼珠子看見那「晚禮服」在我身旁走過，生硬的漿褶襯衫上有了一點**胭脂**，在他的胸脯上紅得——紅得像什麼呢？**只有在吃著 cream 的時候**，會有那種味覺的。（穆時英《穆時英小說全編‧黑牡丹》，頁 281）

（47）但是，我可以蒙住我底眸子不再去看她嗎？**Hélas non**！我看著她，我看著她，用我底堅忍，在每一個時辰，每一個**白晝**，尤其是每一個黃昏，我不能不將眼光陪伴著她。（施蟄存《十年創作集‧妮儂》，頁 597）

作者常於小說作品中使用英文詞彙，如例（42）中「grotesque」是英語「奇怪的」的意思；例（43）中「Ukulele」是英語中的樂器「夏威夷吉他」，今或音譯成烏克麗麗。作者亦使用其他語系的語言，如例（44）中「diner de luxe」是法語「奢華晚宴」的意思；例（45）中「Sayonara」是日語「再見」的拼音，「Adieu」是法語「再見」的意思。這樣以傳統漢語語法結構為基底、添入其他語系詞彙的語言運用方式雖使文章充滿異國情調，卻也增加閱讀的困難度，同時也成為作家炫耀才氣的手段之一。

例（46）中的「胭脂」是指古代女子的化妝品，此以鮮豔的紅色為主。關於胭脂的起源，有兩種不同的說法：一說胭脂源於商紂時期，是燕地婦女採用紅藍花葉汁凝結為脂而成，因為是燕國所產得名；另一說為原產於中國西北匈奴地區的焉支山，匈奴貴族婦女常以「閼氏」（胭脂）妝飾臉面，在西元前 139 年，漢武帝為了加強漢朝與西域各國的聯結派張騫出使西域，張騫此行，帶回大量的異國文化，包括西域各族的生活方式和民族風物，其中即包含胭脂一項。西方的「口紅」一詞指稱的物品相當於中國所謂「胭脂」或「口脂」，其時西方化妝品已流行於當時的上海，口紅並非罕有之物，如張愛玲第一次領到稿費時立刻買了一條口紅犒賞自己，「口紅」一詞亦非鮮見的名詞，如與穆時英相同時代的作家葉靈鳳，便有一篇短篇小說名為〈口紅〉，而作者穆時英卻刻意選用「胭脂」這一帶有古典意味的詞彙，在此條

語料中，作者混用外文詞彙「cream」、古典中文詞彙「胭脂」和白話中文，使文字兼有西方又不脫傳統中國的氛圍。例（47）亦是如此，句中「白晝」是相對文言的詞彙，它可替換成「白日」或「白天」等相對白話、口語化的相似詞彙，但作者施蟄存在段落中先使用法語詞彙「Hélas non」，「Hélas」是表示遺憾的嘆息，「non」是「不」的意思，後又用了一個相對文言的詞彙「白晝」，使整個段落融合中西風味。

此時期的語言使用方式包含承襲傳統漢語語法、中西合璧的新興歐化語法，以及直接引入西方語言文字的混語書寫三種，可看出此時期的語言形式較前期更加西化，顯示出在語言使用乃至於主題內容上都表現出整個社會氛圍對於西方文化的崇尚傾慕，不再如前期排斥。

第三節　超結構

由於 1925～1937 年時期的小說作家們或多或少都接觸、吸收過西方思潮，因此本時期的小說作品受到西方文學思潮的影響，呈現有異於前期的結構模型與敘事模式，其變化分敘如下。

一、小說結構模型

根據本時期的所有小說作品可以將小說結構模型分成兩類，第一類的小說結構模型與 1912 年至 1925 年時期相類似，但在內容上因增加展現世情起伏的部份，故結構的主題略異於前期，其超結構樹狀模型圖如下：

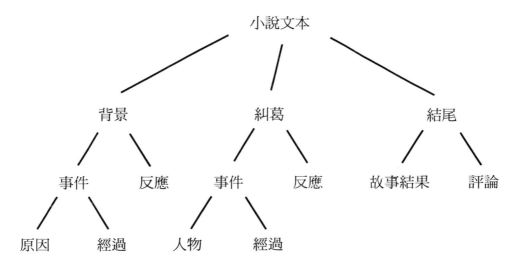

　　此類小說結構模型依第一個層次「糾葛」部份的內容中所佔言情比例可細分成三種，一是如拂雲生的《黃熟梅子》、劉吶鷗〈赤道下〉與〈方程式〉、張資平《紅霧》與《上帝的兒女們》等作品多寫男女主角之間的情感牽繫；二是如拂雲生的《十里鶯花夢》、顧明道的《奈何天》、王小逸的《石榴紅》情感成份與世情的描述份量相當；三是如穆時英〈黑旋風〉、〈上海的狐步舞〉、〈煙〉等作品弱化言情部份，強調世情的變化。

　　第一種「糾葛」部份多述男女情感的作品如拂雲生的《黃熟梅子》，第一個層次「背景」部份，男主角鐵花在一個交際場合認識了女主角白妙泉，她雖是唱蘇灘出身的賣唱女子卻潔身自好，當鐵花得知她為了治母病割肉療親此一事件，鐵花的反應是不由得深受吸引；第一個層次「糾葛」部份，事件可分成拒絕外在誘惑和對鐵花溫柔小意兩樁，白妙泉幾次回絕富人包養、納為小妾的提議，強調其貞節，同時她對待鐵花柔情似水、非君不嫁的態度，使鐵花更加深陷其中；第一個層次「結尾」部份，白妙泉的母親密謀將她嫁給王少爺做小，她雖嘴上說拒嫁，實際上卻時常對鐵花說謊以抽身陪伴王少爺，小說中並未明白寫出兩人的結果，但以〈卷頭語〉和〈自跋〉來暗示鐵花的戀情失敗。

　　張資平的長篇小說《紅霧》第一個層次「背景」部份寫女主角朱麗君與情人李梅岑私奔後生了三個孩子，但李梅岑在外另有新歡名演員潘梨花，此一事件使她在氣憤之餘受耿至中的引誘而棄子離家。第一個層次「糾葛」部份包含三樁事件，第一樁事件是朱麗君與耿至中到了日本後，耿迷戀女優舞伶冷落麗君，同時把性病傳染給麗君害她住院，事件結果是耿藉口金盡將麗君扔在日本自己回上海謀職，麗君則另附實習醫師嚴子璋生活；第二樁事件是嚴子璋畢業與麗君回到上海，因麗君複雜的過去，拋棄她另娶他人，麗君為求生存轉而做演員；第三樁事件是麗君的情人陳編劇出軌與舊情人譚瑪麗在一起，沒想到譚瑪麗竟是麗君第一個情人李梅岑的妻子。第一個層次「結尾」部份，李梅岑陷入半瘋狂的狀態，槍殺譚瑪麗後自殺，李梅岑與麗君的三個孩子因貧窮、乏人照料相繼病死，麗君在遺書裡自評對父母不孝、對丈夫不貞，為自己追求愛情拋棄孩子的行為感到內疚，自責沒有盡到做母親的責任而自殺。

　　第二種「糾葛」部份言情與世情比例相當的作品如顧明道的長篇小說《奈何天》，第一個層次「背景」部份中，事件因戰亂此一外在因素而起，男主角

李大我江西贛州府平樂堡的望族，長兄李舍我、二哥李惟我組織鄉民、奮勇抵抗侵襲家鄉的盜匪，全家被屠戮，獨留在外求學的大我，他的老家僕送他去投靠在杭州的舅舅徐守信後，亦因病身死，一家人只剩下大我一個人；此一事件發生後，大我寄人籬下，飽受舅母及勢利下人的冷眼，學業被迫中斷，經舅父介紹至土地局任職。

第一個層次「糾葛」部份敘述大我到土地局工作不久，因人事調動去職，轉而至當地富室陳家當家教，教授孫子陳祖望，並與其女陳玉雪發生感情，此一事件的「反應」部份是大我離開陳家轉至上海謀職。在第三個層次「人物」部份，陳家只有吸大煙不管事的老太太，讀西泠女子中學的獨養女兒玉雪，十歲的孫兒陳祖望先天不足身體虛弱常生病，賬房毛小山獨掌家中大權。在第三個層次「經過」部份，大我與陳玉雪感情日深，但因誤會大我喜歡他人，使陳玉雪在浪蕩少年葉不凡的有心勾引下，與大我漸行漸遠。

第一個層次「結尾」部份敘述大我工作穩定，陳玉雪被葉不凡拋棄。第二個層次「故事結果」部份敘述大我到上海後換過幾個不如意的工作後，終於受到以前德文老師霍烈的賞識和提攜，帶大我到德國去發展；陳玉雪挾重金和葉不凡私奔，葉不凡拋棄陳玉雪不見蹤影，並因先前誘拐寡婦費玉珍、搜刮其財物，致使費玉珍自殺之事而被通緝。第二個層次「評論」部份，作者透過人物之口論述書中幾個人物的遭遇，認為這個社會待人太惡，即使再怎麼辛勤努力也不見得會有好的結果，甚至社會現實逼得良善的人苦苦掙扎難以逃出困境，最後不得不作奸犯科。

王小逸的中長篇小說《石榴紅》第一個層次「背景」部份，事件背景於馮父將房子抵押給盧虎虔借錢，色慾薰心的土豪劣紳盧虎虔以權勢逼娶女主角馮柳絲，結果使馮柳絲一家連夜奔逃上海同學諸慧芳家避難，馮柳絲的遠親三舅舅凌佑之投靠盧虎虔做其爪牙，在上海搜捕馮柳絲。第一個層次「糾葛」部份，居住在諸家期間，馮柳絲與慧芳的哥哥慧劍產生若有似無的情愫，而慧芳也與同學的弟弟美仁要好，但慧芳誤會柳絲不顧友情與美仁交好，加上幾次撞見三舅舅打聽柳絲下落，柳絲索性喬裝成名交際花石榴紅，引得性好漁色的盧虎虔上鉤。第一個層次「結尾」部份，柳絲與弟弟柳惠、美仁趁夜誘殺盧虎虔後，連夜出奔投靠身在內地的慧劍，文末未言明兩方人馬是否匯合，留給讀者一個懸念，盧虎虔死後未幾多久便被遺忘，爪牙三舅舅流落街頭成為乞丐。

第三種「糾葛」部份世情比例多過言情的作品如穆時英的短篇作品〈黑

旋風〉，第一個層次「背景」部份寫敘述者「我」自詡為《水滸傳》的黑旋風，
在旁看著崇拜的大哥汪國勛與青梅竹馬小玉兒談著純純之愛；第一個層次「糾
葛」部份寫小玉兒趁汪國勛下鄉辦事和大學生談戀愛；第一個層次「結尾」
部份寫汪與黑旋風「我」找小玉兒和大學生兩人談判，黑旋風因歐打大學生
坐三個月牢，出獄後汪已協其同伴們離開當地。

　　小說以汪國勛和小玉兒的戀愛為基底，直書當時貧富差距與大學生的惡
行惡狀，小玉兒為了享受物質生活，拋棄從小一起長大的戀人，汪國勛送她
絲襪就愛汪，大學生送她高跟鞋帶她逛上海看影戲，她就跟學生約會，智多
星勸黑旋風，莫說小玉兒現實，「他們買得起高跟鞋兒，汪大哥只能買絲襪；
他們抽白錫包，汪大哥只能抽金鼠牌；他們穿綢緞的，我們穿藍布大褂；他
們的臉塗白玉霜，我們的臉塗煤灰；它們的頭髮擦司丹康，我們擦軋司林；
他們讀書，我們做工」〔註43〕，像他們這樣的粗工是比不上大學生的。這類
的小說作品中言情成份多為世情的襯托，比起男女主角的戀情，更強調世情
的發展。

　　第二類的小說結構模型則增加書中人物的內心意識流動及情緒起伏，其
超結構樹狀模型圖如下：

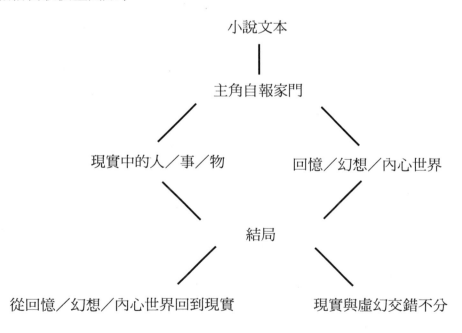

〔註43〕嚴家炎、李今編：《穆時英全集·第一卷》（北京：十月文藝出版社，2008 年），
　　　　頁 108。

　　滕固的短篇小說〈壁畫〉以零聚焦敘事手法敘述男主角崔太始的留學生活，並透過對崔太始的心理描寫展示出其內心的慾求不滿。第一個層次「自報家門」部份先說明男主角崔太始的身份背景，他是東京地區美術學校的日本留學生，因父母強迫結婚而有了妻子，因一時性慾的衝動而有了女兒，與友人一談起女人便垂涎不已，盲目追逐着在身邊出現的所有女性。第二個層次可以分成「現實」和「心理」的世界兩個部份，先敘述崔太始在現實上經歷的事件，進而穿插他由現實事件反映出的心理狀態，如在現實中他見到前輩崔老先生的女兒南白後，便深深迷戀她，接著敘述他的心理世界，他沉浸在自我想像中，「想起南白那種溫柔可愛的性情，清高秀麗的畫筆，又是恭敬她，又是愛她，她送給她的一幅『紅葉題詩圖』，在崔太始眼裡看來，一定有深奧的寄託，斷乎不是隨便寫的。他越想越高興，搖搖頭，自言自笑。」〔註44〕，南白隨意的一個舉動就讓他遐思無限、揣測南白是不是暗示她已愛上他，作者透過現實與心理描寫的切換鋪展主角最後的結局。第三個層次「結局」部份，崔太始在被慾望折磨得神志昏亂、分不清現實和虛幻的情況下，以血在房間牆上畫了一幅一個女子站在他的腹上跳舞的畫，人即不醒人事被送進醫院。

　　此時期小說作品可歸納為二個超結構樹狀模型圖，一是以男女戀情為背景，描繪都會之中可能遭遇或聽聞的事件，曲盡人情世故，引起讀者共鳴，二是藉由人物心理活動、意識流動展現都會人的心理狀態。

二、敘事模式

　　1925 年至 1937 年時期的小說敘事模式除了保留傳統的說書模式外，與前期相比，此時期第一人稱敘述、日記與書信二文體的使用頻率增加，且受到佛洛伊德心理分析理論的影響，作家們亦於小說作品中嘗試運用夢境、意識流動、內心獨白等寫作技巧描寫人物心理。使用傳統說書模式敘事的小說作品如拂雲生的《十里鶯花夢》，每回開頭與結尾都有一位說書人登場，在結尾部份以詩句總結回目內容：

> 博士一手摸著面孔道：同是一記耳光，打自美人手裡，不痛而癢不
> 辣而甜，涼森森，比菠蘿蜜都好吃。」正說到這裡，門外探進一顆
> 頭來道：「這樣好吃的東西分點我吃吃。」三人嚇了一跳，正是：

〔註44〕滕固：《滕固小說全編》（上海：學林出版社，1997 年），頁 48。

粉頰聲聲檀手摑，最難消受美人刑

欲知後事如何？容小子緩緩胡謅下去。〔註45〕

這種敘事方式與前期所提的「敘述者層次」即「模仿說書人向聽眾說話」的方式相同。在下一章節開頭部份則先前情提要再引進後面的內容：

話說章博士在神仙旅館房間裡說，美人檀手打起耳光來，比菠蘿蜜都好吃。門外探進一顆頭來說：「分點我吃吃？」把三人都嚇了一跳。回頭看時卻是黎瑞臣。〔註46〕

此回一開頭先說明打耳光一事，銜接上個回目發生的事件，並揭開前回結尾部份所埋的謎題，究竟從門外探頭的是何人，這種傳統說書模式不僅能引發讀者繼續閱讀的慾望，亦具有連貫前後的作用。

在運用書信和日記等文體方面，如穆時英〈貧士日記〉、〈五月〉和葉靈鳳〈明天〉、〈處女的夢〉等作品中採用日記此一文體揭露女主角內心不為人知的思緒。在短篇小說〈明天〉中慶祝女主角麗冰二十二歲生日的宴會散去後，叔父藉著酒意闖入她的房裡，試圖對她不軌，她當下雖奮力抵抗，然在扶叔父回房歇息、獨自一人在房裡寫日記自省時，自陳若非自己生理期、身體狀況不允許，或許會看在可憐叔父慾望沒有管道發洩的情況下，半推半就從了叔父，同時也煩惱明天該怎麼面對叔父。〈處女的夢〉以第一人稱敘述手法寫就，結合日記、書信等不同形式的文體，表現女主角莎琚對心儀對象曇華君的愛慕和思緒的起伏變化，同時藉由莎琚的春夢，展現少女懷春的心境。

拂雲生《黃熟梅子》、葉靈鳳〈肺病初期患者〉、章克標〈致某某〉、〈九呼〉等作品則是利用書信此一文體推動小說情節進展，如〈肺病初期患者〉一文中書信具有改變情節走向的關鍵作用。〈肺病初期患者〉描述女主角蘭茵與印青相戀，卻為表兄建霞所忌妒，處心積慮破壞兩人感情，蘭茵希望為兩人的未來著想，決定去南山休養治好肺病，不料建霞假造蘭茵寫給他一封信，內容寫道「為避免彼計，明後日擬往南山，希望你也能來。十載深情，雖謠諑紛紜，須知吾終未嘗負汝也。」〔註47〕，並巧施詭計讓印青偶見假信心生誤會，從而留下訣別信自殺，蘭茵見信後在匆忙奔尋印青時發生意外。章克標的短篇小說作品〈九呼〉以一封沒有寄出的信件敘述男主角對於從小愛慕的

〔註45〕拂雲生：《十里鶯花夢》（瀋陽：春風文藝出版社，1997年），頁18。
〔註46〕拂雲生：《十里鶯花夢》（瀋陽：春風文藝出版社，1997年），頁21。
〔註47〕葉靈鳳：《葉靈鳳小說全編》（上海：學林出版社，1997年），頁68。

對象美玲的懺悔，男主角礙於禮教，不敢表達也怯於接受美玲的愛，使得美玲另投他人懷抱，未曾想對方帶著美玲私奔未果，逕自拋棄美玲，任由她花落飄零不知所踪。

在表現人物心理活動方面，除透過敘述和人物對話呈現外，也增加夢境、內心獨白等方式。以夢境透露主角潛意識的作品如葉靈鳳〈處女的夢〉、〈鳩綠媚〉、〈姐嫁之夜〉、穆時英〈謝醫師的瘋症〉等作品。穆時英〈謝醫師的瘋症〉敘述謝醫師被第七號女病人勾起內心潛藏的情慾，礙於現實生活中單身的、醫師的專業身份不得宣洩，當晚便做了一大串夢，在夢境裡抒發他的慾望。

葉靈鳳的〈姊嫁之夜〉透過男主角舜華在夢境中的心理活動展現舜華內心的情慾湧動。舜華首先自言時間背景是姊姊結婚前夕，因為現實中姊姊結婚一事引發他內心的情慾，舜華開始想像新婚之夜該當做的事，繼而回到現實自責自己不該有這些想法；到姊姊結婚當天，婚禮上舜華再次陷入自己的思緒，回想起曾經和自己海誓山盟的姊姊，而今卻背叛誓約在自己眼前嫁給別人，不由得當場口吐鮮血昏了過去，姊姊似乎察覺到異狀卻忍著不動聲色，待舜華醒來後衝去旅館找姊姊理論、與新郎互毆，混亂中忽被搖醒，才知原來剛才的煎熬、衝突全是一場夢：

> 他不相信適才的事是在夢中，他也不相信現在在醒著。他只覺得好像初從黑暗的影戲場中，重走入了街市一般，腦中的印象與當前的實現都分不清悉。他怎麼也想不出他竟會做出這樣的一個夢來。他今晚曾見了許多的少女，關於他姊姊的事他僅想過一點，他今晚不做一個旖旎的春夢，卻做了這樣的一個慘夢，實是他想不透的事。
> 〔註 48〕

作者以「夢」這個非真實的場景解釋男主角舜華在現實中難以宣諸於口的壓抑性慾和不被世人接受的、不符合道德原則的不倫情感，顯現佛洛伊德心理分析中符合社會文化行為規範和道德期待的超我和生物需求的本我的衝突，而這個潛藏在意識之下的情慾洶湧得讓回到現實的舜華也心驚不已，無法理解自己怎麼會做這種夢。

以內心獨白敘述主角內心意識流動的作品如葉靈鳳〈浪淘沙〉、章克標〈結婚的當夜〉、劉吶鷗〈殘留〉等作品。章克標〈結婚的當夜〉描述男主角

〔註 48〕葉靈鳳：《葉靈鳳小說全編》（上海：學林出版社，1997 年），頁 113。

丁曉星結婚當晚的心理掙扎，他反對包辦婚姻，想要自由戀愛，但是父母為他訂下的妻子不僅貌美才高、有中學畢業、在當地頗負盛名，且父母把婚禮辦得非常符合他的心意，當晚看到新娘後，雖然對她很滿意，卻又糾結於沒有自由戀愛過、彼此沒有感情基礎；他合法擁有妻子的身體，順應慾望履行新婚之夜的義務合情合理，或者是順應自己的理性先與妻子談精神戀愛？該採取什麼態度來面對溫順的新婚妻子，作者運用內心獨白的寫作技巧、花了近六頁的篇幅鉅細靡遺地描繪丁曉星內心的天人交戰。

特別的是，在敘述人物內心意識流動時，有一個明顯的形式可供辨認，即以括號形式標出小說主角內心獨白，如穆時英的〈Craven A〉291、〈街景〉、〈pierrot〉、〈墨綠衫的小姐〉、〈烟〉、〈五月〉、〈上海的狐步舞〉、〈謝醫師的瘋症〉、〈黑牡丹〉、劉吶鷗〈殘留〉、黑嬰〈不屬於一個男子的女人〉、〈上海的Sonata〉等作品。黑嬰〈不屬於一個男子的女人〉中男主角「我」熱戀著安娜，在安娜住院期間，「我」殷勤地去探病並且希望她能夠早日康復，注意力已轉移至醫生身上的安娜反倒不願意過早地出院，「我」拿外面多采多姿的熱鬧生活誘惑安娜：

——光陸演的片子好得很，安娜，你快點出院吧，我好陪你去看。

——這兒的生活也不壞啦，我不十分想出去了。

——為什麼？

——老實人，你不懂！

（真的，我不懂）

——稍稍給你說點兒。……春天的氣息包圍著我，我病好些了，昨天黃昏我出去外邊散步；青年醫生陪著我。晚上，看點小說書，疲乏了就睡。〔註49〕

在「我」與安娜的對話之中，作者黑嬰以括號形式表現出「我」對於安娜所說的話而產生的反應，「我」不能明白為什麼安娜安於枯燥乏味的住院生活，或者更可說是「我」不能明白醫生哪裡吸引安娜、安娜何以變心得這麼快速。

為了表現意識的雜然紛陳，有時括號裡的文字刻意不使用標點符號，如穆時英的〈Craven A〉中敘述者「我」對於美貌女子 Craven A 的看法：

〔註49〕黑嬰：《帝國的女兒》（上海：上海書店，1988年），頁124。

　　（一個被人家輕視著的女子短期旅行的佳地明媚的風景在舞場海
　　水浴場電影院郊外花園公園裡生長著的香港被玩弄的玩弄著別人
　　的被輕視的被輕視的給社會擠出來的不幸的人啊）〔註 50〕

「我」既欣賞 Craven A 的美貌也同情她被男性玩弄身體、感情的際遇。
又如穆時英的另外一篇短篇小說〈白金女體的塑像〉，文中以括號形式標出內
心獨白，藉以展現男主角謝醫師意識紛亂的情況，文中有兩段完全不用標點
符號：

　　（屋子裡沒有第三個人那麼瑰艷的白金的塑像啊「報不十分清楚留
　　意」很隨便的人性慾的過度亢進朦朧的語音淡淡的眼光詭秘地沒有
　　感覺似地放射著升發了的熱情失去了一切障礙一切抵抗能力地躺
　　在那而呢──）

　　主救我白金的塑像啊主救我白金的塑像啊主救我白金的塑像啊主
　　救我白金的塑像啊主救我白金的塑像啊主救我……〔註 51〕

沒有標點符號的段落使得讀者可以自由斷句，將土和白金的女體塑像逐
漸混淆，女體像是神一樣的存在，性成為唯一信仰。最後謝醫師回到現實，
參加宴會並火速與一位青年孀婦結婚，找到一個發洩性慾的對象。〈白金女體
的塑像〉與〈Craven A〉相比，主角的意識顯得更為漫流無緒。

　　本時期的小說作品呈現兩個超結構模型圖，其中一個是承襲前期而來敘
述男女戀情和世情的變化，另一個結構圖則是受到西方文學技巧影響所致，
尤其是佛洛伊德學說的影響，表現人物心理的活動狀態；敘事模式既有傳統
說書模式，也吸收書信、日記、描寫夢境、內心獨白和意識流動之類心理活
動等西方寫作手法，展現出中西並陳的風貌。

第四節　宏觀結構

　　據宏觀原則歸納，1925 年至 1937 年時期小說作品內容的主要特色有二，
一是著重外部空間的描繪，如透過咖啡館、電影院、舞廳、火車、汽車等都會
產物所構成的城市景象，展現作品所欲表現的主題；二是強調人物生活的刻

〔註 50〕嚴家炎、李今編：《穆時英全集・第一卷》（北京：十月文藝出版社，2008 年），
　　　　頁 291。
〔註 51〕穆時英：《穆時英小說全編》（上海：學林出版社，1997 年），頁 11。

劃，由小說主人公從英雄人物轉為擇取都市中的平凡人物作為描寫對象，由集體意識變為探索個人的內在，如個人在都市的際遇，個人不適應都市生活的心理描寫諸如情慾壓抑、時間焦慮，這種對都市反感又離不開都市的抑鬱情緒轉化為魔幻書寫等等。

一、外部空間的描繪

茅盾於 1935 年為《中國新文學大系·小說卷》撰寫導言時，總結二三十年代文壇所反映的普遍心理：

> 這一時期，兩種不同的對於「人生」問題的態度，是頗顯著的。這時期以前——「五四」初期的追求「人生觀」的熱烈氣氛，一方面從感情到理智的，從抽象的到具體的，於是向一定的「藥方」在潛行深入；另一方面則從感情的到感覺的，從抽象的到物質的，於是苦悶徬徨與要求刺激成了循環。然而前者在文學並沒有積極的表現，只成了冷觀的虛弱的寫實主義的傾向；後者卻狂熱地瘋魔了大多數青年。到「五卅」的前夜為止，苦悶徬徨的空氣支配了整個文壇，即使外形上有冷觀苦笑與要求享樂和麻痺的分別，但內心是同一苦悶徬徨。〔註52〕

茅盾認為五四時期有識者揭露諸如婚姻、人生觀、個人價值的種種問題，卻未能提出解決良方反更顯困頓；加上大環境對內軍閥混戰、對外日軍步步進逼，在這樣政治混亂、社會動盪的氛圍下，人們普遍產生有今日不知明日在何方的無所依從感，轉而尋求當下的刺激，無奈地徘徊於社會生活的邊緣，沉浸在自我的心靈世界中。

於此時期的作家們敏銳感知時代的快速發展，深入體會自身的文化氛圍、生存語境，透過對於城市景象的書寫，賦予上海這座城市更深刻的意義，探討都市與人之間的關係，以及慾望在現代物質文明衝擊下的發展過程，藉由對小說人物生活片斷的描寫透視都市社會中人們或追逐慾望或慾望受阻的樣貌，凸顯人們在節奏快速城市裡的放縱與頹廢。

在清末民初上海人的娛樂多半集中在茶館、妓院、戲院等傳統地點，如曹聚仁回憶上海著名茶室「文明雅集」，老闆俞達夫是紹興畫師任頤的弟子，

〔註52〕茅盾：〈中國新文學大系·小說一集·導言〉。茅盾編：《中國新文學大系·小說一集》（上海：良友圖書印刷公司，1935 年），頁 12。

人物花鳥盡得真傳，在上海賣畫四十餘年，他的茶室藝術氣氛濃厚，「當時，
滬上書畫家，閒來無事，便在文明雅集談天說地，評書論畫，彷彿是文藝沙
龍。還有一班弄絲竹的音樂朋友，也在那兒彈唱研究，有如俱樂部。辛亥革
命後，文明雅集，盛極一時，琴棋書畫，無所不備，夠得上『雅』的水準。」；
其他如南京路上的「一樂天」、偷雞橋畔的「藟春閣」也是令老茶客們回味不
已的茶館，這類茶館是「三百六十行生意人談買賣的檔口」，如三四十年代文
學家周楞伽的律師父親便是在上海地方審判所附近的一所茶樓接洽生意；有
的茶館還「附設書場，大書小書，也就是今日的評彈，那就更熱鬧些了」〔註
53〕，在茶館閒坐、吃些點心消磨長日是當時最普及的娛樂。聽戲也是十分受
歡迎且風雅的傳統娛樂之一，如 1909 年在蘇州虎丘南社第一次舉行雅集，雅
集前四天著名南社成員柳亞子、馮心俠、俞劍華等人住在蘇州金閶門外的惠
中旅館，正巧著名京劇演員馮春航在旅館附近劇場演出，柳亞子等人便天天
涉足梨園，寫成許多詩篇互相唱和，展現出名士風流的一面。

　　上海開埠後，西方物質文明輸入，歷經多年演變，漸也改變上海人的娛
樂方式，由茶館、妓院、戲院擴大到公園、舞廳、咖啡館、電影院、跑馬場等
地，茅盾認為跳舞場、電影院、咖啡館等等的娛樂是上海發展之後所產生的
消費方式，「消費和享樂是我們的都市文學的主要色調。大多數的人物是有閒
階級的消費者，闊少爺，大學生，以致流浪的知識份子；大多數人物活動的
場所是咖啡店，電影院，公園；跳舞場的爵士音樂代替了工廠中機械的喧鬧，
霞飛路上的彳亍代替了碼頭上的忙碌」，這一種有別於過往的娛樂現象「反映
在那些以上海人生為對象的都市文學」〔註 54〕，於是現代都會娛樂空間自不
明顯的小說背景浮限於小說表面，成為重要的敘述元素之一，呈現都市現代
化的一面。

　　咖啡剛傳入上海的時候，不少趕時髦的新派人物嚐鮮後，往往叫苦不迭，
認為咖啡比中藥還苦還難喝，隨著西方飲食在上海的推廣和普及，咖啡也逐
漸為人們所接受，學者陳子善回憶上海掌故時曾言：「當時英法租界裡眾多西
餐館兼具咖啡館的功能，同樣能品嚐上好的咖啡，也是不爭的事實，在陳定
山的《春申舊聞》等老上海『經典』中就有具體的描繪。但咖啡館如雨後春筍

〔註 53〕 曹聚仁：《上海春秋》（北京：生活・讀書・新知三聯書店，2007 年），頁 301
　　　　 ～302。
〔註 54〕 茅盾：《茅盾全集・十九》（北京：人民文學出版社，1991 年），頁 422。

般在上海灘大量湧現，大概是 20 世紀 20 年代末 30 年代初的事情」〔註55〕；
學者李歐梵亦言「作為一個在歐洲，尤其是法國，充滿政治和文化意味的公
共空間，咖啡館在三十年代的上海被證明為同樣流行」〔註56〕，當時公共租
界上的聯邦咖啡和霞飛路上白俄開的文藝復興咖啡館，都是當時年輕知識份
子熱衷聚集的地方，如北四川路的公啡咖啡館是當年魯迅與左聯領導成員和
中共地下黨代表秘密聚會的場所；周楞伽回憶 1930 年前後其初與文壇人士接
觸時，便時常到堂兄周全平與謝旦如、徐耘阡合開的西門書店附設咖啡座去，
「西門書店在初開辦時頗有一片興旺氣象，咖啡座也是座客常滿。店裡的小
伙計告訴過我，來的都是新文藝作家，……我因為天天去，……於是便說服
父親，也加入了一百元股本」〔註57〕，由此可知咖啡館對於當時候的藝文界
人士是重要的聚會場所。

在小說中出現的咖啡館場景多半是朋友商量事情或男女約會的地點之
一，如滕固短篇小說〈壁畫〉中的男主角崔太始在日本留學期間愛上殷南白
女士，想要和在國內的妻子離婚後追求殷女士，便和友人陳君在咖啡店討論
離婚相關問題；劉吶鷗短篇小說〈流〉中的男主角鏡秋被工廠老闆看上，成
為老闆的女婿候補人選，鏡秋和老闆女兒的約會行程便是「兜了一個圈子，
在一家美國人的咖啡店的爐邊吃了兩杯冰淇淋就回來了」〔註58〕；葉靈鳳的
〈口紅〉文章從一間兼賣化妝品的咖啡店開始，三位青年走進賣化妝品和咖
啡的白鵝館裡，觀察店內的女店員，試圖和她們搭訕、開展一段豔遇。

一般而言，在咖啡店或是兼賣咖啡的餐廳用過餐後，便會前往電影院看
戲，看完電影後或男性送女性回家或相約繼續去舞廳跳舞。電影院和舞廳都
是小說作品中經常出現的場景，1895 年電影在法國誕生，第二年便漂洋過海
落腳於上海，1896 年西方商人在上海閘北的西唐家弄的遊藝場所「徐園」內
放映西洋影戲，這是中國最早的電影放映紀錄，徐園並非是專門的電影院，
其電影放映不過是夾雜於各種遊藝活動中的其中之一，學者汪朝光透過放映
規模和放映歷史等方面的研究指出，上海第一家正規電影院是 1908 年西班牙

〔註55〕陳子善：〈上海的咖啡香〉。西坡編著：《上海珍檔：雅俗上海的 43 份檔案》
（上海：文匯出版社，2007 年），頁 99。
〔註56〕李歐梵：《上海摩登——一種新都市文化在中國 1930～1945》（北京：北京大
學出版社，2001 年），頁 23。
〔註57〕周楞伽：《傷逝與談往》（哈爾濱：黑龍江人民出版社，1998 年），頁 15。
〔註58〕劉吶鷗：《劉吶鷗小說全編》（上海：學林出版社，1997 年），頁 24。

商人雷瑪斯創立的虹口活動影戲園,「上海是當時中國經濟最發達的城市,個人收入水平相對較高,而且還有不少外國公司和洋行工作的買辦職員階層,他們的經濟收入和交際需要,推動上海的電影放映很快就從最初『五分錢鎳幣』式的遊藝雜耍場所,發展為高級豪華戲院,使看電影成為一種時尚和身分的標誌,由下層娛樂成為上層文化,並以其示範效應向外發散影響」〔註59〕,1928年聯合電影公司斥資110萬白銀修建,號稱當時亞洲最豪華、有「遠東第一影院」美譽的「大光明電影院」落成,「至抗日戰爭前,上海有電影公司十幾家。著名的電影公司有明星、天一、聯華三家,此時第一流電影院有光陸、大光明、南京、新光、冷新、國泰等六家」〔註60〕,電影在商業化、多元化、大眾化的上海大放異彩,受到各個階層人士的歡迎,成為一種時髦、有趣且普及的娛樂方式。

於此時期的小說作品中經常出現電影院這一場景,如顧明道的《花萼恨》中幾位青年男女初相識時約著一道出去玩,先是去咖啡廳喝咖啡,接著去大新百貨公司逛逛、看看展覽會,最後一站便是去大光明戲院看西方名片《空中美人》,看戲時三男兩女有默契地坐成二對情侶,餘下孤身一人的男主角克家,看著旁邊的情侶,哀嘆孤單淒清的自己只能專心看電影。施蟄存的〈在巴黎大戲院〉的故事背景即發生在電影院,文中寫男女主角相約於巴黎大戲院看電影,開演前買票、觀戲過程至戲散後男主角一系列的心理活動,如該怎麼和女主角發展更進一步的關係,思考女主角約他下次見面是何心態等等,透過心理活動的描寫窺知男主角對女主角所抱持的想法。

穆時英的〈五月〉透過電影和電話來構建戀愛和慾望的藍圖。小說第二章「三個獨身漢的寂寞」中以獨白的方式敘寫男主角劉滄波由窗外果樹上爛熟的蘋果所引發的渴望戀愛的心情:

> 「獨身漢還是聽聽音樂吧。」……
>
> 「可是獨身漢應該讀一些小說的。」……
>
> 「獨身漢還是看電影吧!」
>
> 「獨身漢還是買條手杖吧!」

〔註59〕汪朝光:〈早期上海電影業與上海的現代化進程〉。蘇智良主編:《上海:近代新文明的形態》(上海:上海辭書出版社,2004年),頁224~225。
〔註60〕顧炳權編:《上海風俗古蹟考》(上海:華東師範大學出版社,1993年),頁327。

「獨身漢還是到郊外去散步吧！」

「獨身漢還是到咖啡店去喝咖啡吧！」

……獨身漢究竟還是獨身漢呵！〔註61〕

小說中看電影成為男主角排遣寂寞的方式之一，同時看電影也可能是成就戀愛的途徑，獨身漢宋一萍獲得女主角蔡珮珮的首肯，答應和他去看電影：

> 一刻鐘後，他把這「親愛的」，「老練的」小東西帶進了國泰大戲院的玻璃門，就像放在口袋裡的幾包朱古力糖那麼輕便地。
>
> 黑暗會使人忘掉一切的機巧，禮節，理智之類的東西的。當琴恩哈綠在銀幕上出現時，宋一萍忽然覺得身旁的小東西靠到他肩膀上來，便輕輕地抓住了她的手。一面吃著糖，手給輕輕地抓著的時候，覺得感情在浪漫化起來，她低低地笑著，心裡：「和一個男子看電影究竟比跟哥哥，跟姊夫看電影不同些的。」〔註62〕

電影不僅是得到愛情的管道更是感情的催化劑，在闃黑的影院戀愛中的男女可輕易地為戀情增溫。葉靈鳳的〈浪淘沙〉中男主角陳西瓊與表妹淑華在經過幾次試探、短暫的曖昧期後，終於在一次單獨看電影的機會中互訴情意：

> 由炎熱的手掌的緊迫的握接中，兩人都感著了有一派醉人的意味貫徹了彼此的全身。
>
> 在暫停休息的電燈開後，兩人的目光無意地接觸了一下，彼此的臉上都不禁起了一陣暈紅，各自將頭低了下去。
>
> 神秘的可追憶的初戀的滋味！〔註63〕

幽黑的影院中，人們的注意力被銀幕上的喜怒哀樂所牽引，情人之間的小動作、眸光的繾綣交會不再引人側目，迺可大膽地表露。滕固〈銀杏之果〉中的男主角秦舟在租屋處偶然遇見過去的戀人 Y 女士，縱羅敷有夫也克制不住兩人迸發的情愫，兩人趁家人不在，偷偷於虹口的 A 影戲園約會：

> 他們手牽手地走進園子，步上樓梯，肩碰肩地坐在特等裡。
>
> ……影片裡都是神出鬼沒的事情，時而殺人盜貨，時而山崩城陷，

〔註61〕嚴家炎、李今編：《穆時英全集・第二卷》（北京：十月文藝出版社，2008 年），頁 181～182。

〔註62〕嚴家炎、李今編：《穆時英全集・第二卷》（北京：十月文藝出版社，2008 年），頁 191。

〔註63〕葉靈鳳：《葉靈鳳小說全編》（上海：學林出版社，1997 年），頁 12。

嚇得 Y 女士靠在秦舟的懷中，作急促的呼吸。秦舟眼看影片，但他的靈魂，早已飛到天空海闊去了；他的身體微微地顫動，覺得有種平生從未有過的感覺，四肢軟化的了。〔註64〕

秦舟曾經埋怨 Y 女士拋棄他另嫁他人，Y 女士卻言自己相當於是被家人賣給丈夫的，在情人的淚眼相求下，兩人戀情迅速重燃，而看電影一事更是為戀情溫度添了一把柴火：

四周的看客，有的很注目秦舟與 Y 女士，他們也不很奇怪。有地當他倆是夫婦，有的雖不一定當他們是夫婦，也許是臨時的夫婦；這是上海地方慣有的事情，並不超出於人情之外的。〔註65〕

黑暗中毫無顧忌地兩相依偎的兩人是不是夫妻又與他人何礙，在沒有誰能照拂、顧惜誰的動盪世間，男女情事不過是又一抹不值得回顧的塵埃，在快速化的都會上海，這類情事多得不足言道。在看完電影後，秦舟與 Y 女士情感醞釀已至成熟，便自去旅館不回家了。

小說作品中的男性角色在看完電影之後，多會轉往舞廳跳舞。交際舞是隨西人定居租界後才現身上海，但由於國人實難接受這種有傷風化的摟抱之舞，故交際舞於上海長期未獲推廣，至開埠六七十年後婦女地位提升、中西文化交流日趨深入，才漸有人開始推廣這種西方生活方式，如「1922 年起在上海的眾多小報上，有關交際舞的新聞已逐漸取代原先的妓院、戲院、書場和遊樂場成為市民耳熟能詳的東西」；又如「從 1925 年初起，兩江女子體育師範專科學校開闢大舞蹈室，請專家每週到校為學生指導高等交際舞一二小時」〔註66〕。學者安克強認為「舞廳是上海在向現代消費社會和休閒社會發展的過程中出現的一種娛樂場所。……中國的舞廳出現在第一次世界大戰結束之後，它們與美國的舞廳實際上是同時代的產物（只相差幾年）。最早的舞廳是由外國人開的，當時他們都住在這座城市的大旅館中，這些舞廳對顧客相當挑剔，並規定要穿非常正規的服裝。以後，中國人仿而效之，並接連獲得成功。到了 20 世紀 20 年代，這種時尚逐漸在中層社會流行，整座城市大約已有 10 家舞廳。舞廳之間展開了爭奪顧客的激烈競爭。20 世紀 30 年代，

〔註64〕滕固：《滕固小說全編》（上海：學林出版社，1997 年），頁 28。
〔註65〕滕固：《滕固小說全編》（上海：學林出版社，1997 年），頁 28～29。
〔註66〕馬軍：〈兩界三方管理下的上海舞廳業——以 1927 年至 1943 年為主要時段的考察〉。熊月之主編：《都市空間、社群與市民生活》（上海：上海社會科學院出版社，2008 年），頁 88。

舞廳的數量相對穩定，情況也有了好轉。」〔註67〕。

　　同時，安克強指出「中國的官員對舞廳始終不表示贊成。他們反對的與其說是跳舞（儘管他們認為西方的舞蹈是頹廢的），還不如說是這些地方所鼓勵的男女混雜。除此之外，他們還譴責舞廳會使中國的年輕人墮落，因為光顧這些場所的主要是年輕人。」〔註68〕。因此，在此時期小說作品中出現的舞廳場景多為表現年輕人墮落的一面、男女感情的稍縱即逝以及在燈紅酒綠下的糜爛生活。如顧明道《花萼恨》中出現舞廳的場面：

> 兩人到了上海，卻不至學校報到，先開了大東旅社住下。出去看戲跳舞，盡情地遊玩。有兩個同學聽說他們來了，都來旅社訪問，陪著他們到金迷紙醉的場所去追求狂歡。克家大跳而特跳在百樂門舞廳裡，和紅星李綺足足周旋了一夜，用去了一百多元。那李綺明眸皓齒，纖腰秀項，生得很是秀美。克家說伊容顏很像胡蝶，代伊起了一個別號，叫做賽胡蝶。次日又去要他伴舞。高其達也愛上了別一個舞女，胡帝胡天的尋樂。一連兩個黃昏，兩人共用去四百數十元。〔註69〕

　　小說刻意強調克家在舞廳的行為暗示他是個金玉其外敗絮其內的新式學生，顯示出作者的創作意圖。克家向母親謊報許多費用，誆得錢財後，自家鄉蘇州至上海求學，一到上海直接投身影院、舞廳狂歡，忘卻求學初衷，為何將看戲、跳舞當作是紙醉金迷的行為，忻平曾詳細考察二三十年代上海工資、物價與當時生活水準：

> 1921年沈雁冰在商務印書館工作僅四年，月薪已達百元。鄒韜奮是年聖約翰大學畢業後入上海紗布交易所任英文秘書，月薪120元。復旦大學各科職員40～60元，主任100元。1927年中小學教師月薪平均41.9元，郵務生28元，中英文打字元月薪也在20～100元間。對照20年代上海市民五口之家的消費水平已月需66月為中等，30元為中等以下檔次，……專業知識份子收入不菲，30年代上海報社編輯40～100元，主筆200～400元，講師160～260元，助

〔註67〕安克強著；袁燮銘、夏俊霞譯：《上海妓女——19～20世紀中國的賣淫與性》（上海：上海古籍出版社，2004年），頁114。

〔註68〕安克強著；袁燮銘、夏俊霞譯：《上海妓女——19～20世紀中國的賣淫與性》（上海：上海古籍出版社，2004年），頁115。

〔註69〕顧明道：《花萼恨》（上海：春明書店，1948年），頁21。

教100～160元。中學教師50～140元，小學教師約30～90元間。
〔註70〕

　　由忻平的研究結果可知，兩人連跳兩個晚上的舞幾乎花去一位大學教授一個月的薪水、或一個五口之家半年的生活花銷，莫怪乎於小說中顧明道不甚贊同這類紈褲子弟的荒唐行為，一到上海這個花花世界便被迷去心神忘乎所以，而舞廳也就是逸樂場所的代名詞。

　　如此忘憂令人沉迷的場所究竟是何模樣，劉吶鷗如是形容：「在這『探戈宮』裡的一切都在一種旋律的動搖中——男女的肢體，五彩的燈光和發亮的酒杯，紅綠的液體以及纖細的指頭，石榴色的嘴唇，發焰的眼光。」，這景象確實讓人目眩神迷眼花撩亂，而迷亂的不僅是目光還有心神，「中央一片光滑的地板反映著四周的椅桌和人們的錯雜的光景，使人覺得，好像入了魔宮一樣，心神都在一種魔力的勢力下」，「空氣裡瀰漫著酒精，汗汁和油脂的混合物，使人們都沉醉在高度的興奮中」，在充斥著眩目燈光、誘人酒精的氛圍下，上演著人生百態，「有露著牙哈哈大笑的半老漢，有用手臂做著嬌態唧唧地細談著的姑娘。那面，手托著腮，對著桌上的一瓶啤酒，老手著沉默的是一個獨身者。在這嬉嬉的人群中要找出佔據了靠窗的一只桌子的一對男女是不大容易的」〔註71〕，舞廳中的人們以逸樂享受麻痺著自己，或嬌嗔或沉溺或獨醒於紛亂的人世，於舞廳上演的種種世情中，傳統所稱道的、能夠讓人忘乎生死的男女戀情似乎並不存在。

　　穆時英於〈被當成消遣品的男子〉生動刻畫都會中如同遊戲似的戀情。主角「我」癡戀一女性蓉子，但蓉子有著許多的男性友人，主角「我」不過是其中一個陪他打發時間的男性友人，有時主角「我」不禁懷疑究竟是自己在狩獵蓉子，還是他不過是蓉子唾手可得的獵物之一，在蓉子若即若離的態度下，主角「我」和朋友去舞廳試圖偶遇蓉子，接連換了幾家舞廳，主角「我」失意地拿酒精和舞女麻痺自己的痛覺，正巧在舞廳撞見蓉子和她的男性友人們，主角「我」消沉地看著歡快周旋於眾男子間的蓉子不禁醜態百出，「我的腳踏在舞女的鞋上，不夠，還跟人碰了一下。我頹喪地坐在那兒，思量著應付的方法」，主角「我」無法可想，「蓉子就坐在離我們不遠的那桌上，背向著她，拿酒精麻醉著自己的感覺。我跳著頂快的步趾，在她前面親熱地吻著舞

〔註70〕忻平：《從上海發現歷史》（上海：上海人民出版社，1996年），頁320。
〔註71〕劉吶鷗：《劉吶鷗小說全編》（上海：學林出版社，1997年），頁1。

女。酒精炙紅了我的眼,我是沒了神經的人了。」〔註72〕,在蓉子面前,主角我節節敗退毫無招架反抗之力,蓉子身邊的男性友人嘲笑主角「我」的醜態,「我」一時克制不住打了那男子,為蓉子爭風吃醋的動手行為,讓蓉子更加厭惡主角「我」的不識時務。在舞廳上演的這一幕男女遊戲中的角力,主角「我」因付出真心、忘記遊戲規則而全面潰敗。

又如穆時英的〈上海的狐步舞〉,在舞廳跳舞時,兒子小德對姨娘劉顏蓉珠說「我愛你」,比利時珠寶掮客分別對電影明星殷芙蓉、姨娘劉顏蓉珠說「我愛你」,兒子小德對電影明星殷芙蓉說「我愛你」,跳舞的眾人隨著華爾滋的舞步交換舞伴,同時也交換訴愛的對象,人人空言說愛,一舞既終愛情也隨之消逝,這是多麼諷刺又真實的一幕。

穆時英〈夜總會裡的五個人〉更是赤裸裸上演著真實得令人齒冷的、血腥的人生百態,甚且用「令人齒冷」、「血腥」等情感色彩濃重的形容詞不足以描繪閱讀此篇小說後悚然而驚之感,小說中穆時英描繪同時出現在舞廳的陌生人,「五個從生活裡跌下來的人」此一標題不禁讓人生出疑問,主角們原本生活在天堂還是人間?跌下之後又會跌到哪兒去?地獄?如果「上海,是造在天堂上的地獄」,已身處在地獄的主角們還能跌落何處?投資失敗破產的胡均益、戀情受挫的鄭萍、以裝飾品抓住青春的黃黛茜、困惑於「存在」的季潔、無故遭到撤職的市府書記繆宗旦,這五個人的際遇可以是耳聞眼見甚至是發生在自己身上,胡均益以死亡解決自己人生的困境,餘下的四人呢?他們該怎麼解決自己的困境?這個疑問不也是你我時常生發的疑問,文末穆時英如是寫道:

> 一長串火車馳了過去,馳過去,馳過去,在悠長的鐵軌上,嘟的嘆了口氣。
>
> 遼遠的城市,遼遠的旅程啊!
>
> 大家太息了一下,慢慢兒的走著──走著,走著。前面是一條悠長的,寥落的路……
>
> 遼遠的城市,遼遠的旅程啊!〔註73〕

〔註72〕嚴家炎、李今編:《穆時英全集・第一卷》(北京:十月文藝出版社,2008年),頁251。

〔註73〕嚴家炎、李今編:《穆時英全集・第一卷》(北京:十月文藝出版社,2008年),頁287。

穆時英寫下的舞廳一幕，像是將時間凝結在照片裡，即使時隔將近百年，依然在你我身邊上演著，似乎正如文末所預言的，人類逃不開都會的魔掌，終將被都會這一巨獸所吞噬。

二、人物生活的刻劃

此時期的小說作家們不僅善於透過對於城市這一外部空間的描繪暗喻人物性格和故事走向，同時也精於藉由內心獨白、意識流等寫作技巧刻劃人物心理，尤其是人物內心慾望的噴湧與受阻。傳統儒家思想在講「慾」論「私」，都是在天理和人慾的論述系統裡開展的，任何慾望的滿足都必須以天理為依據；前期作家處理情與理的問題時，咸認為情在理之下，人的情慾必須服膺禮法，不合禮法的男女之情下場悽慘，藉此勸諫青年男女不要輕易嘗試；於此時期的作家們則直接拋棄禮法的束縛，臣服於情慾腳下。

學者劉濤在梳理現代小說理論史料時發現，「現代作家、理論批評家幾乎毫無例外地把現代小說的真正發生和現代小說現代性的確立定位於小說由『敘事』到『寫心』的重大史觀。在近現代的作家、學者那裡，小說的進化就是沿著由『敘事』到『寫人』、由『寫人』到『寫心』的軌跡開展著。」〔註74〕，如葉靈鳳把人物的內心生活作為小說的主要表達重心，施蟄存更進一步創作不以故事為主而專門描寫心理的小說。這類小說作品雖風格各異，但多在描寫生活於上海這個城市裡人們的各種不同生活面貌，諸如個人在都會裡的遭遇、都會生活對個人造成的情感壓抑、慾望橫流等等。

（一）都會際遇

作家王小逸和顧明道是當時相當受歡迎的報紙連載作家，他們的部份作品可以看做是都會生活指南。王小逸的撰稿生涯也頗具有話題性，他以筆名「捉刀人」每日為十餘家大小報紙寫小說，全盛時期同時為十家小報撰寫連載長篇小說，為省去送稿到編輯部的時間，乾脆直接在印刷所寫作，寫畢可即時付印，且每篇小說人物、情節從不混淆，據學者孟買臣不完全的統計，「除發單行本的小說不算，他共為35家小報，寫了近一百部連載小說」〔註75〕，可惜的是目前能夠收集到的小說篇目不多。

〔註74〕劉濤：《中國現代小說範疇論》（開封：河南大學出版社，2005年），頁80。
〔註75〕孟買臣：《中國近代小報史》（北京市，社會科學文獻出版社，2005年），頁214。

　　王小逸作品《春水微波》寫女學生丁慧因在貪婪的母親安排下，失身於富家子葉兆熊，成為葉的姨太太，後葉遭綁架不知生死了無音訊，葉家容不下丁慧因，機緣巧合之下丁慧因進入電影界，成為電影明星，繼而遭編導暗算，決意離開電影界，此時葉兆熊之父、丁慧因的前公公藉口探視，終遂扒灰心願，丁慧因回首一生，滿是社會醜惡，乃夜投黃浦江自盡。小說透過女主角丁慧因悲劇的一生「廣泛地反映了社會各階層的生活，富家的豪奢淫佚，電影界的腐化墮落，小市民的見利忘情，綁匪的橫行不法以及篾片、虔婆、狡婢的鬼域計倆，在小說中都得到相當的表現。」〔註76〕。同時針對人性慾望這一點展開各種描寫，「與丁慧因相關的一切，構成丁慧因人生道路上重重關卡的情節，均是『金錢欲』、『肉欲』使然，因此，小說的情節，實是種種金錢關係、性關係的演變。」〔註77〕，女性在慾望橫流、充滿惡意的都會中，毫無招架、反擊的能力，只能由人宰割。

　　作家顧明道先寫言情小說，後亦發表武俠小說，其言情小說感人之深，令讀者為之傾倒，甚至引得男性讀者寫信追求，由此事可窺知當年小說風靡的程度；近年由上海市作家協會和上海文學發展基金會編纂的大型叢書《海上文學百家文庫》便把顧明道和著名武俠小說作家平江不肖生編在一卷，顯見學界肯定顧明道對武俠小說的貢獻；時人王舜英讚其「誌武俠則有色有聲，寫社會則入情入理，記事則惟妙惟肖，言情則可泣可歌矣」〔註78〕，今人吳培華亦稱顧明道「言情小說可與張恨水、周瘦鵑諸大家匹敵，武俠小說可與『南向北趙』並論」〔註79〕，由這些評論可看出顧明道的多面向創作皆屬成功之作。

　　其作品《花萼恨》寫莊家兩兄弟的故事。莊家長子克繩生母早逝，父親另娶續絃，後母秦氏自有了親生子克家後，苛待客繩，讓他在自家商行打雜，不准他入學讀書，後母冷酷幼弟驕狂，備受冷落的克繩屢至鄰家尋求溫暖，進而與其女唐永樸相戀，永樸總在克繩意志消沉時鼓舞他，勸他不要放棄努力進修、為他謀畫出路，後遠赴香港胼手胝足共同奮鬥，終成殷實人家。

〔註76〕吳培華編《中國近現代通俗作家評傳叢書·四十年代方型刊物代表作家——王小逸》（南京：南京出版社，1994年），頁15。

〔註77〕吳培華編《中國近現代通俗作家評傳叢書·四十年代方型刊物代表作家——王小逸》（南京：南京出版社，1994年），頁16。

〔註78〕顧明道：《啼鵑續錄》（湖州：五洲書局，1922年），頁8。

〔註79〕徐斯年編校：《中國近現代通俗作家評傳叢書·民國武俠小說奠基人——平江不肖生》（南京：南京出版社，1994年），頁159。

　　弟弟克家是在錦衣玉食中長大的浮浪子弟，即長至上海讀書，常向母親索要金錢流連舞廳影院，並結識交際花尤麗蓮，同一時間母親卻為他訂下妻子，同樣是交際花的盧秀芝，克家欲享齊人之福，但二女不同意，加上克家的損友高其達從中插手，鬧了一場後，克家付出鉅款與秀芝離婚，秀芝與高其達同居；克家與尤麗蓮再婚後，兩人沉迷玩跑狗和回力球，克家又開貿易公司做投機生意，盜賣祖產也難填虧空，無法可想遂製造假鈔，不多時東窗事發克家鋃鐺入獄，妻子尤麗蓮也棄他而去，出獄後大病一場而亡，莊家敗落秦氏為謀生計，出去與人做僕婦，主人家竟是克繩一家，克繩不計前嫌收容後母秦氏，一家幸福快樂生活在一起。

　　《花萼恨》後母不待見前妻子的故事情節經常出現於傳統小說中並非特出，然顧明道結合傳統寫作模式和當時社會背景，深合市民讀者的胃口；文中顯露作者對上海此一都市並無好感，上海充斥誘惑與陷阱，使無自制力的克家至上海後變本加厲地學壞，此舉亦可看作是作者對讀者的提醒，在上海生活須得小心提防，展現小市民的都會謀生之道。

　　都會除了處處充滿陷阱之外，忙碌、快節奏的生活步調也成為都市生活的典型特徵，在現代都市生活之中人們被各式各樣的事務綑綁不得歇息，如劉吶鷗所描述的辦公室一景：

> 這些人的談話都不過五分鐘就完的，他們走了之後室裡便仍舊奏起被打斷了的緊張進行曲。從沒有人表示絲毫疲乏的神色，只把上半身釘住在台子上，拚命地幹著神經和筆尖的聯合作用。因為他們已經跟這怪物似的 C 大房子的近代空氣合化了，「忙」便是他們唯一的快樂。〔註80〕

　　當忙碌的生活榨乾人們的精力，伴隨而來的是疲倦、難以消除的疲倦，如穆時英〈黑牡丹〉中面露疲倦的舞女黑牡丹與「我」的對話：

> 跳完了那支曲子，她便拿了手提袋坐到我的桌上。
>
> 「那麼疲倦的樣子！」
>
> 「還有點兒感冒呢。」
>
> 「為什麼不在家裡休息一天呢？」
>
> 「卷在生活的激流裡，你知道的，喘過氣來的時候，已經沉到水底，

〔註80〕劉吶鷗：《劉吶鷗小說全編》（上海：學林出版社，1997 年），頁 75～76。

再也浮不起來了。」

「我們這代人是胃的奴隸，肢體的奴隸……都是叫生活壓扁的人啊！」〔註81〕

舞女黑牡丹即使身體再如何難受也無法順應身體反應好好休息，還得笑臉迎客，畢竟都會生存大不易。然而不是每個人都能夠在這樣快速高壓的都會生活撐下來，在此時期部份小說作品中著力描繪都市裡的失敗者、「被生活壓扁的人」，如穆時英的〈黑旋風〉裡女子拋棄粗工情人轉跟大學生談戀愛，〈咱們的世界〉裡為生活壓迫轉做海盜的李二爺，〈手指〉裡為生計去絲廠抽絲被燙爛手指而病死的溫順童養媳，〈偷麵包的麵包師〉裡每天製作成千上百的麵包卻吃不起麵包的麵包師傅，〈本埠新聞欄編輯室裡一札廢稿上的故事〉裡被舞客、舞廳經理、養母甚至整個社會壓迫的舞女林八妹，劉吶鷗〈流〉裡被老闆要求剝削工人的鏡秋，顧明道《奈何天》中幾次投稿拿不到稿費、面試被騙保證金的中下階層文人大我等等，這些人物都是被都市淘汰的人，若無千載難逢的翻身機緣，為娼為盜成為他們不被餓死的唯一選擇。

（二）都會心理

在充滿打擊頹喪、抑鬱不得志的現實生活中，人們的情緒得不到妥善的宣洩管道，面孔也逐漸扭曲變形，部份小說作品主角們即展現出城市中人怪異扭曲的心理和壓抑的性慾，甚至扭曲變形到了極致，藉由重新詮釋歷史人物、傳說故事表現現代人壓抑的潛意識，如施蟄存的〈石秀〉、〈鳩摩羅什〉、〈將軍的頭〉、〈阿襤公主〉等作品，除了石秀之外，其他的都是印度和尚或吐蕃大將等異國人，葉靈鳳的作品〈摩伽的試探〉、〈落雁〉、〈鳩綠媚〉也屬於此類小說。

於此時期傳統言情小說作品中才子佳人互贈詩文、兩心相許的言愛方式已然落伍，在都市講求快速的生活方式中談情也講求速效，劉吶鷗〈熱情之骨〉寫法國男子比也爾與心儀的花店老闆娘約會，情正濃時，老闆娘跟他開口要 500 塊錢，比也爾頓時對她感到失望，老闆娘來信解釋她是和家庭教師私奔的有錢小姐，丈夫在外謀職她孤身一人在上海開花店養女兒，雖她已為人妻子，但喜愛比也爾的心也是真實的，她拿真心換錢養家並不過份，這才

〔註81〕嚴家炎、李今編：《穆時英全集‧第一卷》（北京：十月文藝出版社，2008 年），頁 343。

是現代的戀愛方式，比也爾嚮往的寫信、漫步公園的傳統戀愛方式不再適用
於現代社會。

　　都會男女的約會應至劉吶鷗〈兩個時間的不感症者〉所提及的場所和其
所言方式進行。H 在賽馬場遇見一漂亮女子兩人約會後在馬路上散步，偶然
碰見女子待會的約會對象 T，三人結伴一起到跳舞場玩，過一會兒女子看了
看時間，便離開二人轉赴第三個人的約，把兩位男性丟在跳舞場四目相覷。
男女約會如同亂數隨機選擇在都市之中交會後旋即分開，談情方式亦是如此，
如劉吶鷗〈風景〉中男女主角在火車上偶遇後，即在火車暫時停靠的短暫片
刻熱烈交歡，隨後轉身奔赴各人的目的地，不須深入交談、沒有海誓山盟，
這樣稱不上談情說愛的相會，剩下的只有慾望，男女彼此都不需要認真，女
性對於男性而言，不過是發洩慾望的物品，不需要計較對方的家世、個性、
內涵等因素，甚至連姓名都不需要記憶；男性的地位亦類似於女性的玩物，
正如劉吶鷗〈遊戲〉、黑嬰〈不屬於一個男子的女人〉、穆時英〈被當作消遣品
的男子〉等小說作品中描述的，女性周遊於眾色男子之間，沒有誰能夠抓得
住她，男性只是用來打發時間的玩物罷了。

　　此時期的部份小說作品中，情慾成為男女之間相當重要甚或是唯一的要
素，男性將在生活中出現的所有女性都當作獵豔的目標，如滕固〈壁畫〉的
男主角崔太始、章克標《銀蛇》的男主角邵逸人把生活中出現的女性都當作
性慾的幻想對象；穆時英〈謝醫師的瘋症〉、〈白金的女體塑像〉、劉吶鷗〈方
程式〉等作品中的男主角選擇婚姻只為得到紓解慾望的合法管道。相較於男
性的慾望漫流，女性情慾也有隱隱冒出頭的趨勢，如葉靈鳳〈浴〉、穆時英〈聖
處女的感情〉等作品中的女主角都是年輕女性，因外在誘惑勾起己身的情慾；
章克標〈秋心〉、劉吶鷗〈殘留〉則揭露寡婦性慾不得滿足的苦悶。

　　作家張資平的多部小說則有較為一致的傾向，即表現男女情感的未得滿
足。張資平是一位多產的作家，由於其作品內容大量敘述男女之間的情慾氾
濫，且部份作品套用「戀愛＋革命」模式創作，在當時被貶抑為黃色小說，最
後因聲名狼藉以致退出文壇。張資平認為世俗人眼中的戀愛不過是性慾的先
兆，其最終目的還是在解決人類的性慾問題，但真正的愛情是神聖、崇高的，
是心靈與上帝接觸的表現方式，最純粹的愛情不該被現存任何一種制度或規
範所圍限，因此他刻意選擇以描寫慾望橫流和背德亂倫等情節來表現人們對
戀愛的誤解與為戀愛鬆綁。

　　若拋去從五四以來的刻板成見，按作者張資平本人的主張閱讀作品，不被作品中表象的滿紙慾望掩飾作者所欲表達的深意，可看出張資平的作品具有強烈的烏托邦意識，一個由純潔真摯的愛情建立的烏托邦，等而下之的性慾不等於愛情，唯有不摻任何雜質的愛情才是真實的，但烏托邦終究不存在於現實中，如〈約伯之淚〉中的男主角因心儀的女性嫁給他人，抑鬱咳血而亡；〈苔莉〉中男主角克歐亂倫與表嫂苔莉相戀，克歐出於自身利益考量，想拋棄苔莉另與劉小姐結婚，苔莉在與克歐自殺後留下的遺書寫著：「嚴格的說來，我實未嘗負人，實我所遇非人耳。男性的專愛在女性是比性命還要重要的。」〔註82〕，以生命痛陳堅貞愛情的可貴和不可得；〈她悵望著祖國的天野〉中的女主角秋兒，不幸被奸污，後淪落風塵，她愛上一個中國留學生 H，但H 只把她當成玩物，「H 愛秋兒是一時對秋兒求性的安慰，秋兒滿足了他底要求之後，他對她底愛，即時消滅了。」〔註83〕，H 不告而別，秋兒的愛情烏托邦轟然塌毀。

　　在張資平的小說裡有不少亂倫的情節，如上述所提《苔莉》；又如《上帝的兒女們》中男女主人公瑞英與阿昺份屬姐弟，沒有實質血緣關係成為他們亂倫的最佳藉口；《梅嶺之春》中童養媳保瑛愛上並懷了遠房親戚吉叔的孩子，最後被吉叔拋棄，帶著身孕和原來的丈夫成親，在眾人冷嘲熱諷下憔悴生活；〈性的屈服者〉中男主角吉軒愛上表妹馨兒，馨兒因被吉軒的哥哥強暴被迫嫁給他，後吉軒禮教不敵性慾的煎熬，仍與已是嫂嫂的馨兒發生肉體關係。

　　這些作品中多強調三點，一是女性的貞操，與張資平的其他作品傳達的概念相同，女性的價值建立在貞操之上，失去「處女美」的女主角將不再被珍惜、受男主角尊重，可任意玩弄拋棄；二是男女之間之所以越軌乃是不敵性吸引力之故，理智、道德都無法阻擋性慾的需索；三是雖女性勇於突破禮教束縛，男性卻懦弱膽怯屈服於禮教之下，故在結局部份男性多能逃脫因不倫造成的困局，甚至可以和其他身家背景出色的女性結婚，女性則須承擔引誘罵名、為亂倫付出代價，或一生悽慘或衰亡以終。彭小妍亦言，這些違背倫常、驚世駭俗的亂倫情節其實是張資平「用來抗議社會成規與傳統禮教的手段。有一點值得注意的是，通常是女性角色在對抗傳統的鬥爭裡，顯得更

〔註82〕孫志軍選編：《張資平作品精選》（武漢：長江藝文出版社，2003 年），頁 369。
〔註83〕孫志軍選編：《張資平作品精選》（武漢：長江藝文出版社，2003 年），頁 30。

為激烈。男性角色也許一時有反抗，不過後來卻又向社會規範認罪或妥協。」
〔註84〕。

　　除直抒情慾的作品外，透過魔幻事件書寫、重新詮釋歷史、傳說人物以
呈現都會人扭曲心理的作品如施蟄存的〈魔道〉，文中描繪身處現實的主角
「我」坐在前往×州的火車上，在火車上看見一位老婦人，由這位恐怖的老
婦人作為觸發點進入想像的空間，「我」懷疑在火車上對座的老婦人是神秘的
妖怪、魔鬼之流，「我」以內心獨白的方式陳述對老婦的懷疑，引起「我」的
懷疑的原因是她喝的是白水不是茶，因為喝茶會破了她的妖法，同時開始想
像老婦究竟是何種妖怪、透過觀察她的一舉一動猜測她會使什麼妖法，她是
騎著掃帚、捕捉小孩的西洋妖怪老婦還是《聊齋誌異》中在月下噴水的黃臉
老婦？她乾枯的手是在畫符咒還是能夠脫離臂腕攫取人的靈魂？她坐在我對
面的位置是想伺機害我嗎？在「我」陷入重重幻想時，忽又覺醒：

> 但是她沒有什麼動靜。她完全是一個衰老於生活的婦人，從什麼地
> 方我剛才竟看出她是個妖婦呢？這分明是一重笑話！我鬧了笑話
> 了。如果我曾經罵了她，或是把她交代給車上的憲兵，那一定會就
> 此鑄成一個辯解不清的醜聞了。好，算了罷，因雲密佈的時候所給
> 予人的恐怖，在太陽出來之後，立刻會消滅了的。而剛才是一定有
> 烏雲降在我的神經裡，所以這樣地誤會了。降在神經的烏雲！這太
> 詩意的了，我應當說說明白。這叫什麼？……也許我的錯覺太深了，
> 不，似乎應當說幻覺，太壞了！〔註85〕

　　心念一轉，「我」突然回到現實，對自己誤會面前老婦一事窘然發笑，又
慶幸自己沒將此事張揚出來，徒然鬧出笑話。但此時老婦又做出幾次換方向
喝水的動作，老婦的行為再一次令「我」重又陷入懷疑的幻想中，這個幻想
並沒有因為場景變換有所改變，當場景從火車上轉換到朋友陳君家中，「我」
懷疑老婦藏在窗外竹林窺視他，陳君夫婦卻只看到玻璃窗上的黑點；「我」到
附近樹林散步，將在林裡工作的農婦錯看成老妖婦，甚至是陳君的夫人也變
成老婦的化身，「我」在老婦的引誘下，幻想自己突破禁忌對陳君夫人做出不
軌的行為，即使逃難似的離開陳君家跑回上海，戲院裡的客人、咖啡廳裡的

〔註84〕彭小妍：《海上說情慾：從張資平到劉吶鷗》（台北：中央研究院中國文哲研
　　　　究所，2001 年），頁 33。
〔註85〕施蟄存：《十年創作集》（上海：華東師範大學出版社，2008 年），頁 160。

仕女全變成身著黑衣的老婦，因為老婦，「我」沉溺在自己的幻想之中，分不清身處真實或是虛幻，直到我回到自己寓所，在現實中，侍役送來一封電報，說是「我」的三歲女兒去世，看完電報「我俯伏在欄杆上，在那對街的綠色的煤氣燈下，使我毛髮直豎的，我看見一個黑衣裳的老婦人孤獨地踅進小巷裡去。」〔註86〕，李歐梵認為這個故事的結尾「從寫實小說的立場來說，這是不合情理的，然而它的不合情理性，恰足證明另一個世界的『真實』」〔註87〕，女兒去世和踅進小巷的老婦哪一個才是現實，對於故事中的「我」而言，現實和虛幻已然交錯不分，作者施蟄存便是藉由這位集合恐怖和超自然神秘因素的老婦，表現主角「我」壓抑的不正常慾念。

施蟄存的〈將軍的頭〉敘述唐朝將軍花驚定的故事。小說一開始先言現實情況，在巴蜀亂山中行軍的將軍花驚定奉令出征吐蕃，再由花將軍的回憶敘述出征原由和對此次戰役的質疑，原來在上一場戰役中雖建立彪炳戰功的花將軍，因部下滋擾百姓，掠奪百姓姦淫婦女，使得花將軍受到皇帝懲罰，令他將功贖罪徵剿寇邊的吐蕃黨項諸國的軍隊；花將軍是移居成都的吐蕃後代，對於管轄部下的貪婪、性慾感到束手無策，因此更無限神往祖父口中驍勇正直的吐蕃武士，同時對於自己必須代表唐朝攻打自己的母族產生懷疑：上司知道我有吐蕃血統嗎？吐蕃族人會將我視為叛徒嗎？我該為唐朝還是吐蕃征戰沙場？「『總之，戰爭，尤其是兩個不同的種族對抗著的，是要受詛咒的！』將軍這樣想著了。」〔註88〕。

現實中，心中鬱鬱的花將軍來到駐紮地，一個西陲交通要道上位置重要的小鎮，剛到此地，麾下兵士意欲侵犯當地年輕女子被抓個正著，將軍砍下兵士首級，兵士的臉卻不斷在將軍腦海中盤旋，花將軍認為心緒紛亂是因為那位當地年輕女子所致：

> 只是將軍生長到現在已經三十四歲了，自己也曾大大小小地經過了好幾百次的戰爭，巴蜀的人誰都曉得將軍是個嚴正的英雄，而將軍自己也每天都自負是一個頂天立地的剛正的男子，像戀愛這種事情，一向被將軍認為是一個人在平靜的生活中自棄地去追尋著的煩惱。

〔註86〕施蟄存：《十年創作集》（上海：華東師範大學出版社，2008年），頁168。

〔註87〕李歐梵：《現代性的追求》（北京：生活・讀書・新知三聯書店，2000年），頁115。

〔註88〕施蟄存：《十年創作集》（上海：華東師範大學出版社，2008年），頁90。

　　……將軍的戀愛不遲不早地偏在這個時候發生了。將軍不是對於祖
　　國忽然感覺到了熱烈的戀慕嗎？而現在，正當要想投奔到吐蕃去的
　　時候，卻愛戀了一個大唐的少女，這是不是可能的事呢？將軍在躍
　　下躊躇著這個麻煩的問題。這兩種意欲是不是可以並行不悖地都實
　　現了的呢？帶了大唐的少女回到吐蕃去嗎？不，不啊，這是絕對不
　　可能的。〔註89〕

　　慾念奔馳中，花將軍感覺彷彿侵犯年輕女子的是自己而不是被斬首的兵
士。現實裡的花將軍不由自主地跑去年輕女子門前與她攀談，問她如果還有
人意圖侵犯她呢？女子回答那人會被自己的哥哥或將軍斬首，由女子的回答
暗示花將軍的結局。正當將軍的部下認為將軍怯戰不敢攻打吐蕃、而想洗劫
小鎮時，吐蕃軍隊進攻小鎮，戰鬥中花將軍和敵軍將領的頭分別被對方砍下
來，花將軍的身體因為擔憂女子無人保護，騎著馬飛馳回鎮上，他好似聽見
女子道破他已被砍頭的真相：

　　將軍想起了關於頭的讖語，對照著她現在的這樣漠然的調侃態度，
　　將軍突然感到一陣空虛了。將軍的手向空間抓著，隨即就倒了下
　　來。

　　這時候，將軍手裡的吐蕃人的頭露出了笑容。

　　同時，在遠處，倒在地下的吐蕃人提著的將軍的頭，卻流著眼淚了。
　　〔註90〕

　　花將軍幾次在現實和心理意識之間徘徊，最後在現實中被砍頭失去性命，
無頭的身體卻能超越現實地回來找愛慕的唐朝女子，李歐梵認為「花將軍和
另一個吐蕃武士交鋒，其實也可以說是和他心中的另一個自我決戰」，最後砍
頭一節「是一個極端荒謬的形象，也充滿寓意」，「將軍本是吐蕃血統，卻愛
上了一個大唐少女，祖國和異邦又在他的內心交戰，這個文化認同的危機在
故事的關鍵時刻卻演變成意志和愛慾的鬥爭。所以當他的頭被砍下來以後，
意志和理性消失了，但愛慾卻充斥於他的身體」，女子的調侃成為壓垮將軍的
最後一根稻草，他的慾望終於被閹割，這個結局的安排，「把讀者從現實帶向
荒謬，從而對現實的世界產生懷疑；非但懷疑，而且更被另一個世界所魅惑」，

〔註89〕施蟄存：《十年創作集》（上海：華東師範大學出版社，2008 年），頁 94～95。
〔註90〕施蟄存：《十年創作集》（上海：華東師範大學出版社，2008 年），101。

使讀者難以區分現實和虛幻,從而表現「對於現實文明的不滿」〔註91〕。

此時期的作家們藉由對都市空間的描繪,表達在都市人生活快速、虛無的一面,連感情都是一場倏忽即過的遊戲;同時運用心理分析理論,揭露都會人壓抑又不得滿足的慾望;作家張資平透過大量的性慾描寫暗喻純粹愛情的烏托邦;作家王小逸、顧明道書寫市民階層可能遭遇或耳聞眼見的日常,可說是市民生活寫真或指南,小說作品的內容從外部空間和人物心理等不同角度展現出上海這一都會的特殊風情。

第五節　社會文化語境

1925 年至 1937 年時期的上海與世界連結更為緊密,娛樂方式和風氣也更勝前期。上海自開埠以來洋風熾盛,充滿新奇的景象,跳舞聽、咖啡館、電影院、跑馬場、賭場、百貨公司和高等妓院等等,周天籟紀錄上海市井風情的散文集《愜意愜意集》中以若干篇幅記錄當時上海熱火朝天的飯店、劇場,如「沙龍影片公司」董事長馬公壽留學美國,在好萊塢專攻電影,希望回國後拍的第一部片一鳴驚人,片子內容「有『大堆頭歌舞』,六十位肉彈新星,全身真空裝出場,花團錦簇,蔚為奇觀,保證目不暇給,壓倒任何歌舞團」,「『梁山一百零八將』,全體技擊飛人,不流血打鬥」等等,片子完成後二十家電影院同時公映,一時佳評如潮,影院車水馬龍,家家連滿。

另如〈四海樓與第一樓〉中提及二間飯店老闆是對反目的昆仲,弟弟夏海定於孔雀路鬧區開設咖哩牛肉麵館「四海樓」大受歡迎,哥哥夏海強為與弟弟鬥法,開設性質相同的「第一樓」,並於開幕日「請第一流電影明星剪彩,各報刊登大廣告,以『印度咖哩大師主廚』為號召。全體美麗女侍應生竭誠招待」〔註92〕,這種宣傳手法大大炒熱氣氛,且與今日一般無二,可想見當時上海的熱鬧繁華。

新潮人物於這些熱鬧場合之中活躍飛揚,施蟄存回憶 1928 年暑假和劉吶鷗、戴望舒同住上海虹口小洋房的那段時光:「每天上午,大家都耽在屋裡,聊天,看書,各人寫文章,譯書。午飯後,睡一覺。三點鐘,到虹口游泳池去

〔註91〕李歐梵:《現代性的追求》(北京:生活‧讀書‧新知三聯書店,2000 年),頁155～156。

〔註92〕周天籟:《浪漫浪漫集》(上海:文匯出版社,2008 年),頁 208～210。

游泳。在四川路底一家日本人開的店裡飲冰。回家晚餐。晚飯後，到北四川路一帶看電影，或跳舞。一般總是先看七點鐘一場的電影，看過電影，再進舞場玩到半夜才回家。這就是當時一天的生活。」〔註93〕。又如 1930 年身在北京的徐霞村寫給戴望舒的信中提道：「老劉說話的時候仍舊常說他的Erorique 嗎？老施還是整天跑他的松江嗎？在書店的樓上，老戴還是唱著 MyBlue Heaven，跳著他的 Blues 嗎？」〔註94〕，藉由施蟄存的自述和徐霞村的書信勾畫出這些上海洋場文人的作息，自起居至思想無不脫西洋作派。

商業氣息濃厚的上海不同於傳統安土重遷的農業社會，哪裡有商機便往哪裡跑，如周天籟描述某商界人士黃大任歷年來為生計奔波，自壯年始至半百，二十年來「工作地點由香港，而新加坡、馬來西亞、越南、金邊、泰國、南韓、日本、沖繩島。在五十六歲八月又抵台北。調任奔走，不下十個國家和地區」〔註95〕，由黃大任的工作經歷可知，他的足跡遍布亞洲各地，比之現代商業人士不遑多讓，四處遊走的生活，使這些都會人士比之農業社會的人們閱歷更豐富、眼界更加開濶。

而此時期的文人們亦是如此，靜時窩居上海寫作、教學，動時大江南北、滿世界地跑，如 1932 年施蟄存寫信問候遠居在外的摯友戴望舒，關懷其從西貢至巴黎後的生活、經濟情況；1933 年戴望舒想轉往西班牙詢問施蟄存意見，施蟄存委婉勸告此舉不妥，後戴望舒打消去西班牙的念頭，轉而想回國，施蟄存依舊不贊同，並言友人浦江清將乘船赴義大利，途經法國與英國，屆時會去探望他，勸其安心在巴黎求學。〔註96〕由此三信可知戴望舒在不到兩年內從中國到巴黎後又想去西班牙、或回國，行跡繞了地球大半圈，友人浦江清亦復如此。慣常在各地闖蕩、眼界大開的人們，相對來說較易接受與己不同的外來思想，兼以作家們身處歐洲、浸淫其中，故而此時期作品較前期作品充斥更多西方元素，同時作家們也以這些西方元素為尚。

於此時期許多出版機構、文學刊物和大批精英知識份子匯集上海，使上海和北京並列成為全國文學重地，一時風雲湧動，鴛鴦蝴蝶派的小說持久不衰，上海圖畫美術學校校長劉海粟的「全裸模特」一事鬧得滿城風雨，「性學

〔註93〕施蟄存：《沙上的腳跡》（瀋陽：遼寧教育出版社，1995 年），頁 12。
〔註94〕孔另境編：《現代作家書簡》（上海：生活書店，1936 年），頁 151
〔註95〕周天籟：《逍遙逍遙集》（上海：文匯出版社，2008 年），頁 222。
〔註96〕施蟄存：《沙上的腳跡》（瀋陽：遼寧教育出版社，1995 年），頁 105～119。

博士」張競生提倡性教育、主張「情人制」轟動四方，如此前衛開放的風氣，非上海這一特殊城市無法產生。

從作家的知識背景來看，1925 年至 1937 年時期的作家群已非傳統社會中的士人，而是現代新式知識份子，他們或多或少與西方文化有直接或間接的接觸，且作家們多以某個報刊或雜誌為中心，形成一文學主張、生活習性相近的群體。傳統中國社會是以士大夫階級為中心的「四民社會」，士、農、工、商等社會階級透過科舉流動，形成以儒家價值思想為主的穩定社會。然 1905 年科舉制度廢除，大批以科舉為生的士人舉子出路遭阻斷，自來安身立命的社會文化制度崩解，除走傳統塾師一途外，更多的讀書人湧入城市，投身相對新興的行業諸如買辦、商人、幕僚、學堂教師、記者、編輯、職業作家等職業，以販售自己的文采、智識為生，如報人出身的王韜、買辦出身的鄭觀應和幕府出身的薛福成，都是在新型社會適應良好且成功的例子。這些在都市生活的讀書人，「雖然成為了職業各不相同的游士，但他們並非互相隔絕的一盤散沙，而是有著一個緊密聯繫的社會網絡」，學者許紀霖稱這個社會網絡為「知識份子社會（intellectuals society）」〔註97〕。

學者余英時認為傳統的士和新式知識份子的有三個差異：一是產生年代，士在 1905 年之前產生，新式知識份子則在 1905 年之後；二是產生途徑：士透過科舉產生，新式知識份子透過新式學校和東西洋遊學產生；三是社會地位，士在社會上有固定地位，且地位較農、工、商階級高，新式知識份子的社會地位是自由浮動的。〔註98〕這些在都市努力求生存的新式知識份子過著有別於傳統士人的生活，傳統士人以血緣、地緣、學緣為中心，重視宗法家族的血緣關係、鄉里的地域關係以及同門或同年的學緣關係；而新式知識份子的公共網絡，許紀霖認為是學校、社團與傳媒，學校使知識份子獨立成為可能，獨立於王權之外又游離於社會之外，透過社團可實現知識份子的組織化和社會化，公共傳媒（報紙）則能發揮輿論影響力，達到引領輿論風向的作用。〔註99〕

1905 年科舉廢除後，學校取代科舉成為培養知識份子的機構，「社會逐漸

〔註97〕許紀霖：《啟蒙如何起死回生：現代中國知識份子的思想困境》（北京：北京大學出版社，2011 年），頁 6。
〔註98〕余英時：《中國文化的重建》（北京：中信出版社，2011 年），頁 34～35。
〔註99〕許紀霖：《啟蒙如何起死回生：現代中國知識份子的思想困境》（北京：北京大學出版社，2011 年），頁 11～25。

形成了一些非制度性的共識，將海外留學生和國內名牌大學出身的，視為上流菁英」、「學校的文憑，特別是海外留學獲得的洋文憑，替代了科舉的功名，成為通向政治、文化和社會各種菁英身份的規範途徑」，這些出身學校的新型知識份子，和傳統重視同鄉、同宗的士人相較，「校友更有一種內在的凝聚力，共同的師長關係、共享的校園文化和人格教育，使得校友之間有著更多的共同語言和感情認同。雖然傳統的血緣和地緣關係內在地鑲嵌在現代學統關係之中，然而到 1920～1930 年間，一個以現代學統為中心的等級性菁英網絡基本形成」〔註100〕，如施蟄存、劉吶鷗、穆時英、滕固……等作家便屬於此類菁英知識份子。

此時期的作家群和前期作家群不同，前期作家群多透過翻譯接觸西方文化，他們則幾乎都有學習外語或留學經驗，學習外語者如穆時英自幼隨父到上海求學，畢業於光華大學西洋文學系；施蟄存出生杭州，1922 年考入美國長老會在杭州開辦的之江大學，隔年轉入上海震旦大學法文特別班，和劉吶鷗是同學。留學者如張資平畢業於東京帝國大學地質系；章克標初官費赴日留學、後考入日本京都帝國大學攻讀數學；劉吶鷗是臺南望族子弟，十六歲離開臺南到日本東京求學，1925 年從東京畢業到上海震旦大學插讀法文特別班；滕固是上海人，早年畢業於上海美術專科學校，留學日本，攻讀文學和藝術史碩士學位，1929 年又赴德國柏林大學留學，獲美術史學博士學位。

直接吸收西方文化的他們，生活和思想相當西化，如施蟄存回憶起劉吶鷗的文藝嗜好：「劉燦波喜歡文學和電影。文學方面，他喜歡的是『新興文學』、『尖端文學』。新興文學是指十月革命以後興起的蘇聯文學。尖端文學的意義似乎廣一點，除了蘇聯文學之外，還有新流派的資產階級文學。他高興談歷史唯物主義文藝理論，也高興談佛洛伊德的性心理文藝分析。看電影，就談德美蘇三國電影導演的新手法。總之，在當時日本流行的文學風尚，他每天都會滔滔不絕地談一陣，我和望舒當然受了他不少影響。」〔註101〕，這些作家作品中深受西方文藝思潮影響是可以想見的，舉如葉靈鳳受佛洛伊德心理分析影響，探討人內心深處的慾望和意識流動；劉吶鷗受自法國傳入日本的新感覺派影響，表現人的無意識慾望，以及物慾和情慾造成的人性扭曲。

〔註100〕許紀霖：《啟蒙如何起死回生：現代中國知識份子的思想困境》（北京：北京大學出版社，2011 年），頁 12～14。
〔註101〕施蟄存：《沙上的腳跡》（瀋陽：遼寧教育出版社，1995 年），頁 13。

　　這些教育背景、文學主張相近的文人們透過報刊或雜誌做為媒介，將他們連結成為某一文學團體，如許紀霖認為在上海的左聯知識份子是居無定所的漂泊者，「開明書店派」知識份子是根植上海社會的文化移民。〔註102〕二、三十年代到上海的左聯知識份子是一群受新式學校教育、20～30歲的年輕知識份子，到上海後成為無根的異鄉人，由學緣和地緣建立交往群體，以從事文藝創作為職業首選，或透過名人如魯迅推薦提高聲望，或透過書局、創辦刊物、報紙副刊發表作品擴大市場，舉如二十年代初期成立的創造社，由郭沫若、成仿吾、郁達夫、田漢、鄭伯奇、逢乃超、張資平、穆木天、王獨清等人創立，成員幾乎具有留日背景且熱愛文學，後在上海成立創造社、創辦同人刊物《創造》，不僅可以吸引更多文學主張相仿的同好亦可擴大在文壇上的影響力，如倪貽德、滕固、葉靈鳳、周全平、潘漢年、朱鏡我、彭康等人皆是後來陸續吸納的同好，但眾口難調，文學主張、行事作風易出現分歧，如張資平後來便離開創造社另開樂群書店。

　　「開明書店派」是以葉聖陶個人的人際關係為主軸開展的一個文學群體。1930年底葉聖陶應章錫琛之邀，擔任開明書店的編輯，於此之前開明書店已聚集一群葉聖陶「白馬湖作家群」的朋友，「白馬湖作家群」的成員都是白馬湖畔春暉中學教過書的江浙同鄉，如夏丏尊、豐子愷、朱自清、朱光潛等人，彼此朝夕相處，學藝上互相切磋、性情上互相薰陶，奠定良好而深摯的友誼，葉聖陶雖未於春暉中學任教，但和他們是好友。後因學校掀波，春暉中學眾人轉到立達學園任教，葉聖陶於立達學園的其他同事如陳望道、劉大白、趙景深、章克標、白采、陳之佛等人也不斷進入開明書店，如章克標在開明書店主編當時影響廣泛的開明數學教科書和《開明文學詞典》。這些人多是浙江籍、具有同窗或同事情誼，有著相似的經歷和身份，家境貧寒、學歷不高，來到上海主要謀求養家餬口的職業，這些年過三十已有家室的異鄉人，深知上海謀生不易，故多工作嚴謹認真、性情平和穩重，周楞伽於〈文壇滄桑錄〉一文中稱讚開明一派的文人們作風可敬，「練達世故人情，以沉著態度，從本位努力，對藝術，對文化，具有貢獻」〔註103〕，他們在上海奮鬥之餘，亦關心民族社會的發展，在國家遭受危難時，發揮影響力參與抗日活動。

〔註102〕許紀霖等：《近代中國知識份子的公共交往（1895～1949）》（上海：上海人民出版社，2008年4月），頁220、248。

〔註103〕周楞伽：《傷逝與談往》（哈爾濱：黑龍江人民出版社，1998年），頁247。

　　雖未公開結社，學者金理仍將施蟄存、戴望舒、杜衡以及劉吶鷗等文學主張相近的文人視為同一文學社團，並視施蟄存為這個社團的核心人物。〔註104〕施蟄存在之江大學讀書時，因為共同的文學愛好，結識戴望舒、杜衡、張天翼、葉秋原等人，組成文學社團「蘭社」、創辦《蘭友》句刊，但只是個學生團體，社團和刊物對當時文壇影響不大。經過「瓔珞社」、「文學工場」等社團，創辦「第一線書店」後改為「水沫書店」，推出《無軌列車》、《新文藝》等刊物種種文藝活動，直至1932年5月出版《現代》雜誌，以施蟄存為主編，戴望舒、杜衡、劉吶鷗、穆時英為主要撰稿人，達到他們文學事業的巔峰。以施蟄存為主的這個文學團體，自始至終核心人員大體不變，且文學立場相近，帶有明顯的商業化和都市消費文化的印跡，商業化傾向養成文學職業化意識，使作家能夠安守於寫作、出版的位置上，不輕易陷入論爭、筆戰；而都市消費文化下的日常生活則深深影響作家的創作，如劉吶鷗、穆時英筆下流瀉的滿是上海的都市娛樂生活。

　　並不是每一位知識份子都能如劉吶鷗、滕固般有雄厚的背景和財力能夠到國外留學，更多是如開明書店派人大部份只受過中等教育。傳統社會的士經由科舉獲得舉人、秀才或進士之名，更甚者走上仕途光耀門楣，其功名在身不僅可獲得減免賦稅、繇役等優待，亦可嘉惠家族鄰里，故傳統社會多是傾家族之力來培養士子；但新式知識份子並無如過去的士人有種種優待，進學也非仕途的保證，因此知識份子多由己身家庭獨力培養，其負擔之重即使至今日也非人人能夠出國留學。

　　這些粗通文墨或能識文斷字卻又達不到菁英知識份子層級的讀書人，無論在學校期間或出社會擔任職員、行員、教員等等不同職業都是潛在的讀者，而這個閱讀市場十分龐大，正如學者何旭瑞所言：「不論通俗小說還是嚴肅小說，都要通過雜誌和報紙進行傳播，在當時基本是城市人和新式學校學生的專屬讀物。由是導致了一個非常令人沮喪的結果：被後世認為傑出時代裡的偉大人物們的著作，只在知識份子圈內流行，相較於中國龐大的人口基數而言，這是一個很小的範圍。事實上，這些現代藝術並沒有在小市民群體中流行，更不用說廣大的農民了。」〔註105〕，何旭瑞所說的嚴肅小說是指新文學

〔註104〕金理：《從蘭社到〈現代〉》（上海：東方出版中心，2006年5月），頁10。
〔註105〕騰訊文化編著：《知識份子與中國社會》（北京：中信出版社，2014年），頁165。

作家作品，嚴肅小說和通俗小說就像是天平的兩端，此時期的小說作品恰恰介於兩端之間，施蟄存、劉吶鷗、穆時英、騰固等作家的作品較傾向文學革命所創造的現代文學作品，王小逸、顧明道、秦瘦鷗等作家向來被目為大眾市民作家，張資平、葉靈鳳則介於二者之間。

　　天平之所以偏向大眾文學乃是文學商業化之故，大眾市民作品不消說自是以市民閱讀口味為主的商業導向；張資平、葉靈鳳從創造社走向大眾，仍帶點新文學的氣息，卻也沾染了世俗煙火，吳福輝便形容張資平是商人型作家，「一個人臃臃腫腫，留過東洋，一身西服穿得不挺，喜歡嘮叨什麼『家累』、『妻室之累』，似乎他是一架掙錢養家的機器。他大批生產△戀愛小說時，人稱其為『小說商』。」〔註106〕；即如施蟄存亦於寫給戴望舒的信件中道：「洪雪帆至今還主張一部稿子拿到手，先問題名，故你以後如有譯稿應將題名改好，如『相思』『戀愛』等字最好也。」〔註107〕，建議戴望舒為吸引讀者目光增加銷量，可將譯書更改成讀者喜愛的書名，正如吳福輝所言「海派小說本身既是現代消費文化的一份子，同時，他又牢牢地根植於上海消費文化的大背景中」〔註108〕，海派小說反映了都市商業化的一面，同時它本身也是商業化中的一個環節，因此文學創作可兼具雅與俗或直接表現大眾化審美情趣。

　　不論嚴肅或通俗或介於其間的文學，只要有讀者願意接受，都可在上海暢行無阻，這種以商業化為導向的文學風氣使上海能夠同時兼容各類不同文學，形成一種多聲競唱的態勢，學者忻平認為這種「多元化」的社會面貌是上海走向現代化社會的表現，「現代化是以解放人性、張揚個性為特徵的，新的以法理為準繩、以財富為目標、以社會地位為劃分標準的社會大分化，使得整個社會在『四民』結構解體之後，出現了新的以社會、階層、階級為基礎的無數多元的社會群體與地位、利益、職業、生活各異的社會成員，由此必然導出不同的文化需求與審美情趣。」〔註109〕，不同階級、不同生活背景的

〔註106〕吳福輝：《都市漩流中的海派小說》（長沙：湖南教育出版社，1995年），頁104。

〔註107〕吳福輝：《都市漩流中的海派小說》（長沙：湖南教育出版社，1995年），頁105。

〔註108〕吳福輝：《都市漩流中的海派小說》（長沙：湖南教育出版社，1995年），頁1。

〔註109〕許紀霖等：《近代中國知識份子的公共交往（1895～1949）》（上海：上海人民出版社，2008年4月），頁444。

人們喜愛的藝文形式自有差異，而在上海這一多元社會，亦有滿足他們文化需求的相應作品出現。

　　這種多元並存的社會型態其實其來有自，上海本一荒涼的不毛之地，於清朝才漸有人居，眾多外來人口移入上海時自會移植其母地文化，由此上海對內融會中國各地如江浙、湘楚、齊魯、閩粵等四方文化，後成為租界，上海亦對外吸收西方諸國文化，不僅是文學，幾乎所有文化領域都展現多元並存的局面，如忻平所言「受過高等教育的人在欣賞話劇的同時，也常常去聽聽家鄉戲，重新感受一下久違的家鄉文化的溫馨氣息」〔註 110〕。

　　學者范伯群認為這類作品「從文學的角度而言，他們對現代中國的最大貢獻是善於寫『都市鄉土小說』。……他們能將中國的大都會的民間民俗生活，包括這些城市發展的沿革和地方性，和盤托於讀者之前。這些是新文學界寫鄉土小說的作家所不熟悉的生活。」〔註 111〕。一般認為的鄉土小說，主要內容是描寫與小城鎮或鄉村有關的人事和生活，都市市民生活情狀是不受當時新文學作家們所重視的，在中國近現代文學中不乏描寫都會的文學作品，如文學家茅盾寫下以都市生活為題材的《子夜》，「抓住了現代都市上海的敏感神經，但作家的寫作意圖卻主要以社會學的眼光，對現代中國社會性質進行探討，現代上海，只是他的社會性質探討與表達的背景，他並沒把關注的重點放在現代都市以及現代都市人的生存處境上」〔註 112〕，然此時期的海派小說作品中卻多有展現，它們深入肌理地描繪出都市市民的心理與生活，紀錄十里洋場靡亂生活的片段，挖掘都市人幽暗深微的內心世界，以及道出在錢、權之下道德與情感的渺小，多元的創作手法表現都會主題，使此時期的海派小說作品如繁花爭放。

　　將此時期的微觀結構、超結構、宏觀結構以及社會文化語境等部份綜合觀之，可以看出此時期西方文化勢力瀰漫文壇，於微觀結構中傳統漢語語法縮減使用範圍，歐化語法比例增高，甚至出現多語並存的混語書寫形式；於超結構中，既承襲傳統結構模型，也發展出以西方文學手法表現的新式結構模型；於宏觀結構中主要反映人們的都市生活和對都市的看法，無論適應或

〔註 110〕忻平：《從上海發現歷史》（上海：上海人民出版社，1996 年），頁 445。
〔註 111〕范伯群：《中國市民大眾文學百年回眸》（南京：江蘇教育出版社，2014 年 6 月），頁 47。
〔註 112〕胡希東：《現代主義的都市寫作研究：新感覺派之文化精神》（北京：中國文史出版社，2005 年），頁 11。

不適應都會生活都離不開咖啡廳、電影院和跳舞場這些空間；於社會文化語境中則說明形成上述現象的背景，在現代都會的時空下，吸收西方文化的文人們形成新式知識份子群體，過著摩登的生活，透過這四種不同角度觀察此時期的小說文學話語，即可使此時期文學話語的發展更加脈絡分明。

第五章　1937年至1949年海派小說的文學話語

第一節　1937年至1949年的語言情況

　　1937年對日抗戰爆發，其時舉全國軍民之力投入戰爭，加上戰爭時期物資緊缺，對藝文活動的關注較前二期相對來得少，就全國而言，除湧現許多鼓舞民心的抗戰作品外，主要的討論圍繞在因抗戰引發藝文界對於「民族形式」的看法，此討論是前期文藝大眾化在戰爭背景下的進一步推展，主要針對兩個方面的問題，一是對日抗戰引發關於文學形式的討論，在這場討論中沈從文、朱光潛、梁實秋、施蟄存等作家則對文學內容方面提出藝術應以自由為目的、反對過於教條式內容的主張；二是對於新文學運動的反思，然而這個討論卻難以深入籠罩在日軍勢力範圍之下的上海。在實際的文學語言表現上，海派作家小說作品的語言形式呈現中西古今融合、已有現代漢語語言系統的雛型。

一、語言使用的相關討論

　　1937年蘆溝橋事變掀起全面對日抗戰，先是提出「文藝無用論」，後認為文藝是教育大眾抗戰的最佳工具，因此主張在外侮之前，內鬥或緩解或暫且擱置，同心協力對抗外來威脅，如藝文界為因應此險峻情勢跨越流派、文學或政治主張的鴻溝，1938年在武漢成立《中華全國文藝界抗敵協會》，試圖以

文藝的力量在精神上鼓舞人民不畏險阻奮戰到底，於其時的文學語言相關討論也環繞在以抗戰為目的的愛國文學上。

　　一般認為「民族形式」的討論是由在延安地區的毛澤東提出的，「從抗日戰爭自延安地區始起，擴及重慶、成都、昆明、桂林等城市，時至 1942 年討論聲勢方歇。毛澤東認為要使「馬克思主義在中國具體化，使之在其每一表現中帶著必須有的中國的特性」，則「洋八股必須廢止，空洞抽象的調頭必須少唱，教條主義必須休息，而代之以新鮮活潑的，為中國老百姓所喜聞樂見的中國作風和中國氣派。把國際主義的內容和民族形式分離起來，是一點也不懂國際主義的人的做法，我們則要把二者緊密地結合起來。」〔註1〕。但於此文中毛澤東並未明確說明「民族形式」的內容為何，因而引發日後「民族形式」的內容為民間傳統舊形式或五四以來新文藝形式的討論，這場討論也是從五四以來文言與白話之爭、三十年代大眾語討論的進一步延續與開展。

　　以文學形式來看，這類愛國文學既是要宣傳抗戰，其預設的閱讀群眾便是以士兵或百姓為主，這些人飽讀詩書者少，粗識文字、甚或文盲不在少數，如欲以文藝打動人心，勢必得採用讓民眾易於接受的形式，不須限定非得採用新或舊的文化形式，除戰地通訊、小說、話劇、朗誦詩等新式形式外，許多作家也紛紛採用小調、鼓詞、相聲、快板、數來寶等傳統民間文學形式作為宣傳工具；不僅文學形式採以民眾看得懂的形式，使用的文字語言也必須貼近民眾，力促藝文能更普及於大眾，達到宣傳抗戰、激勵人心的效果。

　　從文學內容來看，當時作家們力圖以文藝作品宣傳抗戰思想達到文學救國的目的，但沈從文、梁實秋、施蟄存、朱光潛等人則認為文學除了反映抗戰此一社會現實外，應該避免內容單一化，寬容地接納其他內容的作品。引爆爭論的源頭起於梁實秋，1938 年 12 月 1 日梁實秋在擔任重慶《中央日報》副刊《平明》編輯時發表〈編者的話〉一文，說明自己的三條編審原則，第一條便提道：

　　　　現在抗戰高於一切，所以有人一下筆就忘不了抗戰。我的意見稍微
　　　　不同。於抗戰有關的資料，我們最為歡迎，但是與抗戰無關的材料，

〔註 1〕毛澤東：〈中國共產黨在民族戰爭中的地位〉，1938 年 10 月。北京大學、北京師範大學、北京師範學院中文系中國現代文學教研室主編：《中國現代文學史參考資料：文學運動史料選，第四冊》（上海：上海教育出版社，1979 年），頁 383～384。

　　只要真實流暢，也是好的，不必勉強把抗戰截搭上去。至於空洞的

　　「抗戰八股」，那是對誰都沒有益處的。〔註2〕

文學離不開社會環境，於此特殊時期，全民投入抗戰、藝文界以筆從戎實屬
自然，故歡迎與抗戰相關的來稿，然與只求宣傳抗戰、內容形式單一僵化的
作品相比，梁實秋認為文學的「真實流暢」才是最為重要的，梁實秋歡迎書
寫與有關抗戰的文章，但前提是須符合文學的審美原則，若強以抗戰為題生
搬硬套、扭曲文學的藝術性，稱不上是一篇優秀的文學作品，亦是身為編輯的
梁實秋所不欲錄用的，於上文所述，實難看出他有所謂的排斥抗戰文學一說。

　　不幸的是，此文一出觸動文人纖弱敏感的神經，引發文壇強烈反彈，甚
至將梁實秋打入漢奸一流。隨後沈從文發表〈一般或特殊〉一文有意無意地
聲援梁實秋，指出文學的功能不能限縮在「宣傳」上，無論是傳統的載道或
現今的宣傳抗戰，都只能是屬於文學的功能之一而非全部。〔註3〕文章刊世，
沈從文不意外地落入與梁實秋類似的處境。羅蓀、宋之的、陳白塵、巴人、郁
達夫、胡風、張天翼等作家撰文嚴厲抨擊，主張在此特殊的時空背景下，一
切生活無不與抗戰有關，因此根本不存在與抗戰無關的文章；即使承認有與
抗戰無關文章的論者們也認為，若是這類與抗戰無關的文章吸引的讀者越多
越是阻撓抗戰。

　　如以是否與抗戰相關為標準檢視留在上海的作家們，無論孤島時期或淪
陷時期，為求保全性命，他們甚少參與此類討論，且作品內容幾乎與抗戰少
有關聯，縱然談及也僅能隱諱地暗示，如丁諦於散文〈江靈之獻〉中描寫慘
遭「狄人」、「鬼子」兵燹肆虐的村莊破敗焦枯，成為鬼兵的放馬場；〈調馬〉
中痛陳被馬蹄踐踏的不止是大地，更是我們的家鄉、祖先骸骨、民族和心；
〈春燈〉中敘述古城的元宵節，商店未開、燈市大街淪為廢墟，買燈的、賞燈
的人們斷送在「狄人」的牙爪下。如上敘述已是作品極限，遑論以抗戰作為

〔註2〕梁實秋：〈編者的話〉，《中央日報》副刊《平明》1938 年 12 月 1 日。毛澤東：
　　　〈中國共產黨在民族戰爭中的地位〉，1938 年 10 月。北京大學、北京師範大
　　　學、北京師範學院中文系中國現代文學教研室主編：《中國現代文學史參考資
　　　料：文學運動史料選，第四冊》（上海：上海教育出版社，1979 年），頁 243。
〔註3〕沈從文：〈一般與特殊〉，《今日評論》第一卷第四期，1939 年 1 月 22 日。毛
　　　澤東：〈中國共產黨在民族戰爭中的地位〉，1938 年 10 月。北京大學、北京師
　　　範大學、北京師範學院中文系中國現代文學教研室主編：《中國現代文學史參
　　　考資料：文學運動史料選，第四冊》（上海：上海教育出版社，1979 年），頁
　　　253～257。

主題。

　　此時期大部份的海派小說作品多訴吟風弄月或家長裡短之事，豈非與梁實秋同屬一派。事實上與抗戰無關的作品數量並不少，尤其「用抗日文學為軍隊和人民服務的作家們發現：到 1941 年，那裡的人們對愛國主義的戰爭故事也感到厭煩了」，這類無關抗戰的作品「不僅在上海和北京很普遍，而且在內地也很普遍」〔註4〕。

二、語言文字系統使用情況

　　促使「民族形式」討論發生的動力之一是文學家的流動，即近代以來第一次出現的大規模由都市向邊緣地區的文化流動。中國新文學的形成過程伴隨著大批知識份子從邊緣區域、鄉村和海外向北京、上海等大都會聚集的過程，晚清以來，大學、報刊、出版集團等機構在都市迅速發展，文學家和知識份子以這些機構為根據地，逐漸形成文學和知識群體，如前一章介紹的左聯知識份子和開明書店派的知識份子等等，這些知識份子來自五湖四海，在大都會的背景下，故土的文化或西洋的文化需得經過都市文化的過濾和洗禮，才能被不同的人群接受，都市文人的多元鄉土背景使得單一地方文化難以被普遍接受，在這樣的體制下逐漸形成以傳統書面語為基礎的、超越地方語言的現代「普遍語言」，但這並不表示這種普遍語言排斥方言，如作家周天籟《亭子間嫂嫂》便使用道地的上海話，以增加讀者的閱讀興趣。

　　抗日戰爭爆發後，北京、天津、上海等大都市相繼失守，大批知識份子紛紛從大都市往西南、西北等相對偏遠的地區移動，大學遷徙、文化產業轉移、新舊刊物在偏遠地區另起爐灶，重慶、成都、延安、昆明、桂林、廣州、香港等地成為新的文化中心，如三四十年代作家周楞伽即曾言：「民國廿七年春天，我和幾個出版界的朋友一同搭輪船到廣州去，這是我生命史上第一次的出遠門。我們所以要離開上海，遠迢迢的前往廣州，為的是這時的上海，已失去了文化中心的地位，而為廣州所替代。文化界的朋友都已遷移到那邊去拓荒，據來信說那邊的情形很好。我們在上海既無工作可做，自然也就樂得遷地為良了」〔註5〕，此行是已有先行者前去探路，證實廣州當地文化事業

〔註 4〕耿德華：《被冷落的謬斯——中國淪陷區文學史（1937～1945）》（北京：新星出版社，2006 年），頁 6。
〔註 5〕周楞伽：《傷逝與談往》（哈爾濱：黑龍江人民出版社，1998 年），頁 30。

蓬勃發展，周楞伽聞信便和幾個朋友一道前往，由此記述可知當時文人的移動過程。

　　不僅文人們相繼出走，讀者群和整個社會環境也發生變化，尤其是城市與鄉村關係的變化。當文人到了鄉村後發現，在城市中使用的所謂現代語言或白話文，與民間語言並不相同，那是一種菁英的、書面的、都市的而非鄉村的、平民的語言。五四文化運動之後，白話看似戰勝的文言，但是實際充其量也只是產生「白話的文言」、「非驢非馬的語言」，而沒有產生一種和一般老百姓日常用語相符的真正的白話，或是從一般老百姓日常生活中產生的中華民族語言，有的只是文言文、外國語，雖然一時把文言文推倒，卻找不到新的東西代替，或是只好使用不文不白的「語體文」，久而久之且回歸到文言懷裡去，或是使用不中不西的歐化句子。這樣的感觸即延續上個時期對大眾語的討論，大眾化論爭中除大加抨擊新文學運動產生的歐化白話文外，同時在大眾化論爭中亦論及將方言土語引入大眾語的可能性，但尚未具體實行。

　　卸卻大眾化論爭中的爭鋒相對，此時亦有一些較為溫和的聲音出現，試圖調和文言、白話和歐化之間的衝突，如朱光潛認為「藝術的高下」不能以使用文言或使用白話做為判定標準，無論哪一種語文做媒介，只要思想敏銳、嚴謹都可稱為優秀的文學作品。〔註 6〕最佳的語言使用方式是以白話文為基底，吸納文言文和歐化的優點，三者融合比例的不同即形成作家們風格各異的語言風格。以文言和白話來說，其分別並不如一般人想像的那樣大，如果白話文的定義是指「大多數人日常所用的語言，它的字和辭都太貧乏，決不夠用。較好的白話文都不免要在文言裡面借字借詞」，因此「白話沒有和文言嚴密分家的可能」。且文言和白話二者各有擅場，「如果要寫得簡煉、有含蓄、富於伸縮性，宜於用文言；如果要寫得生動、直率、切合於現實生活，宜於用白話」，「兩種不同的工具在有能力的作者的手裡都可運用自如」〔註 7〕，實無須刻意地排斥文言成分。

　　以白話文和歐化來說，白話文除了接收文言這個遺產外，也需要適度地

〔註 6〕朱光潛：〈文學與語文（下）：文言、白話與歐化〉，《我與文學及其他》（北京：中華書局，2012 年），頁 242～243。

〔註 7〕朱光潛：〈從我怎樣學國文說起〉，《我與文學及其他》（北京：中華書局，2012年），頁 115。

歐化,「採取外國文學風格和文字組織的優點,來替中國文創造一種新風格和新組織」,使文學可以擁有新的生命;但歐化的界限在不可和本國文字的特性相差太遠,尤其是「生吞活剝地模仿西文語言組織」和「堆砌形容詞和形容子句,把一句話脫得冗長臃腫」〔註8〕,由朱光潛的說法可知,文言、白話、歐化語法三者已在便於表述的前提下漸趨調和扞格不入的關係。

從實際語言使用情況看,自晚清以來西方物質、文化傳入,歷經初期的排斥、二三十年代的大量吸收,展現出各種的語言傾向,著名的作家和學者們圍繞著文學語言無休止地爭辯,直接或間接地影響三四十年代的作家群,其作品中可看出中西逐漸融合,並呈現出前期語言論爭的成果,如作家趙樹理和孫犁,一寫三晉風俗,一寫冀中民俗,在語言使用上使用民間口語形式,顯現出文學大眾化的影響;又如作家錢鍾書、張愛玲中西皆擅,張愛玲小說作品中的語言文言、白話和西方語言交錯,形成富麗暢美的風格,學者郜元寶擇出張愛玲小說〈金鎖記〉中的一個段落:

> 三十年前的上海,一個有月亮的晚上……我們也許沒有趕上看見三十年前的月亮。年輕的人想著三十年前的月亮該是銅錢大的一個紅黃的濕暈,像朵雲軒信箋上落了一滴淚珠,陳舊而迷糊。老年人回憶中的三十年前的月亮是歡愉的,比眼前的月亮大,圓,白;然而隔著三十年的辛苦路望回去,再好的月亮也不免帶點淒涼。

郜元寶認為張愛玲的文體脫去「二十年代的生硬和三十年代的駁雜,呈現出四十年代特有的知心貼肉的圓融暢達」,其語言更加精采,如上引〈金鎖記〉的段落,「已經分不清哪裡是歐化,哪裡是口語和文言的雜揉,化合得天衣無縫,描寫起來似乎也就無往不利了」〔註9〕。

此時期的相關語言爭論如「民族形式」的討論,延續前一期大眾語的討論和對新文學運動的反思而來,但相較於前期更加地政治化,充斥大量意識形態;在實際語言使用情況來看,由於西化日久已可充分地融合古今中西不同的語言使用方式,這樣的語言形式運用在小說作品中,使小說在敘事言情上更加生動靈活。

〔註8〕朱光潛:〈從我怎樣學國文說起〉,《我與文學及其他》(北京:中華書局,2012年),頁116~117。
〔註9〕郜元寶:《漢語別史》(濟南:山東教育出版社,2010年),頁221~222。

第二節　微觀結構

　　此時期的語言使用方式盡可能圓融地消化、運用文言、白話和歐化語法，洗去前一時期生硬套用歐化語法之弊，如前二期所出現的傳統語法仍然保留使用，語料數量與 1925 年至 1927 年時期相近，1925 年至 1927 年時期極度歐化的混語書寫情況消失，於此時期的語言使用情況已近於現代漢語語言文字系統，以下即說明此時期傳統漢語語法、歐化語法的使用情況。

一、傳統漢語語法

　　1925 年至 1937 年時期小說作品中的傳統漢語語法已逐漸向學者孫德金《現代書面漢語中的文言語法成分研究》一書中所提出的研究成果靠攏，至 1937 年至 1949 年時期更是如此，以下分列人稱代詞「其」、助詞「所」、介詞「以」三種語法結構敘述之。

（一）人稱代詞「其」

　　此時期人稱代詞「其」，語例如：

　　（1）第五，來了以後，若認為其人有可利用之處，就要用手段把他們籠絡住；若認為暫時無可利用，便不妨冷淡些，但也不能得罪他。（蘇青《歧路佳人》，頁 159）

　　（2）守門捕因見行跡可疑，上前查詰，始被發覺，旋以該青年懇切悔過，未送入捕房，僅嚴詞訓誡令其自新，釋之使去云云。（丁諦《長江的夜潮》，頁 53）

　　（3）海立想不到這句話又得罪了她，招得她如此激烈地袒護她爸爸。他被她堵得紫漲了臉道：「我……我並不是指著你父親說的。他們也許是純粹的愛情的結合。唯其因為這一點，我更沒有權利干涉他們了，只有你母親可以站出來說話。」（張愛玲《第一爐香‧心經》，頁 171）

　　（4）在這樣大的屋子裡，只生有兩個極小的爐子，由小洋油桶製成，裡面燃燒柴火，那熱度實在小得可憐，因此，雖然有這兩個小火爐，室內溫度常在零下四十度左右，其冷可知。（無名氏《北極風情畫》，頁 30）

　　（5）王教授一見笑容，心中就著慌，心中一著慌，就常常講錯話。錯話更引起笑聲，竹如小姐的怒容，也就堆上了臉，王教授被怒容和笑臉逼著不得終其演說，就下了臺。（予且《兩間房‧竹如小姐》，頁 114）

　　例（1）中出現的「其」字借代前句提及的刻意拉來家裡作客的客人，指

稱的對象是人物，指代前句的主語；例（2）中的「其」借代前句中的人物「青年」；（5）表領屬關係，意指「王教授的」。例（3）和（4）中的「其」字借代的是事物而非人物，例（3）中的「其」只是上句所提的父親與外遇的糾葛，「也許是純粹的愛情的結合」一事；例（4）中指的是上句言及的室內溫度過低，寒冷的狀態可想而知。由例（1）和（5）可看出，於此時期的人稱代詞「其」承繼前期的使用方式，可表領屬關係，但主要承擔篇章中的回指功能，如例（1）至（4）都具有篇章回指功能，回指前句的語法單位，是專指、有定的，但語料數量無法與 1925 年至 1937 年時期甚或 1912 至 1925 年時期相比，數量相形減少許多。

（二）助詞「所」

此時期出現的助詞「所」語例幾乎都是「所＋動」結構，語例如：

（6）我的姊姊是標準好學生，她每學期都考第一名，她所答的話正是先生心裡所要她回答的。然而我不！我也知道先生心裡想要我回答什麼，但是我的回答卻偏偏要與他所想的不同，甚至於完全相反。我也知道太陽是東方出來的，一加一是等於二，這些都是所謂真理，都是他們的真正的理智的信仰，然而我的信仰卻是與人們鬧彆扭，和人過不去。凡是別人所說出來的，那怕是真理我也要反對。（蘇青《歧路佳人》，頁 33）

（7）人人都關在他們自己的小世界裡，她撞破了頭也撞不進去。她似乎是魔住了。忽然聽見背後有腳步聲，猜著是她母親來了，便竭力定了一定神，不言語。她所祈求的母親與她真正的母親根本是兩個人。（張愛玲《傾城之戀》，頁 193）

（8）我輕輕笑道：「關於居里夫人，只要是我能找得到的傳記和零篇文章，我都看了，並且背熟了，關於居里夫人所發明的鐳，我雖然知道得很少，但關於發明鐳的人，我卻盡我所知道的知道了。」（無名氏《北極風情畫》，頁 79）

（9）當他執杯在手的時節，他的靈機忽然的一動，他想轉換情感這件事，決計不是言語所能奏效的。（予且《兩間房·辭職》，頁 48）

（10）上帝所賜與人的力量究竟有限的，在這夏日充滿了潮濕的空氣中，人們遍身感覺到疲乏的時候，遇著這樣涼風徐徐來的夜裡，突然鬥口不睡覺，身體也不能容許他。（予且《兩間房·辭職》，頁 48）

（11）一個燈紅酒綠之夜，這聯歡的聚餐會就開幕了。一盞盞的明亮的

燈光下，圍著一群丈夫和妻子，正如他所預料的，這時各夫人臉上的脂粉，真得了最大的效用。（予且《兩間房・脂粉》，頁 129）

（12）上帝所給予人的恩惠，似乎還不能如人之所預期。我們這一對渴望孩子的夫婦，始終還未得著可愛的孩子。（予且《兩間房・被頭》，頁 148）

從語篇訊息結構來說，上舉七例中的「所」字標示出句子的訊息中心，如例（6）句中的「所」字強調「我」與姊姊相反，姊姊是師長心目中的好學生，能夠回答出師長心中想要的答案，而「我」不是個乖順的學生，甚至是刻意唱反調的學生；例（7）中白流蘇被家人逼著回去替離婚多年的新死丈夫守寡，她心裡百般不願，希望母親能替她說句話，但母親卻讓她失望了，於此句中「所」字強調現實中的母親和她想像中的母親的不同；例（8）中「所」字強調居里夫婦發明鐳的偉大事蹟和說話者對居禮夫人的崇拜。於此時期助詞「所」的語例顯示助詞「所」大幅減少實質語法意義的用法，轉向話語標記的功能，強調「所」後接詞或詞組。

（三）介詞「以」

此時期的介詞「以」多做「用、拿」之意，語例如：

（13）這是先生最難的一刻，他的心已為他夫人所溶化，起初他預備以遊戲的態度，解除他夫人的煩惱。（予且《兩間房・兩間房》，頁 34）

（14）「但至少我不是，我只是偶然看你一場戲，喜歡了你，就天天去看去。我救你的時候不知道是你，我雖然以救你為光榮，但我不想以這個做我要你做朋友的要挾。（徐訏《徐訏文集・第五集・爐火》，頁 50）

（15）她嫁了她，以自己最寶貴的青春換來了從頭到腳一身的貴品。（譚惟翰《海市吟・鬼》，頁 193）

例（13）指先生本來是預備用遊戲的態度面對沮喪生氣的太太，句中的「以」為「用」之意；例（14）指說話者不是拿救命之恩來威脅女子跟他做朋友，句中的「以」為「拿」之意。例（15）則是指紅舞女嫁給有錢人當姨太太，拿自己的青春換取物質生活，句中的「以」為「用、拿」之意。此時期單獨出現的介詞「以」語料數量較 1925 至 1937 年時期更少，多以「可以」、「以為」等詞和語法結構「以……為……」的形式出現。由上舉三個語法結構可知，此時期的傳統漢語語法使用方式已近學者孫德金的研究現代漢語書面語中的文言語法。

二、歐化語法

承前章所述，將 1937 至 1949 年時期出現的歐化語法分成兩個部份來看，一是承襲 1912 年至 1925 年時期的歐化語法，二是承襲 1925 年至 1937 年時期的歐化語法，二類歐化語法分敘如下。

（一）1912 年至 1925 年時期的歐化語法

1912 年至 1925 年時期出現的歐化語法如複數標記「們」的歐化、介詞「對於」、介詞「關於」、連詞「和」以及一＋量詞「個」名詞性標記用法等結構。現代漢語中介詞「對於」表示人、事物、行為之間的對待關係，其作用在於介紹動作支配的事物，介紹與動作、狀態或判斷有關的事物，介紹動作的發出者；「對於」多跟名詞組合，也可以跟動詞、小句組合，語例如：

（16）然而姚先生<u>對於</u>他的待嫁的千金，並不是一味的急於脫卸責任。<u>關於</u>她們的前途，他有極周到的計畫。（張愛玲《第一爐香·琉璃瓦》，頁 129）

（17）人家千方百計想和廳長見面不容易，你卻有機會自動放棄，這人豈不是一個大傻。趙汝誠也說，她這次藉這個機會很可以和廳長聯絡聯絡，<u>對於</u>她在廳裡服務的前途固然很有幫助，同時要營救田子文也可以託廳長想辦法。（丁諦《長江的夜潮》，頁 47）

（18）先生一聽，心裡不由得有些急了，他想這明明是反對剛纔<u>所</u>說的話，求愛是舛誤，<u>對於</u>自己前途幸福必生很大的影響。（予且《兩間房·辭職》，頁 37）

例（16）中「對於」後接複雜定語加上名詞的名詞詞組；例（17）、（18）中「對於」後接小句。由上述語例可知，在 1912 年至 1925 年時期仍屬少量的新興歐化語法，1925 年至 1937 年時期逐漸擴大使用範圍，在此時期已普遍使用，用法近於現代漢語系統。介詞「關於」的語料如：

（19）在舜言的肖像畫完成以後，舜言較少來看臥佛，但忽然寄給臥佛一封信，信中談些感謝他繪畫與一些<u>關於</u>聽他談話時的快樂的感覺。（徐訏《徐訏文集·第五集·爐火》，頁 39）

（20）後來見的次數多了，大家似笑非笑，用以代替招呼。他看的是厚厚洋裝書，還有幾何畫，似乎是<u>關於</u>工程方面的書籍。（蘇青《結婚十年》，頁 31）

介詞「關於」組成的介賓短語作狀語時放在句首如例（16），「關於」後接的賓語「她們的前途」表示後句關涉的事物或範圍，此是前二時期已出現

的用法。例（19）、（20）介詞「關於」組成的介賓詞組做定語使用，後須加結構助詞「的」，如例（19）「關於聽他談話時的快樂的」為中心語「感覺」的定語，例（20）「關於工程方面的」做中心語「書籍」的定語，此用法是1925年至1937年時期才出現的。連詞「和」的語例如：

（21）不過這種手續很費時間，李興<u>和</u>他父親都得整天留在店裡照料，母親要負責燒飯煮菜。（秦瘦鷗《秦瘦鷗代表作・小店主》，頁300）

（22）她聽演講的權利被剝奪了，她裝飾的自由也被剝奪了，她<u>和</u>王教授攜手並肩同行的權利也被剝奪了。（予且《兩間房・竹如小姐》，頁114）

（23）老張瞧他自己的說話<u>和</u>行動矛盾到如此，不覺就從鼻子裡發出了一聲冷笑。（秦瘦鷗《秦瘦鷗代表作・同學少年》，頁314）

（24）起初王教授不肯去，竹如小姐也一逕的啼哭著，結果，終於不能抵抗朋友的勸告<u>和</u>壓迫，王教授就離開竹如小姐進了醫院。（予且《兩間房・竹如小姐》，頁117）

（25）「不再做都市的爬蟲，我們將奔放在廣大的原野。」他們有同樣的自豪<u>和</u>快意。（丁諦《長江的夜潮》，頁168）

（26）瑋貞是天天忙著批貨色、煎巧克力糖、剝胡桃，連害了傷風也不能休息，但結果還是只夠敷衍一家的衣食住，<u>和</u>陸續償付一些舊債。（秦瘦鷗《秦瘦鷗代表作・小店主》，頁303）

此時期的連詞「和」與前期相同，可以連接名詞、動詞、詞組、小句等，如例（21）和例（22）連接兩個名詞，將兩個人物連結在一起；例（23）和例（24）連結兩個動詞，例（23）連結「說話」、「行動」兩個動作，例（24）連結「勸告」、「壓迫」兩個動作；例（25）連結形容詞「自豪」、「快意」；例（26）則連結兩個小句「敷衍一家的衣食住」和「陸續償付一些舊債」。一＋量詞「個」名詞性標記的語例如：

（27）幸而上天慈悲，在<u>一個</u>仲夏的晚上，他們一家終於也到了孟家集。（秦瘦鷗《秦瘦鷗代表作・二舅》，頁287）

（28）英對著窗外的月色，這樣回憶著，<u>一個</u>新的思想陡然到她腦中來了。（予且《兩間房・案壁之間》，頁71）

（29）這正是<u>一個</u>變動的時機，變動愈劇烈，出頭愈容易。（丁諦《長江的夜潮》，頁86）

（30）田子文睡在床上，一夜沒有睡熟。他想起劉爾康的種種可恨。他

誘騙<u>一個</u>同學的愛人,不!也可以說同學的老婆。(丁諦《長江的夜潮》,頁157)

　　上舉例(27)至(30)中出現的「一個」都已是名詞性標記,不具有專指之意,此時期小說作品一+量詞「個」名詞性標記大量且頻繁地出現,數量遠勝1912年至1925年時期。

(二)1925年至1937年時期的歐化語法

　　在此時期汰除前期混語書寫的形式,其他的歐化語法定語複雜化、人稱代詞或指人的專有名詞前加修飾語、插入語、同位語等形式仍然保留,但也得到適度地修正,如中心語前的定語數量已較為減少,多是一至三個定語,少有超過三個以上的句式,舉如下列語例:

　　(31)玲瓏如燕子掠水的汽車決不管這些,<u>把用目空一切的敏捷的姿態疾駛過去</u>,超過一切的車輛,走在行人道上的人,要想過馬路卻得仔細的望望牠,好像小偷要想下手竊盜一件東西似的。(丁諦《前程》,夜2)

　　(32)胡琴咿咿啞啞拉著,在萬盞燈的夜晚,拉過來又拉過去,<u>說不盡的蒼涼的故事</u>——不問也罷!(張愛玲《傾城之戀》,頁188)

　　(33)她安慰著他,然而她不由得想到了<u>她自己的月光中的臉</u>,那嬌脆的輪廓,眉與眼,美得不近情理,美得渺茫,她緩緩垂下頭去。(張愛玲《傾城之戀》,頁210)

　　此三例中中心語前出現二個「的」字詞組定語,讓閱讀者不致產生太大的閱讀負擔又能細膩描摹情狀,準確傳達作者所欲言說的意圖。而人稱代詞或指人的專有名詞前加修飾語的情況亦同,語例如:

　　(34)四點半我就離開了辦公室,走進DD's咖啡館便聽見吱叭吱叭的餃子老虎吃錢的聲音,幾個苗條的白俄女招待忙得轉來轉去,紅面的桌子四周儘是些<u>興奮的露著笑容的男女</u>——(譚惟翰《海市吟·失音的唱片》,頁83)

　　(35)<u>碧落的陪嫁的女傭劉媽</u>就是為了不能忍耐她對於亡人的誣衊,每每氣急敗壞地向其他的僕人辯白著。(張愛玲《第一爐香·茉莉香片》,頁15)

　　上述二例人稱代詞或指人的專有名詞前的修飾語只有二個,在語料的數量上也未如前期多。補足語的語例如:

　　(36)跟著他這粗暴的聲浪而來的是他<u>妻子——瑋貞——</u>陰鬱的慘痛的長嘆。(秦瘦鷗《秦瘦鷗代表作·小店主》,頁296)

　　(37)張頤所不能解決的<u>兩個問題——衣服和書——</u>他差不多已經完全

替他解決了。（秦瘦鷗《秦瘦鷗代表作‧同學少年》，頁 319）

例（36）中他的妻子與瑋貞是同一人，透過補足語的方式告訴讀者妻子的名字；（37）中張頤到學校註冊，家中提供的學費不敷使用，同學介紹他去買二手書，解決他開學時面臨的最大難題，即衣服和書的問題，句中使用補足語的方式說明張頤的問題。由上述語例可知，在 1925 年至 1937 年時期複雜化句式的歐化語法已較前期減少且得到修正，用法趨近於現代漢語系統。1937 至 1949 年時期的歐化語法數量漸趨減少，其原因一是 1912 至 1925 年時期的歐化語法已融入成為語言系統的一份子；二是 1925 至 1937 年時期過度歐化的語法已被使用者自然淘汰，現代漢語系統雛型已然顯現。

第三節　超結構

1937～1949 年時期小說作品的超結構模型只有一個，模型圖式承襲前二期；在敘事模式上已可恰到好處地融合中西寫作技巧，既使用傳統敘述者說話的模式，也有使用內心獨白、敘述回憶和夢境等西方意識流技巧。

一、小說結構模型

1937～1949 年時期的小說結構模型的超結構樹狀模型圖如下：

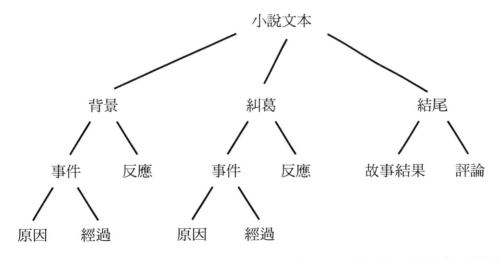

本時期的結構模型雖與前期相似，但部份作品於「背景」部份有別於前期之處，此乃敘述者的出現與否造成此一現象。在本時期的部份作品中，故事主體透過一位介紹者引入，通常這位介紹者因緣際會之下遇見一位低調卻

身懷傷痛的人物，這位人物或口述或交給介紹者一部文稿、日記，讓介紹者知曉其過往遭遇，因此，結構模型可歸納成在「背景」部份的第二個層次「事件」部份為「我」遇見某位人物，第二個層次「反應」部份為人物告訴「我」其過往，第三個層次「原因」部份為「我」或因養病或到外地散心離開原居地，「經過」部份為「我」在外地的時日偶然遇見一位素昧平生的人物。而這類小說作品多出現於作家徐訏、無名氏筆下，如徐訏《盲戀》、無名氏的《塔裡的女人》、《北極風情畫》等作品。

無名氏的《北極風情畫》在第一個部份「背景」中寫敘述者「我」遇見林姓壯漢此一事件。「我」因為患劇烈的腦疲症，遵從醫師勸告到西安靜養，但因市壞喧囂，朋友應酬、思慮過重不能休息，腦疲症反而更加嚴重，所以敘述者「我」下定決心到華山休養。「我」寄居在白帝廟，病情逐漸好轉，加上愛上華山的山巒美景，決定多住一陣子，與此同時，「我」在山林間散步時偶遇一位看似野人般的壯漢，壯漢總在山頭不知眺望什麼，和壯漢一聊之下才知，原來他在眺望他十年前死去的愛人。此事件引起的「反應」部份是從兩人的交談引發林姓壯漢過去的回憶，從這個回憶引導出「糾葛」這一部份。

「糾葛」部份寫壯漢林先生和女主角相識相戀的過程。林先生是「九一八」後東北抗日名將蘇炳文部下的一名幕僚參謀，在一次與日軍的大戰中退守滿州里，為了避免日本政府找麻煩，當局便把他們隱藏在西伯利亞的托木斯克，在此他遇見女學生奧蕾莉亞，他們彼此交換對文學、藝術的心得，林先生是居住在中國的韓國人，奧蕾莉亞是居住在俄國的波蘭人，兩個人都是沒有祖國的人，這個隱藏的身份使兩人的靈魂迅速靠近，感情突飛猛進，正當兩人情正濃時，林先生卻突然接收到軍隊調令要在四天內由莫斯科轉波蘭、德國、瑞士到義大利搭船回上海，他無法違抗軍令，奧蕾莉亞也不可能拋下寡母跟他到上海，奧蕾莉亞知道消息後傷痛欲絕，拉著他度過纏綿的四天。

「結尾」部份，「故事結果」寫一個月後林先生在海口熱那亞等待搭船回上海時他收到一封信，原來是奧蕾莉亞的遺書，奧蕾莉亞在他離開的當天便自殺了，林先生就此過著味如嚼蠟的生活，直到遇見敘述者「我」，並請求「我」不要發表他的故事；「評論」中寫「我」一覺睡醒之後有點懷疑昨晚的經歷，不禁想著「他究竟是真人？還是個魅影？他的故事，是真實事蹟，還是一座

海市蜃樓？我再想，此時此刻的我，我自己，究竟是一個真我？還是一個幻形？」〔註10〕，於此敘述者「我」陷入如同「莊周夢蝶」的疑惑中，透過這種結尾方式，替小說籠罩上一層神祕的面紗。

　　未出現敘述者、第三人稱客觀敘述的小說作品數量相對前者為多，如作家周楞伽、譚惟翰、丁諦、予且、張愛玲、東方蝃蝀等人的大部份作品皆屬此類。丁諦短篇小說〈三遷〉中第一個層次「背景」部份寫教員尚先生為屆臨就學年齡的兒子雲兒選擇就讀小學。第一個層次「糾葛」部份寫雲兒分別就讀的三所學校，第一所學校學費便宜但校風太壞，學生多半是街痞無賴，時常霸凌雲兒；第二所學校學費較貴、師生水準也相對較高，但是學校有著各式各樣的待繳雜費讓尚先生根本無力負擔；第三所學校校舍狹小、課時經常無故縮短，學生種種無賴行徑帶壞兒子雲兒，迫得尚先生只好再度尋找新學校替兒子轉學，第一個層次「結尾」部份寫在學校比弄堂垃圾桶還多的上海，卻找不到一所適合孩子讀書的學校，讓身為教員的尚先生備感無力，道盡上海教育風氣之敗壞。

　　東方蝃蝀短篇小說〈河傳〉中第一個層次「背景」部份，明蟾的父親從法國取得文憑也順道帶回一位法籍妻子，外國妻子在鄔家這樣半新半舊的中國家庭中顯得格格不入，在明蟾還沒滿月的時候，她便悄悄地離開了。第一個層次「糾葛」部份寫明蟾母親離開後父親再娶，續絃是符合妻子定義「陰柔、聽話、管家、生孩子」的中國式妻子，對待前妻的女兒明蟾不至刻薄但也沒善待她多少，她忍受後母的酸言酸話，在家中尷尬地仰仗他人臉色生活。明蟾仗恃著自己說得一口流利的英語跑去商店當女職員，後經人介紹與空軍林憲和談起自由戀愛。明蟾與林憲和正當熱戀之際，一日林憲和不幸摔飛機死了，連隻言片語都沒有留給明蟾，兩人的戀情消失於措手不及中。第一個「結尾」部份寫明蟾失去林憲和的庇蔭，對於婚姻的憧憬乍然幻滅，惶然無措之餘，家人又在一旁等著看她鬧的笑話，小說結語寫道「處處有一段河，隔離了她與男人的距離，她總藏了些秘密的情愫，茫然於她的歸宿」〔註11〕，道盡明蟾高不成低不就的愛情與婚姻。

　　此時期的小說結構模型雖與前期相類，其差異顯現在「結尾」部份，1912～1925年時期小說作品的結尾悲劇多過喜劇，人物多已病亡作終；1925～

〔註10〕無名氏：《北極風情畫、塔裡的女人》（廣州：花城出版社，1995年），頁157。
〔註11〕東方蝃蝀：《紳士淑女圖》，（北京：人民文學出版社，2005年），頁26。

1937 年時期小說作品結尾病亡比例大幅降低，頂多只是以人物的失敗作結；本時期則是開放式的結局比例增加，留給讀者無限想像空間。

二、敘事模式

此時期的小說作品除了第三人稱敘述的作品外，使用兩種不同的敘事模式，也藉由書信、日記等不同文體和內心獨白增加小說的變化性。傳統白話小說作品中敘述者以說書人身份出現，1912 至 1925 年時期的海派小說作品中出現敘述者的作品即是如此，而於此時期海派小說作品中的敘述者有二，一是與傳統相同是以說書人身份出現，二是則暗示敘述者為作者本身。以說書人身份出現的作品如秦瘦鷗《孽海濤》、〈二舅〉，張愛玲〈茉莉香片〉和予且〈被頭〉等作品。秦瘦鷗《孽海濤》開頭先提一首詞後便道：

> 上面這一首歪詞，說來也甚可憐，只為做書的生平最不慣弄什麼「楔子」、「開篇」，無奈要借它來做個引子。可是在這寥寥幾行字中，並非區區誇口，諸位讀者至少已可由此想見那孽海渺茫、怒濤澎湃的一番奇景了。如今閒話休多，言歸正傳。〔註12〕

作者模仿傳統白話小說的形式，讓敘述者以說書人口吻介紹本篇小說，由此引入小說主要內容。又如張愛玲的〈茉莉香片〉一開頭即道：

> 我給您沏的這一壺茉莉香片，也許是太苦的一點。我將要說給您聽的一段香港傳奇，恐怕也是一樣的苦——香港是一個華美的但是悲哀的城。
>
> 您先到上一杯茶——當心燙！您尖著嘴輕輕吹著它。在茶烟繚繞中，您可以看見香港的公共汽車順著柏油山道徐徐的駛下山來。
>
> 〔註13〕

敘述者「我」以說書人身分對著虛構的聽眾或讀者說話，表示接下來將敘述一段香港傳奇，這個香港傳奇是有關於大學生聶傳慶的故事，敘述者再跳出來評論，聶傳慶此生將逃不開命運的安排。予且〈被頭〉則是敘述者站出來發表一段評論：「上帝所給予人的恩惠似乎還不能如人之所預期，我們這一對渴望孩子的夫婦，始終還未得著可愛的孩子。『活潑天真』仍舊是買來的，

〔註12〕秦瘦鷗：《孽海濤》（上海：上海文化出版社，2005 年），頁 1。
〔註13〕張愛玲：《張愛玲全集・第一爐香》（台北：皇冠文學出版有限公司，1995 年），頁 1。

買來的『活潑天真』始終未能長久的存在著。」〔註 14〕。新婚夫妻買了一套繡有兒童圖案、寓意百子千孫的被頭，使用一年之後仍未有一兒半女，孩子終究只是虛幻的。

　　暗示敘述者為作者本身的作品可按敘述者參與故事的程度分為三種，一是作者作為聽眾並未參與故事，身份類似引言人引出下面主要故事情節，敘事模式多半是作者因為某些遭遇，遇見一特殊人物，這位特殊人物或口述或以文稿、日記形式告訴作者自己過往的經歷，這種與傳統白話小說不同的敘述者，因是作者的部份個人經驗，更能強調書中人物經歷的真實性，如無名氏的《北極風情畫》、《塔裡的女人》和徐訏的《盲戀》、〈幻覺〉等作品。徐訏的〈幻覺〉中敘述者「我」在山裡的寺廟偶遇一位很特別的僧人墨龍，他與「我」談美學、論哲學與宗教，博學不似一般僧人，有一回「我」在墨龍和尚禪房，被牆上一幅很特別的畫作吸引住目光，墨龍開始為「我」講述這幅畫作的歷史。墨龍原來是美術學校的學生，受到年輕女孩地美的吸引，放縱自己的肉慾與地美縱情一夜，當他清晨醒來不知該如何面對地美，選擇不告而別，後來聽人說起才知地美因此瘋了，一間尼姑庵收留她，最後地美放火燒光了尼姑庵也燒死了自己，墨龍自此削髮為僧逃避良心的責罰。

　　二是敘述者「我」作為故事的見證者、直接參與故事但非故事主角的作品，如徐訏《鬼戀》、《風蕭蕭》、〈賭窟裡的花魂〉、〈精神患者的悲歌〉、〈吉普賽的誘惑〉、譚惟翰〈鬼〉、周楞伽〈小貓〉、〈永久的感傷〉等作品。譚惟翰〈鬼〉敘述者「我」到一家公館擔任家庭教師一職，一日房東×先生領回一位原是紅舞女的姨太太，她努力想融入×先生的家庭生活，卻屢遭輕視責備，只因她姨太太的卑賤身份，最後她敵不過眾人的惡意對待自殺了，此後屋裡屢傳鬧鬼，×先生曾問「我」是否見過鬼，「我」心裡想著社會上鼓弄簧舌欺騙他人、仗著富貴欺凌弱者的人比鬼更可怕，例如「我」面前的×先生。「我」目睹親聞姨太太的悽慘遭遇，不禁為她掬一把同情之淚，希望能夠有一次大規模的運動掃盡這些殘害同類、似鬼的人們。

　　三是敘述者「我」即是故事主角的作品，如蘇青《結婚十年》、《續結婚十年》和潘柳黛《退職夫人自傳》等作品。潘柳黛《退職夫人自傳》一書名曰「退職」乃指退去太太的職務，即離婚之意，「退職夫人自傳」便是離過婚的女性的自述。依潘柳黛本人所言，此書是以其第一次婚姻為藍本進行加工創

〔註 14〕予且：《兩間房》（北京：中華書局，1937 年），頁 148。

作的作品，並非純粹的自傳，這是在當時流行的一種自傳體寫作方式；小說敘述「我」自幼不受寵愛，沒享受過正常的家庭溫暖，出社會後也曾與幾位男性交往，後因懷有身孕而和丈夫阿乘結婚，與此同時「我」發現丈夫與嬸娘有染從沒間斷過，婚後不久銀錢告罄，丈夫阿乘與嬸娘私奔，「我」幾經辛勞尋到丈夫消息後與其復合，最終仍是不堪丈夫的暴力相向、對丈夫的行為失望透頂，選擇以離婚收場。這類女性作家以第一人稱敘述生平經歷諸如工作、婚戀經驗以及生活感觸的作品，普遍引起當時女性的共鳴，可看作是「女性個人化寫作」或「女性半自傳體小說」的先聲。

以書信此一文體推動小說情節進展的小說作品如徐訏〈賭窟裡的花魂〉、秦瘦鷗〈十二年了〉、譚惟翰〈無法投遞〉〈琲琲〉、〈失音的唱片〉等作品。徐訏〈賭窟裡的花魂〉中一封信改變了男女主角的生命軌跡。主角「我」在賭場遇見一位形容落魄憔悴的女子，她自稱是賭窟裡的花魂，「我」出錢出力幫助她過正常生活，但卻不知道該讓她在生命中佔據什麼位置，「我」已有家庭，為她離婚再娶或讓她當外室皆非「我」所願，故而「我」希望和她保持純潔的友誼，正當「我」為她煩惱之際，她卻選擇脫離「我」的掌控範圍，成為某人的妻子，「我」不解她突如其來的轉變，追問之下她才說明是因為收到「我」的女兒所寫的一封信，信中提到孩子害怕父親愛上她而使自己失去美滿溫馨的家庭，同時也希望父親能達成願望，幫助阿姨過正常生活，她為了「我」的女兒才有此改變。

秦瘦鷗〈十二年了〉以朱女士寫的一封遺書敘述她對深愛的人志舫的愧疚；譚惟翰〈失音的唱片〉一文中的書信載體並非傳統的紙筆而是唱片，主角「我」一日收到一張聽不清楚的唱片，幾經查訪後才得知，原來是暗戀他的白萍所寄，唱片內容訴說自己六年前和「我」在同一間學校上課，因此而暗戀「我」，以及這六年來的遭遇，她不求「我」知道她是誰，只要「我」知道曾經有一位女性暗戀他即可。

利用日記形式創作的小說作品如周楞伽的〈村居日記〉。周楞伽的〈村居日記〉為描述者「我」為搜集小說材料到農村堂房哥哥順凱家住幾天時寫下的日記，文中以月、日作為標題，寫出「我」在鄉下所見窮苦的農民因乾旱、苛捐雜稅而入不敷出的艱窘生活，連最低限度生活都難以維持，他們生活必需品缺乏，吃飯時鍋裡的白飯是難以下嚥的陳米、且數量不到五分之一，得和著豌豆、蠶豆、野荸薺和其他不知名的野菜一起下肚，喝的水帶有一股臭

氣，讓都市人的「我」難以入口，以致「我」預備在竹林裡悠閒地看點書的心
思都內疚地打消了，「我」甚至親睹村中張姓夫妻二人因吃光最後一點米糧、
無路可走，拋下三歲兒子夫妻一同上吊的慘況，這樣人命不值錢的困苦情狀
使「我」帶著無力感黯然離開農村。

　　以書寫人物意識流動凸顯人物內心活動的作品如徐訏〈筆名〉、《盲戀》、
〈彼岸〉等作品。如徐訏〈盲戀〉一開頭，敘述者「我」在從上海到南京的船
上遇見一位相貌醜陋的旅客，「我」在心裡評論他的長相、舉止，認為他是一
位怪人；〈筆名〉寫身為編輯的「我」見相熟的作家金鑫文風與過去不同而感
到好奇，「我」回想著有著新文風的小說內容，並評價金鑫的新小說反倒能彰
顯他的才賦。用括號形式表現內心獨白的作品如譚惟翰的〈雨巷〉。〈雨巷〉
中的男主角是一位頭髮花白的老和尚，他口裡喃喃唸著「南無阿彌陀佛」，但
心裡卻想著三十年前被迫嫁給有錢人的戀人蓮子，回想著蓮子的容貌、他們
相處的經過以及聽聞蓮子嫁人時的反應，如：

　　……

　　門開了，站在他面前的蓮子，是他不認識的一個中年婦人。

　　「請問蓮子在裡面嗎？」

　　——她一向是住在這兒的。怎麼說不認識？她一定認識她，她是故
　　意在開玩笑。

　　「我說蓮子姑娘你不認識她嗎？」

　　「先生，你走錯了人家！」

　　走錯了人家，他退了出來，大門給關上了。門前有三步石階，石階
　　也認識他，他們在那裡度過了許多快樂的日子。那上面也刻著他的
　　笑，蓮子的愛；但是，他退了出來，他走錯了人家！〔註15〕

　　以括號內的文字表現出和尚記憶的錯亂和記憶裡的「我」的內心獨白，
和尚再也找不到他的蓉子，無論是在過去或現在。

　　此時期小說作品超結構模型圖雖承襲前二個時期而來，然於「背景」部
份有所變化，增加一敘述者引入故事主體，顯示出本時期小說作品特色；敘
事模式既保留傳統說書模式並且加以變化，也吸收書信、日記、描寫心理活
動等西方寫作手法，展現出中西融合的風貌。

〔註15〕譚惟翰：《海市吟》（上海：中國科學公司，1944年），頁90。

第四節　宏觀結構

　　1937 年戰火逼臨之際，仍有部份作家選擇留在上海未逃往內地，嚴峻的社會情勢逼使作家謹言慎行，深怕稍有不慎，便就此無聲消失；對日抗戰勝利後，情況並未好轉，隨之而來的第二次國共內戰，使得整個社會民生雪上加霜，故於此時期的小說作品普遍呈現刨除時代、國家等等大敘述的傾向，或逃逸於精神的烏托邦中，或專注於日常生活的經營。按宏觀規則歸納後，發現此時期的小說作品內容呈現出兩種極端，一是美善心靈的展現，如徐訏、無名氏；二是專力於書寫日常現實生活，此部份又可細分為飲食男女、女性生活與社會現實三種，飲食男女如作家予且的作品，女性生活如當時活躍於文壇的女性作家蘇青、張愛玲、潘柳黛等人以及男性作家東方蝃蝀的作品，揭露社會現實的作品如周天籟、周楞伽、丁諦、譚惟翰等人的作品。

一、美善心靈的展現

　　此類小說作品著重表現人類美善的一面、如作家徐訏和無名氏等人，徐訏小說作品帶有濃厚的哲學意味，常於浪漫神秘的愛情故事中探討人生意義、宗教信仰，其人物或純真善良或志潔行芳，表現人性的烏托邦，如《盲戀》中男主角陸夢放是個長相怪異猥瑣的男子卻有著純潔真善的靈魂，很類似莊子筆下支離疏、兀者王駘、兀者申徒嘉、叔山無趾，哀駘它、闉跂支離無脤、甕㼜大癭一類的人物，當他去張家當家庭教師時愛上對方家裡的一位盲女微翠，他們談音樂聊文學，夢放漸漸愛上微翠。

　　微翠鼓勵夢放創作，並給予他許多意見，小說一經發表意外大受好評，夢放自認自己是愚笨的，真正的天才是微翠，微翠自卑自己的文盲和眼盲，欲和夢放絕交，夢放和微翠說：「我不過是一架鋼琴，而你才是真正的音樂家，我知道你在任何的鋼琴上都可以奏出美麗高貴的音樂，而我，沒有你將永遠不會有音樂的，也許將是一個廢物。」〔註16〕，微翠感動之餘也向夢放吐露心意，兩人婚後依靠稿費過著沒有人打擾的日子。

　　然而「人類的幸福是上蒼所安排，而破壞幸福的則還是自己」〔註17〕。微翠的青梅竹馬張世發突然來訪，帶來一個好也不好的消息，他找到一個外國醫生可以治癒微翠的眼睛，微翠認為即使恢復視力也不會改變對夢放的感

〔註16〕徐訏：《徐訏文集‧第五卷》（上海：上海三聯書店，2012 年），頁 345。
〔註17〕徐訏：《徐訏文集‧第五卷》（上海：上海三聯書店，2012 年），頁 351。

情，夢放卻自卑地不願讓微翠看見自己的醜怪，在利己和利他之間，夢放選擇自殺將眼角膜捐給微翠，夢放自殺未果，而微翠幸運地得到他人捐贈的眼角膜，微翠恢復視力後，兩人的生活發生變化，感情也變質再無法坦然相處，微翠決定獨自去親人家住幾天，在親人家微翠碰上了世發，兩人如往常一般地吃飯看電影，世發意識到原來自己愛微翠已經很久了，但他不能說出口、不能吹皺已為人婦的微翠的心湖，微翠也似乎欲言又止，回到家之後便自殺了，文末並未言明微翠愛的究竟是誰，留下一個懸念與讀者。

　　男主角夢放因貌醜被拒絕在世界之外，女主角微翠眼盲難以融入世界，兩人的生活與現實世界保持距離，因而能不沾染世俗塵埃，世發的出現是兩人通往現實世界的大門，一旦大門開啟，在世界之外的兩人是否適應落入塵世的生活？微翠的欲言又止是不能接受夢放心靈與外表相悖反的矛盾，或是移情世發難以開口？如按作者對人物高潔靈魂的設定，愛上朋友妻的世發願意為友壓抑愛意，夢放願為微翠自殺捐獻眼角膜，微翠的自殺更像是不能接受不完美現實的反應，只有自殺一途才能保持她心靈與外表的完美，但現實世界存在的都是不完美的，如夢放、如世發，微翠的自殺亦暗示著純真良善高潔等等品德難存於現實世界之中，徐訏歌頌這些品德卻也明白這些品德於現實中的不可實現性。

　　徐訏《風蕭蕭》中主角「我」自言是獨身主義者，並和好友史蒂芬的太太說明「我」抱持獨身主義的原因。「我」並非對任何女孩子都不發生興趣，只是限於有距離的欣賞：

　　　　「因為有一天我忽然發覺自己沒有愛過一個人，愛的只是我自己的
　　　　想像；而也沒有一個人愛過我，她們愛的也只是自己的想像。」

　　　　「你以為人們都像『納虛仙子』戀愛自己的影子般永遠只愛著自己
　　　　的想像？」

　　　　「都是單戀！」我說。

　　　　「於是你失望了？」她說，「你從此不再為愛祈禱？」

　　　　「我只有懺悔。」我說，「於是我抱獨身主義。」〔註18〕

　　如何確定所謂的愛情真是愛情或只是出於自我的想像？什麼才是愛情？作者徐訏透過主角「我」發出這樣的疑問？既無解答，因此「我」對於身邊出

〔註18〕徐訏：《徐訏文集・第一卷》（上海：上海三聯書店，2012 年），頁 29～30。

現的三位女性，有如陽光般的嬌美的中美混血兒梅瀛子、有如星光般的聰慧
舞女白蘋和有如燈光般的羞怯外國少女海倫，曼斐兒抱持著欣賞而不愛戀的
態度。於小說中出現許多類似的充滿哲學意涵的談話或敘述，更像是哲學家
的呢喃囈語。而「我」與舞女白蘋的對話也充滿詩意，如一天「我」因看了
Hazlitt 的書《Table Talk》，其中一篇文章討論孤獨，從而驟然受到寂寞的打
擊，於是「我」打電話給舞女白蘋：

> 「白蘋麼？」我說，「你知道我是誰呢？」
>
> 「當然是我的愛人了。」
>
> 「不」我說，「是你愛人的朋友。」
>
> 「我想是我朋友的愛人吧？」
>
> 「隨便你說。」我說，「在立體咖啡館。」
>
> 「還有別人麼？」
>
> 「只有寂寞在我旁邊。」
>
> 「要我來驅逐它嗎？」她說，「我馬上就來。」〔註19〕

白蘋曾言一個舞女的心有時可以同水一般的純潔，因此出現如此唯美浪
漫的對話亦是可以想見的，而這種文風也成為徐訏小說作品的特色之一。

和徐訏風格相近的還有作家無名氏，他的作品也充滿文學、音樂的浪漫
氣息，但哲學意味不若徐訏濃厚，如《塔裡的女人》以作者在山上遇見一位
氣質憂鬱善拉小提琴的道士，作者三番兩次想與道士搭訕，道士以作者不再
打擾他為交換，給了他一部手稿，內容敘述他過去一段刻骨銘心的愛戀。道
士原本是一位少年得志的出色小提琴家兼化驗家羅聖提，在音樂和醫學兩個
領域游刃有餘，他自言自己是獨身主義者，「所謂女人，代表一種純粹友誼。
我對女人的興趣，與其說是生物學的，不如說是美學的」〔註20〕，由此觀念
出發，他對女性十分體貼卻不和女性談感情，即使讓他心動的、風華絕代、
高貴又有才情的名媛黎薇也不例外，經過三年若有似無地接觸，黎薇終於忍
不住將幾大本的日記交與羅聖提，羅才明白原來黎早暗戀他許久，於是他們
熱烈地戀愛了，小說中強調即使情熱也要理智維持純潔的交往，才是保護、
深愛一個女孩子的最好方式，藉此彰顯他們感情的純潔與真摯；待黎薇年歲

〔註19〕徐訏：《徐訏文集·第一卷》（上海：上海三聯書店，2012 年），頁 11～12。
〔註20〕無名氏：《塔裡的女人》（台北：輔新書局，1989 年），頁 41。

漸長，敵不住長輩逼婚時，羅聖提只好坦白，他有一段包辦婚姻，父母在老家已替他娶了媳婦、生了兩個孩子，她雖與羅無法交流、感情不睦，卻是父母心中最賢慧的媳婦，父母絕對不會答應和她離婚，羅聖提無法面對得知噩耗後失望的黎薇，轉而怯懦地替她介紹結婚對象方，黎薇含怨與方結婚，婚後才知方是一個空架子，風流花心、家庭負債累累，當初追求黎薇不過是出於虛榮，到手之後便不珍惜，不但家暴還虐待得讓黎薇流產，眾人皆默默埋怨介紹人羅聖提，羅自己也心痛不已，最後鼓起勇氣去尋找黎薇，她已變成如槁木、認不得人的老婦。

除了對於男女純潔戀情的探討，小說作品中也有許多關於哲學議題的討論，如徐訏〈本質〉中討論愛情的本質，說明愛情容不得任何條件；〈煙圈〉探討生命的本質；〈阿拉伯海的女神〉探討宗教與愛情；《荒誕的英法海峽》寫作者心目中的烏托邦等等，使讀者閱讀時不禁陷入作者所提出的種種疑問，思考人生的真諦，或許這也是作者想要達到的目的之一。

徐訏和無名氏筆下人物的對話、思維像是一首又一首讀不盡的唯美詩歌，男與女之間的感情總是理性地克制，沒有踰矩一步，唯一的阻撓只有來自現實給予有情男女的考驗、打擊，二位作家所營造出的愛情世界神聖純粹、沒有利益糾葛，然而這個浪漫純善的感情烏托邦卻是無法存在於現實之中的，一旦碰觸到現實世界便會如泡沫般破滅，為男女主角留下悲傷的結局，亦藉此告誡讀者純粹愛情的虛幻性。

二、日常生活的書寫

飲食男女乃生之大欲，如何生存在戰火蔓延的時刻尤其重要，此類小說作品抽離浪漫因素，多以日常生活中的柴米油鹽作為基調，內容務實、呈現現實生活，如探討女性在社會上生存的困境、男女相處之道、婚後的家庭生活等等。

（一）飲食男女

言情小說作品中最重要的內容不外乎男女主角談情說愛，然此類作品中的男女主角卻是相當實際、找不出什麼浪漫因子的，如予且短篇小說〈照相〉中男女主角皆已屆適婚年齡，在一次機緣巧合下發現，兩人有共通的興趣，女主角趙小姐和男主角子文先生都喜歡照相，因照相而開啟相互試探、談情的契機，文中的男女沒有天雷勾動地火、沒有兩情繾綣纏綿，甚至連阻

礙都沒有,只是在適當的時候和一位適當的人完成一段感情或婚姻如此而已。另一篇短篇小說〈秋〉中新寡的阿毛嫂因丈夫、兒子去世而欠下幾筆債務,當債權人之一張老大來家裡討債時,阿毛嫂藉著自己的幾分姿色與可憐處境誘拐張老大,成功後債務也隨之解決,其間張老大雖也對寡婦再嫁一事的提出質疑,然而在嚴峻的生存問題面前,似乎也不是那麼嚴重的事,與 1912 年出版的《玉梨魂》兩相對照,更顯出寡婦再嫁一事在不同時代風氣下的轉變。

予且〈男與女〉中討論夫妻相處之道,言「把女人關閉起來,辦不到,娶過來,她又常做忤你的事,只戀愛而不結婚,又怕她變心。真難!」〔註21〕,一語中的地道出戀愛和結婚之間的左右為難;夫妻一道參加完宴會:

> 夫和妻從宴會上回來,坐定了以後,夫就嘆了一口氣。
>
> 妻的臉放下來了說:「你第一次見我,我轉身去的時候,你嘆了一口氣。後來,你想求婚,吶吶不能出諸口,你又嘆了一口氣。如今什麼事都如了你的意了,你倒又嘆氣了,到底是什麼意思?你說。」
>
> 可憐的夫實在沒有話說,想了一刻,倒又要嘆氣了。不過他不敢嘆下去,出口就縮回去了。
>
> 妻於是一氣便上了樓,不再理他,他的心地似乎覺得平和些。
>
> 這便是一個男子的戀愛史。〔註22〕

這一幕十分寫實地紀錄男女之間女性對於男性的追根究柢、男性無可奈何的窘境,幾乎完全就是一般男女相處時的真實寫照,實際得像是你我曾經聽聞甚至經歷過的日常生活。對於男女孰強孰弱、地位高低的問題,予且亦嘗有感而發地說:「『男女平等』是一個騙人的名詞,女人的確比男子強些,社會上老太太比老太爺多,商店裏女顧客比男顧客受歡迎,打架的時候時有七八是男子屈服」〔註23〕,這段話實像是代小說中男主角說出心聲。

予且筆下的婚姻並非一味幸福圓滿,而是充滿日常瑣碎,如〈雪茄〉中夫妻和孩子討論抽菸的問題,丈夫決定戒菸,妻兒勸他不要戒,戒了之後會失去和他們互動的生活樂趣,丈夫便像一般戒菸的人一樣,在抽與不抽之間

〔註21〕予且:《雞冠集》(上海:國光印書局,1934 年),頁 15。
〔註22〕予且:《雞冠集》(上海:國光印書局,1934 年),頁 17。
〔註23〕予且:《雞冠集》(上海:國光印書局,1934 年),頁 16。

猶疑徘徊，最後還是抽上了菸；與〈雪茄〉類似的小說還有〈酒〉，丈夫為經濟問題決定戒掉餐前酒，但此舉打破丈夫日常生活模式而大亂，最後兒子為父親送上餐前酒解決問題。這些小說作品中在情感上幾乎沒有太大的起伏波折，平淡地敘述男女、夫妻之間平凡的相處方式；與前二期的作品不同，最大的感情困難並非來自於父母或禮教阻撓，而是來自於經濟，或收入不豐、或失業致使感情失和。

（二）女性生活

此時期的女性是自晚清民初提倡女子受教育風氣下成長的一代，但所受教育不見得足以支持她們在社會上謀求一個足以養活自己的職業，或靠著職業勉強生活，或靠著文憑求得一個婚姻庇護，這樣的情況在作家予且、蘇青、張愛玲、潘柳黛和東方蝃蝀筆下多有描繪。予且的短篇小說〈辭職〉透過妻子之口傾吐女性處境的艱難，女性從小必須隨著母親學習女紅、烹飪、家事、應對外，還要跟著男性上學校學習國語、算學、物理、化學，並與男性爭個高下；到了大學，一班男子找著做朋友，又要猜度男子的用心又要擔心被騙；結了婚痛苦又加上一層，日日被圈錮在家裡洗衣燒飯帶孩子，沒有朋友可以談心，日復一日過著沒有未來的日子，妻子想到這裡也只能默然啜泣，沒有改善生活方式的辦法，與傳統謹守閨閣、家庭的女性相比，現代女性得面對學校、職業、家庭等等來自四面八方的挑戰，生活更加複雜艱難。

予且的〈君子契約〉陳述單身女性在社會上寸步難行的處境，單身的陸小姐無論租房、吃飯、交朋友都因為單身身分而受挫，去餐館時須友人陪伴，沒有獨自出現在餐館的女性；交友時與男性做朋友總招人閒話、被誤解懷疑；文中敘述陸小姐主動提出與主角「我」做朋友，相處一段時日後，主角「我」看見陸小姐與其他男性相處，亦不能免俗地陷入忌妒的處境，卻不曾問過自己是否愛上陸小姐，為文章主旨「女子不能在社會上獨自的自由行動」下了最好註腳。

女性作家蘇青、張愛玲、潘柳黛等人以及男性作家東方蝃蝀的作品則多述當時職業女性的感情和工作，如蘇青和潘柳黛的作品多是半自傳體小說，一半想像一半自身生活經驗，這類寫作手法引起當時許多女性的共鳴。《結婚十年》、《續結婚十年》等作品寫蘇青自身結婚又離婚，成為作家獨自工作撫養兒女的經過。《結婚十年》中女主角懷青和丈夫崇賢屬半新半舊的婚姻，先由長輩媒妁之言訂親，後在校求學的兩人透過通信了解對方，待丈夫崇賢

畢業再正式成親。即使懷青是具有相當教育程度的女大學生，婚後夫家依然希望她能夠在家相夫教子、不要拋頭露面在外工作，丈夫崇賢甚至不開心見她看書讀報，不願她在精神層面上有任何的成長，身為妻子只需為他料理家務、生養兒子即可；男性將女性定位成傳宗接代、照料家庭的工具，卻忽略現代受過教育的女性不見得能安於這樣的地位，進而種下日後兩人分歧的導火線。

懷青在這樣的家庭風氣中感到日漸窒悶，在物資翻漲的上海，崇賢逐漸無法負荷家中經濟，懷青嘗試投稿幸運被錄取，希望藉由稿費來貼補家用，當崇賢看見她的文章刊登在報刊上，卻認為她搶了他做丈夫的風頭而對她冷嘲熱諷，甚至拳腳相向，受過新式教育洗禮的懷青越來越難忍受如此的對待，最後在崇賢的一次外遇後，毅然決然走上離婚一途，顯示受過教育的女性，思想已啟蒙且具有經濟獨立的能力，能夠勇敢地脫離父權的束縛，尋找讓自己生活得更好的方式。

潘柳黛《退職夫人自傳》寫作者潘柳黛自身從事記者、作家等工作的經歷。文中女主角「我」因家道中落又不受父母寵愛，很早便出外過著自給自足的獨立生活，除卻工作的不穩定和奔波勞苦外，還得忍受來自工作場合的性騷擾，並在一次長官的蓄意灌醉下失去童貞，即使成為知名作家後，亦得擔負「文妖」……等等不堪的罵名，真實呈現女性在職場上可能遭受的歧視與不公平對待。

女主角「我」渴望得到愛情，企圖藉由愛情來彌補不受疼愛的童年，在眾色男子間尋尋覓覓，終於她找到一個如她想像中那般愛她的男人阿乘，並且如願嫁給他，不料阿乘卻是個無行浪子，婚前種種的溫柔體貼全是做戲，女人之於他不過是換取錢財的工具，與她結婚或與嬸娘方嫻的不倫之戀皆是出自對金錢的需求，丈夫阿乘在得知身為名作家的她不若想像中有錢後，開始對她暴力相向，威脅她不准離開他，說些恐怖懸疑的故事造成她精神耗弱，她怯弱地在阿乘的眼色下討生活，完全失去知名作家的意氣風發，直到她再也榨不出一點點金錢，阿乘才心不乾情不願地簽字離婚。

雖然女主角「我」在感情上跌跌撞撞，但「我」與多位男性的情感糾葛，都是以「我」的意志為主導，去留於某位男子身邊可自主選擇，顯現出此時的女性擁有且能實踐自我意識。同樣都是書寫女性情感、生活的作品，與蘇青相比，潘柳黛傾向描繪女性的職場生涯，而蘇青的小說作品則傾向展現女

性在家庭、婚姻中的遭遇。

　　張愛玲筆下的女性角色事實上也可算做是職業女性，只是她們的工作是「女結婚員」，她筆下的女主人公為求得一張穩妥的長期飯票無不精心計算，「為門第所限，鄭家的女兒不能當女店員、女打字員，做『女結婚員』是她們唯一的出路。」〔註24〕，〈花凋〉中的這一段話，說明何以這些女性將婚姻當做終生職業，小說裡的女主人公鄭川嫦生長在一個家道中落的人家，父親是個自民國起便沒長過歲數的遺少，家中兒女多資源少，川嫦又是孩子中最老實的一個，吃虧受委屈是可以想見的，好不容易四個姊姊嫁了後總算輪到她，大姐幫她找了個留過學的醫生章雲藩，正在曖昧朦朧準備談定婚事的時刻，她卻生了肺病，仍當花樣年華的兩年後死去，如正要盛開怒放的花朵卻突然凋謝，籠罩著無力回天的悲哀。

　　《傾城之戀》中的白流蘇，離婚後回娘家住下，手頭金盡兄嫂們便開始露出嫌惡的臉色，聽聞她離了婚的丈夫死去，還極力慫恿她回去替他守喪，以求能夠不再供養她，白流蘇心寒於家人的對待，謀職不易與年華漸去的危機更是深深刺激著她；某回在妹妹寶珞相親的場合上，意外地和妹妹的相親對象范柳原看對了眼，為了擺脫困境的白流蘇，施展手段試圖嫁給范柳原，但饒是離過婚的白流蘇，在老練的范柳原手上仍是佔不了便宜，幾經交手不敵敗下陣來，與他不上不下地拖拉著，怎麼也挨不到婚姻的邊上去，幸而香港的陷落成全了她的心願，她終於成為范柳原名正言順的妻子，為自己的後半生找到依靠。

　　本名李君維的男性作家東方蝃蝀，被稱為是最早的張派傳人，他雖只比張愛玲小兩歲，但十分崇拜張愛玲，他的小說風格也肖似張愛玲，如他的〈牡丹花與蒲公英〉人物安排便與張愛玲的〈紅玫瑰與白玫瑰〉有些相似。牡丹花繆玉尖經歷過結婚又離婚後，婚姻之於她再無任何的吸引力，她想要的無非是讓自己過得更好，錢財是能讓她生活無虞的主要因素，在金錢的面前，愛情不過是點綴、娛樂，情人元芳同時與她和小家碧玉的清芬來往，元芳拿婚姻作為承諾，繆玉尖卻嗤之以鼻地對元芳說：

> 你也不要假惺惺了，我又不是十七八歲的毛頭姑娘，你拿結婚來打得動她的心。你養得起我嗎？汽車，公寓房子，天天晚上的應酬，

〔註24〕張愛玲：《張愛玲典藏全集‧6》（台北：皇冠文化出版有限公司，2001 年 7 月），頁56。

一身一身的衣裳，你說我俗物也好，愛虛榮也好，我就是少不了這些個。〔註25〕

繆玉尖的這段話說明以她這樣年紀與資歷的女人所渴望的不再是禁不起考驗的婚姻，她想要的是舒心的物質生活、不被柴米油鹽困擾，這卻是男主角元芳給不起的，而繆玉尖不要的婚姻恰恰是蒲公英施清芬汲汲營營追求的。施清芬的出身和性格恰似蒲公英，她生長於一個兄弟姐妹眾多的家庭，又是姨太太所生，從小便認清現實的一面，明白家庭不可能支援她繼續唸書深造的經費，於是謀得一位良人變成她最佳的出路，男主角元芳便是她鎖定的目標，由此施展渾身解數只為得到元芳太太一職。

予且、蘇青、張愛玲、潘柳黛和東方蝃蝀等作家的作品中無論是否進入婚姻，男女皆由風花雪月落入柴米油鹽，愛情的比例縮小，甚而婚姻像是競技場的較量，男女各自角力機關算盡，為自己謀得最大利益，與 1912 年至 1925 年時期類才子佳人式的愛情以及 1925 年至 1937 年時期類遊戲式的愛情大相逕庭。

（三）社會現實

此時期小說作品偏向紀錄社會現實的作家如周天籟、譚惟翰、周楞伽、丁諦等人。周天籟的長篇小說《亭子間嫂嫂》中，藉暗娼顧秀珍的際遇寫上海社會的形形色色。周天籟使用作者即敘述者的方式來訴說亭子間嫂嫂的故事，敘述者「我」眼裡的顧秀珍是個十足的美人胚子，可惜紅顏薄命，她薪資所得十分之七全都給了住在鄉下、右腳殘廢的菸鬼爹，在經濟重擔的壓迫下，沒有學歷、一技之長的顧秀珍只好以出賣肉體維生，又不敢讓爹知道自己從事賤業，只能騙爹說是在上海絲廠作工。事實上做妓女也是很辛苦的一件事，服飾、化妝品之類物品所費不菲，光是每天裝點自己便須花上兩個小時的時間；加上顧秀珍是個單打獨鬥沒有黑幫勢力關照的妓女，有時被白嫖、黑吃黑不說甚至遭人拳腳相向。

我忽然得到一個明確的解剖，我認為她一定是為了生活問題而出此下策，這是社會不良制度迫逼她走這條路，世上絕沒有甘心做妓女的道理，這都是種種背景而使然，那末我對亭子間嫂嫂不應該存著卑視的心理，應當可憐她，應當同情她，我既沒有力量挽救她脫離

〔註25〕東方蝃蝀：《紳士淑女圖》，（北京：人民文學出版社，2005 年），頁 118。

苦海，那末我只有處處盡我同居鄰舍的份上愛護她。〔註26〕

　　為此敘述者「我」頗為同情這位年輕貌美、為家庭犧牲的女子，並未因她從事的職業而看輕她，反而對她有更多的體諒。撇去職業不談，「我」非常欣賞顧秀珍直爽的個性，若非早已成婚，想著能和她成了一對夫妻的話，今生不知怎樣地幸福，秉持這樣的情感，「我」屢次勸戒顧秀真不能再繼續這樣的生活下去，並想方設法為她改善生活，無奈杯水車薪；最後顧秀珍所託非人懷孕被棄，只得舉債度日，生產後沒多久貧病交織而亡。妓女顧秀珍的悲慘際遇說明一位知識程度不高、沒有男性作為依靠的女性，在社會上生存的艱難處境，與其說敘述者「我」責怪自己沒有能力解救她脫離苦海，毋寧說藉顧秀珍的遭遇大力批判社會不公，殘酷現實逼得她不得不操此賤業維生，甚至被人辜負拋棄貧病而亡。

　　譚惟翰的短篇小說集《海市吟》多寫教育界的黑暗面和市井小人物的悲哀。如〈頑童〉寫貧困家庭的兒童在學校受到的不公平待遇。逾齡未嫁的女性教師呂老師瞧不起班上一個出身貧窮又喪父的學生王誠中，老當著全班的面羞辱他，說他貪玩、懶惰，是不懂衛生的髒孩子；一天班上一個有錢學生宋家寶的五塊錢不見了，呂老師誣賴家境貧窮的學生偷了這筆錢，並且在校務會議上要求開除王誠中，事後才發現原來是宋家寶的父親怕他亂花錢，把錢取出後卻忘了告訴宋家寶，以至於他誤以為錢不見了，而王誠中身上的錢是他的母親當了棉襖預備拿來買米的錢，即使真相大白，是校董乾女兒的呂老師還是堅持要開除王誠中，不得已副訓導主任來到王家告訴他被開除的消息，看到眼前家徒四壁的王家，馮主任想伸出援手救助他們，卻想起自己也不知道何時才能領薪水，心有餘而力不足，只能無奈地看著王家母子抱頭哀哭。

　　〈大廈〉則是社會底層貧窮老百姓的悲歌。文章一開頭便描繪出貧窮者生活的世界：

　　深夜——幽靈活動的世界。

　　一羣人影在黑暗的空場上出現。他們沒有休息，缺少睡眠，從早到晚，辛苦著，忙碌著；汗水在他們闊大的肩膀上畫著悲痛的紀印，可是誰也沒有功夫去揩乾它，兩手需要扣住粗壯；繩索連結在笨重

的木夯上，隨著沉悶的打樁聲，這一群人有氣無力地出了含冤的聲
調：

「哼唷！哼唷！哼唷！——」

這樣沉悶的叫喊已將近一個月了。年老的背骨早就感到痠痛，年壯
的也漸漸支持不住了。然而他們不能停止體力的消耗，拿自己的生
命來和死神搏鬥，說是為了要使自己的生命能夠延長！因此，成天
累月的工作，當地基變成了結實，——而他們的肌肉卻一天天地轉
為鬆弛了！〔註27〕

在大廈建築工地裡，貧窮的人們為了餬口必須整天地賣力氣，「血液慢慢
兒地在枯竭，報酬卻是稀薄得可憐」，可是他們沒有選擇的餘地，只得以命換
得的卻是難以溫飽的薪資，身旁走過的卻是一群衣著華貴連看都不看他們一
眼的紳士們，「有多少人消耗自己的血肉在謀生活？又有多少人生活著在吸食
別人的血肉？」，揮汗工作的工人們和即將入住大廈的闊人們形成強烈的對
比。

在這群貧窮工人的其中一個是年近五十的施老頭，旁人總勸他不要再做
這麼粗重的工作，可是他仍舊拖著老邁困乏的身軀賣命工作，以他的年齡本
應可以在家含飴弄孫頤養天年，不過他的獨子命喪砲火之下，他的妻子傷心
而逝，和他一同居的是寡媳和年幼的孫兒，他的寡媳是個孝順的孩子，為了
養活一家子，不得不在路邊拉客，當施老頭聽聞這個消息，還說某車夫和他
的媳婦有過一夜的緣分，施老頭懷著無法排解的悽慘情緒打了媳婦，所以他
在工地拚了死命地工作，連最危險的工作也願意做，不料發生工安意外，施
老頭慘死在工地裡；當大廈落成剪綵時，滿場衣香鬢影，一旁施老頭瘦黃襤
褸的媳婦拖著孩子來領撫卹金。作者在文末安排一個諷刺又強烈的對比，強
化下層人物生活的血淚斑駁，使讀者更深刻地感受施老爹一家以及與施老爹
際遇相似的人們的悲苦生活。

作家丁諦除了寫反映社會底層貧苦百姓的生活外，很特別的是，他還寫
了一些反映商界現象的小說，這得力於他曾是一位商人、投身於商業生活之
故，如〈蠢動〉中描寫吉盛銀號的股東張大華、胡可容和成祥貴炒雜糧、棉紗
等、以及外幣和公債之事，過程充滿爾虞我詐，呈現出戰爭對於商業金融的

〔註27〕譚惟翰：《海市吟》（上海：中國科學公司，1944 年），頁 65。

影響以及人性貪婪的一面。通利銀行經理成祥貴託張大華趁日美戰爭之際大買美票，想藉機發戰爭財，不料美票大跌：

> 美票的行情更小了。
>
> 瘋狂的，瘋狂的，……市場的行情原來就是瘋狂的啊！她有一種意想不到的力量控制人心。人心受牠支配著，操縱著，箝制著，一會兒珍寶似的爬進，一會兒又垃圾似的拋出。〔註28〕

成祥貴要張大華趕緊售出美票，為自己設立停損點，張大華卻坑了這筆錢；同時胡可容和張大華合謀派人威脅成祥貴的兒子，此事被曾和張大華借錢不果而懷怨的張石鈞知曉，以此秘密和成祥貴換得400塊錢，張石鈞拿一百塊錢投資期貨棉紗，不到十分鐘便賺了二十多塊，快速又簡單的賺錢方式勾起他的貪慾，張石鈞開始想投資更多的錢。透過成祥貴買美票和張石鈞買期貨二事，投機事業的不穩定和瘋狂在丁諦筆下展露無遺。

吉盛銀號裡條子、雙馬和金雙馬虧空銀行將近一半的資金，因此眾股東決議囤米囤大豆填補虧損，試想在戰爭期間這些不肖商人囤糧導致糧價高漲，百姓無米可吃民不聊生，這些惡劣的商人卻賺個盆滿缽滿。然而這一切的投機都被戰火中斷：

> 蠕蠕地浮動在這罪惡的，淫靡的大都市的投機商的蛆蟲──投機商，被十二月八日的炮聲驚醒了。
>
> 他們都知道罪惡的活動的停止就在目前，他們驚恐著，憂慮著，掙扎著。然而，完全無效。罪惡的活動被箝制，荒唐的夢被驚醒。〔註29〕

十二月八日日軍偷襲珍珠港太平戰爭爆發，上海的銀號關門、幾個人的投資慘賠，最後不計前嫌地湊在一起炒棉紗期貨，一開始嚐到甜頭賺了些錢，人的貪慾也跟著膨脹，但行情像迂迴的曲線不斷地下降下降，「蠢動著的一群灰色的投機商，至此，更沒落了」〔註30〕，丁諦藉幾人的投機行為預言蠢動的貪慾終使人走向敗亡。

在戰火無情吞噬之際，徐訏、無名氏等作家逸離現實，建構出一個良善無垢的精神世界，探討人的生存意義和存在價值；予且、蘇青、張愛玲、潘柳黛和東方蝃蝀等作家寫出柴米油鹽的日常人生；周天籟、周楞伽和丁諦等作

〔註28〕丁諦：《人生悲喜劇》（上海，太平出版印刷公司，1944年），頁96。

〔註29〕丁諦：《人生悲喜劇》（上海，太平出版印刷公司，1944年），頁111。

〔註30〕丁諦：《人生悲喜劇》（上海，太平出版印刷公司，1944年），頁116。

家則是刻劃出動盪社會下的離亂人生，這些作品展示出在亂世生存的各種不同面相。

第五節　社會文化語境

　　從 1937 年抗日戰爭到 1949 年，上海文學分期可細分為三個時期，有 1937～1941 年租界存在的孤島時期、1941 年 12 月 8 日太平洋戰爭爆發到 1945 年的淪陷時期和 1945 年到 1949 年的國民黨統治時期。1937 年上海淪陷，除原屬於英美勢力範圍的公共租界和屬於法國勢力範圍的法租界外，整個上海及上海四周落入日本之手，兩處外國租界猶如汪洋中的一座孤島，此即孤島時期；而 1941 年第二次世界大戰爆發，珍珠港事件發生，日軍佔領英法租界到 1945 年日本戰敗投降為止這一段時間則為淪陷時期；1945 年日本戰敗，國民政府接收政權到 1949 年退守台灣為止稱為國民黨統治時期。

　　原本在上海的大批新文學作家隨軍隊輾轉奔赴大後方，為滯留滬上的作家們提供更寬廣的生存空間，加上讀者們對於通俗文化的高昂興致，為寫作與出版帶來可觀的商業效應，為作家們提供強而有力的發展基礎。兼之在此時期的上海，侵略者挾其強大的武力做後盾，嚴格控管文藝政策，如何言說難以拿捏掌握，稍一不慎書籍被查禁事小，作家遭到監禁甚至屠殺時有所聞又無力抵抗，在這樣的情勢和壓力之下，此時期海派文學將寫作焦點轉向關注瑣碎的日常生活，作家們以凡人自居，坦然訴說他們的一身俗骨，津津樂道食衣住行的各類瑣事，把日常生活作為書寫標的，特別是那些在一般人的生活中占有重要地位、但與時代歷史、民族意識不相關的事件；經濟力量的重要性亦是為海派作家們所強調的，他們已經將經濟的地位提昇到決定一切的地步，也正是這點鮮明地揭示出他們從日常生活的角度看待問題的立場。

　　除卻日本勢力籠罩的時空外，此時期的文藝政策有民族化、大眾文藝化的要求，政治高過一切，對內國共兩黨都呼籲團結對自己的政黨忠誠，對外要抵禦外侮為自己的國家效力，當然兩黨都認為自己的黨和國是結合在一起的，黨國不分家，在此時期小說作品中卻少見這樣聲嘶力竭的吶喊疾呼，內容更偏向呈現在黨與黨的爭鬥下、國與國的爭戰中，小老百姓的被迫承受、無力反抗和掙扎求生，日常生活中的瑣碎細節被不厭其煩地翻檢再翻檢，彷彿在生活的痛苦煎熬中才能真切地感受到自己仍然活著的事實，生活的種種

艱難不過次次證明自己活著、費力地活著。

　　孤島時期指的是 1937 年 11 月 12 日上海公共租界北區、東區工部局已無力管轄，不算做淪陷區，上海市中心為公共租界中區、西區和法租界，日軍尚未能進入，因而形成四周都為淪陷區所包圍，形似「孤島」的局面，一直維持到 1941 年 12 月 8 日日軍發動太平洋戰爭以前。在此期間，由於公共租界中區、西區以及法租界湧入大量資本和人口，與淪陷區和正在進行戰爭的內陸相比，租界內的形勢相對比較穩定，形成一段被史學家稱為「畸形繁榮」的時期，「上海自從成了孤島以後，兩租界人口激增了四五倍」〔註 31〕，金融業、房地產業、交通運輸業、營造業無不迅速發展。

　　上海人口的暴增，在幾條熱鬧的馬路上已達摩肩擦踵、揮汗成雨的地步，「大世界溫泉浴室門前一個報販，曾經一度紀錄，從下午四點鐘起，到六點半止，兩個半鐘頭內，經過這邊人行道上的人，約三千七百個以上。這個報攤還不在必要之路，如果在虞洽卿路轉角記錄下來，當兩倍此數，那就更驚人了」〔註 32〕，由此不完全的統計可知，上海人口指數高漲並不是無根據的。

　　因為人口和資本的湧入，加上戰爭這個不確定因素，致使在上海生活變得十分艱難，心期〈孤島生活長期越野賽〉一文紀錄下 1941 年前後上海各個行業薪資下降、物價瘋漲的情況。地皮已固定無法增加，因此當時漲得最兇的是房價，房子也是隔間再隔間，二房東把 4 元的亭子間漲到 30 元，一個 8 元的前樓漲至 70 元，把堆放雜物的三層閣樓整理出來後租 20 元，曬台釘成個板變成房間租 15 元，廚房讓出一半租 12 元。米、煤等民生必需品也漲個不停，米從 10 元 2 角開始，一路狂飆到 160 元，後引入港米平抑米價，每石售價 102 元，但供給量有限；煤三年來從 8 角漲到 19 元，後運來基隆煤，使煤降到 15 元 6 角；公共汽車票價漲價百分之一百。投資性商品黃金和美金也是雄風不再，黃金暴跌七百塊，美金命運也差不多，怕是沒有東山再起的機會。

　　在物價飛漲之下的老百姓們生活十分痛苦，大房東戰前一座房子租 60 元，向二房東連加租三次，也只 75 元，但二房東把房子隔間後出租，月租 171

<hr>

〔註 31〕碧翁：〈上海社會的一角〉。吳健熙、田一平編：《上海生活：1937～1941》（上海：社會科學院出版社，2006 年），頁 6。

〔註 32〕蘇子：〈上海「人」〉。碧翁：〈上海社會的一角〉。吳健熙、田一平編：《上海生活：1937～1941》（上海：社會科學院出版社，2006 年），頁 30。

元，大房東也莫可奈何。教師薪資雖說 48 元，但也有拿 44 元一個月的，還得扣除伙食、住宿，即使學校招生滿員，招生獎金也分不到教師身上；其他行業如小職員三月不知肉味，店夥計從早忙到晚，一個月往往也僅只有一、二元的津貼；黃包車夫薪資不固定，連自己溫飽尚且有問題，更別說是養活他們的妻兒。文化人以前一天寫兩千字便可維持生活，而今非寫一天兩萬字不可，筆耕整日還趕不上物價的上漲。〔註 33〕心期客觀地記錄當時物價數字的變化，從這些數字便能深刻感受到當時物價上漲的壓力。

在丁諦小說〈騷動〉中教書匠何可勤學著他人投入不擅長的投機生意，其目的不過是想撈幾個錢後，能夠置幾斗米、給妻做生產費、給兒子下學期學費以及還債。〈他們是有孩子的〉中木匠老趙的妻子懷孕，但因為生活壓力太大、連自己都快養不活了，只好把孩子賣給假孕的有錢人家太太，文末老趙對已入富戶的兒子的唯一期盼是希望他此生能夠吃飽喝足不挨餓，這卑微的願望道盡當時百姓的辛酸。莫怪乎蘇子言：「有人說笑話，上海百物昂貴，日用物品小至引線針、洋紗團，大致米食菜蔬，沒有一樣不值價；只有『人』，因為全塞在這個彈丸之地，有過剩之勢，顯得一些也不值錢。窮無所歸的，倒斃在小弄堂過街樓下，行路君子看也不屑一看；富而又『貴』的，也常常橫死在馬路上，給人拍手稱快：反正上海『人』太多，這種人不防多死幾個」〔註 34〕，在這樣的亂世之中人反而是最賤價的。

1941 年到 1945 年日軍佔領上海公共租界，這四年被稱為淪陷時期。1940 年依靠日本人扶植的政權汪偽政府正式成立，汪偽政府控制傳播媒介，制定新聞出版法規，施行新聞出版檢查制度，操縱新聞出版，左右輿論導向，並實施嚴格的文化統治政策，知識份子喪失自晚清以降構建的自由言說空間，文學自由備受打壓，許多作家已撤離上海轉往內地，抗日文學報刊被勒令停辦，各大書局被查封，原本成形的文學生產體制遭受破壞，書籍出版相對艱難，「在大批新文學家撤離後，長期以來備受壓抑的通俗文學獲得了發展機緣。《小說月報》、《萬象》等刊在『孤島』淪陷後的繼續存在，顯示了通俗文學的

〔註 33〕心期：〈孤島生活長期越野賽〉。碧翁：〈上海社會的一角〉。吳健熙、田一平編：《上海生活：1937～1941》（上海：社會科學院出版社，2006 年），頁 16～23。

〔註 34〕蘇子：〈上海「人」〉。碧翁：〈上海社會的一角〉。吳健熙、田一平編：《上海生活：1937～1941》（上海：社會科學院出版社，2006 年），頁 29。

廣闊前景，通俗文學作家趁機辦刊鞏固並擴大通俗文學陣營，有著日偽背景的文人也在政治當局或正要的支持下辦刊，為汪偽統治下的上海文學營造繁榮景象。……在諸種政治和文化力量的作用下，上海文學從1942年3月開始緩慢復甦」〔註35〕。除此之外，汪偽政權也積極拉攏文人，早先如穆時英、劉吶鷗、張資平、章克標、傅彥長、汪馥泉、丁丁、陳大悲等作家先後加入「和平文學」陣營；又如1942年12月周越然、柳雨生、周黎庵、陶亢德、予且、蘇青、陽光政、楊燁、錢公俠等人發起籌建「中國文化人協會」等等；無論這些作家是真心認同汪偽政權還是迫於權勢無奈加入，都為當時上海文壇營造出繁榮的景象。

　　1945年抗戰勝利後百廢待舉，文壇也迎來一波清洗浪潮，前時與汪偽政府親近的文人都遭到清算，如蘇青與汪偽政府的要員周佛海和陳公博相熟，陳公博甚至一度邀請蘇青做他的私人秘書或安排出任政府專員，其在《結婚十年》、《續結婚十年》中出現的小說人物也被懷疑有汪偽政府高官的影子，因此落下「漢奸文人」的名聲；張愛玲因為與胡蘭成的婚姻而被冠上女漢奸之名且飽受抨擊，故而張愛玲自抗戰勝利後隱姓埋名，不在公開場合出現、文章也不寫了，最後選擇離開上海，至1949年文壇由此告別前時，轉向另一個新局。

　　將微觀結構、超結構、宏觀結構以及社會文化語境等部份統整來看，由於此時期對日抗戰、二次世界大戰、國共內戰等大型戰役打得烽火漫天，激起國人的民族意識，在語言形式上走向大眾化和中西融合兩種形態；於微觀結構中已漸趨同現代漢語系統；於超結構中對於西方寫作手法、西方文學理論已融會貫通運用嫻熟；於宏觀結構中可看出戰火影響文學之深，作家們諱言國家、社會等大敘事題材，轉而關注日常生活；於社會文化語境中則說明形成上述現象的背景，以此四種不同角度闡釋此時期的小說文學話語，可使此時期文學話語的呈現更加完整立體。

〔註35〕李湘銀：《上海淪陷時期文學期刊研究》（上海：上海三聯書店，2009年），頁37。

第六章　結　論

　　本論文運用馮・戴伊克宏觀結構話語理論研究 1912 年至 1949 年海派小說作品，並將時段分成 1912 年至 1925 年、1925 年至 1937 年、1937 年至 1949 年三個時期，綜合此三個時期的文學話語可得以下結論：

一、語言情況方面

　　上承晚清言文一致運動將文字視為啟蒙工具的概念，1912 年至 1925 年時期文壇對於語言文字的使用方式展開熱熱鬧鬧的討論，這類討論常與政治脫不了干係，如王照依靠袁世凱、勞乃宣則依賴端方的勢力推行其拼音方案；受西方思潮洗禮的新文學家如吳稚暉、李石曾、褚民誼等學者試圖推行吸收歐洲各主要語言優點創制而成「萬國新語」；五四新文學家如胡適、劉半農等學者主張以古代白話小說為主，輔以今日的白話文和文言文形成新式白話，傅斯年則主張使用借用西洋語法的歐化白話文。在實際的語言使用情況方面，此時期海派文學使用駢文、文言、白話等三種文體創作，事實上這三類文體因市場需求之故界限越來越模糊，只要能夠成為暢銷書籍，使用何種文體對作家而言不是需要深切思索的問題。

　　1925 年至 1937 年時期文壇普遍認為新文學家推動的歐化語言，根本比傳統的文言文更難懂，從而產生大眾語運動，試圖找出更符合一般百姓使用習慣的白話文；而此時的海派文學作品受到市場運作、作家學術背景、社會文化環境等各種因素的影響，實際使用的語言文字大致有兩種，一種是降低文言拉高白話比例、逐漸趨近於現代漢語的語言文字，另一種是比五四文學歐化文字更形歐化的混語書寫。

　　1937 年至 1949 年時期進入全面對日抗戰，於上海以外的地區為因應抗戰宣傳需要，希望能使用更為簡單易學的語言文字，讓即使是不識字的百姓也能快速習得；於上海，無論是在孤島、淪陷或 1945 至 1949 年，高壓的政治政策，讓滯留滬上的作家們多選擇噤聲不語，即使討論文藝政策也隨順當局需要，少有自己的主張，此時期的語言文字漸漸融合傳統文言、白話和歐化語法，呈現近似現代漢語系統的語言文字。

二、微觀結構方面

　　1912 年至 1949 年時期的微觀結構可分成傳統漢語語法與歐化語法兩部份，傳統語法中選擇較具代表性的代詞「其」、助詞「所」、介詞「以」三個結構，於 1912 年至 1925 年時期此三種語法結構仍與傳統漢語語法系統相同，至 1925 年至 1937 年時期不僅在數量上大幅減少、使用範圍縮減，已趨近現代漢語語法系統，1937 年至 1949 年時期三個結構的使用方式已與現代漢語系統幾無差異。

　　在歐化語法部份，1912 年至 1925 年時期歐化語法初露端倪，如複數標記「們」的歐化、介詞「對於」、介詞「關於」、連詞「和」以及一＋量詞「個」名詞性標記用法等語法結構均現書中，然數量未多；1925 年至 1937 年時期，於前期所使用的歐化語法不僅已普遍出現，亦出現更加歐化的複雜化句式，如一個句子中包含兩個或兩個以上小句的方式之一是增加同位語或插入語，句子中成份的擴大如在定語前或在名詞前增加修飾語等，尤有甚者直接混用外國詞彙的混語書寫，顛覆傳統漢語的使用習慣；1937 年至 1949 年時期的語言文字系統融合傳統文言、白話和歐化語法，傳統漢語語法部份與 1925 年至 1937 年時期相類，歐化語法部份自然汰除過度歐化的混語書寫，複雜化句式的使用亦有所收斂，已呈現現代漢語語法系統面貌。

　　必須說明的是，於 1912 年至 1949 年時期的海派小說作品中有少數使用吳語方言的現象，這屬於文學創作上的特殊需求如《黃熟梅子》中女主角為唱蘇灘的伶人自不可避免使用吳語；《亭子間嫂嫂》中的女主角顧秀珍為上海暗娼，操著一口流利的上海話更能表現其人物特色，並非以北方語系為主的國語創作小說作品便排斥方言的使用。

三、超結構方面

　　1912 年至 1949 年時期的超結構分成小說結構模型與敘事模式兩個部份，

在小說結構模型部份，1912 年至 1925 年時期的小說結構模型分成背景、糾葛和結尾三個部份，演譯男女主角相逢、產生誤會而分離，最後多半悲劇收場的愛情故事。1925 年至 1937 年時期的小說作品分成兩個結構模型，第一個結構模型與前期相似，分成背景、糾葛和結尾三個部份；第二個結構模型，第一個層次是主角自爆家門，第二個層次分成現實和非現實兩個部份，第三個層次是結局，第四個層次是分從非現實回到現實和現實、非現實不分兩個部份，此結構模型的出現乃受到西方文學思潮影響所致。1937 年至 1949 年時期的小說結構模型承續前二個時期，分成背景、糾葛和結尾三個部份，介紹部份中的敘述者身份較前期更為多元。三個時期的超結構模型相似，但在結尾部份差異最大，1912～1925 年時期小說作品的結尾悲劇多過喜劇，人物多已病亡作終；1925～1937 年時期小說作品結尾病亡比例大幅降低，頂多只是以人物的失敗作結，同時開放式結局比例較前期增加；1937 年至 1949 年時期開放式結局比例為三個時期中最多。

敘事模式部份，1912 年至 1925 年時期保留傳統白話小說中說書形式的同時，也引入西方文學的敘事方法，如第一人稱自敘手法、書信體、日記體的使用；1925 年至 1937 年時期傳統說書模式色彩漸淡，取而代之的是西方敘事手法如心理分析的大量使用；1937 年至 1949 年時期則在傳統說書模式與西方敘事手法之間嫻熟轉換。

四、宏觀結構方面

1912 年至 1925 年時期的宏觀結構呈現與「情」相關的討論，不滿傳統舊道德對於人性的極端壓抑，反對傳統「父母之命，媒妁之言」的婚姻觀念，但又恐懼現代情愛造成深層倫理道德價值秩序的破壞，鼓吹婚戀自由，卻希望能以「禮教」約束自由，而愛情的範疇不應僅侷限於男女之情，愛情的極致是愛自己的國家、為自己的國家奉獻性命也在所不惜。1925 年至 1937 年時期的宏觀結構表現出對於現代都市的空落感與不適應，都市中道德敗壞、傳統價值不復存在，只有欺騙、背叛和一個又一個等待人們失足的陷阱，與此同時都市快節奏的生活，也讓人感到空虛寂寞無所適從。1937 年至 1949 年時期，烽火不息的惶惶威脅致使作家們的目光轉向平凡且平淡的日常生活，在家長裡短的表象下，訴說生存不易的無奈。

五、社會文化語境方面

1912 年至 1925 年時期政局更迭頻繁，對政治有心無力的有識之士或縱情山水或投身詩酒，透過男女情感抒發一己的憤懣不平；1925 年至 1937 年時期都市生活方式迅速蔓延侵襲，在此社會轉型時期，作家們忠實記錄都會生活中的惡之華；1937 年至 1949 年時期政府對文藝政策的嚴格控管，使作家們多選擇噤聲不語苟全性命，寫些無關政局的風花雪月、委婉地控訴時局的艱辛。

據上述結論歸納分析後顯現本研究的兩個價值：

一、探索語言演變過程。本論文聚焦於 1912～1949 的海派小說的研究，發現：大部份的語言學研究書籍多是以新文學作家作品作為研究語料，絕少將目光投注在海派小說作品上，新文學作家引領的文學革命，其語言形式的改變是自上至下的，由上層的知識菁英領導民眾改變語言使用習慣；而海派文學因其市場導向的商業化運作之故，必須隨時追著讀者跑，因此它的語言變化是由下而上，由於平民百姓是最大多數的閱讀群眾，市場導向使得作者寫出他們（平民讀者）想看的、看得懂的文字語言，因此海派小說作品中所運用的語言應是更貼近當時民眾的語言形式，透過對海派文學作品語言的研究，可挖掘出更接近真實的語言面貌。

現代漢語的起點各方學者主張不一，如學者石裕智認為現代漢語應是以 1501 年作為起始點，在此時很多古漢語的重要語法形式消失，並出現許多現代漢語的特徵，舉如體標記系統、動詞重疊式、動詞拷貝結構、複數標記「們」等等；〔註1〕學者胡明揚將近代漢語上下限界定為隋末唐初至清初《紅樓夢》之前，「《紅樓夢》對話部份的語言已經是現代漢語」〔註2〕，可知現代漢語的起點應當在明末清初、《紅樓夢》出現之後，於其時現代漢語基本詞彙系統、助詞系統、語音系統大致形成；最多人支持的觀點當屬王力提出的「五四」說，意即現代漢語的起始點應從五四時期開始〔註3〕，學者邢福義進一步說明此一觀點，五四時期語言系統開始發生轉變的重要標誌有二：一是教育部頒

〔註1〕石裕智、李訥：《漢語語法化的歷程》，（北京：北京大學出版社，2001 年），頁 10。

〔註2〕胡明揚：〈近代漢語的上下限和分期問題〉，《胡明揚語言學論文集》（北京：商務印書館，2003 年），頁 195。

〔註3〕王力：《王力文集‧第九卷‧漢語史稿》，（濟南：山東教育出版社，1988 年），頁 48。

布新式標點符號，這是為因應現代漢語書面語言的需要而制定的；二是 1920
年 1 月，教育部通令全國各國民學校將一二年級國文改為語體文，這一舉措
使白話文有效取代文言文成為書面語系統的主流，形成現代漢語的基礎。

現代漢語與古代漢語最重要的區別之一，即是書面語系統以白話文為主，
相對於傳統漢語的文言文系統。五四時期有意或無意地融合傳統漢語文言、
白話系統和受西方影響形成的歐化語法等成分所組成的白話文，取代文言文
成為書面語系統主流，形成現代漢語的雛形；然五四時期白話文系統的形成
非一朝一夕可幾，亦非單一因素可以促成，應當是漸變而非突變的，它的源
頭可上溯至晚清時期，而現代漢語語法的研究多是探討已經固化的語言規則，
卻未能將研究焦點轉向至正在變化的語言演變過程上。歷史學者羅志田在探
討清末民初新舊交錯的歷史現象時指出，「研究者多習見史料中明顯的新舊之
分，『不新不舊』的人與事以及新舊各自陣營中表現不那麼極端或積極的群
體，在我們的研究中多半處於一種『失語』（voiceless）的狀態之中。」〔註 4〕，
這些人物或現象不若「極端或積極的群體」那樣表現突出，卻也是不容忽視
的一個群體，或許這樣的群體數量更勝「極端或積極的群體」；當代語言學者
李亞非亦有類似論點，他曾於第十九屆國際中國語言學會研討會上言道，當
代語言學者多把注意力放在語言規則的研究上，然而在模糊地帶、不甚明顯
的語言現象卻少有觸及。語言並非寂然不動的現象，研究語言規則固然重要，
但在演變過程中的變化形式卻也無法略去不提，透過對三個時期海派小說作
品語言的研究可勾勒出語言演變的軌跡，不是那麼極端、明顯的現象，尚未
固化成語言規則，可將其視作傳統漢語過渡到現代漢語歷程的一個佐證、亦
是促成現代漢語發端的現象之一。

二、結合文學和語言學理論。語言學與文學研究關係密切的兩個學術領
域，但研究思路卻是截然相反，文學研究從大處著手，看其主題、表現手法，
語言學本體研究從小說文本擇取語料，其最大單位只到句子，整篇文章的內
容是通常略去不提，因此文學領域的研究較難清楚說明現代漢語的語言規則，
語言學領域也難闡釋小說的深意。

話語研究是一個相當廣泛的研究課題，內容涉及語言學、文學、哲學和
社會學等等領域，文學領域的話語研究多著重於文本與社會文化的連結，內

〔註 4〕羅志田：《二十世紀的中國思想與學術掠影》（廣州：廣東教育出版社，2001
年），頁 259。

容較少涉及語言形式；語言學領域的話語研究較偏向口語和各類文體的研究，如新聞話語、醫療話語、科學話語、法律話語等等，較少有關於文學作品的研究。因馮·戴伊克本身治學背景的關係，其宏觀結構理論恰巧能夠涵蓋文學和語言學兩個領域，既能說明文本中語言系統的變化又能兼及文本的內容和其所反映的社會文化；然而馮·戴伊克近年來的研究興趣轉向新聞話語和意識形態方面，其話語理論多應用於新聞傳播學界，並得到學界很大的迴響，本文運用其宏觀結構理論於文學領域，實屬創新之舉。語言、文學作品與社會文化關係緊密人所共知卻難以言明，本文試圖透過馮·戴伊克的宏觀結構理論，結合文學和語言學兩個領域的研究，以求最大限度地介紹 1912 年至 1949 年海派小說中的語言使用情況、小說文本的內容分析以及社會文化三者之間的變化和關聯性，嘗試說明文學作品中小至語言大至社會文化各個層面的深意。

學者范伯群在綜述百年雅俗文學分合消長態勢相關問題時，將百年來雅俗文學歸納成開拓啟蒙、改良生存、中興融會三個階段。〔註5〕事實上 1912 年至 1949 年海派文學話語也符合這三個階段，由研究可知，自鴉片戰爭以來，西方文化勢力大舉入侵，中國士人從排斥到接受的心理歷程，體現在語言、文學作品和社會文化等等層面，1912 年至 1925 年的啟蒙時期，以新式媒體如雜誌或報紙形成文學中心，創作或直指社會現實、或委婉反映民眾心情的作品，甚或取材直接來自新聞事件的擴充與改寫，作家們承繼傳統小說寫作方式、使用傳統漢語語法形式創作文言和駢文小說作品，可反映出當時士人對於傳統文化眷戀不捨的心態，而在小說作品中出現少量歐化語法，也顯現當時士人對於西方思潮的無力抗拒與追新炫奇的心態。

1925 年至 1937 年的改良時期，傳統海派文學家們飽受新文學陣營攻擊，雖無自創理論反駁，但以傳統為基礎、吸收西方文學優點的小說作品默默佔據廣大閱讀市場；且於此際，自小接受西方文化教育的一代已然長成，此時也出現較前期更多負笈海外的學子，社會上瀰漫著以西方為尚的氛圍，此一風氣反映在文學作品中，不僅語言使用形式偏向西方，文章大量直接引用外來詞彙，在小說寫作技巧上也多使用西方文學思潮或技巧，如佛洛伊德心理學說的使用。

〔註 5〕范伯群：《中國市民大眾文學百年回眸》（南京：江蘇教育出版社，2014 年），頁 21～54。

　　1937 年至 1949 年的融會時期，歷經抗日戰爭等內憂外患，於此多事之秋，作家們將寫作焦點放在人生大欲之上，前期讓人眼花撩亂的西方語言、西方文學技巧在此時期較為圓融地消解於傳統文化之中，不僅是通俗文學與雅文學的界限逐漸消泯，諸如張愛玲、徐訏、無名氏等作家作品既通俗且高雅，語言使用方式或文學技巧也都呈現中西交融的情況，為現代文學與現代漢語打下基礎。

　　透過本論文的研究，1912 年至 1949 年海派小說話語中語言、文學與社會文化三者密不可分的連動關係可見一斑。然因本文涉及的文本眾多、資料龐雜，兼及文學和語言學研究亦屬不易，中有未盡之處，尚祈各方前輩斧正。

參考文獻

壹、專書部份

一、作家作品類

1. 《一個人的結婚》，章克標撰，廣州：花城出版社，1996 年 3 月。

2. 《一個女人的傳奇》，潘柳黛撰，上海：文匯出版社，2010 年 7 月。

3. 《七女書》，予且撰，上海：太平書局，1945 年。

4. 《十里鶯花夢》，拂雲生撰，瀋陽：春風文藝書版社，1997 年。

5. 《人書俱老》，李君維撰，長沙：岳麓書社，2005 年 3 月。

6. 《上帝的兒女們》，張資平撰，上海：上海文化出版社，2006 年 1 月。

7. 《上海文學百家文庫》，徐俊西主編，上海：上海文藝出版社，2010 年 6 月。

8. 《千金骨》，李定夷撰，上海：國華書局，1936 年。

9. 《女校長》，予且撰，上海：知行編譯社，1945 年。

10. 《女媧氏之遺孽》，葉靈鳳撰，哈爾濱：黑龍江人民出版社，1998 年 4 月。

11. 《小菊（上下）》，予且撰，上海：中華書局，1934 年。

12. 《小說大觀（1～5 冊）》，包天笑編，上海：上海書店，1990 年 6 月。

13. 《予且文集》，中國現代文學館編，北京：華夏出版社，2000 年。

14. 《予且代表作》，中國現代文學館編，北京：華夏出版社，1999 年 10 月。

15. 《予且短篇小說集》，予且撰，上海：太平書局，1943 年 7 月。

16. 《公墓》，穆時英撰，天津：百花文藝出版社，2005 年 5 月。

17. 《天孫之女》，張資平撰，上海：文藝書局，1930 年。

18. 《心底曲》，予且撰，香港：建文書局，1963 年 5 月。

19. 《火中蓮》，天虛我生撰，上海：中華書局，1917 年。

20. 《包天笑代表作》，中國現代文學館編，北京：華夏出版社，1998 年 12 月。

21. 《北極風情畫》，無名氏撰，台北：黎明文化事業股份有限公司，1989 年 10 月。

22. 《外遇》，滕固撰，杭州：浙江文藝出版社，2004 年 1 月。

23. 《永久的女性》，葉靈鳳撰，廣州：花城出版社，1999 年 10 月。

24. 《玉梨魂》，徐枕亞撰，台北：文化圖書公司，1992 年 7 月。

25. 《生死情魔》，喻血輪撰，上海：文明書局，1917 年。

26. 《白金女體的塑像》，穆時英撰，天津：百花文藝出版社，2005 年 5 月。

27. 《仲夏夜之夢》，關露撰，上海：上海古籍出版社，1999 年 11 月。

28. 《伉儷福》，李定夷撰，上海：國華書局，1916 年。

29. 《名花劫》，喻血輪撰，上海：中華書局，1916 年。

30. 《如意珠》，予且撰，上海：華東師範大學出版社，1993 年 12 月。

31. 《余之妻》，徐枕亞撰，上海：大眾書局，1916 年。

32. 《求婚小史》，劉鐵冷撰，台北：新文豐出版公司，1982 年 8 月。

33. 《兩間房》，予且撰，上海：上海書店，1989 年 12 月。

34. 《刻骨相思記》，徐枕亞撰，上海：大眾書局，1947 年。

35. 《周瘦鵑文集》，范伯群編，上海：文匯出版社，2011 年 1 月。

36. 《夜夜春宵》，周天籟撰，上海：文匯出版社，2010 年 7 月。

37. 《奈何天》，顧明道撰，上海：上海文化出版社，2006 年 1 月。

38. 《明珠與黑炭》，張資平撰，上海：光明書局，1930 年 11 月。

39. 《林黛玉筆記》，喻血輪撰，上海：世界書局，1918 年。

40. 《歧路佳人》，蘇青撰，北京：中國三峽出版社，2010 年 1 月。

41. 《花萼恨》，顧明道撰，上海：上海春明書店，1948 年 7 月。

42. 《近代小說史料彙編》，廣文編譯所編，台北：廣文書局，1980 年。

43. 《長江的夜潮》，丁諦撰，哈爾濱：黑龍江人民出版社，1998 年 4 月。

44. 《長途》，張資平撰，上海：南強書局，1929 年。

45. 《青春》，張資平撰，上海：現代書局，1930 年。

46. 《亭子間嫂嫂（上、下）》，周天籟撰，上海：學林出版社，1997 年 12 月。

47. 《南北極》，穆時英撰，天津：百花文藝出版社，2005 年 5 月。

48. 《哀鵑記》，顧明道撰，上海：益新書社，1930 年。

49. 《帝國的女兒》，黑嬰撰，哈爾濱：黑龍江人民出版社，1998 年 4 月。

50. 《施蟄存文集——十年創作集》，施蟄存撰，上海：華東師範大學出版社，1996 年 3 月。

51. 《春水微波》，王小逸撰，上海：上海文化出版社，2006 年 1 月。

52. 《春奩艷影》，姚鵷雛撰，台北：新文豐出版公司，1978 年 9 月。

53. 《柘榴花》，張資平撰，上海：樂羣書店，1928 年。

54. 《紅的天使》，葉靈鳳撰，上海：上海文化出版社，2006 年 1 月。

55. 《紅顏薄命記》，李定夷撰，上海：新民國書館，1931 年。

56. 《紅霧》，張資平撰，上海：樂華圖書公司，1930 年。

57. 《美人福（續）》，李定夷撰，上海：國華書局，1918 年。

58. 《美人福》，李定夷撰，長春：吉林文史出版社，1992 年 4 月。

59. 《風颺芙蓉記》，姚鵷雛撰，上海：小說叢報社，1926 年。

60. 《徐訏全集》，徐訏撰，台北：正中書局，1977 年 3 月。

61. 《海市吟》，譚惟翰撰，哈爾濱：黑龍江人民出版社，1998 年 4 月。

62. 《神秘寫真》，李定夷撰，上海：國華書局，1935 年。

63. 《秦瘦鷗代表作》，秦瘦鷗撰，北京：華夏出版社，1998 年 1 月。

64. 《退職夫人自傳》，潘柳黛撰，北京：新世界出版社，2003 年 8 月。

65. 《張愛玲典藏全集》，張愛玲撰，台北：皇冠文化出版有限公司，2001 年 7 月。

66. 《張資平作品精選》，張資平撰，武漢：長江文藝出版社，2003 年。

67. 《情戰》，喻血輪撰，上海：進步書局，1916 年。

68. 《梅嶺之春》，張資平撰，上海：光華書局，1928 年。

69. 《淚珠緣》，天虛我生撰，南昌：百花洲文藝出版社，1991 年 3 月。

70. 《淺水姑娘》，中國現代文學館編，北京：華夏出版社，2008 年 10 月。

71. 《都市風景線》，劉吶鷗撰，杭州：浙江文藝出版社，2004 年 1 月。

72. 《雪花緣》，李定夷撰，上海：國華書局，1914 年。

73. 《啼鵑續錄》，顧明道撰，上海：五洲書局，1927 年。

74. 《圍城》，錢鍾書撰，台北：輔欣書局，1990 年 5 月。

75. 《悲紅悼翠錄》，喻血輪撰，上海：進步書局，1915 年。

76. 《結婚十年》，蘇青撰，北京：中國婦女出版社，2009 年 9 月。

77. 《黃金祟》，天虛我生撰，上海：栩園出版社，1935 年。

78. 《傷心碧》，東方蝃蝀撰，北京：人民文學出版社，2005 年 6 月。

79. 《塔裡的女人》，無名氏撰，台北：輔新書局，1989 年 4 月。

80. 《愛力圈外》，張資平撰，上海：上海文化出版社，2006 年 1 月。

81. 《愛之渦流》，張資平撰，上海：光明書局，1930 年。

82. 《煉獄》，周楞伽撰，哈爾濱：黑龍江人民出版社，1998 年 4 月。

83. 《群星亂飛》，張資平撰，上海：光華書局，1931 年。

84. 《聖處女的感情》，穆時英撰，杭州：浙江文藝出版社，2004 年 1 月。

85. 《葉靈鳳小說全編》，葉靈鳳撰，上海：學林出版社，1997 年 12 月。

86. 《跳躍著的人們》，張資平撰，上海：文藝書局，1930 年。

87. 《銀蛇》，章克標撰，哈爾濱：黑龍江人民出版社，1998 年 4 月。

88. 《鳳》，撰，上海：上海良友圖書公司，1937 年。

89. 《滕固小說全編》，滕固撰，上海：學林出版社，1997 年 12 月。

90. 《燕蹴箏絃錄》，姚鵷雛撰，上海：中國圖書公司，1916 年 5 月。

91. 《鴛湖潮》，李定夷撰，上海：國華書局，1937 年。

92. 《鴛鴦蝴蝶派作品珍藏大系》，廖隱邨主編，北京：中國廣播電視出版社，1998 年 11 月。

93. 《鴛鴦蝴蝶派言情小說集粹‧上中下》，向燕南、匡長福主編，北京：中央民族學院出版社，1993 年 6 月。

94. 《龍窟》，無名氏撰，香港：新聞天地社，1983 年 2 月。

95. 《糜爛》，張資平撰，上海：樂羣書店，1930 年。

96. 《薄霧的舞女》，施蟄存撰，北京：中國文聯出版社，2004 年 1 月。

97. 《還嬌記（上下）》，李涵秋撰，上海：大眾書局，1934 年 1 月。

98. 《雙鵑血》，李涵秋撰，上海：國學書室，1915 年 7 月。

99. 《寶玉怨》，李定夷撰，上海：國華書局，1914 年。

100. 《孽冤鏡》，吳雙熱撰，上海：民權出版部，1914 年。

101. 《孽海濤》，秦瘦鷗撰，上海：上海文化出版社，2006 年 1 月。

102. 《續結婚十年》，蘇青撰，北京：中國婦女出版社，2009 年 9 月。

103. 《蘭閨恨》，陳韜園撰，上海：中原書局，1936 年。

104. 《露西亞之戀》，無名氏撰，香港：新聞天地社，1976 年 9 月。

105. 《戀愛錯綜》，張資平撰，上海：文藝書局，1932 年。

二、文學理論、評論類

1. 《Macrostructures — An Interdisciplinary Study of Global Structures in Discourse Interaction and Cognition》，Teun A. van Dijk 撰，New Jersey：Lawrence Erlbaum Associates, Inc.，1980 年。

2. 《《紫羅蘭》（1925～1930）的「時尚敘事」》，博玫撰，南昌：江西教育出版社，2010 年 12 月。

3. 《「文學性」問題研究──以語言學轉向為參照》，李龍撰，北京：人民出版社，2011 年 7 月。

4. 《「封建」考論》，馮天瑜撰，北京：中國社會科學出版社，2010 年 10 月。

5. 《「革命」的現代性：中國革命話語考論》，陳建華撰，上海：上海古籍出版社，2000 年 12 月。

6. 《「話語」視角的文學問題研究》，高玉撰，北京：中國社會科學出版社，2009 年 9 月。

7. 《「鴛鴦蝴蝶派」新論》，趙孝萱撰，蘭州：蘭州大學出版社，2004 年 1 月。

8. 《1898：百年憂患》，謝晃撰，山東人民出版社，1998 年 5 月。

9. 《1903：前夜的湧動》，程文超撰，山東人民出版社，1998 年 5 月。

10. 《1921：誰主浮沉》，孔慶東撰，山東人民出版社，1998 年 5 月。

11. 《1928：革命文學》，鄺新年撰，山東人民出版社，1998 年 5 月。

12. 《1942：走向民間》，李書磊撰，山東人民出版社，1998 年 5 月。

13. 《2004 上海文化漫步》，上海市文學藝術界聯合會編，上海：文匯出版社，2005 年 2 月。

14. 《20 世紀上半期中國文學的現代意識》，張新穎撰，北京：生活・讀書・

新知三聯書店，2001 年 12 月。

15. 《20 世紀中國小說流派》，李曉寧撰，北京：中國文聯出版社，2000 年 6 月。

16. 《20 世紀中國文學研究·近代文學研究》，裴效維主編，北京：北京出版社，2001 年 12 月。

17. 《20 世紀中國通俗文學史》，范伯群、湯哲聲、孔慶東撰，北京：高等教育出版社，2006 年 3 月。

18. 《20 世紀的中國：學術與社會·史學卷》，羅志田主編，濟南：山東人民出版社，2001 年 1 月。

19. 《七綴集》，錢鍾書撰，北京：生活·讀書·新知三聯書店，2002 年 6 月。

20. 《二十世紀中國小說理論資料·第一卷（1897～1916）》，陳平原、夏曉虹編，北京：北京大學出版社，1989 年 3 月。

21. 《二十世紀中國文學史論（第一卷）》，王曉明主編，上海：東方出版社，1997 年 10 月。

22. 《上海：城市、社會與文化》，汪暉、余國良編，新界：香港中文大學出版社，1998 年。

23. 《上海文化通史》，陳伯海主編，上海：上海文藝出版社，2001 年 11 月。

24. 《上海文化與上海文學》，楊劍龍撰，上海：上海人民出版社，2007 年 12 月。

25. 《上海文學通史（上下）》，邱明正主編，上海：復旦大學出版社，2005 年 5 月。

26. 《上海社會與文人生活（1843～1945）》，葉中強撰，上海：上海辭書出版社，2010 年 8 月。

27. 《上海近代文學史》，陳伯海、袁進主編，上海：上海人民出版社，1993 年 2 月。

28. 《上海淪陷時期文學期刊研究》，李相銀撰，上海：上海三聯書店，2009 年 4 月。

29. 《上海通史》，熊月之主編，上海：上海人民出版社，1999 年 9 月。

30. 《上海摩登——一種新都市文化在中國 1930～1945》，李歐梵撰，北京：北京大學出版社，2001 年 12 月。

31. 《大眾媒介與中國現當代文學》，程光煒主編，北京：人民文學出版社，2005 年 11 月。

32. 《大眾語文論戰》，宣浩平編，上海：啟智書局，1934 年 10 月。

33. 《小說敘事研究》，格非撰，北京：清華大學出版社，2002 年。

34. 《小說敘事學》，徐岱撰，北京：中國社會科學出版社，1992 年。

35. 《小說敘述語言變異研究》，肖莉撰，北京：中國社會科學出版社，2011 年 3 月。

36. 《小說符號詩學》，徐劍藝撰，杭州：浙江大學出版社，1991 年。

37. 《中國小說的近代變革》，袁進撰，北京：中國社會科學出版社，1992 年 6 月。

38. 《中國小說敘事模式的轉變》，陳平原撰，北京：北京大學出版社，2003 年 7 月。

39. 《中國中世文學思想史：以文學語言觀念的發展為中心》，徐豔撰，上海：上海古籍出版社，2012 年 8 月。

40. 《中國文學精神【近代卷】》，郭延禮、武潤婷撰，濟南：山東教育出版社，2003 年 12 月。

41. 《中國文學語言發展史略》，朱星撰，北京：新華出版社，1988 年 2 月。

42. 《中國文學觀念的近代變革》，袁進撰，上海：上海社會科學院出版社，1996 年 10 月。

43. 《中國文藝副刊史》，馮并撰，北京：華文出版社，2001 年 5 月。

44. 《中國古代報刊發展史》，倪延年撰，南京：東南大學出版社，2001 年 6 月。

45. 《中國市民大眾文學百年回眸》，范伯群撰，南京：江蘇教育出版社，2014 年 6 月。

46. 《中國白話小說史》，（美）韓南撰，杭州：浙江古籍出版社，1989 年 12 月。

47. 《中國抗戰文藝史》，藍海撰，台北：秀威科技股份有限公司，2010 年。

48. 《中國抗戰時期淪陷區文學史》，徐迺翔、黃萬華撰，福州：福建教育出版社，1995 年 7 月。

49. 《中國的現代化：市場與社會》，吳承明撰，北京：生活‧讀書‧新知三

聯書店，2001 年 9 月。

50. 《中國近代大眾傳媒與中國近代文學》，蔣曉麗撰，成都：四川出。

51. 《中國近代小報史》，孟兆臣撰，北京：社會科學文獻出版社，2005 年 10 月。

52. 《中國近代文化變革與南社》，盧文芸撰，北京：社會科學文獻出版社，2008 年 8 月。

53. 《中國近代文學大系·文學理論集》，《中國近代文學大系》總編輯委員會編，上海：上海書店出版社，1995 年。

54. 《中國近代文學發展史》，郭延禮撰，北京：高等教育出版社，2001 年 7 月。

55. 《中國近百年文學體式流變史·上》，馮光廉主編，北京：人民文學出版社，1999 年 10 月。

56. 《中國近現代文學轉捩點研究》，劉增杰、孫先科主編，上海：上海文藝出版社，2008 年 9 月。

57. 《中國近現代通俗文學史（上下）》，范伯群主編，南京：江蘇教育出版社，2010 年 1 月。

58. 《中國淪陷區文學研究》，彭放主編，哈爾濱：黑龍江人民出版社，2007 年 1 月。

59. 《中國現代小說的起點：清末民初小說研究》，陳平原撰，北京：北京大學出版社，2010 年 1 月。

60. 《中國現代小說流派史》，嚴家炎撰，北京：人民文學出版社，1989 年 8 月。

61. 《中國現代小說雅俗流變與整合》，徐德明撰，北京：社會科學文獻出版社，2000 年 4 月。

62. 《中國現代小說範疇論》，劉濤撰，開封：河南大學出版社，2005 年 12 月。

63. 《中國現代文學三十年》，錢理群、溫儒敏、吳福輝撰，北京：北京大學出版社，1998 年 7 月。

64. 《中國現代文學史參考資料：兩棲集》，鄭伯奇撰，上海：上海書店，1937 年 1 月初版，1987 年 6 月。

65. 《中國現代文學史參考資料‧文學運動史料選‧第二冊》，北京大學、北京師範大學、北京師範學院中文系中國現代文學教研室主編，上海：上海教育出版社，1979年。

66. 《中國現代文學史參考資料‧文學運動史料選‧第四冊》，北京大學、北京師範大學、北京師範學院中文系中國現代文學教研室主編，上海：上海教育出版社，1979年。

67. 《中國現代文學的思潮》，賈植芳主編，上海：復旦大學出版，1990年2月。

68. 《中國現代文學社團流派》，賈植芳主編，南京：江蘇教育出版社，1989年5月。

69. 《中國現代文學思潮史論》，盧洪濤撰，北京：中國社會科學出版社，2005年8月。

70. 《中國現代文學發展史》，黃修己撰，北京：中國青年出版社，2005年2月。

71. 《中國現代文學興起發展中的日本影響因素》，靳明全撰，北京：中國社會科學出版社，2004年9月。

72. 《中國現代作家的浪漫一代》，李歐梵撰，北京：新星出版社，2005年7月。

73. 《中國現代社會言情小說研究》，佘小杰撰，北京：中國社會科學。

74. 《中國現代社團文學史》，朱壽桐撰，北京：人民文學出版社，2004年2月。

75. 《中國現代浪漫主義小說模式》，朱曦、陳興蕪撰，重慶：重慶出版社，2002年9月。

76. 《中國現代通俗小說流變》，張華撰，濟南：山東文藝出版社，2000年1月。

77. 《中國現代都市小說研究》，李俊國撰，北京：中國社會科學出版社，2004年1月。

78. 《中國現代語言計畫的理論和實踐》，高天如撰，上海：復旦大學出版社，1993年10月。

79. 《中國報學史》，戈公振撰，香港：太平書局，1964年3月。

80. 《中國新文學大系·建設理論集》，胡適編選，上海：上海良友圖書印刷公司，1935 年。

81. 《中國語文革命：現代語文觀及其實踐》，韓立群撰，北京：中央編譯出版社，2003 年 1 月。

82. 《中國歷代文論選·第四冊》，郭紹虞編，上海：上海古籍出版社，2001 年 10 月。

83. 《中國駢文史》，于景祥撰，長春：吉林人民出版社，2002 年 1 月。

84. 《五四文化的新源流》，陳萬雄撰，北京：生活·讀書·新知三聯書店，1997 年 1 月。

85. 《五四的誤讀：嚴家炎學術隨筆自選集》，嚴家炎撰，福州：福建教育出版社，2000 年 4 月。

86. 《五四與現代中國》，丁曉強、徐梓編，太原：山西人民出版社，1989 年 4 月。

87. 《分裂與建構：清末民初文學語言新變研究（1898～1917）》，鄧偉撰，北京：中國社會科學出版社，2009 年 1 月。

88. 《文化啟蒙與知識生產：跨領域的視野》，梅家玲主編，台北：城邦文化事業股份有限公司，2006 年 8 月。

89. 《文化理論關鍵字》，丹尼·卡瓦拉羅（Dani Cavallaro）撰；張衛東、張生、趙順宏譯，南京：江蘇人民出版社，2007 年 3 月。

90. 《文化翻譯與文本脈絡》，彭小妍編，臺北：中央研究院中國文哲研究所，2013 年 7 月。

91. 《文壇四才女的冷暖人生：關露、潘柳黛、張愛玲、蘇青》，周文杰編，哈爾濱：黑龍江人民出版社，2004 年 11 月。

92. 《文學言語的多維空間》，祝敏青撰，福州：福建人民出版社，2005 年 3 月。

93. 《文學和語言的界面研究》，陳洪、張洪明主編，天津：南開大學出版社，2008 年 7 月。

94. 《文學的消解與反消解：中國現代文學派別論爭史論》，吳立昌主編，上海：復旦大學出版社，2004 年 9 月。

95. 《文學的跨界研究：文學與語言學》，魯樞元撰，上海：學林出版社，2011 年 1 月。

96. 《文學的維度》，南帆撰，北京：中國人民大學出版社，2009 年 11 月。

97. 《文學理論》，勒內・韋勒克（René Wellck）撰，北京：生活・讀書・新知三聯書店，1984 年。

98. 《文學理論》，劉安海、孫文憲主編，武漢：華中師範大學出版社，2004 年 10 月。

99. 《文學理論史料選》，蘇光文編，成都：四川教育出版社，1988 年。

100. 《文學理論精粹讀本》，閻嘉編，北京：中國人民大學出版社，2006 年。

101. 《文學理論導讀》，泰瑞・伊果頓（Terry Eagleton）撰、吳新發譯，台北：書林出版有限公司，1993 年 4 月。

102. 《文學話語與現代漢語》，文貴良撰，上海：華東師範大學出版社，2009 年 11 月。

103. 《文學與文化：在傳統與現代之間》，楊劍龍撰，上海：上海三聯書店，2006 年 10 月。

104. 《文學與話語》，文貴良撰，上海：上海文藝出版社，2012 年 7 月。

105. 《文學與語言問題研究》，吳波撰，北京：世界圖書北京出版公司，2009 年 5 月。

106. 《文學語言中介論》，王汶成撰，濟南：山東大學出版社，2002 年 2 月。

107. 《文學語言引論》，張小元撰，成都：電子科技大學出版社，1995 年 6 月。

108. 《文學語言的多維視野》，高萬云撰，濟南：山東文藝出版社，2001 年 9 月。

109. 《文學語言專題研究》，王培基撰，西寧：青海人民出版社，2008 年 10 月。

110. 《文學語言概論》，李潤新撰，北京：北京語言學院出版社，1994 年 10 月。

111. 《文學語言與文章體式》，夏曉虹等撰，合肥：安徽教育出版社，2005 年 10 月。

112. 《文學語言學》，李榮啟撰，北京：人民出版社，2005 年 5 月。

113. 《文藝大眾化問題討論資料》，文振廷編，上海：上海文藝出版社，1987 年 9 月。

114. 《文體風格的現代透視》，許力生撰，杭州：浙江大學出版社，2006 年。

115. 《王力文集》，王力撰，濟南：山東教育出版社，1984 年 11 月。

116. 《王嘉良學術文集：地域視閾的文學話語》，王嘉良撰，上海：上海文藝出版社，2011 年 10 月。

117. 《出口成章——論文學語言及其他》，老舍撰，北京：人民文學出版社，1984 年。

118. 《北京地域文學語言研究》，張繼華撰，成都：四川人民出版社，1999 年 9 月。

119. 《叫喊的城市：都市文化的觀察與思考》，王唯銘撰，北京：人民文學出版社，1996 年 7 月。

120. 《四十年代方型刊物代表作家——王小逸》，范伯群編，南京：南京出版社，1994 年 10 月。

121. 《民國時期新聞史料彙編》，方漢奇主編，北京：國家圖書館出版社，2011 年 6 月。

122. 《民國通俗小說論稿》，張贛生撰，重慶：重慶出版社，1991 年 5 月。

123. 《民間的文人雅集》，欒梅健撰，上海：東方出版中心，2006 年 5 月。

124. 《白話文體與現代性——以胡適的白話文理論為個案》，曹而云撰，上海：上海三聯書店，2006 年 4 月。

125. 《危險的愉悅：20 世紀上海的娼妓問題與現代性》，賀蕭（Gail B. Hershatter）撰：韓敏中、盛寧譯，南京：江蘇人民出版社，2003 年 5 月。

126. 《在金錢與政治的漩渦中——張資平評傳》，顏敏撰，南昌：百花州文藝出版社，1999 年 1 月。

127. 《在通向語言的途中》，海德格爾（Martin Heidegger）撰，北京：商務印書館，2004 年 9 月。

128. 《在傳統與現代性之間——王韜與晚清改革》，柯文（Paul A.Cohen）撰；雷頤、羅檢秋譯，南京：江蘇人民出版社，1998 年 2 月。

129. 《在歷史的縫隙間掙扎——1910～1920 年間的〈小說月報〉研究》，楊姍撰，南昌：百花洲文藝出版社，2004 年 12 月。

130. 《多棱鏡下》，吳福輝撰，北京：人民文學出版社，2010 年 2 月。

131. 《如何閱讀文學》，泰瑞‧伊格頓（Terry Eagleton）撰；黃煜文譯，台北：

城邦文化事業股份有限公司，2014 年 2 月。

132. 《朱自清全集‧第三卷》，朱自清撰，北京：時代文藝出版社，2000 年 1 月。

133. 《吳宓與〈學衡〉》，沈衛威撰，開封：河南大學出版社，2000 年 8 月。

134. 《我看鴛鴦蝴蝶派》，魏紹昌撰，台北市：台灣商務印書館股份有限公司，1995 年 7 月。

135. 《我與文學及其他》，朱光潛撰，北京：中華書局，2012 年。

136. 《抗戰時期的上海文學》，陳青生撰，上海：上海人民出版社，1995 年 2 月。

137. 《抗戰時期淪陷區文學史》，劉心皇撰，台北：成文出版社有限公司，1980 年 5 月。

138. 《李歐梵論中國現代文學》，李歐梵撰，上海：上海三聯書店，2009 年。

139. 《沈從文全集》，沈從文撰，太原：北岳文藝出版社，2002 年 12 月。

140. 《沙上的腳跡》，施蟄存撰，瀋陽：遼寧教育出版社，1995 年 3 月。

141. 《言情聖手、武俠大家──王度廬，附李定夷、葉小鳳、嚴獨鶴評傳及代表作》，范伯群編，南京：南京出版社，1994 年 10 月。

142. 《京海派綜論（圖志本）》，楊義撰，北京：中國社會科學出版社，2003 年 1 月。

143. 《京海派論爭前後的文學空間》，王愛松撰，上海：上海人民出版社，2015 年 10 月。

144. 《周作人散文全集‧三》，鍾叔河編，桂林：廣西師範大學出版社，2009 年。

145. 《性愛問題：1920 年代中國小說的現代性闡釋》，徐仲佳撰，北京：社會科學文獻出版社，2005 年 7 月。

146. 《知識考古學》，福柯（Michel Foucault）撰；謝強、馬月譯，北京：生活‧讀書‧新知三聯書店，2003 年 1 月。

147. 《近代上海地區方志經濟史料選輯》，黃葦、夏林根編，上海：上海人民出版社，1984 年 6 月。

148. 《近代文學的突圍》，袁進撰，上海：上海人民出版社，2001 年 10 月。

149. 《近代西學與中國文學》，郭延禮撰，南昌：百花洲文藝出版社，2000 年 4 月。

150. 《近代漢語研究概要》，蔣紹愚撰，北京：北京大學出版社，2005 年。

151. 《近代漢語語法史研究綜述研究概要》，蔣紹愚、曹廣順撰，北京：商務印書館，2005 年。

152. 《流變中的流派——「鴛鴦蝴蝶派」新論》，劉揚體撰，北京：中國文聯出版公司，1997 年 10 月。

153. 《科舉制度與近代文化》，楊齊福撰，北京：人民出版社，2003 年 9 月。

154. 《胡風全集·第二卷》，胡風撰，武漢：湖北人民出版社，1999 年 1 月。

155. 《胡適全集·二》，胡適撰；歐陽哲生編，北京：北京大學出版社，1998 年。

156. 《革命·憲政·調和——章士釗報刊言論研究》，張謙撰，鄭洲：河南人民出版社，2009 年 3 月。

157. 《徐懋庸選集·第一卷》，徐懋庸撰，成都：四川人民出版社，1983 年 12 月。

158. 《時與光——20 世紀中國文學史格局中的徐訏》，陳旋波撰，南昌：百花洲文藝出版社，2004 年 3 月。

159. 《浪漫浪漫集》，周天籟撰，上海：文匯出版社，2008 年 1 月。

160. 《浪蕩子美學與跨文化現代性：1930 年代上海、東京及巴黎的浪蕩子、漫遊者與譯者》，彭小妍撰，台北：聯經出版事業股份有限公司，2012 年 2 月。

161. 《海上文學百家文庫·28：徐枕亞、吳雙熱卷》，徐俊西主編，上海：上海文藝出版社，2010 年 6 月。

162. 《海上說情慾：從張資平到劉吶鷗》，彭小妍撰，台北：中央研究院中國文哲研究所，2001 年 1 月。

163. 《海派小說與現代都市文化》，李今撰，合肥：安徽教育出版社，2000 年 12 月。

164. 《海派文化之我見：上海大學海派文化研究中心首屆學術研討會文集》，方明倫、李倫新、丁錫滿主編，上海：上海大學出版社，2003 年 7 月。

165. 《海派文學》，楊揚、陳樹萍、王鵬飛撰，上海：文匯出版社，2008 年 8 月。

166. 《海派文學論》，許道明撰，上海：復旦大學出版社，1999 年 3 月。

167. 《荀子集解》，王先謙撰，北京：中華書局，1988 年 9 月。

168. 《消費文化語境下的文藝學美學話語重構》，范玉剛撰，北京：中國社會科學出版社，2012 年 12 月。

169. 《租界文化語境下的中國近現代文學》，李永東撰，北京：人民出版社，2013 年 10 月。

170. 《國故新知論——學衡派文化論著輯要》，孫尚揚、郭蘭芳編，北京：中國廣播電視出版社，1995 年 12 月。

171. 《國語運動史綱》，黎錦熙撰，上海：上海書店，1990 年。

172. 《國語運動與文學革命》，吳曉峰撰，北京：中央編譯出版社，2008 年 12 月。

173. 《從上海發現歷史——現代化進程中的上海人及其社會生活》，忻平撰，上海：上海人民出版社，1996 年 12 月。

174. 《從想像到現場：都市文化的社會生態研究》，葉中強撰，上海：學林出版社，2005 年 3 月。

175. 《從邊緣到超越——現代文學史「零餘者」無名氏學術肖像》，趙江濱撰，上海：學林出版社，2005 年 5 月。

176. 《從蘭社到《現代》——以施蟄存、戴望舒、杜衡及劉吶鷗為核心的社團研究》，金理撰，上海：東方出版中心，2006 年 5 月。

177. 《敘事學導論》，羅鋼撰，昆明：雲南人民出版社，1994 年。

178. 《敘述學與小說文體學研究》，申丹撰，北京：北京大學出版社，2001 年。

179. 《晚清、民國時期上海小報研究：一種綜合的文化、文學考察》，李楠撰，北京：人民文學出版社，2005 年。

180. 《晚清民初「個人—家—國—天下」體系之變》，劉濤撰，上海：復旦大學出版社，2013 年 7 月。

181. 《晚清民國的國學研究》，桑兵撰，上海：上海古籍出版社，2001 年 10 月。

182. 《晚清狹邪小說新論》，侯運華撰，開封：河南大學出版社，2005 年。

183. 《清末小說與社會政治變遷（1895～1911）》，賴芳伶撰，台北：大安出版社，1994 年 9 月。

184. 《現代小說技巧初探》，高行健撰，廣州：花城出版社，1981 年。

185. 《現代中國文學話語變遷與中學語文教育》，張偉忠撰，北京：人民教育出版社，2008 年 2 月。

186. 《現代化進程中的中國人文學科——文學卷》，馬以鑫主編，上海：上海人民出版社，2005 年 4 月。

187. 《現代文學流派研究鳥瞰》，邱文治撰，天津：天津教育出版社，1992 年 8 月。

188. 《現代作家和文學流派》，秦亢宗、蔣成瑀撰，重慶：重慶出版社，1986 年 2 月。

189. 《現代作家書簡》，孔另境撰，上海：生活書店，1936 年 5 月。

190. 《現代困境中的文學語言與文化形式》，張新穎、阪井洋史撰，濟南：山東教育出版社，2010 年 9 月。

191. 《現代性內涵的衝突》，韓冷撰，哈爾濱：黑龍江人民出版社，2008 年 1 月。

192. 《現代派文學在中國》，周敬魯陽撰，瀋陽：遼寧大學出版社，1986 年。

193. 《現代都市與日常生活的再發現：1942～1945 年上海新市民小說研究》，劉軼撰，昆明：雲南大學出版社，2011 年 5 月。

194. 《現代漢語八百詞》，呂叔湘主編，北京：商務印書館，2005 年 7 月。

195. 《現代書面漢語中的文言語法成分研究》，孫德金撰，北京：商務印書館，2012 年 5 月。

196. 《現代漢語史》，刁晏斌撰，福州：福建人民出版社，2006 年 1 月。

197. 《現代漢語與中國現代文學》，高玉撰，北京：中國社會科學出版社，2003 年 6 月。

198. 《現代漢語與現代文學的關聯性研究》，劉琴撰，北京：中國社會科學出版社，2010 年 6 月。

199. 《現代漢語語法講話》，丁聲樹撰，北京：商務印書館，1999 年。

200. 《現代漢語歐化語法現象研究》，賀陽撰，北京：商務印書館，2008 年 12 月。

201. 《現代漢語歐化語法概論》，謝耀基撰，香港：光明圖書公司，1990 年 1 月。

202. 《現代漢語篇章語言學》，徐赳赳撰，北京：商務印書館，2010 年。

203. 《被冷落的繆斯》，耿德華撰，北京：新星出版社，2006 年 8 月。

204. 《被壓抑的現代性》，王德威撰，北京：北京大學出版社，2005 年 5 月。

205. 《逍遙逍遙集》，周天籟撰，上海：文匯出版社，2008 年 1 月。

206. 《通俗盟主——包天笑》，范伯群撰，台北：業強出版社，1993 年 3 月。

207. 《都市文化與中國現當代文學》，程光煒主編，北京：人民文學出版社，2005 年 11 月。

208. 《都市空間、社群與市民生活》，熊月之主編，上海：上海社會科學院出版社，2008 年 7 月。

209. 《都市漩流中的海派小說》，吳福輝撰，長沙：湖南教育出版社，1997 年 11 月。

210. 《釧影樓回憶錄》，包天笑撰，北京：中國大百科全書出版社，2009 年 1 月。

211. 《陳望道文集·第三卷》，復旦大學語言研究室編，上海：人民出版社，1981 年 12 月。

212. 《傅斯年全集·第一卷》，傅斯年撰，長沙：湖南教育出版社，2003 年 9 月。

213. 《創造社 16 家評傳》，宋彬玉、張傲卉、李江撰，重慶：重慶出版社，1998 年 10 月。

214. 《尋找失踪的民國雜誌》，韓晗撰，武漢：華中科技大學出版社，2012 年 4 月。

215. 《尋找歸宿的流浪者——創造社研究》，咸立強撰，上海：東方出版中心，2006 年 6 月。

216. 《愜意愜意集》，周天籟撰，上海：文匯出版社，2008 年 1 月。

217. 《傳媒與現代文學之間》，周海波、楊慶東撰，北京：中國社會科學出版社，2004 年 12 月。

218. 《新語探源：中西日文化互動與近代漢字術語生成》，馮天瑜撰，北京：中華書局，2004 年 10 月。

219. 《新編增補清末民初小說目錄》，樽本照雄編，濟南：齊魯書社，2002 年。

220. 《楊義文存第四卷·中國現代文學流派》，楊義撰，北京：人民出版社，2004 年 2 月二刷。

221. 《葉靈鳳傳》，李廣宇撰，石家莊：河北教育出版社，2003 年 5 月。

222. 《話語‧心理‧社會》，馮‧戴伊克撰；施旭、馮冰編譯，北京：中華書局，1993 年 2 月。

223. 《話語與生存：解讀戰爭年代文學：1937～1948》，文貴良撰，上海：上海書店出版社，2007 年 12 月。

224. 《話語與社會變遷》，費爾克拉夫撰，北京：華夏出版社，2003 年 7 月。

225. 《跨語際實踐：文學、民族文化與被譯介的現代性（中國，1900～1937）》，劉禾撰，北京：生活‧讀書‧新知三聯書店，2008 年。

226. 《漢語史通考》，太田辰夫撰；江藍生、白維國譯，重慶：重慶出版社，1991 年。

227. 《漢語外來詞》，史有為撰，北京：商務印書館，2003 年 6 月。

228. 《漢語別史》，郜元寶撰，濟南：山東教育出版社，2010 年 9 月。

229. 《漢語語法》，Li 和 Thompson 撰；黃宣範譯，臺北：文鶴出版有限公司，2010 年。

230. 《漢語語法化的歷程》，石毓智撰，北京：北京大學出版社，2001 年。

231. 《語言烏托邦——20 世紀西方語言論美學探究》，王一川撰，昆明：雲南人民出版社，1994 年 1 月。

232. 《語言運動與中國現代文學》，劉進才撰，北京：中華書局，2007 年 8 月。

233. 《語言變革與現代文學的發生》，張向東撰，北京：人民文學出版社，2010 年 1 月。

234. 《語篇分析概要》，黃國文撰，長沙：湖南教育出版社，1988 年。

235. 《語篇研究：範疇、視角、方法》，田海龍撰，上海：上海外語教育出版社，2009 年。

236. 《劉師培學術文化隨筆》，劉師培撰，北京：中國青年出版社，1999 年 1 月。

237. 《寫作回憶錄》，張恨水撰，北京：中國文聯出版社，2005 年 1 月。

238. 《摩登主義：1927～1937 上海文化與文學研究》，張勇撰，台北：人間出版社，2010 年 1 月。

239. 《篇章語言學研究》，姜望琪撰，北京：北京大學出版社，2011 年。

240. 《論人類語言結構的差異及其對人類精神發展的影響》，威廉‧馮‧洪堡特（Wilhelm von Humboldt）撰，北京：商務印書館，1999 年 11 月。

241. 《論文學語言》，鐵馬撰，上海：文化工作社，1951 年 8 月。

242. 《遭遇解放——1890～1930 年代的中國女性》，劉慧英編，北京：中央編譯出版社，2005 年 1 月。

243. 《魯迅選集‧評論卷》，林賢治評注，長沙：湖南文藝出版社，2004 年 6 月。

244. 《學術變遷與近代文學的中國想像》，李青果撰，廣州：中山大學出版社，2013 年 3 月。

245. 《歷代文話‧第八冊》，王水照編，上海：復旦大學出版社，2007 年 11 月。

246. 《錢玄同文集‧第三卷‧漢字改革與國語運動》，錢玄同撰，北京：中國人民大學出版社，1999 年 5 月。

247. 《霓虹燈外：20 世紀初日常生活中的上海》，盧漢超撰，上海：上海古籍出版社，2004 年 12 月。

248. 《鴛鴦蝴蝶派》，袁進撰，上海：上海書店，1994 年 8 月。

249. 《鴛鴦蝴蝶派文學資料（上下）》，芮和師等編，北京：知識產權出版社，2010 年 1 月。

250. 《韓南中國小說論集》，（美）韓南撰，北京：北京大學出版社，2008 年 3 月。

251. 《瞿秋白文集‧二》，瞿秋白撰，北京：人民文學出版社，1953 年 12 月。

252. 《禮拜六的蝴蝶夢——論鴛鴦蝴蝶派》，范伯群撰，北京：人民文學出版社，1989 年 6 月。

253. 《舊上海報刊史話》，曹正文、張國瀛撰，上海：華東師範大學出版社，1991 年 8 月。

254. 《嚴家炎論小說》，嚴家炎撰，南昌：江西高校出版社，2002 年 4 月。

255. 《寶樹園文存‧卷二》，顧頡剛撰，北京：中華書局，2011 年 1 月。

256. 《權勢轉移：近代中國的思想、社會與學術》，羅志田撰，武漢：湖北人民出版社，1999 年 6 月。

257. 《觀念史研究：中國現代重要政治術語的形成》，金觀濤、劉青峰撰，北

京：法律出版社，2009 年 12 月。

貳、期刊論文部份

1. "Narrative macrostructures", Teun A. van Dijk, "A Journal for Descriptive Poetics and Theory of Literature" 第 1 期，1976 年。

2. 〈《紅樓夢》前 80 回「和」類連詞用法分布計量考察〉，劉偉、曹煒撰，《江蘇經貿職業技術學院學報》第 1 期，2009 年。

3. 〈《醒世姻緣傳》中您、家、們考究〉，賈嬌燕撰，《求索》，2007 年 4 月。

4. 〈「N＋們」與漢語中其他表多數形式的區別〉，劉麗艷撰，《大慶社會科學》第 6 期，2002 年。

5. 〈「一＋量詞＋NP」結構中量詞和「一」的隱現機制〉，楊西彬撰，《華中師範大學研究生學報》第 13 卷第 4 期，2006 年 12 月。

6. 〈「一量名」否定格式對量詞的選擇與限制〉，胡清國撰，《漢語學報》第 3 期，2006 年。

7. 〈「同位短語＋們」簡論〉，汪化雲、張萬有撰，《語文研究》第 3 期，2001 年。

8. 〈「京派」看不到的世界〉，胡風撰，《文學》第 4 卷第 5 號，1935 年 5 月。

9. 〈「洋場愛」性解放土壤上的「愛的哲學」——論新感覺派所關注的「洋場愛」及其思想根源〉，孫國華撰，《張家口職業技術學院學報》第 17 卷第 2 期，2004 年 6 月。

10. 〈「個」的功能種種〉，張欣撰，《上海師範大學學報》第 28 卷第 1 期，1999 年 1 月。

11. 〈「個」的語法化和主觀性研究〉，祁杰撰，《浙江海洋學院學報》第 28 卷第 5 期，2011 年 10 月。

12. 〈「個個」、「每個」和「一個（一）個」的語法語義分析〉，楊雪梅撰，《漢語學習》第 4 期，2002 年 8 月。

13. 〈「個個」的語義和語法功能考察〉，萬中亞撰，《現代語文》第 1 期，2007 年 1 月。

14. 〈「們」在數量名組合中的脫落〉，王燦龍撰，《語文建設》第 7 期，1995 年。

15. 〈「們」的語法特徵分析〉，楊寧撰，《唐山學院學報》第 19 卷第 3 期，2006 年 9 月。

16. 〈「們」的語法意義及其實現〉，袁梅撰，《延安大學學報（社會科學版）》第 18 卷第 1 期，1996 年。

17. 〈「們」的競爭演變過程〉，彭曉輝撰，《南開語言學刊》第 2 期，2010 年。

18. 〈「們」表複數語法意義的結構形式〉，陶振民撰，《焦作工學院學報》第 1 卷第 2 期，2000 年 6 月。

19. 〈「理想」和「夢」的差異——論無名氏的前期創作及其與時代主導文學的疏離〉，耿傳明撰，《天津師範大學學報》第 157 期，2001 年 4 月。

20. 〈「終於」的詞匯化——兼談「X 於」詞匯化中的介詞併入〉，劉紅妮撰，《阜陽師範學院學報（社會科學版）》第 2 期，2010 年。

21. 〈「新時期」漢語連詞研究綜述〉，王淑華撰，《社科縱橫》第 24 卷第 1 期，2009 年 1 月。

22. 〈「概數＋『名＋們』」結構形式的發展與變化〉，陶振民撰，《華中師範大學學報（人文社會科學版）》第 41 卷第 3 期，2002 年 5 月。

23. 〈「對於」句的考察和研究〉，黃宇紅撰，《科教文匯》中旬刊，2008 年 5 月。

24. 〈「震驚」的顛覆：新感覺派的「性感尤物」與城市空間〉，杜心源撰，《江蘇社會科學》第 5 期，2005 年 5 月。

25. 〈二十世紀中國文學語言觀念的嬗變〉，李榮啟撰，《理論與創作》，2003 年 3 月。

26. 〈也談文學語言的表現性〉，田文強撰，《黃石教育學院學報》第 2 期，1998 年。

27. 〈也談應用文語言與文學語言的本質差異〉，何素嫻撰，《廣州市財貿管理幹部學院學報》第 2 期，2004 年。

28. 〈大眾傳播與「白話文運動」〉，丁燕燕撰，《五邑大學學報》第 7 卷第 3 期，2005 年 8 月。

29. 〈小說中人物話語的不同表達方式〉，申丹撰，《外語教學與研究》第 1 期，1991 年。

30. 〈不結果的無花樹——論西方語言論文論對文學語言特性的探尋〉，趙炎秋撰，《湖南師範大學社會科學學報》第 25 卷第 5 期，1996 年。

31. 〈中國白話小說中詩詞賦贊的蛻變和語言轉型〉，徐德明撰，《北京師範大學學報》第 2 期，2008 年。

32. 〈中國社會轉型與文學語言的發展〉，劉萌撰，《職大學報》第 6 期，2011 年。

33. 〈中國現代文學語言的形成〉，夏曉虹撰，《開放時代》，2000 年 3 月。

34. 〈中國現代文學語言的發展模式研究〉，張海俐撰，《作家雜誌》第 12 期，2011 年。

35. 〈中國現代敘事的語言傳統〉，徐德明撰，《福建論壇·人文社會科學版》第 4 期，2001 年。

36. 〈中國現代通俗小說的起點探微〉，司新麗撰，《中國青年政治學院學報》第 5 期，2012 年。

37. 〈中國現代通俗言情小說的流變軌跡〉，張華撰，《鄭州大學學報》第 33 卷第 5 期，2000 年 9 月。

38. 〈五四白話文的現代語言學審視〉，李群撰，《南昌教育學院學報》第 25 卷第 11 期，2010 年。

39. 〈介詞「以」的起源和發展〉，郭錫良撰，《古漢語研究》第 1 期，1998 年。

40. 〈介連兼類詞「和」「與」「同」「跟」的共性比較〉，蔣靜撰，《淮海工學院學報（人文社會科學版)》第 12 卷第 7 期，2014 年 7 月。

41. 〈介詞「對於」來源新探〉，陳卓撰，《語言文字》第 4 期，2010 年。

42. 〈介詞「對於」的語法化研究〉，李小潔撰，《青春歲月·下》，2012 年 10 月。

43. 〈介詞「關於」的詞匯化——兼談「關於」來源之爭〉，張成進撰，《語言教學與研究》第 4 期，2014 年。

44. 〈公文語言與文學語言比較〉，莊麗榕撰，《集美大學學報》第 5 卷第 4 期，2002 年 12 月。

45. 〈反思文白之爭與歐式中文〉，郝志景撰，《浙江社會科學學報》第 11 期，2012 年。

46. 〈文字與文學語言〉，王家發撰，《瓊州大學學報》第 11 卷第 6 期，2004年 12 月。

47. 〈文言人稱代詞複數表示法問題探討〉，楊烈雄撰，《惠州大學學報（社會科學版)》第 20 卷第 1 期，2000 年 3 月。

48. 〈文學文體的語言特徵及其運作〉，黃愛華撰，《浙江大學學報》，1996 年9 月。

49. 〈文學史視野下的清末南方白話報刊小說〉，朱秀梅撰，《井岡山大學學報》第 32 卷第 3 期，2011 年 5 月。

50. 〈文學研究中的語言問題及其思考〉，高玉撰，《華中師範大學學報（人文社會科學版)》第 52 卷第 2 期，2013 年 3 月。

51. 〈文學對語言的超越〉，張波撰，《商丘師範學院學報》第 20 卷第 6 期，2004 年 12 月。

52. 〈文學語言、科學語言、情感語言的區分——試論形式主義關於文學語言的討論及其意義〉，汪正龍撰，《南京師範大學文學院學報》第 3 期，2005 年 9 月。

53. 〈文學語言：符號形式與符號意義〉，陳學廣撰，《學習與探索》第 3 期，2005 年。

54. 〈文學語言文化特徵論〉，張先亮撰，《浙江樹人大學學報》第 2 卷第 6期，2002 年 11 月。

55. 〈文學語言的功能結構〉，陳吉猛撰，《西華師範大學學報》第 5 期，2008年。

56. 〈文學語言的空白結構和意義生成〉，汪正龍撰，《文藝理論研究》第 2期，2005 年。

57. 〈文學語言與語言的文學性〉，賈永雄撰，《紹興文理學院學報》第 20 卷第 3 期，2000 年 9 月。

58. 〈文學體裁的語言運用特徵〉，高岭撰，《北京廣播電視大學學報》第 3期，2010 年。

59. 〈以女性為文本觀照下的新城市新感覺〉，韓志湘撰，《山東文學》第 7期，2006 年 7 月。

60. 〈以批評介入治理：對清末民初南社人的再思考〉，張春田撰，《天涯》

第 6 期，2014 年。

61. 〈戊戌到「五四」時期白話語體的變革〉，湯哲聲撰，《東麗學刊哲學社會科學版》第 4 期，1989 年。

62. 〈民初小說語言的建構與特質〉，鄧偉撰，《青海社會科學》第 1 期，2013 年。

63. 〈民初的駢體小說創作何以繁盛〉，郭戰濤撰，《內蒙古大學學報（哲學社會科學版）》第 42 卷第 1 期，2010 年 1 月。

64. 〈民初駢文小說的特質〉，鄧偉撰，《吉首大學學報（社會科學版）》第 31 卷第 2 期，2010 年 3 月。

65. 〈民國結社機制與文學的演進——從南社到新青年社團〉，張武軍撰，《文學評論》第 1 期，2014 年。

66. 〈白話文運動：沒有晚清何來五四〉，胡全章撰，《貴州社會科學學報》第 1 期，2012 年 1 月。

67. 〈白話文運動和漢字改革運動不同結果之分析〉，藍東興撰，《貴州師範大學學報》第 4 期，2001 年。

68. 〈白話報刊對白話文運動的影響〉，劉光磊、孫墀撰，《寧波大學學報》第 25 卷第 1 期，2012 年 1 月。

69. 〈男性文本：女性主義批評不該忘卻的話語場地〉，王宇撰，《文藝評論》第 2 期，2003 年 2 月。

70. 〈並列連詞來源探析〉，張瑩撰，《寧夏大學學報（人文社會科學版）》第 32 卷第 2 期，2010 年 3 月。

71. 〈性與性別：二十世紀二十年代的小說敘事〉，盧建紅撰，《中國文學研究》第 2 期，2003 年 2 月。

72. 〈明清小說裡「數量詞＋N·們」式名詞短語的類型學價值〉，儲澤祥撰，《南開語言學刊》第 2 期，2006 年。

73. 〈明清以來新產生的介詞〉，卜雅娜撰，《文教資料》上旬刊，2012 年 3 月。

74. 〈表複數意義的「們」的來源及性質〉，孟曉慧撰，《語文學刊》第 1 期，2010 年 1 月。

75. 〈近 30 年來介詞「對於」研究綜述〉，張韶磊撰，《現代語文》，2012 年 5 月。

76. 〈近代「新體文言小說」研究〉，王恒展撰，《山東師範大學學報（人文社會科學版）》第 4 期，2011 年。

77. 〈近代江南士人社群交往網路的營建與運作──以南社為中心〉，吳強華撰，《史林》第 4 期，2014 年。

78. 〈近代報刊文體的演變與新文學〉，馬永強撰，《晉陽學刊》第 2 期，2000 年。

79. 〈近代漢語「們」綴研究綜述〉，祖生利撰，《古漢語研究》第 4 期，2005 年 4 月。

80. 〈近代漢語的「歐化」現象及其文化成因〉，李麗明撰，《攀枝花大學學報》第 14 卷第 2 期，1997 年 6 月。

81. 〈南社：封建士子蛻變為現代知識份子的助推器〉，沈劼撰，《南京理工大學學報（社會科學版）》第 27 卷第 4 期，2014 年 7 月。

82. 〈南社文學的世界圖景──對西方文化的批判性理解與接受〉，張春田撰，《杭州師範大學學報（社會科學版）》第 4 期，2014 年 7 月。

83. 〈南社與轉型時代的「文人性」〉，張春田撰，《美育學刊》第 5 卷第 5 期，2014 年。

84. 〈指物名詞「們」的復舊與驅新〉，馮志英撰，《語文學刊》，2011 年 7 月。

85. 〈重新審視歐化白話文的起源──試論近代西方傳教士對中國文學的影響〉，袁進撰，《文學評論》第 1 期，2007 年。

86. 〈假設複句和條件複句的歐化：將＋主句動詞〉，馬春華撰，《安徽大學學報》第 6 期，2010 年。

87. 〈張愛玲作品中的漢語歐化〉，梅君撰，《南昌教育學院學報》第 25 卷第 6 期，2010 年。

88. 〈從《老乞大》中看「們」的使用和發展〉，宋苗境撰，《現代語文》第 6 期，2008 年 6 月。

89. 〈從《善女人行品》看施蟄存小說的內心獨白〉，楊迎平撰，《南京曉莊學報》第 3 期，2005 年 3 月。

90. 〈從現代漢語介詞中的歐化現象看間接語言接觸〉，賀陽撰，《語言文字應用》第 4 期，2004 年 11 月。

91. 〈從第三人稱代詞看漢語的歐化現象〉，董娟娟撰，《江西科技師範學院

學報》第 1 期，2008 年 2 月。

92. 〈從新舊白話的差異看現代小說的語言基礎〉，張衛中撰，《商丘師範學院學報》第 20 卷第 1 期，2004 年 2 月。

93. 〈晚清「詞語—注釋」：漢語歐化與知識建構〉，文貴良撰，《社會科學》第 2 期，2009 年。

94. 〈淺談人稱代詞複數的語法化過程〉，王娜撰，《現代語文》第 7 期，2010 年 7 月。

95. 〈淺談現代漢語中「們」的用法〉，雙建萍撰，《長江大學學報（社會科學版）》第 33 卷第 3 期，2010 年 6 月。

96. 〈現代漢語書面語中文言語法成份的界定問題〉，孫德金撰，《漢語學習》第 6 期，2012 年 12 月。

97. 〈現代漢語歐化研究〉，朱一凡撰，《解放軍外國語學院學報》第 34 卷第 2 期，2011 年 3 月。

98. 〈連詞「和」的來源及形式〉，趙川兵撰，《古漢語研究》第 3 期，2010 年。

99. 〈極致「言情」：鴛鴦蝴蝶派小說的敘事策略與修辭效應〉，姚玳玫撰，《廣東社會科學》第 1 期，2004 年。

100. 〈當代中國的文言與白話〉，陳平原撰，《中山大學學報》第 42 卷第 3 期，2002 年。

101. 〈葉靈鳳與弗洛伊德〉，孫乃修撰，《中國比較文學》第 2 期，1994 年 2 月。

102. 〈試探介詞「對」的語法化過程〉，周芍、邵敬敏撰，《語文研究》第 1 期，2006 年。

103. 〈試說現代漢語中的「個」與「一個」〉，盧優衛撰，《寧波大學學報（人文科學版）》第 11 卷第 3 期，1998 年 9 月。

104. 〈試論民初舊派言情小說與新小說之歧異〉，董淑玲撰，《環球技術學院學報》第 1 期，2001 年 3 月。

105. 〈試論漢語人稱代詞複數形式的發展演變〉，唐麗珍撰，《南京師範大學文學院學報》，2001 年 2 月。

106. 〈對駢文小說奇作《玉梨魂》的文化解讀〉，王國偉撰，《蒲松齡研究》第 1 期，2004 年。

107. 〈漢語人稱代詞複數表達形式的綜合考察〉，王春玲撰，《寧夏大學學報（人文社會科學版）》第 30 卷第 2 期，2008 年 3 月。

108. 〈漢語人稱代詞複數表達形式的歷史考察〉，李永撰，《廣西社會科學》第 9 期，2003 年。

109. 〈語言接觸影響漢語詞綴的方式〉，趙豔平撰，《河北大學學報（哲學社會科學版）》第 39 卷第 2 期，2014 年 3 月。

110. 〈談介詞「對於」〉，汪正元撰，《黔東南民族獅專學報》第 18 卷第 4 期，2000 年 8 月。

111. 〈談談「關於」與「對於」〉，張世才撰，《新疆教育學院學報》第 16 卷第 1 期，2000 年 3 月。

112. 〈論《遊仙窟》駢體小說的成因〉，余偉娜、安月輝撰，《作家雜誌》第 6 期，2011 年月。

113. 〈論「一個」成為話語標記的語法化軌跡〉，孫瑞霞、畢詩武撰，《瀋陽航空航天大學學報》第 29 卷第 6 期，2012 年 12 月。

114. 〈論中國古代駢體小說的文體互參與敘事特徵〉，陳鵬撰，《東南學術》第 4 期，2014 年。

115. 〈論中國古代駢體小說的文體特徵〉，郭戰濤撰，《溫州大學學報（社會科學版）》第 23 卷第 1 期，2010 年 1 月。

116. 〈論民國初年駢體小說的文體特徵〉，郭戰濤撰，《甘肅社會科學》第 6 期，2009 年。

117. 〈論辛亥革命前後的革命派文學的文學革新意義〉，盧文芸撰，《文化學刊》第 3 期，2014 年 5 月。

118. 〈論並列連詞「和，跟，同，與，及，以及」的表義功能〉，何振生撰，《語文學刊》第 10 期，2010 年。

119. 〈論無名氏小說中詩意幻化的女性形象〉，王恒撰，《山東省青年管理幹部學院學報》第 6 期，2004 年 6 月。

120. 〈論葉靈鳳的小說創作〉，溫鳳霞撰，《南京師範大學學報》第 2 期，2001 年 2 月。

121. 〈駢文：蒲松齡《聊齋誌異》〉，王恒展撰，《蒲松齡研究》第 4 期，1998 年。